D0920612

LES DISPARUS DE DUBLIN

BENJAMIN BLACK

LES DISPARUS DE DUBLIN

roman

Traduit de l'anglais (Irlande)
par Michèle Albaret-Maatsch

NiL

LES ÉDITIONS ROBERT LAFFONT REMERCIENT,
POUR SON CONCOURS FINANCIER, L'IRELAND LITERATURE EXCHANGE
(FONDS DESTINÉS À LA TRADUCTION), DUBLIN, IRLANDE.

www.irelandliterature.com
info@irelandliterature.com

Titre original : CHRISTINE FALLS

ISBN 978-2-84111-439-9
(édition originale : ISBN 978-0-330-44531-6, Picador, Londres)

À Ed Victor

Elle était contente de prendre le paquebot-poste du soir, parce qu'elle avait l'impression qu'un départ matinal aurait été au-dessus de ses forces. À la fête, la veille, un des étudiants en médecine avait sorti un flacon d'alcool à 90° qu'il avait mélangé à de l'Orange Crush et elle s'était enfilé deux verres de ce breuvage, si bien qu'elle avait encore l'intérieur de la bouche irrité et qu'une sorte de tambour cognait derrière son front. Toujours dans le brouillard, elle avait passé la matinée au lit sans pouvoir fermer l'œil et en larmes la moitié du temps, un mouchoir sur les lèvres pour étouffer ses sanglots. Quand elle pensait à ce qu'elle avait à faire le jour même, à ce qu'elle devait entreprendre, elle avait peur. Oui, peur.

À Dun Laoghaire, trop énervée pour rester en place, elle fit les cent pas sur la jetée. Elle avait déposé son bagage dans sa cabine et était redescendue attendre sur le quai, comme on le lui avait conseillé. Elle ne comprenait pas pourquoi elle avait accepté. Elle avait déjà cette proposition de boulot à Boston, alors bien sûr l'aspect financier avait joué mais elle avait dans l'idée que c'était plus lié à sa frousse de l'infirmière en chef, à sa frousse de dire non lorsque celle-ci lui avait demandé si elle voulait bien emmener l'enfant. Quand elle s'exprimait avec cette extrême douceur, l'infirmière en chef était particulièrement intimidante. « Maintenant, Brenda, avait-elle déclaré en la fixant de ses yeux saillants, je veux que vous réfléchissiez bien, parce que c'est une grosse responsabilité. » Tout lui paraissait bizarre, ses nausées, la brûlure de l'alcool dans sa bouche et le fait qu'elle ne portait pas son uniforme d'infirmière mais le tailleur en laine rose qu'elle avait acheté spécialement pour partir – son ensemble de voyage, comme si elle se mariait, alors qu'en fait de lune de miel elle allait se taper une semaine à s'occuper de ce bébé sans l'ombre d'un mari à proximité. « Vous êtes gentille, Brenda, avait affirmé l'infirmière en chef en se placardant un sourire plus effrayant qu'un de ses regards noirs, que Dieu soit avec vous. » Sûr que j'aurai besoin de Sa compagnie, songea-t-elle amèrement : il y aurait la nuit sur le bateau, puis le voyage en train jusqu'à Southampton le lendemain, puis cinq jours en mer, puis quoi ? Elle n'avait encore jamais quitté l'Irlande, sauf une fois, gamine, quand son père avait emmené toute la famille passer une journée sur l'île de Man.

Une voiture noire et racée se faufila entre les hordes de voyageurs et s'approcha du bateau. Elle s'arrêta à une bonne dizaine de mètres d'elle et une femme en sortit côté passager, tenant d'une main un sac en grosse toile et, dans le creux de l'autre bras, un bout de chou enveloppé dans une couverture. Pas jeune, la soixantaine bien sonnée, elle était habillée comme si elle avait moitié moins, d'un tailleur gris avec jupe droite étroitement ceinturée – son petit bidon pointait en dessous de la ceinture – qui lui arrivait à mi-mollets et d'une toque à voilette bleue, laquelle lui descendait en dessous du nez. La bouche – peinte – retroussée en un sourire, elle avança sur les pavés en tanguant sur ses talons aiguilles. Elle avait de petits yeux noirs perçants.

« Mademoiselle Ruttledge ? Je m'appelle Moran. »

Son accent chic était aussi toc que le reste de sa personne. Elle remit le sac à Brenda.

« Les affaires du bébé sont dedans, avec ses papiers – confiez-les au commissaire de bord quand vous aurez embarqué à Southampton, il saura qui vous êtes. »

Les yeux plissés au point de n'être plus que deux fentes, elle examina attentivement Brenda.

« Ça va ? Vous avez l'air pâlotte. »

Brenda déclara qu'elle allait bien, qu'elle s'était couchée tard, que c'était tout. Mlle Moran, ou Mme, ou qui qu'elle fût, afficha un sourire forcé.

« Le pot d'adieu, hein ? dit-elle en lui tendant le bout de chou dans la couverture. Tenez... ne le lâchez pas. »

Elle s'autorisa un petit rire, puis se ressaisit et marmonna :

« Désolée. »

Le premier détail qui frappa Brenda, ce fut la chaleur que dégageait le nourrisson : il était malléable et gigotait, mais sinon on aurait pu croire que la couverture abritait un charbon ardent. Lorsqu'elle le pressa contre son sein, il lui sembla qu'un poisson tressautait dans ses entrailles.

« Oh ! » s'exclama-t-elle dans un murmure surpris teinté d'un désarroi ravi.

La femme ajouta quelque chose à son intention mais Brenda n'écoutait pas. Du fond des plis de la couverture, un minuscule œil voilé la considérait avec un intérêt apparemment détaché. Sa gorge se noua et elle craignit que ses pleurs du matin ne la reprennent.

« Merci », bredouilla-t-elle.

C'est tout ce qui lui vint à l'esprit, alors qu'elle ne savait pas trop qui elle remerciait ni pourquoi.

La Moran haussa les épaules et grimaça une ébauche de sourire.

« Bonne chance », dit-elle.

Elle retourna rapidement à la voiture, accompagnée par le claquement de ses talons, monta et referma la portière.

« Bon, c'est fait, déclara-t-elle en observant à travers le pare-brise Brenda Ruttledge qui, toujours vissée là où elle l'avait laissée sur le quai, fixait l'intérieur de la couverture sans prêter aucune attention au sac en toile à ses pieds. Regardez-moi ça, ajouta-t-elle avec aigreur. Elle se prend pour la Sainte Vierge. »

Le chauffeur n'émit aucun commentaire, se borna à démarrer.

I

1.

Pour Quirke, ce n'était pas tant les morts que les vivants qu'il trouvait inquiétants. Lorsqu'en entrant dans la morgue, bien après minuit, il découvrit Malachy Griffin, un frisson qui devait s'avérer prophétique, emblématique des ennuis à venir, lui parcourut l'échine. Le dos tourné à la porte, Mal était installé à la table de travail de Quirke, dans son bureau. Quirke s'arrêta dans l'obscurité de la chambre froide, au milieu des formes recouvertes d'un drap qui gisaient sur les chariots, et observa l'intrus. Ses lunettes à monture d'acier sur le nez, Mal se penchait en avant : il avait l'air extrêmement concentré et la lampe d'architecte qui illuminait son profil gauche donnait au pavillon de son oreille une méchante teinte rose. Il avait devant lui un dossier ouvert dans lequel il consignait quelque chose avec une singulière gaucherie. Si Quirke n'avait pas été soûl, ce comportement lui aurait paru vraiment bizarre. La scène fit ressurgir en lui une image étonnamment claire du temps de leur scolarité ensemble où Mal, aussi concentré qu'aujourd'hui, rédigeait laborieusement une dissertation d'examen au milieu d'une cinquantaine d'autres étudiants consciencieux, tandis que, d'une haute fenêtre de la vaste salle silencieuse, un rai de soleil lui tombait dessus à l'oblique. Un quart de siècle plus tard, il avait gardé sa tête de phoque, bien lisse, avec ses cheveux noirs brillantinés, soigneusement peignés et divisés.

Percevant une présence derrière lui, Mal se tourna, scruta la pénombre diffuse de la chambre froide. Quirke patienta une minute, puis s'avança d'un pas mal assuré et se planta dans la lumière du seuil.

« Quirke, s'écria Mal qui, le reconnaissant avec soulagement, poussa un soupir exaspéré. Pour l'amour de Dieu ! »

Mal était en tenue de soirée mais – détail qui ne lui correspondait pas – il était déboutonné, son nœud papillon défait et son col de chemise – une chemise blanche habillée – ouvert. Tout en fouillant ses poches dans l'espoir de remettre la main sur ses cigarettes, Quirke le regarda, nota l'empressement avec lequel il cachait le dossier sous son avant-bras et repensa une fois de plus à l'époque de leurs études.

« Tu fais des heures sup' ? demanda-t-il avec un sourire en coin, l'alcool l'incitant à croire qu'il venait de lâcher un trait d'esprit.

— Qu'est-ce tu fabriques ici ? » répliqua Mal trop fort en ignorant la question.

D'un coup sec, il rajusta ses lunettes sur l'arête de son nez. Il était nerveux.

« Une soirée. Dans les étages », expliqua Quirke en pointant le plafond.

Mal prit son masque de praticien, en fronçant les sourcils d'un air impérieux.

« Une soirée ? Quelle soirée ?

— Brenda Ruttledge. Une des infirmières. Son pot de départ. »

Mal se renfrogna encore davantage.

« Ruttledge ? »

Subitement, Quirke en eut marre. Il demanda si Malachy avait une cigarette, car lui apparemment n'en avait pas, mais Malachy ignora cette question aussi et se leva en embarquant adroitement le dossier toujours dissimulé sous son bras. Bien qu'obligé de loucher, Quirke aperçut le nom gribouillé en gros caractères sur la couverture : *Christine Falls.* Le stylo de Mal traînait sur le bureau, un gros Parker, laque noire et plume en or, vingt-deux carats sans doute ou plus si possible ; Mal avait un penchant pour les trucs coûteux, c'était une de ses rares faiblesses.

« Comment va Sarah ? » s'enquit Quirke.

Il se laissa glisser lourdement de côté jusqu'à ce que son épaule bute contre le montant de porte. Il avait le vertige et tout ne cessait d'osciller, de vaciller vers la gauche. Il était dans cette phase chagrine où on a trop bu mais où on sait qu'il n'y a rien à faire à part attendre que votre ivresse se dissipe. Pendant ce temps, Mal, qui lui tournait le dos, rangeait le dossier dans un tiroir du grand classeur gris.

« Elle va bien, répondit-il. On était à un dîner des chevaliers. Je l'ai renvoyée à la maison en taxi.

— Des chevaliers ? » marmonna Quirke en écarquillant ses yeux qui n'y voyaient plus très clair.

Derrière le reflet de ses verres de lunettes, Mal lui opposa un regard totalement impassible.

« De Saint-Patrick. Comme si tu ne savais pas !

— Oh, c'est vrai, dit Quirke, sur le ton de celui qui cherche à réprimer son hilarité. Enfin, peu importe ma pomme, qu'est-ce que tu fabriques donc ici parmi les morts ? »

Mal avait l'art de faire des yeux globuleux et d'étirer sa silhouette déjà longue et mince, comme s'il réagissait à la musique d'un charmeur de serpents. Quirke ne put qu'admirer, et ce n'était pas la première fois, l'éclat lustré de sa chevelure, l'aspect lisse du front en dessous, le pur bleu acier de l'iris derrière ses culs de bouteille.

« J'avais un truc à faire. Un truc à vérifier.

— Quoi donc ? »

Mal ne répondit pas. Il étudia Quirke et une froide lueur de soulagement éclaira ses prunelles quand il eut évalué son degré d'ébriété.

« Tu devrais rentrer chez toi », fit-il.

Quirke envisagea de s'insurger contre ce conseil – la morgue était son territoire –, mais une fois encore la lassitude eut le dessus. Il haussa les épaules, tourna les talons sous le regard toujours attentif de Mal et repartit en naviguant entre les cadavres sur leurs chariots. Il était à peu près au milieu de la chambre froide quand il trébucha, tendit la main pour se rattraper au bord d'un chariot mais ne réussit qu'à agripper le drap qui glissa en sifflant dans un éclair blanc. La froideur poisseuse du nylon le surprit ; on aurait juré quelque chose d'humain, un capuchon de peau exsangue et glacé, par exemple. Le cadavre était celui d'une jeune femme blonde et mince ; elle avait été jolie mais la mort l'avait dépossédée de ses caractéristiques de sorte qu'elle aurait aussi bien pu être à présent une banale sculpture primitive en stéatite. Un je-ne-sais-quoi, son instinct de médecin légiste peut-être, lui souffla l'identité de la jeune personne avant même qu'il n'ait consulté l'étiquette fixée à son orteil.

« Christine Falls, murmura-t-il. Drôle de nom. »

En l'examinant de plus près, il remarqua les racines foncées de ses cheveux sur son front et ses tempes : dire qu'elle était morte et que ce n'était même pas une vraie blonde !

Il se réveilla quelques heures plus tard, couché en chien de fusil, avec le sentiment vague et néanmoins dérangeant qu'un désastre menaçait. Il n'avait aucun souvenir de s'être allongé là au milieu des cadavres. Il était transi jusqu'aux os et sa cravate de traviole l'étranglait. Il se redressa sur son séant et s'éclaircit la gorge ; quelle quantité d'alcool avait-il ingurgitée d'abord chez McGonagle's et après à la soirée dans les étages ? La porte de son bureau était ouverte – il lui semblait y avoir vu Mal mais il avait dû rêver, non ? Il balança les jambes en avant et se releva avec précaution. Il avait l'impression d'avoir la tête vide, comme si on lui avait retiré le haut du crâne. Tendant le bras, il salua gravement les chariots, à la romaine, et, donnant de la gîte, sortit de la pièce d'un pas guindé.

Les murs du couloir étaient d'un vert mat, en revanche boiseries et radiateurs disparaissaient sous de multiples couches d'une substance jaune bilieux, brillante, gluante, plus proche du gruau séché que de la peinture. Il s'arrêta au pied du large escalier d'une munificence incongrue – le bâtiment avait abrité à l'origine un club pour débauchés de la Régence – et entendit, à sa grande surprise, de lointains échos de la fête filtrant encore du cinquième étage. Il posa un pied sur une marche, une main sur la rampe, mais s'arrêta de nouveau. De jeunes médecins, des carabins, des infirmières aux jambes de percheron : non, merci, il avait sa dose et, en plus, les jeunes mecs l'avaient presque fichu dehors ! Il prit le couloir. Il pressentait la gueule de bois qui l'attendait, casquette et boulons garantis. Dans la pièce du portier de nuit jouxtant la haute porte à double battant de l'entrée principale, un transistor marchait tranquillement sans personne alentour. Les Inkspots. Quirke fredonna la mélodie dans sa barbe. « It's a Sin to Tell a Lie. » C'est un péché de mentir. Bien vrai, ça.

Quand il émergea sur le perron, le portier, vêtu de son pardessus marron, fumait une cigarette en contemplant l'aube maussade qui se levait derrière le dôme des Four Courts. C'était un petit gars coquet avec lunettes, cheveux cendrés et nez pointu qui remuait du bout. Dans la rue encore obscure, une automobile passa au ralenti.

« Bonjour, Portier », lança Quirke.

Le portier éclata de rire.

« Vous savez bien que je ne m'appelle pas Portier, monsieur Quirke ! »

Avec ses cheveux bruns et secs farouchement rejetés en arrière qui lui dégageaient le front, il avait l'air chiffonné du mec qui n'arrête pas de se questionner. Un souriceau ronchon.

« C'est exact, brama Quirke, vous êtes le portier de nuit mais vous n'êtes pas M. Portier. »

Derrière le bâtiment des Four Courts, un nuage bleu foncé à l'aspect malveillant grimpait furtivement dans le ciel et bridait la lumière d'un soleil encore invisible. Quirke remonta le col de sa veste en se demandant vaguement ce qu'il était advenu de l'imperméable qu'il portait – lui semblait-il – lorsqu'il avait commencé à boire, plusieurs heures auparavant. Et qu'était-il advenu de son étui à cigarettes ?

« Z'auriez pas une cigarette à me prêter ? » demanda-t-il.

Le portier sortit un paquet.

« Ce sont que des Woodbines, monsieur Quirke. »

Quirke accepta la cigarette et, les mains en coupe, se pencha vers la flamme pour savourer un bref instant la molle puanteur de l'essence. Il releva la tête et inspira à fond la fumée âcre. Qu'elle était bonne cette première bouffée matinale qui vous brûlait les poumons. Le couvercle du briquet se referma avec un cliquetis. Ensuite de quoi, il fut pris d'une quinte de toux et produisit un bruit de gorge déchirant.

« Putain, Portier, s'écria-t-il d'une voix chevrotante, comment pouvez-vous fumer des trucs pareils ? Un de ces jours, je vais vous retrouver sur ma paillasse. Quand je vous ouvrirai, vos éponges auront une gueule de harengs fumés. »

Le portier ricana de plus belle et émit une sorte de gloussement rauque et forcé. Quirke s'éloigna de lui abruptement. En descendant les marches, il sentit dans les terminaisons nerveuses de son dos que le lascar le suivait d'un œil froid et subitement malveillant. Ce qu'il ne sentit pas, en revanche, ce fut un autre regard, mélancolique celui-là, qui, cinq étages plus haut, l'observait d'une fenêtre éclairée derrière laquelle de vagues formes occupées à festoyer continuaient à s'entrecroiser en tous sens.

La pluie d'été qui tombait en rafales silencieuses nimbait de gris les arbres de Merrion Square. Quirke, serrant les revers de sa veste contre sa gorge, longeait les grilles à pas pressés comme s'il y avait une chance qu'elles le protègent. Il était encore trop tôt pour les employés de bureau de sorte que la large rue était déserte, sans un véhicule à l'horizon, et, s'il n'avait pas plu, il aurait bénéficié d'un panorama dégagé sur l'église St Stephen – dite le Poivrier – qui, vue de loin, du bas du large ruban miteux que constituait Upper Mount Street, lui semblait toujours un rien de traviole. Parmi la masse des cheminées, quelques-unes lâchaient des panaches de fumée ; l'été touchait à sa fin et l'air était empreint d'une fraîcheur nouvelle. Mais qui avait allumé ces feux de si bon matin ? Se pouvait-il qu'il y eût encore des filles de cuisine pour remonter les seaux à charbon des sous-sols avant les premières lueurs du jour ? Il fixa les hautes fenêtres en songeant à toutes ces pièces obscures où des tas de gens se réveillaient, bâillaient et se levaient pour préparer leur petit déjeuner ou se retournaient pour profiter d'une demi-heure supplémentaire à mariner dans la chaude moiteur de leur lit. Une fois, à l'aube d'une autre journée d'été, alors qu'il passait aussi dans le coin, il avait vaguement entendu, venant de derrière une de ces fenêtres, les cris d'extase d'une femme qui descendaient en tourbillonnant vers la rue. Quel poignant élan de pitié avait-il alors éprouvé pour lui, qui circulait tout seul alors que, pour les autres, la journée n'avait pas commencé ; poignant, triste, mais agréable aussi, car secrètement Quirke prisait cette solitude dans laquelle il voyait la marque d'une certaine distinction.

Dans le vestibule de son immeuble flottait comme toujours l'odeur sombre, confinée, qu'il ne pouvait jamais identifier et qui venait en droite ligne de son enfance, si enfance était le terme adéquat pour qualifier les dix premières années de malheur qu'il avait endurées.

Accompagné par le chuintement de ses chaussures, il gravit lourdement l'escalier, du pas de l'homme qui grimpe à la potence. Il avait atteint le palier du premier quand une porte s'ouvrit dans le couloir ; il s'arrêta, soupira.

« Encore un raffut terrible la nuit dernière, lui lança M. Poole d'un ton accusateur. Pas fermé l'œil. »

Quirke se tourna. Poole se tenait de profil dans l'embrasure de sa porte entrebâillée, ni dedans ni dehors, comme d'habitude, et affichait une mine agressive et timide à la fois. C'était un lève-tôt, si tant est qu'il dorme jamais. Il portait un pull sans manches, un nœud papillon, un pantalon en twill aux plis parfaitement marqués et des pantoufles grises. On aurait cru, se disait Quirke chaque fois, le père d'un pilote de chasse dans un de ces fameux films sur la bataille d'Angleterre ou, mieux, le père de la petite amie du pilote de chasse.

« Bonjour, monsieur Poole », fit Quirke avec une politesse distante.

Si le bonhomme lui procurait souvent un léger réconfort, là, Quirke n'était pas d'humeur légère.

Une lueur vengeresse éclairait le pâle œil de mouette de Poole. Ce dernier, qui avait la manie de projeter sa mâchoire inférieure de droite et de gauche, déclara d'un air affligé :

« Ça n'a pas arrêté de la nuit. »

Les autres logements de l'immeuble étaient vides, à l'exception de celui de Quirke au troisième, or Poole se plaignait régulièrement de bruits nocturnes.

« Un cirque effrayant, bang bang bang. »

Quirke acquiesça.

« Terrible. Personnellement, j'étais sorti. »

Poole jeta un coup d'œil dans la pièce derrière lui, puis reporta son attention sur Quirke.

« C'est la patronne que ça dérange, expliqua-t-il alors dans un chuchotement, pas moi. »

Voilà qui était nouveau. Mme Poole, qu'on apercevait rarement, était une minuscule personne au regard apeuré et furtif ; elle était, Quirke le savait pertinemment, sourde comme un pot.

« Je me suis plaint vivement. Je compte qu'ils vont réagir, je le leur ai dit.

— Bravo. »

Flairant un sarcasme, Poole plissa les yeux.

« Nous verrons ce que nous verrons », ajouta-t-il d'un ton menaçant.

Quirke grimpa les marches. Il n'avait pas entendu Poole refermer sa porte qu'il était devant la sienne.

Un air glacial et peu accueillant meublait son salon où la pluie murmurait contre les deux fenêtres hautes – reliques d'une époque plus opulente – qui, indépendamment de la grisaille de la journée, répandaient toujours une sorte d'éclat diffus que Quirke trouvait mystérieusement déprimant. Il souleva le couvercle d'une boîte à cigarettes en argent sur le manteau de la cheminée mais elle était vide. Mettant un genou au sol, il alluma le gaz vaille que vaille avec la modeste flamme de son briquet. Il remarqua, écœuré, son imperméable sec sur le dossier d'un fauteuil qu'il n'avait pas quitté. Il se releva trop vite et fut saisi d'un bref éblouissement. Quand il y vit plus clair, il était devant une photographie dans un cadre en écaille de tortue sur la cheminée : Mal Griffin, Sarah, lui-même à vingt ans et sa future femme, Delia qui, pour rire, braquait sa raquette face à l'appareil ; tous quatre étaient en tenue de tennis blanche et avançaient bras dessus, bras dessous sous un soleil aveuglant. Il se rendit compte avec une légère stupéfaction qu'il ne se rappelait pas où ce cliché avait été pris ; à Boston, supposait-il, ce devait être à Boston – mais avaient-ils joué au tennis à Boston ?

Il ôta son costume humide, enfila un peignoir et s'assit pieds nus devant le foyer à gaz. Il considéra la vaste pièce haute de plafond et afficha un sourire sans joie : ses livres, ses photos, son tapis turc – sa vie. Frisant la quarantaine, il avait dix ans de moins que le siècle. Les années 1950 avaient promis une nouvelle ère de prospérité et de bonheur pour tous, mais n'étaient pas à la hauteur de leur promesse. Son regard s'arrêta sur un mannequin en bois articulé pour artistes, d'une trentaine de centimètres, installé sur la petite table du téléphone, les membres en position de marche. Il se détourna, l'air renfrogné, puis se leva avec un soupir de contrariété et tordit le mannequin afin de lui donner une posture mortifiée plus adaptée à sa morosité matinale et à sa gueule de bois naissante. Il revint s'asseoir dans le fauteuil. La pluie cessa et, à l'exception du chuintement sifflant de la flamme du gaz, le silence se fit. Ses yeux le brûlaient, comme s'ils avaient subi un tour de bouillon ; il les ferma et frissonna quand, en se touchant, les bords irrités de ses paupières échangèrent un horrible petit baiser. Il revit alors clairement le moment où la photographie avait été prise : la pelouse, le soleil, les grands arbres brûlants de chaleur et eux quatre, jeunes, sveltes et souriants, qui avançaient à grandes enjambées. Où était-ce ? Où ? Et qui donc tenait l'appareil photo ?

2.

L'heure du déjeuner était passée quand il trouva enfin l'énergie de se traîner au boulot. Lorsqu'il entra dans le service de médecine légale, Wilkins et Sinclair, ses assistants, échangèrent un regard vide.

« Bonjour, messieurs, lança Quirke. Pardon, bon après-midi. »

Pendant qu'il accrochait son imperméable et son chapeau, Sinclair adressa un sourire à Wilkins et, portant un verre invisible à sa bouche, fit mine de s'avaler une bonne lampée. Sinclair, un gars malicieux au nez en faucille et aux cheveux bruns et bouclés qui lui dégringolaient sur le front, était le pitre du service. Quirke remplit un gobelet d'eau à l'un des lavabos en acier inoxydable fixés le long du mur derrière la table de dissection et, d'une main pas trop sûre, l'embarqua avec précaution jusqu'à sa table de travail. Il cherchait son flacon d'aspirine dans le tiroir encombré de son bureau en se demandant comme toujours comment diable tant de bazar avait pu s'accumuler là-dedans, quand il remarqua le stylo de Mal sur le buvard ; il était décapuchonné et des gouttelettes d'encre séchée tachaient la plume. Ça ne ressemblait pas à Mal d'oublier son précieux stylo et sans son capuchon, en prime. Quirke se figea, sourcils froncés, et retraversa tant bien que mal son brouillard alcoolisé jusqu'au moment où il avait surpris Mal. Le stylo prouvait qu'il n'avait pas rêvé, or il y avait dans cette scène, telle qu'il se la rappelait, quelque chose qui clochait, quelque chose qui clochait encore plus que le fait que Mal ait été assis là, à ce bureau où il n'avait aucune raison d'être, en pleine nuit.

Quirke fit volte-face pour regagner la chambre froide et le chariot de Christine Falls et rabattit le drap. Il sursauta en découvrant le cadavre d'une vieille bonne femme à moitié chauve et moustachue, dont les paupières n'étaient pas totalement closes et dont les minces lèvres exsangues crispées en un rictus exposaient un bout de dentier d'une blancheur incongrue, et espéra que ses deux assistants n'avaient pas remarqué sa réaction.

Il revint dans le bureau, sortit le dossier de Christine Falls du classeur et s'assit à sa table. Il avait à présent un très méchant mal de crâne et l'impression qu'on lui assénait des coups de marteau réguliers, sourds, sur la nuque. Il ouvrit le dossier. Il ne reconnut pas l'écriture ; ce n'était pas la sienne, c'était certain, ni celle de Sinclair ni même de Wilkins et la signature était un gribouillage enfantin et illisible. La fille venait du Sud, du Wexford ou du Waterford, il n'arrivait pas à lire tellement l'écriture était épouvantable. Elle était morte d'une embolie pulmonaire ; drôlement jeune, se dit-il vaguement, pour une embolie. Derrière lui, Wilkins entra dans le couinement de ses semelles de crêpe. Grandes oreilles et visage allongé, Wilkins, un protestant de trente ans d'une maladresse d'écolier, était toujours excessivement et horriblement poli.

« Quelqu'un a laissé ceci à votre intention, monsieur

Quirke », annonça-t-il en déposant l'étui à cigarettes de Quirke devant lui.

Il toussota.

« Une des infirmières.

— Oh, bien », marmonna Quirke.

Tous deux fixèrent l'étui d'un air ahuri comme s'ils s'attendaient à ce qu'il bouge. Quirke s'éclaircit la gorge.

« Laquelle ?

— Ruttledge.

— Je vois. »

Le silence semblait exiger une explication.

« Il y avait une soirée là-haut, la nuit dernière. J'ai dû l'oublier. »

Il prit une cigarette et l'alluma.

« Cette fille, poursuivit-il d'un ton vif en soulevant le dossier, Christine Falls – où a-t-elle disparu ?

— C'est quoi son nom, monsieur Quirke ?

— Falls. Christine. Elle a dû arriver hier soir, or elle a disparu. Où est-elle ?

— Je ne sais pas, monsieur Quirke. »

Quirke soupira devant le dossier ouvert ; il aurait aimé que Wilkins cesse de lui donner du M. Quirke avec autant d'obséquiosité chaque fois qu'il le convoquait.

« L'autorisation de sortie ? Elle est où ? »

Wilkins repartit vers la chambre froide. Quirke recommença à fouiller le tiroir du bureau et dénicha enfin le flacon d'aspirine ; il ne restait plus qu'un comprimé.

« La voici, monsieur Quirke. »

Wilkins posa la mince feuille de papier rose sur le meuble. Dessus, à ce que Quirke nota, la signature illisible était plus ou moins la même que celle du dossier.

À ce moment précis, il comprit soudain pourquoi l'attitude de Mal, derrière son bureau la nuit dernière, l'avait intrigué : Mal, qui était droitier, écrivait alors de la main gauche.

Dans le service d'obstétrique, M. Malachy Griffin effectuait sa tournée d'après-midi. Vêtu d'un costume trois-pièces à rayures et d'un nœud papillon rouge, il circulait majestueusement de salle en salle, raide comme un I, bien droit, le cou tendu, un troupeau d'étudiants dociles à sa remorque. Au seuil de chaque pièce, il faisait une pause théâtrale l'espace d'une seconde, lançait : « Bon après-midi, mesdames, et comment allons-nous aujourd'hui ? » et jetait un coup d'œil alentour avec un grand sourire radieux un brin désespéré. Du coup, les femmes ventrues, engourdies sur leur lit, se secouaient, saisies d'une vague espérance, rajustaient le col de leur liseuse, tapotaient leur coiffure et poussaient à la hâte sous leurs oreillers poudriers et miroirs à main sortis en prévision de son passage. C'était l'obstétricien le plus couru de la ville. En dépit de sa formidable réputation, il avait une certaine timidité qui attirait toutes ces futures mères. Pendant les heures de visite, les maris soupiraient quand leurs épouses commençaient à discourir sur M. Griffin et de nombreux petits garçons nés à l'hôpital Holy Family se voyaient contraints de s'aventurer dans la course d'obstacles que représentait l'existence affublés du prénom Malachy, handicap loin d'être négligeable, de l'avis de Quirke.

« Eh bien, là, mesdames, vous êtes superbes, superbes – absolument superbes ! »

Quirke s'attarda au bout du couloir en observant avec un amusement amer la majesté avec laquelle Mal arpentait son domaine. Il huma l'air. Bizarre d'être ici, dans les étages, où ça sentait les vivants et les nouveau-nés en plus. En sortant de la dernière salle, Mal l'aperçut et fronça les sourcils.

« Tu as une minute ? lui demanda Quirke.

— Comme tu vois, je fais ma tournée.

— Juste une minute. »

Mal soupira et invita d'un geste ses étudiants à poursuivre. Ils s'éloignèrent, puis s'arrêtèrent, les mains dans les poches de leur blouse blanche ; plus d'un réprimait un sourire narquois. Il était de notoriété publique que Quirke et M. Griffin ne pouvaient pas se sentir.

Quirke remit le stylo à Mal.

« Tu as oublié ça.

— Oh, vraiment ? s'écria Mal d'un ton neutre. Merci. »

Il rangea le stylo dans la poche intérieure de sa veste de costume. C'est incroyable, songea Quirke, de voir avec quelle circonspection Mal accomplit les actes les plus insignifiants et la manière réfléchie dont il gère les broutilles de l'existence !

« Cette fille, Christine Falls », insista Quirke.

Mal cilla, jeta un coup d'œil en direction des étudiants qui patientaient, puis ramena son attention vers Quirke et remonta ses lunettes sur l'arête de son nez.

« Oui ?

— J'ai lu le dossier, celui que tu as sorti la nuit dernière. Il y avait un problème ? »

Mal pinça sa lèvre inférieure entre un de ses doigts et son pouce ; c'était une autre de ses manies depuis toujours, depuis son enfance, de même que la façon dont il jouait avec ses lunettes, contractait les ailes du nez et faisait craquer bruyamment ses doigts. Il est, se dit Quirke, une caricature ambulante.

« Je vérifiais certains détails du cas », expliqua Mal en feignant la désinvolture.

Quirke haussa exagérément les sourcils.

« Le cas ? répéta-t-il.

— En quoi ça t'intéresse ? rétorqua Mal en haussant les épaules avec impatience.

— Eh bien, pour commencer, elle a disparu. Son cadavre a...

— Je ne sais rien là-dessus. Écoute, Quirke, j'ai un après-midi chargé – si tu me permets ? »

Il s'apprêtait à tourner les talons mais Quirke le retint par le bras.

« Le service est sous ma responsabilité, Mal. Ne t'en mêle pas, d'accord ? »

Il le relâcha et Mal pivota, imperturbable, puis s'éloigna à grandes enjambées. Quirke le regarda presser le pas et entraîner les étudiants dans son sillage, tels des oisons, puis lui aussi fit demi-tour, descendit l'escalier absurdement grandiose qui menait au sous-sol, réintégra son bureau où, conscient du regard interrogateur de Sinclair, il s'assit à sa table et rouvrit le dossier Christine Falls. À cet instant précis, le téléphone, accroupi en crapaud à côté de son coude, se mit à carillonner et, comme toujours, il sursauta devant sa sonnerie impérieuse. Lorsqu'il entendit la voix à l'autre bout, son expression s'adoucit. Il écouta un moment, marmonna : « Cinq heures et demie ? » et reposa le combiné.

L'air verdâtre du soir diffusait une douce chaleur. Campé sur le large trottoir à l'abri des arbres, il terminait sa cigarette en observant, de l'autre côté de la rue, la jeune fille sur le perron de l'hôtel Shelbourne. Elle portait une robe d'été blanche à pois rouges et un élégant petit chapeau blanc à plume. Le visage tourné vers la droite, elle regardait vers le croisement de Kildare Street. Un coup de vent souleva son ourlet. Il aimait sa façon de se tenir, alerte et maîtresse d'elle-même, la tête et les épaules rejetées en arrière, les pieds sagement placés l'un à côté de l'autre dans ses petites chaussures, les mains à la taille, serrées sur son sac et ses gants. Elle lui rappelait tellement Delia. Un fardier vert olive passa, tiré par un clydesdale chocolat. Quirke releva le nez et inhala les odeurs de cette fin d'été : poussière, cheval, feuillage, fumées de diesel et peut-être même, fruit de son imagination, un soupçon du parfum de la jeune fille.

Il traversa en évitant de peu un autobus à impériale vert qui lui balança un coup de klaxon furieux. La jeune fille tourna la tête et, sans manifester la moindre émotion, le regarda fouler la rue nimbée d'ombre et de lumière, l'imperméable sous le bras, une main crispée au fond d'une poche de sa veste croisée et son chapeau marron dangereusement incliné. Elle remarqua son front plissé par la concentration, la difficulté qu'il semblait avoir à avancer sur ses pieds d'une petitesse incroyable. Elle descendit les marches à sa rencontre.

« As-tu l'habitude d'espionner les jeunes filles comme ça ? »

Quirke s'arrêta devant elle, un pied sur l'arête du trottoir.

« Comme quoi ?

— Comme un gangster planquant une banque.

— Ça dépend de la jeune fille. Tu as quelque chose qui vaudrait la peine d'être volé ?

— Ça dépend de ce que tu cherches. »

Ils s'observèrent un moment sans rien dire, puis la jeune fille sourit.

« Bonjour, tonton.

— Bonjour, Phoebe. Qu'est-ce qui ne va pas ? »

Elle haussa les épaules et grimaça.

« Qu'est-ce qui va ? »

Au bar de l'hôtel, ils s'assirent sur de petites chaises dorées et commandèrent un thé et une assiette de mini-sandwiches et de mini-gâteaux présentés sur un plateau à trois étages. La haute salle richement décorée était animée. La foule chevaline du vendredi soir, montée de la campagne en tweed et croquenots confortables, braillait à tue-tête ; face à ces gens, Quirke avait les nerfs en pelote et, quand il se tortillait, il lui semblait que les bras incurvés de son siège doré resserraient leur étreinte autour de lui. Or, il était évident que Phoebe adorait l'endroit, qu'elle adorait bénéficier ainsi de la possibilité de jouer à la jeune dame sûre d'elle-même, fille de M. Griffin, l'obstétricien de Rathgar. Quirke, qui l'observait par-dessus le bord de sa tasse, se délectait de la voir se délecter. Elle avait ôté son chapeau qu'elle avait posé à côté de son assiette et, avec sa plume mollement inclinée, on aurait cru une décoration de table. Quant à ses cheveux, ils étaient si noirs que les crans avaient des reflets bleutés. Elle avait les yeux bleu vif de sa mère. D'après Quirke, elle était trop maquillée – ce rouge à lèvres était beaucoup trop criard pour son âge –, mais il se garda de tout commentaire. Dans un angle à l'autre bout de la pièce, un vieux monsieur à l'allure militaire et au crâne chauve et brillant paraissait le fixer d'un œil furieux derrière son monocle. Phoebe se fourra en entier dans le bec un mini-éclair qu'elle mâcha avec bonheur en roulant les yeux et en se moquant d'elle-même.

« Et le petit ami, il va comment ? » demanda Quirke.

Elle haussa les épaules et avala tout rond.

« Il va bien.

— Il continue le droit ?

— Il va s'inscrire au barreau l'an prochain.

— Vraiment ? Eh bien, c'est carrément épatant. »

Elle le bombarda avec une miette de gâteau et il eut la sensation qu'un reflet indigné du monocle à l'autre bout de la salle leur fonçait dessus.

« Sois pas sarcastique, s'écria-t-elle. Tu es tellement sarcastique. »

Elle se rembrunit et observa le fond de sa tasse.

« Ils essaient de me pousser à rompre. C'est pour ça que je t'ai appelé. »

Quirke acquiesça sans néanmoins rien manifester de ses sentiments.

« C'est qui *ils* ? »

Elle rejeta la tête en arrière, ce qui fit voltiger ses boucles permanentées.

« Oh, tous. Papa, bien sûr. Même Grand-père.

— Et ta mère ?

— Elle ? » s'exclama-t-elle dans un ricanement moqueur.

Elle pinça les lèvres et imita le ton réprobateur de Sarah.

« *Voyons, Phoebe, tu dois penser à la famille, à la réputation de ton père.* Des hypocrites ! »

Elle l'enveloppa d'un regard furieux, puis porta la main à sa bouche et pouffa en s'écriant :

« La bobine que tu fais ! Tu ne veux rien entendre contre elle, pas vrai ? »

Il ne releva pas sa remarque.

« Qu'est-ce que tu attends de moi ?

— Que tu leur parles, lui expliqua-t-elle, les mains nouées sur la poitrine, en se penchant vivement par-dessus la petite table. Que tu parles à Papa... ou à Grand-père, tu es son chouchou après tout, et Papa fera tout ce que Grand-père lui dira de faire. »

Sous le regard attentif de Phoebe, Quirke sortit son étui à cigarettes et son briquet et tapota sa cigarette contre l'ongle de son pouce. Il la vit se demander si elle aurait l'audace de lui en réclamer une. Il envoya un panache de fumée vers le plafond et retira un brin de tabac collé sur sa lèvre inférieure.

« J'espère que tu ne songes pas sérieusement à épouser Bertie Wooster ?

— Si c'est de Conor Carrington que tu parles, il ne m'a rien proposé. Pas encore.

— Quel âge as-tu ?

— Vingt ans.

— Non.

— Bientôt. »

Il se rejeta en arrière sur sa petite chaise et l'étudia.

« Tu ne comptes pas ficher le camp encore une fois, hein ? s'écria-t-il.

— Je réfléchis à la possibilité de partir. Je ne suis pas une gamine, tu sais. On est au milieu du vingtième siècle, pas au Moyen Âge. Tant pis, si je ne peux pas épouser Conor Carrington, je me sauverai avec toi. »

Il éclata de rire et se rejeta encore plus en arrière si bien que la petite chaise poussa un cri de protestation.

« Non, merci.

— Ce ne serait pas un inceste – tu es juste mon oncle par alliance, après tout. »

Là-dessus, quelque chose changea sur son visage, elle se mordit la lèvre, baissa les yeux et se mit à fourrager dans son sac. Consterné, il vit une larme rouler sur le dos de sa main. Il jeta un coup d'œil rapide vers l'homme au monocle qui s'était levé et s'avançait entre les tables, l'air menaçant. La jeune fille récupéra le mouchoir qu'elle cherchait et se moucha copieusement. Le monocle était maintenant pratiquement sur eux et Quirke se prépara à la confrontation – en quoi avait-il provoqué ça ? –, mais il passa d'un pas martial à côté de leur table en affichant un sourire chevalin et tendit la main à quelqu'un derrière Quirke en disant : « Trevor ! Je pensais bien que c'était vous... »

Le visage marbré et un œil à la Pierrot dû à une grasse traînée de mascara noir, Phoebe bredouilla dans un gémissement étouffé :

« Oh, tonton, je suis tellement malheureuse. »

Quirke éteignit son mégot dans le cendrier sur la table.

« Calme-toi, pour l'amour du ciel », marmonna-t-il.

Son mal de crâne ne l'avait pas quitté.

Phoebe lui jeta un regard mauvais à travers ses larmes.

« Me dis pas de me calmer ! On n'arrête pas de me répéter ça. J'en ai assez ! »

Elle referma son sac dans un bruit sec et se releva, regardant vaguement à droite et à gauche, comme si elle ne savait plus où elle était. Quirke, toujours sur son siège, la pria de se rasseoir, pour l'amour de Dieu, mais elle l'ignora. Les gens des tables voisines la dévisageaient.

« Moi, je sors », déclara-t-elle et elle s'éloigna à grandes enjambées.

Quirke régla l'addition et la rattrapa sur le perron du Shelbourne. Elle se tamponnait de nouveau les yeux avec son mouchoir.

« Tu es dans un bel état, dit-il. Va te rafraîchir la figure. »

Tranquillisée, elle retourna à l'hôtel. En l'attendant, il s'installa dans la zone fermée jouxtant la porte vitrée et se fuma une autre cigarette. La journée s'achevait, les arbres du Green projetaient des ombres à l'oblique dans la rue ; l'automne n'allait plus tarder. Il admirait la lumière somptueuse sur les façades en brique des maisons de Hume Street quand Phoebe ressortit, s'arrêta à côté de lui et le prit par le bras.

« Emmène-moi quelque part, lui souffla-t-elle. Emmène-moi dans un bouge. »

Elle plaqua le bras de Quirke contre son flanc et eut un rire de gorge.

« Je veux être vilaaaaaaaaine. »

Ils longèrent le Green en direction de Grafton Street. Les gens étaient de sortie, ils se baladaient et profitaient des derniers instants d'une belle journée qui avait si mal commencé. Phoebe avançait, pressée contre lui, son bras toujours glissé sous le sien ; il percevait la chaleur de sa hanche, la fermeté des chairs et, en dessous, le doux mouvement de l'articulation. Puis il songea à Christine Falls, blême et cireuse sur son chariot.

« Comment vont les études ? » demanda-t-il.

Phoebe haussa les épaules.

« Je vais changer. L'histoire, c'est rasoir.

— Ah ? Et tu vas faire quoi à la place ?

— Peut-être médecine. Suivre la tradition familiale. »

Quirke ne fit aucun commentaire. Elle lui pressa de nouveau le bras.

« Je vais vraiment m'en aller, tu sais. S'ils ne me laissent pas vivre ma vie, je me tire. »

Quirke baissa les yeux vers elle et éclata de rire.

« Comment vas-tu te débrouiller ? Je ne vois pas ton père financer cette vie de bohème que tu comptes mener.

— Je prendrai un boulot. C'est ce qui se fait en Amérique. J'avais une correspondante qui a financé elle-même ses études supérieures. C'est ce qu'elle m'avait écrit : Je finance mes études moi-même. Imagine. »

Ils s'engagèrent dans Grafton Street et arrivèrent au McGonagle's. Quirke ouvrit la grande porte avec ses panneaux en verre coloré vert et rouge et ils furent accueillis par des exhalaisons de bière, de fumée de cigarettes et du bruit. Il était tôt mais il y avait déjà beaucoup de monde.

« Beurk, s'exclama Phoebe, t'appelles ça un bouge ? »

Elle suivit Quirke qui se fraya un passage jusqu'au bar. Ils dénichèrent deux hauts tabourets libres à côté d'un pilier rectangulaire en bois sur lequel était accroché un miroir étroit. Phoebe remonta sa jupe d'un geste vif et s'assit en souriant à Quirke. Oui, se dit ce dernier, elle a le sourire de Delia. Une fois installé, il aperçut son reflet dans le miroir derrière l'épaule de Phoebe et changea de place avec elle ; ça le mettait toujours mal à l'aise de se regarder dans les yeux.

« Qu'est-ce que tu vas prendre ? lui demanda-t-il en levant le doigt à l'attention du barman.

— Qu'est-ce que je peux prendre ?

— Une *Salsaparilla*.

— Un gin. Je prendrai un gin. »

Il haussa les sourcils.

« Ah bon ? »

Le barman était vieux, voûté et d'une dignité de cureton.

« Comme d'hab' pour moi, Davy, dit Quirke, et un gin tonic pour la dame. Plus de tonic que de gin. »

McGonagle's avait été un de ses repaires à l'époque, à l'époque où il buvait sérieusement.

Davy opina, renifla et s'éloigna en traînant les pieds tandis que Phoebe examinait la salle embrumée par la fumée des cigarettes. Tenant une chope de bière brune d'une main pleine de bagues, une grosse bonne femme rougeaude vêtue de mauve lui adressa un clin d'œil ainsi qu'un sourire qui dévoila des dents écartées noircies par le tabac ; efflanqué comme un lévrier, son compagnon avait les cheveux ternes, sans volume et couverts d'une sorte de croûte.

« Ce sont des gens importants ? » murmura Phoebe, la bouche en coin.

McGonagle's passait pour être fréquenté par de soi-disant poètes et leurs muses.

« Ici, tout le monde est important. Ou le pense. »

Davy le barman leur apporta leurs boissons. C'est curieux, songea Quirke, je n'ai jamais aimé le goût du whisky ni d'aucun alcool d'ailleurs ; déjà à l'époque des folies, après la mort de Delia, la brûlure âcre du whisky l'écœurait, même quand il en ingurgitait de pleins carafons. Il n'avait pas une nature de buveur ; il croyait qu'il y avait des gens comme ça mais qu'il n'en faisait pas partie. C'était ce qui lui avait évité de se détruire, supposait-il, durant ces longues années larmoyantes où il avait porté le deuil de sa femme.

Il leva son verre et effleura celui de la jeune fille.

« À la liberté », lança-t-il.

Les yeux vissés sur sa boisson, Phoebe observait les glaçons qui se tordaient au milieu des bulles.

« Tu es vraiment dingue de maman, pas vrai ? »

Maman. Le terme arrêta Quirke une fraction de seconde. Fendant la foule de biais, un grand bonhomme au front haut et lisse passa devant eux. Quirke reconnut le type de l'hôtel, le fameux Trevor que le vieux au monocle à l'autre bout de la salle était venu saluer. Que le monde était petit ; trop petit.

« Tu étais dingue d'elle il y a des années, poursuivit Phoebe, et tu l'es toujours. Je sais tout là-dessus.

— J'étais dingue de sa sœur... j'ai épousé sa sœur.

— Mais uniquement parce que tu avais été repoussé. Papa a eu celle que tu voulais et, du coup, tu as épousé Tante Delia.

— Tu parles d'une morte.

— Je sais. Je suis épouvantable, non ? N'empêche, c'est la vérité quand même. Elle te manque ?

— Qui ? »

Elle lui colla un vif coup de poing sur le poignet de sorte que la plume de son chapeau vint chatouiller le front de Quirke.

« Ça fait vingt ans, marmonna-t-il, puis après un silence il ajouta : Oui, elle me manque. »

Sarah s'assit sur le tabouret en peluche devant la coiffeuse et s'examina dans le miroir. Elle avait mis une robe en soie écarlate mais se demandait si ce n'était pas une erreur. Fidèles à eux-mêmes, ils l'observeraient à la dérobée, chercheraient quelque chose à critiquer, le détail marquant la différence, la preuve qu'elle n'était pas des leurs. Elle vivait parmi eux depuis – quoi ? – quinze ans ? mais ils ne l'avaient jamais acceptée et ne l'accepteraient jamais, les femmes surtout. Ils lui souriaient, la flattaient, lui offraient des miettes de bavardages anodins, comme à une bête de zoo. Quand elle parlait, ils l'écoutaient avec une attention exagérée, hochaient la tête et affichaient des sourires encourageants, du genre de ceux qu'ils adresseraient à une enfant ou une demeurée. Elle s'entendait chevroter à force d'essayer de paraître normale, les phrases lui sortaient de la bouche, hachées menu, et s'étalaient à leurs pieds sans avoir rien achevé. Et il fallait les voir froncer les sourcils en feignant une perplexité polie lorsque, par distraction, elle utilisait un américanisme. « Comme c'est intéressant, disaient-ils, que vous n'ayez jamais perdu votre accent », ajoutant « jamais malgré tout ce temps », on aurait juré qu'elle avait été amenée là par les premiers boucaniers à traverser l'Atlantique, telle une cargaison de tabac ou de dindes. Elle poussa un soupir. Oui, la robe n'allait pas mais elle n'avait pas l'énergie de se changer.

Mal sortit de la salle de bains, sans cravate, en manches de chemise et bretelles, et lui présenta une paire de boutons de manchette.

« Peux-tu m'attacher ces saletés de trucs ? lui lança-t-il d'un ton plaintif teinté d'irritation.

Il tendit les bras tandis que Sarah se levait, prenait les boutons froids et délicats et les glissait dans les manchettes. Ils évitaient de se regarder, Mal, la bouche pincée, observait distraitement un coin du plafond. Comme il avait la peau pâle et fragile sur la face interne des poignets. C'était la première chose qui l'avait frappée chez lui lorsqu'ils s'étaient rencontrés, il y avait de cela vingt ans, comme il lui avait paru doux, d'une exquise douceur partout, ce grand bonhomme tendre et vulnérable.

« Phoebe est rentrée ? grommela-t-il.

— Elle ne sera pas en retard.

— Elle a intérêt, surtout ce soir.

— Tu es trop dur avec elle, Mal. »

Il pinça encore plus les lèvres.

« Tu ferais mieux d'aller voir si mon père est arrivé, répliqua-t-il. Tu connais sa maniaquerie. »

Depuis quand est-ce qu'on se parle de cette façon guindée, grincheuse ? se demanda-t-elle, on croirait deux inconnus coincés dans un ascenseur.

Elle descendit, accompagnée par le froufroutement de la soie de sa robe contre ses genoux, froufroutement qui s'apparentait à un ricanement assourdi. Franchement, elle aurait dû se changer et enfiler quelque chose de moins spectaculaire, de moins... de moins déclamatoire. Séduite par le terme, elle esquissa un maigre sourire. Déclamer n'était pas dans ses habitudes.

Dans la salle à manger, Maggie, la bonne, plaçait les cuillères sur la table.

« Tout est prêt, Maggie ? »

La bonne, qui l'espace d'une minute parut ne pas la reconnaître, lui décocha un coup d'œil maussade avant d'acquiescer. Elle avait une tache sur l'ourlet de son uniforme, derrière ; Sarah se prit à souhaiter que ce ne soit pas de la sauce. Maggie avait passé l'âge de la retraite depuis belle lurette mais Sarah n'avait pas eu le cœur de la laisser partir, contrairement à l'autre pauvre malheureuse. Sur ce, on frappa à la porte principale.

« Je m'en occupe », s'écria Sarah.

Pour toute réaction, Maggie hocha la tête de plus belle sans quitter les cuillères des yeux.

Sarah ouvrit et Garret Griffin lui colla un bouquet de fleurs dans les bras.

« Garret, s'exclama-t-elle avec chaleur. Entrez. »

Le vieux monsieur pénétra dans le vestibule et s'ensuivit alors ce moment de désarroi qu'elle connaissait bien, car elle ne savait jamais trop comment l'accueillir, vu que les Griffin, et même Garret, n'étaient pas du genre à se laisser embrasser facilement. Il désigna les fleurs serrées contre elle ; elles étaient d'une laideur saisissante.

« J'espère que ça va, expliqua-t-il. Je ne suis pas doué pour ce genre de choses.

— Elles sont ravissantes », affirma-t-elle en les reniflant prudemment.

Les asters d'automne sentaient la chaussette sale. Elle sourit ; peu importaient les asters, elle était heureuse de le voir.

« Ravissantes », répéta-t-elle.

Il ôta son pardessus et l'accrocha au portemanteau derrière la porte.

« Je suis le premier ? s'écria-t-il en se retournant vers elle et en se frottant les mains.

— Les autres sont en retard.

— Oh, Seigneur, gémit-il, c'est toujours pareil... je suis toujours trop en avance !

— Ça nous donnera l'occasion de bavarder avant que les autres ne vous monopolisent. »

Il sourit et baissa les yeux avec cette timidité pesante qu'il avait. Elle s'étonna de nouveau – mais pourquoi s'étonner ? – de la profonde affection qu'elle lui portait. Mal apparut dans l'escalier, solennel et imposant dans son costume sombre et sa cravate sobre. Garret leva la tête vers lui sans enthousiasme.

« Te voilà », dit-il.

Père et fils se dévisagèrent en silence. Sur une impulsion, Sarah s'avança vers eux et, ce faisant, eut la sensation qu'une fragile coquille invisible se brisait sans bruit autour d'elle.

« Regarde ce que Garret a apporté ! s'exclama-t-elle en brandissant les fleurs hideuses. Tu as vu comme elles sont belles ! »

Quirke en était à son troisième verre. Assis de biais au bar, en appui sur un coude et un œil fermé pour se protéger de la fumée de sa cigarette, il écoutait à moitié Phoebe lui égrener ses projets d'avenir. Il l'avait autorisée à prendre un deuxième gin, si bien qu'elle avait les yeux brillants et le front cramoisi. La plume de son petit chapeau frémissait au rythme de son babillage enthousiaste. Leur voisin, l'homme aux cheveux encroûtés, ne cessait, au grand déplaisir de son gros compagnon, de lui jeter des coups d'œil furtifs mais elle ne semblait pas remarquer son intérêt louche. Quirke, se sentant un peu idiot – mais juste un peu – du bonheur qu'il éprouvait à se trouver là en compagnie de Phoebe, jeune et radieuse dans sa robe d'été, sourit intérieurement. Dans le bar, le bruit tenait maintenant de la clameur régulière et, même lorsqu'il essayait d'écouter, c'est à peine s'il entendait la jeune fille. Là-dessus, un cri s'éleva dans son dos.

« Nom d'un petit bonhomme, si c'est pas le Dr La Mort ! »

C'était Barney Boyle, parfumé, bourré et d'une jovialité menaçante. Quirke se tourna en affectant un sourire. Barney était une connaissance dangereuse : dans le temps, ils avaient souvent pris des cuites ensemble.

« Salut, Barney », dit-il avec circonspection.

Barney était en tenue de beuverie : costume noir chiffonné et taché, cravate rayée en guise de ceinture et chemise, jadis blanche, au col largement ouvert, comme si quelqu'un avait tiré dessus au cours d'une bagarre. Phoebe tressaillit de plaisir de rencontrer le célèbre Barney Boyle. C'était, elle le remarqua – elle manqua éclater de rire –, une version réduite de Quirke, plus court d'une bonne tête mais avec le même torse puissant, le même nez cassé et les mêmes pieds ridiculement menus. Barney Boyle lui attrapa la main et y planta un baiser baveux. Ses mains à lui, nota Phoebe, étaient petites, douces et délicieusement potelées.

« Ta nièce, non ? lança-t-il à Quirke. Bon sang, Doc, de plus en plus *nice* les nièces, n'est-ce pas ? – et ça, ma chérie, ajouta-t-il en ramenant son sourire éclatant sur Phoebe, c'est pas facile à prononcer quand on est bourré de Porter. »

Il réclama à boire en affirmant, malgré les protestations de Quirke, qu'il fallait que Phoebe reprenne un verre aussi. Sous le regard emballé de la jeune fille, Barney se rengorgeait et se balançait d'avant en arrière, une pinte de bière dans une main, une cigarette mouillée dans l'autre. Phoebe lui demanda s'il écrivait une nouvelle pièce de théâtre et il balaya l'air d'un bras méprisant.

« Non ! rugit-il. Je n'écrirai plus de pièces de théâtre. »

Il prit la pose et déclara, comme s'il s'adressait à un large public :

« Dorénavant, l'Abbey Theatre devra se passer des fruits de mon génie ! »

La tête rejetée en arrière et la bouche grande ouverte, il avala une méchante rasade de bière, les tendons du cou frémissants.

« Je me remets à écrire de la poésie, poursuivit-il en essuyant du revers de la main ses grosses lèvres rouges. En irlandais, cette belle langue que j'ai apprise en taule, université des classes laborieuses. »

Quirke sentit son sourire se figer lentement, désespérément. Certaines nuits, Barney et lui étaient allégrement restés là, face à face, jusqu'à la fermeture et bien après à s'enfiler verre sur verre en s'agitant sous le nez leur personnalité dilatée, tels deux gamins qui se battent à coups de ballon. Eh bien, ce temps-là était révolu depuis longtemps. Quand Barney essaya de commander une nouvelle tournée, Quirke résista en levant la main et dit non, qu'ils devaient s'en aller.

« Désolé, Barney, grommela-t-il en abandonnant son tabouret et en ignorant le regard indigné de Phoebe. Une autre fois. »

Barney le jaugea d'un œil noir en se mordillant le coin de la bouche. Pour la seconde fois de la soirée, Quirke anticipa un clash et se demanda comment l'éviter au mieux – en dépit de sa petite taille, Barney savait se battre – mais ce dernier reporta son regard furieux sur Phoebe.

« Griffin alors, marmonna-t-il en plissant un œil. Auriez-vous par hasard un lien quelconque avec le juge Garret Griffin, président de la Haute Cour de justice et gros bonnet soi-même ? »

Quirke était encore en train de batailler pour faire descendre Phoebe de son tabouret et la tirait par le coude tout en récupérant son imperméable et son chapeau.

« Rien à voir », affirma-t-il.

Barney l'ignora.

« Parce que, confia Barney à Phoebe, c'est le gus qui m'a collé au trou à cause que j'avais combattu pour la liberté de mon pays. Oh, oui, je faisais partie de l'escouade qui a balancé ces fameux pétards en 39 à Coventry. Vous ne saviez pas ça, hein, mademoiselle Griffin ? La bombe pèse plus lourd que la plume, je vous le garantis. »

Son front avait pris un éclat brûlant et ses yeux semblaient s'enfoncer dans leurs orbites.

« Et quand je suis revenu au pays, au lieu d'être accueilli en héros comme je le méritais, M. Griffin, le président de la Haute Cour de justice, m'a expédié trois ans dans une prison pour mineurs, "pour que j'apprenne à me calmer", ainsi qu'il l'a déclaré pour la plus grande hilarité du tribunal. J'avais seize ans. Que pensez-vous de ça, mademoiselle Griffin ? »

Quirke avait résolument commencé à s'éloigner et s'efforçait d'entraîner une Phoebe encore peu décidée à obtempérer. L'homme aux vilains cheveux, qui avait écouté Barney avec intérêt, se pencha alors, un doigt levé.

« Je pense...

— Toi, va te faire foutre, l'interrompit Barney sans le regarder.

— Va te faire foutre, toi, répliqua vaillamment la femme en mauve, toi, ton copain et la pute à ton copain. »

Un peu ivre, Phoebe gloussa et Quirke la tira violemment une dernière fois, de sorte qu'elle bascula du tabouret et serait tombée en avant s'il n'avait glissé la main sous son bras pour la retenir.

« Et maintenant, à ce qu'on me raconte, brailla Barney suffisamment fort pour que la moitié du bar l'entende, il veut être fait comte papal. Enfin – plus fort encore –, je crois bien qu'on dit comte.

3.

Le salon bourdonnait de murmures. Les invités, une vingtaine environ, étaient répartis en petits groupes, les hommes tous coulés dans le même moule avec leur costume noir tandis que les femmes colorées comme des oiseaux babillaient. Sarah circulait au milieu d'eux, effleurait une main ici, touchait un coude là et veillait à ne pas oublier de sourire. Elle était incapable d'aimer ces gens, des amis de Mal pour la plupart ou du juge, et culpabilisait. À l'exception des prêtres – tellement de prêtres toujours ! – c'était des hommes d'affaires, des juristes, des médecins, nantis, soucieux de défendre leurs privilèges, leur place dans la bonne société de la ville, pour ce qu'elle valait. En son for intérieur, elle avait reconnu depuis longtemps qu'elle avait un peu peur d'eux, tous autant qu'ils étaient, et pas seulement de ceux qui étaient effrayants, comme le fameux Costigan. Ce n'était pas le genre d'amis qu'elle aurait prêtés à Mal ni à son père. Cela étant, existait-il un autre genre ici ? Le monde dans lequel ils évoluaient était réduit. Ce n'était pas son monde. Elle en faisait partie mais n'en était pas issue, voilà ce qu'elle se répétait. Et il fallait qu'elle veille à ce que personne ne soupçonne ses pensées. Souris, se disait-elle, n'arrête pas !

Brusquement, un étourdissement la saisit et elle dut se retenir un moment à la table des boissons.

À l'autre bout de la pièce, Mal qui l'observait s'aperçut qu'elle avait – pour reprendre une expression de Maggie, la bonne, qui y mettait une pointe de mépris – *une de ses crises de tournis*. Il ressentit une bouffée de quelque chose de l'ordre du chagrin, comme si la tristesse de Sarah relevait d'une maladie, qui – il tressaillit à cette pensée – allait la tuer. Il inclina la tête, ferma brièvement les yeux pour savourer un instant l'obscurité apaisante, puis les rouvrit et se força à faire face à son père.

« Je ne t'ai pas félicité, déclara-t-il. C'est remarquable d'être fait sire chevalier. »

Le juge, qui tripotait sa pipe, répliqua sur un ton d'incrédulité dédaigneuse et ronchonne :

« Tu trouves ? – Il haussa les épaules. – Enfin, j'ai rendu quelques services à l'Église, je suppose. »

Désireux de s'éloigner l'un de l'autre, mais ne sachant comment s'y prendre, ils se turent. Quant à Sarah, se sentant mieux, elle abandonna la table et s'approcha d'eux avec un sourire crispé.

« Vous avez l'air bien sérieux, tous les deux, leur lança-t-elle.

— Je le félicitais... », commença Mal.

Mais son père le rabroua furieusement :

« Pouah ! Il cherchait à me flatter ! »

S'ensuivit un nouveau silence gêné. Sarah ne trouva rien à dire. Mal s'éclaircit la voix.

« Excusez-moi », murmura-t-il en s'éclipsant à pas feutrés.

Sarah glissa le bras sous celui du vieux monsieur et s'appuya affectueusement contre lui. Elle aimait son odeur de tabac un peu froid, de tweed et de peau sèche et vieillissante. Elle avait parfois l'impression que c'était son seul allié, idée qui l'emplissait de culpabilité, car pourquoi et contre qui lui aurait-il fallu un allié ? Elle connaissait néanmoins la réponse. Elle regarda Costigan tendre la main, prendre Mal par le bras et lui parler avec sérieux. Costigan était un homme trapu doté d'une épaisse chevelure noire qu'il rejetait en arrière, ce qui lui dégageait le front. Il portait des lunettes à monture d'écaille qui lui grossissaient les yeux.

« Je n'aime pas cet homme, dit-elle. Que fait-il ? »

Le juge pouffa de rire.

« De l'export, je crois. Moi non plus, parmi les amis de Malachy, ce n'est pas mon préféré, je le confesse.

— Je devrais aller délivrer Mal.

— C'est vrai qu'il en a grand besoin. »

Elle lui décocha un sourire de reproche affligé, le lâcha et traversa la pièce. Costigan, n'ayant pas remarqué qu'elle approchait, parlait de Boston et de *nos gars sur place*. Tout ce que racontait Costigan se teintait d'une menace voilée, elle s'en était déjà aperçue. Elle se demanda une fois de plus comment Mal pouvait être ami avec un individu pareil. Lorsqu'elle effleura le tissu de sa manche du bout des doigts, Mal sursauta comme s'il avait reçu une mini-décharge électrique et Costigan découvrit ses dents du bas grises et complètement entartrées pour lui décocher un sourire glacial.

Quand elle eut entraîné Mal, elle lui lança, en souriant pour adoucir l'impact de sa question :

« Tu te disputais encore avec ton père ?

— On ne se dispute pas, répliqua-t-il sèchement. J'interjette appel, il juge.

— Oh, Mal, eut-elle envie de s'écrier, oh mon pauvre Mal !

— Où est Phoebe ? »

Elle hésita. Il avait retiré ses lunettes et les nettoyait.

« Pas encore rentrée. »

Il suspendit son geste.

« Quoi... ? »

C'est alors que, derrière le brouhaha de la pièce, elle entendit avec soulagement s'ouvrir la porte d'entrée. Elle s'éloigna rapidement de son mari et piqua vers le vestibule où Phoebe remettait un manteau et un chapeau d'homme à Maggie.

« Où étais-tu ? lança Sarah d'une voix sifflante à la jeune fille. Ton père est... »

Là-dessus, Quirke se retourna avec un sourire d'excuse et elle s'interrompit, tandis que le sang lui brûlait la gorge, les joues.

« Quirke !

— Bonsoir, Sarah. »

En le voyant penché vers elle et souriant, il lui parut très jeune et maladroit : un grand blond monté en graine.

« Je ramène juste cette brebis galeuse au bercail », expliqua-t-il.

Là-dessus, Mal déboula dans le vestibule. En voyant Quirke, il fit ces yeux globuleux qui lui donnaient l'air d'avoir un truc en travers de la gorge. Maggie, souriant mystérieusement, fila sans piper vers la cuisine.

« Bonsoir, Mal, dit Quirke, je ne m'attarde pas...

— Bien sûr que si ! cria Phoebe. Puisqu'ils ne veulent pas que j'invite Conor Carrington, je peux au moins t'avoir, toi ! »

Elle défia du regard chacun des adultes, puis, incapable d'accommoder, cilla, tourna les talons en titubant un peu et attaqua l'escalier d'un pas lourd. Quirke, cherchant Maggie et son chapeau, marmonna :

« Je ferais mieux de m'en aller.

— Oh, attends ! s'écria Sarah qui, sans le toucher, leva la main comme pour le retenir physiquement. Le juge est ici, si tu pars sans qu'il t'ait ne serait-ce que salué, il ne me le pardonnera jamais. »

Sans prêter attention à Mal, elle prit Quirke par le bras et l'entraîna, moyennement résistant, vers le salon.

« À quand remonte ta dernière visite ici ? poursuivit-elle à la hâte pour qu'il ne puisse l'interrompre. À Noël, non ? C'est très vilain de nous négliger ainsi. »

Le juge, entouré d'un groupe d'invités, discutait avec volubilité en faisant de grands gestes avec sa pipe. Lorsqu'il aperçut Quirke, il fit celui qui était extrêmement surpris, leva les mains au ciel, écarquilla les yeux.

« Eh bien, voyez donc qui est là ! » s'écria-t-il en lui fondant dessus tandis que les invités laissés en plan le regardaient s'éloigner avec un sourire indulgent.

« Bonsoir, Garret », dit Quirke.

Sarah le relâcha et recula d'un pas tandis que le juge flanquait une bourrade affectueuse dans le torse de Quirke.

« Je croyais que tu ne pouvais pas venir ce soir, vaurien ! »

Quirke, gêné, roula des épaules en souriant et en se mordant la lèvre. Il avait, le juge le remarqua, un bon coup, voire deux, dans l'aile.

« Phoebe a insisté, expliqua Quirke.

— Voui, elle est convaincante, cette petite. »

Sous les regards de Sarah, souriante, et de Mal, impavide, les deux hommes s'étudièrent.

« Félicitations, à propos », s'exclama Quirke en bridant son ironie.

Le juge lui agita une main pudique sous le nez.

« Arrête donc ça ! Il ne faut pas prendre ces trucs trop au sérieux ! N'empêche, attention, j'espère que, le jour venu, ça m'aidera à entrer au Paradis.

— Comte Garret Griffin, déclara Quirke en tapotant une cigarette contre l'ongle de son pouce. Ça sonne bien.

— C'est Garret, comte Griffin, précisa Mal après avoir toussoté. Voilà comment il faut dire. Comme John, comte McCormack. »

Il y eut un bref silence. Le juge se tordit les lèvres en un sourire aigre.

« Malachy, mon garçon, fit-il en passant un bras autour des épaules de Quirke, voudrais-tu bien aller chercher à boire à cet homme assoiffé ? »

Mais Sarah déclara qu'elle s'en chargeait. Elle craignait, en s'attardant, de céder à un grand rire hystérique. Lorsqu'elle revint avec le whisky, Mal s'était éloigné et le juge racontait à Quirke une histoire concernant une affaire qu'il avait jugée des années auparavant dans une juridiction régionale, un truc sur un bonhomme qui avait vendu ou acheté une chèvre, puis dégringolé dans un puits ; elle avait déjà entendu l'histoire à plusieurs reprises, pourtant jamais elle ne se la rappelait en détail. Quirke hochait la tête et riait trop fort ; lui aussi connaissait cette rengaine. Il prit la boisson qu'elle lui tendit sans la remercier.

« Eh bien, dit-il en levant son verre à l'adresse du juge, au violet.

— Oh oh ! s'écria le vieil homme d'un ton triomphal. Chez nous, il n'y avait pas de titres ronflants. »

Phoebe entra dans la pièce, pâle et l'air légèrement hébété. Elle s'était changée et avait enfilé un pantalon et un pull-over noir qui lui moulait trop la poitrine. Sarah lui proposa à boire en spécifiant qu'il y avait de la limonade mais la jeune fille l'ignora, se dirigea vers la table aux boissons et se servit un gin dans un grand verre.

« Eh bien, dis donc, Malachy, beugla le juge d'une voix parfaitement innocente, je ne savais pas que tu autorisais cette jeune demoiselle à boire de l'alcool fort ! »

Mal devint plus blême que blême tandis que ses voisins immédiats, soudain silencieux, le dévisageaient. Le juge porta avec ostentation une main devant sa bouche et glissa en douce à Quirke dans un murmure théâtral :

« À la voir, elle a déjà descendu plusieurs verres, c'est sûr et certain. »

Mal approcha de Phoebe et lui dit quelques mots à mi-voix, mais elle se détourna en faisant comme s'il n'existait pas. Il hésita un instant, les poings serrés – Mal était du genre à serrer vraiment les poings, songea Quirke –, puis pivota, l'air mécontent, et fonça sur Quirke et le juge. Sarah fit mine de l'intercepter tandis que Quirke levait la main.

« Oui, Mal, oui, déclara-t-il, j'avoue avoir été la cause de ce péché. Elle m'a tanné pour que je l'emmène chez McGonagle's. »

Mal, le front pâle et brillant, s'apprêtait à cracher une invective mais Sarah s'empressa d'intervenir :

« Et si nous passions à table ? » proposa-t-elle avec une jovialité désespérée.

Elle se tourna vers ses invités, qui, malgré leur détachement apparent, n'avaient pas perdu une miette de cette petite joute familiale. Ce n'était pas tous les jours qu'on avait d'aussi croustillantes distractions chez les Griffin.

« Si tout le monde veut bien se rendre à la salle à manger, insista Sarah d'une voix légèrement chevrotante, nous pourrons nous intéresser au buffet. »

Mais Mal s'entêta et, taraudé par une discrète fureur, glissa à Quirke :

« Tu trouves ça drôle d'emmener une fille de son âge dans un pub ? »

Quirke inspira à fond mais le juge glissa de nouveau le bras autour de ses épaules et l'entraîna avec fermeté loin du rayon de fureur de Mal en pouffant :

« McGonagle's, alors ? Seigneur, il y a je ne sais combien de temps que je n'ai pas mis les pieds dans ce lieu de perdition... »

Quirke ne mangea pas mais reprit plusieurs whiskys. À sa grande surprise, il se retrouva subitement dans la cuisine avec Maggie. Hébété de stupeur, il jeta un coup d'œil à la ronde. Appuyé contre le placard à côté de l'évier, les pieds croisés, son verre pressé contre son nombril, il avait l'impression, allez savoir pourquoi, d'être tout juste redescendu sur terre. Que s'était-il passé entre-temps, entre le moment où il était avec le juge et maintenant ? Maggie s'affairait et lui parlait, en réponse, apparemment, à quelque chose qu'il avait dit, encore qu'il n'eût pas idée de ce que ça pouvait être. Maggie ressemblait à une sorcière de conte de fées, bossue, tassée, le nez crochu et les cheveux gris acier broussailleux ; même son rire, les rares fois où elle riait, avait tout d'un ricanement.

« Bon, fit Quirke, histoire de relancer la conversation, comment ça va, Maggie ? »

Elle s'arrêta près de la cuisinière et lui lança un coup d'œil accompagné d'un sourire en coin malicieux.

« Vous êtes terrible, marmonna-t-elle. Seriez capable de boire la mer et ses poissons. »

Il amena son verre de whisky à hauteur de ses yeux et, l'air faussement offensé, considéra tour à tour son verre, puis Maggie, puis de nouveau son verre ; quant à Maggie, elle hocha la tête et poursuivit sa tâche. Elle préparait quelque chose dans la marmite fumante vers laquelle elle se pencha en plissant la figure. Grimalkin, songea-t-il : était-ce un nom de sorcière ? Du salon lui parvint la voix du juge : il faisait un discours. « ... Et j'espère que vous me croirez quand je vous dirai que je me considère indigne de ce grand honneur que le Saint-Père m'a fait, à moi et à ma famille. Vous savez tous d'où, de quel milieu, je suis issu et combien la chance m'a souri tant dans ma vie publique que privée... »

Maggie émit un ricanement guttural et sardonique.

« Je suppose que vous êtes là pour la fille », lâcha-t-elle.

Quirke fronça les sourcils.

« Phoebe ?

— Non, répliqua Maggie dans un nouveau ricanement. Celle qu'a avalé son bulletin de naissance. »

Une salve d'applaudissements marqua la fin du discours du juge. Sarah entra chargée d'une pile d'assiettes sales. En voyant Quirke, elle hésita, puis approcha et déposa son fardeau sur la table au milieu d'autres piles de vaisselle en souffrance. D'un ton plein de patience et de lassitude, elle demanda à Maggie s'il y avait des chances que la soupe soit bientôt prête – « Je crains qu'ils n'aient mangé tous les sandwiches » – mais Maggie, toujours penchée sur la marmite fumante, se contenta de marmonner entre ses dents. Sarah soupira et ouvrit le robinet d'eau chaude sous le regard de Quirke qui affichait ce sourire d'ivrogne qui ne s'adresse à personne.

« J'aimerais, dit-elle à mi-voix sans le regarder, que tu n'emmènes pas Phoebe dans des endroits comme McGonagle's. Mal a raison, elle est trop jeune pour aller boire dans des pubs. »

Quirke prit une mine contrite.

« Je n'aurais pas dû venir ici non plus, je suppose, répondit-il, tête basse, en la surveillant néanmoins à la dérobée.

— Pas tout de suite après, non.

— J'avais envie de te voir. »

Elle loucha sur Maggie.

« Quirke, murmura-t-elle, ne commence pas. »

L'eau chaude du robinet s'écrasait dans l'évier en dispensant des nuages de buée. Sarah mit un tablier, descendit une soupière d'une étagère, hocha la tête en la voyant couverte de poussière et la lava avec une éponge. Quirke constata son agitation avec satisfaction. Elle porta la soupière jusqu'à la cuisinière où Maggie la remplit.

« Voulez-vous servir, Maggie, s'il vous plaît ? »

Quirke alluma une nouvelle cigarette. Associées à la fumée, l'agréable odeur de la soupe et les vapeurs du whisky suscitaient en lui un sentiment de vague et doux regret. S'il s'était comporté différemment, tout ça aurait pu lui appartenir, songea-t-il, cette belle maison, la bande d'amis, la vieille domestique et cette femme avec sa robe écarlate, ses élégants talons hauts et ces bas de soie à la couture parfaitement droite. Il l'observa qui tenait la porte pour que Maggie puisse passer avec la soupière. Ses cheveux avaient la couleur des blés trempés de pluie. Il avait choisi sa sœur, Delia Crawford ; Delia la brune, Delia qui était morte. Mais peut-être était-ce lui qui avait été choisi ?

« Sais-tu ce qui m'a frappé en premier chez toi, il y a des années, à Boston ? »

Il attendit mais elle ne répondit pas et refusa de lui faire face.

« Ton odeur », murmura-t-il.

Elle lâcha un petit rire incrédule.

« Mon quoi ? Mon parfum, tu veux dire ? »

Il hocha vigoureusement la tête.

« Non non non. Pas ton parfum... toi.

— Et qu'est-ce que je sentais ?

— Je te l'ai dit... toi. Tu sentais toi. Aujourd'hui encore. »

Cette fois, elle le regarda avec un sourire perplexe, crispé et, lorsqu'elle lui répondit, Quirke eut l'impression qu'elle était essoufflée, comme si elle avait un peu mal.

« Ce n'est pas pareil pour tout le monde ? »

De nouveau, il fit non de la tête, gentiment à présent.

« Pas comme toi, insista-t-il. Pas avec cette... cette intensité. »

Elle s'empressa de reporter son attention sur l'évier. Elle avait conscience de s'être empourprée. Et maintenant elle sentait ou plutôt percevait la chaleur charnelle de Quirke, qui la collait comme un jour de plein été quand l'orage menace.

« Oh, Quirke, fit-elle en s'efforçant à la gaieté, tu es soûl, c'est tout ! »

Il oscilla un peu et se redressa.

« Et toi, tu es belle. »

Elle ferma les yeux une seconde et parut vaciller. Cramponnée au bord de l'évier, elle avait les jointures blêmes.

« Tu ne devrais pas me parler comme ça, Quirke, dit-elle à mi-voix. Ce n'est pas chic. »

Il s'était tellement penché vers elle qu'on aurait cru qu'il allait enfouir son visage dans ses cheveux ou lui embrasser l'oreille ou la joue – sa joue pâle et sèche. Il tituba de nouveau avec un sourire absent. Brusquement, elle l'affronta, les yeux brillants de colère, et il recula en vacillant.

« C'est ton truc, non ? lança-t-elle, les lèvres de plus en plus exsangues. Tu joues avec les gens. Tu leur dis qu'ils sentent vraiment bon, qu'ils sont beaux, juste pour voir leur réaction, juste pour voir s'ils réagiront de manière intéressante, pour apaiser ton ennui. »

Elle se mit à pleurer en silence, la bouche pincée, les commissures abaissées, et de grosses larmes étincelantes se faufilèrent entre ses paupières closes. Derrière elle, la porte s'ouvrit et Phoebe entra dans la cuisine, puis s'arrêta en fixant d'abord le dos courbé de sa mère et ensuite Quirke qui, à l'insu de Sarah, haussa exagérément sourcils et épaules, histoire de mimer sa perplexité d'innocent. L'air un peu apeurée, la jeune fille hésita une seconde, puis battit discrètement en retraite et referma la porte tout aussi discrètement.

Le spectacle d'une autre femme en pleurs, la seconde de la soirée, eut tôt fait de dégriser Quirke. Il tendit son mouchoir à Sarah mais elle fouilla dans une poche de sa robe d'où elle en tira un qu'elle lui brandit sous le nez.

« Je garde toujours un mouchoir à portée de main, expliqua-t-elle, au cas où. »

Elle eut un rire étouffé et se moucha, puis, s'appuyant de nouveau sur l'évier, elle porta les yeux vers le plafond et poussa un gémissement rauque d'exaspération.

« Mon Dieu, regardez-moi ! En train de pleurer au milieu de ma cuisine. Et pour quoi ? murmura-t-elle en se tournant vers Quirke et en hochant la tête. Oh, Quirke, tu es désespérant ! »

Encouragé par son sourire éploré, Quirke leva la main pour lui caresser la joue mais elle s'écarta sans plus sourire.

« Trop tard, Quirke, dit-elle d'une voix dure, sévère. Vingt ans trop tard. »

Après avoir coincé son mouchoir dans la manche de sa robe, elle ôta son tablier, le posa sur le buffet et, une main sur le tissu comme sur le crâne d'un enfant, resta un moment le regard dans le vague. Quirke l'observa ; elle était plus forte que lui, en fin de compte ; bien plus forte. De nouveau, il fit mine de la toucher, mais de nouveau elle se déroba et il laissa retomber son bras. Puis elle se secoua un peu, tourna les talons et quitta la pièce.

Quirke s'attarda une minute, les yeux rivés sur le fond de son verre. Il avait du mal à comprendre pourquoi, avec les gens, rien ne se passait jamais comme a priori ça aurait dû ou pu se passer. Il soupira. Il avait la sensation, brûlante et culpabilisante, d'avoir tripoté quelque chose d'une beauté trop fragile pour ses doigts maladroits. Convaincu qu'il fallait qu'il parte sans dire un seul mot de plus à qui que ce soit, il se débarrassa de son verre. Il était à mi-distance de la porte quand celle-ci s'ouvrit brutalement sur Mal.

« Qu'est-ce que tu lui as dit ? » demanda ce dernier.

Quirke hésita en s'efforçant de réprimer son envie de rire ; Mal incarnait le mari en colère de manière si parfaite, si théâtrale.

« Alors ? insista-t-il sèchement.

— Rien, Mal », répondit Quirke en tentant de paraître à la fois irréprochable et contrit.

Mal l'observait attentivement.

« Tu es un fauteur de troubles, Quirke, poursuivit-il sur un ton étonnamment radouci, presque neutre. Tu te présentes chez moi, soûl, la nuit précise où mon père...

— Écoute, Mal...

— Pas de *Écoute, Mal* avec moi ! »

Il s'avança et se planta devant Quirke en soufflant bruyamment par les narines, les yeux globuleux derrière ses verres. Maggie apparut sur le seuil, en une répétition de l'apparition de Phoebe un peu plus tôt. En voyant les deux hommes face à face, elle aussi se retira rapidement, l'air réjoui.

« Tu n'as rien à faire ici, Quirke, affirma Mal d'un ton égal. Tu penses peut-être que si, et pourtant non. »

Quirke voulut passer devant lui mais Mal, la main contre son torse, lui barra le passage. Quirke bascula en arrière en vacillant sur ses talons. Il eut une soudaine vision d'eux deux, se colletant maladroitement, grognant, tanguant et s'étreignant furieusement comme deux plantigrades. L'envie de rire le reprit de plus belle.

« Écoute, Mal, insista-t-il, j'ai raccompagné Phoebe à la maison, c'est tout. Je n'aurais pas dû l'emmener au pub pour commencer. Je le regrette. D'accord ? »

Mal serrait de nouveau les poings ; il ressemblait maintenant au méchant contrarié dans un film muet.

« Mal, poursuivit Quirke en essayant de se montrer convaincant, tu n'as aucune raison de me détester.

— C'est moi qui en jugerai, s'empressa de répondre Mal, comme s'il avait anticipé la remarque de Quirke, comme s'il l'avait déjà entendue. Je ne veux pas que tu approches Phoebe. Je ne te laisserai pas la transformer en un double de toi-même. Tu comprends ? »

Un silence s'abattit entre eux, pesant, animal. Chacun d'eux entendait le sang battre dans ses tempes, Mal parce qu'il était en colère et Quirke parce qu'il avait bu trop de whisky. Puis Quirke contourna son beau-frère en lançant un « Bonne nuit, Mal » lourdement chargé d'ironie. Il se dirigeait vers la porte quand il s'arrêta, se retourna et demanda d'un ton délibérément léger, sur le mode de la conversation :

« Christine Falls, c'était ta patiente ? »

Mal cilla et ses paupières luisantes tombèrent avec une mollesse curieuse sur ses globes oculaires renflés.

« Quoi ?

— Christine Falls... la fille qui est morte : c'était ta patiente ? C'est pour ça que tu es descendu fouiner dans les dossiers du service la nuit dernière ? »

Mal ne répondit rien, il se contenta de le dévisager de ses yeux mornes et saillants.

« J'espère que tu n'as pas fait de bêtises, Mal. Ça peut coûter très cher, la négligence. »

Planté dans le vestibule, il attendait que Maggie lui apporte son manteau et son chapeau. S'il se dépêchait, il arriverait chez McGonagle's avant la fermeture ; Barney Boyle serait encore là, plus soûl que jamais, mais quand ils étaient seuls tous les deux sans Phoebe pour le pousser à se dresser sur ses ergots, il était capable de le gérer. Peut-être aussi qu'il lèverait une nana et qu'il la convaincrait de revenir avec lui à l'appartement, si tant est qu'il parvienne à la faire entrer à l'insu de Poole l'insomniaque et de sa femme l'alerte sourdingue.

Ma vie, songea-t-il en proie à une colère et un apitoiement de pochetron. Quel gâchis !

Là-dessus, Maggie réapparut avec ses affaires en marmonnant. Elle lui tint son manteau et il lui redemanda – alors qu'il était persuadé que c'était la première fois – comment elle allait ; irritée, elle clappa de la langue et lui balança qu'il ferait mieux de rentrer cuver son vin, oui vraiment.

Quelque chose lui revint à l'esprit, un souvenir fumeux.

« Cette fille dont vous avez parlé tout à l'heure, bredouilla-t-il. C'était qui ? »

Elle fixa le col de son manteau d'un air renfrogné.

« Quoi ? »

Il bataillait pour se rappeler.

« "Celle qu'a avalé son bulletin de naissance" », vous avez dit. C'était qui ? »

Elle haussa les épaules.

« Gnagnagna Falls. »

Il regarda l'intérieur de son chapeau et le noir graisseux au fond. Falls, Christine. Ce nom encore une fois. Il allait poser une autre question quand une voix péremptoire s'éleva derrière lui.

« Et où tu crois que tu vas aller ? »

C'était Phoebe.

« Chez moi. »

C'était un mensonge.

« Et me laisser avec toute cette clique ? Jamais de la vie. »

Maggie émit un son qui aurait pu être un ricanement. Phoebe, hochant la tête pour souligner combien il lui paraissait impensable que Quirke puisse vouloir l'abandonner, attrapa un châle jeté autour du pilastre de l'escalier et s'enroula dedans. Puis elle lui prit fermement la main.

« Allez, je te suis, mon grand. »

Maggie, saisie d'une soudaine agitation, s'écria en gémissant :

« Qu'est-ce que je vais dire s'ils me demandent ?

— Dis-leur que je me suis sauvée avec un marin. »

Ils s'éloignèrent, Phoebe cramponnée après lui, dehors, dans la nuit devenue glaciale. Au-dessus de la lumière du lampadaire, les hêtres touffus qui bordaient la rue avaient un aspect spectral et leurs feuilles bruissaient sèchement. Avec la froidure, l'alcool que Quirke avait ingurgité commença à perdre de ses vertus et il sentit une mélancolie froide et poisseuse s'insinuer dans ses veines. Phoebe aussi paraissait abattue subitement. Après avoir gardé le silence un bon moment, elle lança :

« Pourquoi vous vous disputiez, maman et toi ?

— On se disputait pas. On discutait. C'est ce que font les adultes. »

Elle ricana.

« Ah oui ? Tu parles d'une discussion. »

Elle lui agrippa le bras avidement.

« Est-ce que tu lui disais que tu l'aimais encore et que tu regrettais d'avoir épousé sa sœur et pas elle ?

— Tu lis trop de mauvaises revues, ma petite. »

Elle baissa la tête et pouffa. L'air de la nuit enveloppa Quirke qui prit conscience de sa fatigue. La journée avait été longue. À en juger par l'enthousiasme avec lequel Phoebe s'agrippait à lui, il craignait qu'elle ne soit pas encore terminée. Il va falloir réduire ma consommation d'alcool, se dit-il sombrement, suscitant ainsi les railleries d'une autre part de son esprit.

« Grand-père t'aime vraiment beaucoup plus que Papa, non ? lâcha Phoebe qui, devant son silence, ajouta : Ça faisait quoi d'être orphelin ?

— Génial.

— Ils vous battaient dans l'endroit où t'étais, dans le Connemara... comment ça s'appelait ?

— L'école prétendument technique de Carricklea. Oui, ils nous battaient. Pourquoi s'en seraient-ils privés ? »

Bruit mat du cuir sur la peau dans la grisaille du matin, immenses fenêtres nues au-dessus de lui, pareilles à des témoins indifférents confrontés à une nouvelle scène de violences et d'humiliations. Il était alors suffisamment grand pour se défendre contre les autres pensionnaires mais les Frères représentaient une autre paire de manches : avec eux, il était impossible de se défendre.

« Jusqu'à ce que Grand-père te tire d'affaire ? »

Quirke ne répondit rien. Elle lui secoua le bras.

« Allez. Raconte-moi. »

Il haussa les épaules.

« Le juge faisait partie du comité de réception des visiteurs, expliqua-t-il. Il s'est intéressé à moi, Dieu sait pourquoi, m'a retiré de Carricklea et envoyé dans un établissement correct. Il m'a adopté, pour ainsi dire, lui et Nana Griffin. »

L'espace d'une douzaine de pas, Phoebe observa un silence pensif. Puis elle lâcha :

« Papa et toi vous deviez être comme des frères. »

Le rire de Quirke faillit se muer en gloussement.

« Aujourd'hui, il n'aimerait pas t'entendre débiter ce genre de choses. »

Ils s'arrêtèrent à un croisement, sous la lumière granuleuse d'un lampadaire. On n'entendait pas un bruit, les grandes maisons étaient bouclées derrière leurs haies et, à l'exception de quelques-unes, toutes les fenêtres étaient obscures.

« Tu as une idée de qui étaient tes parents, les vrais ? » demanda Phoebe.

Il haussa de nouveau les épaules et remarqua au bout d'un moment :

« Il y a pire que d'être orphelin. »

Une lumière tremblotait à travers les feuilles au-dessus d'eux. C'était la lune. Il frissonna ; il avait froid. Quelles distances, quelles infinités ! Puis il y eut des mouvements confus et hop voilà que Phoebe l'avait enlacé et l'embrassait à pleine bouche, avidement, maladroitement. Son haleine sentait le gin et un truc qu'il crut être – sans pouvoir l'assurer – du caramel. Il devina ses seins contre son torse et les renforts élastiques de ses sous-vêtements. Il la repoussa.

« Qu'est-ce que tu fabriques ? » cria-t-il en s'essuyant violemment les lèvres de la main.

Sous le choc, elle le dévisagea, le corps frémissant, comme s'il l'avait frappée. Elle chercha à bredouiller quelque chose mais sa bouche se tordit et, les yeux pleins de larmes, elle fit demi-tour et repartit en courant vers la maison. Lui aussi fit demi-tour et s'éloigna à grandes enjambées vacillantes dans la direction opposée ; il avait la démarche raide, ronchonnait et sa précipitation traduisait le pas de l'homme en fuite.

4.

Chez McGonagle's, c'était le début de soirée que Quirke préférait, quand il n'y avait personne à part quelques habitués : tel maigrichon en bout de bar plongé dans les pages sportives et se grattant pensivement l'entrejambe ou tel poète dipsomane vaguement connu en casquette de tissu et souliers cloutés, l'œil rivé sur un éclair de lumière orangée au fond de son verre de whisky. Il y avait la rubrique nécrologique du *Evening Mail* – « Oh, maman chérie, nous ne t'avons pas oubliée. Nous ne te savions pas si malade » – et les horribles blagues que Davy le barman débitait dans un murmure rauque. Lénifié par le whisky, la fumée de cigarette et la perspective d'une longue soirée paresseuse jusqu'à la fermeture, il faisait bon être assis là à lire et à somnoler sur la banquette en velours rouge taché qui sentait le wagon de chemin de fer. Donc, ce soir-là, quand il entendit quelqu'un approcher et s'arrêter devant sa table, qu'il leva la tête et découvrit qu'il s'agissait de Mal, il n'aurait pu affirmer ce qui, de la surprise ou de l'irritation, prévalait chez lui.

« Merde ! Mal ! Qu'est-ce tu fous ici ? »

Ce dernier s'installa sur un tabouret bas sans y avoir été invité et désigna d'un geste le verre de Quirke.

« C'est quoi ?

— Du whisky. Ça s'appelle du whisky, Mal. Obtenu par distillation de grain. Ça soûle. »

Mal leva la main et Davy approcha, le dos tristement voûté, en reniflant la goutte argent qui lui pendait au nez.

« Je vais prendre un de ces trucs, dit Mal en indiquant de nouveau la boisson de Quirke. Un whisky. »

On aurait cru qu'il commandait une coupe de sang sacrificiel.

« Entendu, patron », fit Davy en s'éloignant à pas feutrés.

Quirke observa Mal qui examinait les lieux et feignait de s'intéresser à ce qui l'entourait. Il était mal à l'aise C'est vrai qu'il était toujours plus ou moins mal à l'aise, mais ces derniers temps il donnait l'impression de l'être en permanence. Quand Davy lui apporta son verre, Mal fouilla longuement sa poche à la recherche de son porte-monnaie, malheureusement quand il finit par le retrouver Quirke avait déjà réglé. Mal prit une gorgée avec précaution en s'efforçant de ne pas grimacer, puis son regard se posa sur un exemplaire du *Mail* sur la table.

« Il y a quelque chose dans le journal ? » s'enquit-il.

Quirke éclata de rire et s'écria :

« Qu'est-ce qu'il y a, Mal ? Qu'est-ce que tu veux ? »

Mal plaqua les mains sur ses genoux et fronça les sourcils en projetant sa lèvre inférieure en avant à la façon d'un écolier trop âgé appelé à se justifier. Quirke se demanda, et ce n'était pas la première fois, comment cet homme avait réussi à devenir l'obstétricien le plus célèbre du pays. Ce ne pouvait pas être entièrement dû à l'influence considérable – de l'aveu général – de son père, ou bien si ?

« Cette fille, poursuivit Mal en se jetant à l'eau. Christine Falls. J'espère que tu ne parles pas... d'elle à droite et à gauche ?

— Pourquoi ? » répliqua Quirke, nullement surpris.

Mal pétrissait maintenant les genoux de son pantalon. Il fixait la table et le journal sans les voir. Quant au soleil du soir, il avait déniché une faille quelque part dans la partie supérieure de la fenêtre peinte à l'entrée du bar et dessinait un gros losange doré qui tremblotait sur la moquette à côté de l'endroit où ils étaient assis.

« Elle travaillait à la maison, ajouta Mal si doucement que c'en était un quasi-murmure avant de porter le doigt sur le pont de ses lunettes.

— Quoi... chez toi ?

— Pendant un moment. Elle nettoyait, aidait Maggie... tu vois. »

Il reprit une gorgée avec toujours autant de précautions, puis se regarda reposer son verre bien correctement sur le rond en liège.

« Je ne veux pas qu'on parle de ça...

— Ça ?

— De sa mort, je veux dire, de toute cette histoire. Je ne veux pas qu'on en discute, surtout à l'hôpital. Tu sais comment c'est ici, tu sais combien les infirmières bavardent. »

Quirke se rejeta en arrière sur la banquette et étudia son beau-frère sur le tabouret devant lui, la mort dans l'âme, inquiet, le cou tendu et la pomme d'Adam tressautant.

« Qu'est-ce qu'il y a, Mal ? insista-t-il sans méchanceté. Tu déboules ici, dans un pub, et tu commences par t'enfiler un whisky en me suppliant de ne pas parler d'une nana qui est morte... tu n'es pas impliqué dans un micmac quelconque, non ? »

À ces mots, Mal s'énerva.

« Qu'est-ce que tu veux dire par micmac ?

— Je ne sais pas, c'est à toi de me répondre. C'était ta patiente ? »

Mal haussa lourdement les épaules, en partie pour exprimer son impuissance, en partie son mécontentement maussade.

« Non. Oui. En un sens, je... veillais sur elle. Sa famille m'a appelé, de la campagne. Des petits fermiers... des gens simples. J'ai envoyé une ambulance. En arrivant à Dublin, elle était morte.

— D'une embolie pulmonaire, poursuivit Quirke qui, devant l'air stupéfait de Mal, ajouta : C'était dans son dossier.

— Oh, c'est exact. »

Mal soupira, tambourina contre la table et recommença à jeter de furtifs coups d'œil alentour.

« Tu ne comprends pas, Quirke. Toi, tu ne traites pas avec les vivants. Quand ils te claquent entre les doigts, surtout les jeunes, tu as le sentiment... des fois, tu as le sentiment d'avoir perdu... je ne sais pas. Un membre de ta famille. »

Le regard qu'il porta de nouveau vers Quirke reflétait une supplique angoissée mais on devinait aussi dans ses prunelles un soupçon du mécontentement qui l'animait un peu plus tôt – M. Malachy Griffin n'avait pas l'habitude de justifier ses faits et gestes.

« Je te demande simplement de ne pas en parler à l'hôpital. »

Quirke soutint son regard avec calme et il s'écoula un

long moment avant que Mal baisse les yeux. Quirke ne croyait pas à sa version de la mort de Christine Falls et se demandait pourquoi il n'était pas surpris de ne pas y croire. Cela dit, jusqu'à ce que Mal débarque et lui parle d'elle, il avait pratiquement oublié Christine Falls. Après tout, ce n'était qu'un cadavre de plus. Pour lui, les morts étaient légion.

« Reprends un verre, Mal », suggéra-t-il.

Mais Mal dit que non, qu'il devait s'en aller, que Sarah l'attendait à la maison, parce qu'ils étaient invités à dîner, qu'il fallait qu'il se change et... Il s'interrompit et regarda Quirke d'un air dépassé, comme s'il était au désespoir et qu'il souffrait, de sorte que Quirke eut l'impression qu'il fallait qu'il réagisse, qu'il tende le bras et tapote la main de son beau-frère, par exemple, ou qu'il lui propose de l'aider à se remettre sur pieds. Cependant, Mal, semblant deviner les pensées qui agitaient Quirke, ôta ses mains de la table, se releva rapidement et s'éloigna tout aussi rapidement.

Quirke réfléchit. Il était vrai qu'il ne se souciait pas trop de connaître les circonstances précises de la mort de cette fille, en revanche ça l'intéressait de savoir pourquoi Mal, lui, s'en souciait manifestement autant. Donc, quand, plus tard dans la nuit, Quirke quitta le pub, pas sobre mais pas complètement soûl non plus, il ne rentra pas chez lui ; il mit le cap sur l'hôpital où il ouvrit son bureau et fouilla le classeur dans l'intention de relire le dossier sur Christine Falls. Malheureusement, ce dernier avait disparu.

Mulligan, le préposé au registre, prenait son casse-croûte. Bien carré au fond de son fauteuil, les pieds sur son bureau, il lisait un journal, une cigarette au bec ; une tasse de thé fumante trônait par terre à côté de son siège. Le journal était le *People* du dimanche précédent et l'histoire qui l'absorbait un truc juteux sur une pute de Bermondsey ou un endroit dans ce goût-là et son vieux, lequel avait liquidé une vieille morue pour son blé. Il y avait une photo de la fameuse pute, une grosse blonde vêtue d'une petite robe d'où sa poitrine débordait. Elle ressemblait un peu à l'infirmière des étages supérieurs qui était partie en Amérique l'autre jour, celle qui avait le béguin pour le patron – et merde, juste comme cette pensée lui traversait l'esprit, voilà que le patron en personne entra en trombe, totalement à l'ouest comme d'hab' ; il lui fallut dégager ses pieds, éteindre son mégot et fourrer le journal dans le tiroir du bureau, ce qu'il fit d'un geste fluide et malin, pendant que Quirke s'encadrait sur le seuil et l'enveloppait d'un regard glacial, la main sur le bouton de porte.

« Une urgence, grommela Quirke. Une nommée Falls, Christine. On a envoyé une ambulance pour elle, l'autre nuit. Wicklow, Wexford, quelque part dans le Sud. »

Le préposé, à présent très pro, alla vers les dossiers, attrapa le registre du mois en cours, l'ouvrit à plat, se lécha le pouce et tourna les pages.

« Falls, dit-il, Falls... »

Il leva les yeux.

« F-A-L-L-S, c'est ça ? »

Quirke, toujours sur le seuil et toujours en train de l'observer d'un œil glacial, acquiesça.

« Christine. Arrivée morte.

— Désolé, monsieur Quirke. Aucune Falls qui soit montée de la campagne. »

Quirke continua à réfléchir, hocha de nouveau la tête, puis tourna les talons.

« Attendez, s'écria le préposé en montrant une page. La voilà... Christine Falls. Si c'est la même. Cela dit, elle a pas débarqué de la campagne... Elle a été récupérée en ville. Ils l'ont ramassée à une heure cinquante-sept du matin, Crimea Street, Stoney Batter. Numéro dix-sept. Il y a une gardienne... il regarda plus attentivement... une certaine Dolores Moran. »

Il releva le nez avec un sourire de triomphe modeste – une certaine Dolores Moran : il était fier de ça –, espérant au moins un soupçon de gratitude pour sa vivacité. Mais bien entendu il n'eut pas droit à un quelconque merci. Quirke se contenta de toper une feuille de papier et un crayon sur la table et lui fit répéter l'adresse, histoire de la noter, puis tourna les talons ; sur ce, il s'arrêta et jeta un coup d'œil sur la tasse de thé par terre à côté du siège.

« Occupé, hein ? » demanda-t-il doucement.

Le préposé haussa les épaules en guise d'excuses.

« Il n'y a pas grand-chose à c'te heure. »

Une fois Quirke parti, il claqua la porte aussi violemment qu'il en eut l'audace.

« Ricaneur à la con », marmonna-t-il.

Qui était cette Christine Falls et pourquoi le patron s'y intéressait-il tant que ça ? Sans doute un sac à bites qu'il se sautait. Il pouffa de rire : *un sac à bites pour un sac à vin.* Il s'assit devant son bureau et s'apprêtait à reprendre la lecture de son journal quand la porte se rouvrit sur Quirke.

« Cette Christine Falls, où est-ce qu'elle a été emmenée ?

— Quoi ? » s'écria sèchement le préposé, oublieux de la hiérarchie.

Devant la tête de Quirke, il se remit debout tant bien que mal.

« Désolé, monsieur Quirke... c'était quoi ?

— Le corps. Où est-il parti ?

— À la morgue municipale, j'imagine. »

Le préposé rouvrit le registre toujours sur le bureau.

« C'est ça... à la morgue.

— Vérifiez si elle est encore là-bas, voulez-vous ? Si sa famille ne l'a pas récupérée, faites-la revenir. »

Le préposé le dévisagea.

« Il va falloir que... il va falloir que je remplisse les formulaires », bredouilla-t-il alors qu'il n'avait pas idée des formulaires qu'il pouvait y avoir, puisqu'il n'avait encore jamais été chercher un macchabée à la morgue municipale.

Quirke ne cilla pas.

« Eh bien faites-le. Procurez-vous les formulaires, je les signerai. »

Il repartait quand il pila, pivota.

« Les affaires reprennent, hein ? »

Par la suite, il se demanda pourquoi, des deux jeunes légistes, c'était Wilkins qu'il avait prié de rester pour lui prêter main-forte, mais la réponse n'était pas très difficile à trouver. Sinclair le juif était meilleur technicien mais il avait confiance en Wilkins, le parpaillot. Wilkins ne posa pas de questions, se borna à fixer ses ongles en déclarant avec un manque d'assurance étudié qu'il ne verrait pas d'inconvénient à disposer d'une journée supplémentaire le week-end suivant pour rentrer chez lui à Lismore voir sa mère qui était veuve. Ce n'était pas une requête exagérée, même s'il y avait déjà pas mal de travail en retard et bien sûr Quirke dut en passer par là, mais cet échange fit baisser Wilkins d'un cran dans son estime et il regretta finalement de ne pas s'être adressé à Sinclair. Sinclair, avec son sourire sardonique et son esprit caustique, qui traitait Quirke avec une vague mais indéniable pointe de mépris, aurait été trop fier pour réclamer un congé en échange d'un service destiné à satisfaire ce qui apparemment n'était qu'un nouveau caprice du patron.

Au bout du compte, Christine eut tôt fait de livrer son pauvre secret. Le corps revint de la morgue à six heures et sept heures n'avaient pas encore sonné que Wilkins avait terminé sa toilette et était reparti à sa façon balourde et relativement discrète. Assis sur un tabouret haut à côté d'un grand évier en acier, Quirke, qui n'avait toujours pas retiré sa blouse et son tablier en caoutchouc vert, réfléchissait tout en fumant une cigarette. Il faisait encore clair dehors, il le savait, mais ici dans cette pièce aveugle qui lui évoquait toujours une vaste et profonde citerne vide, on se serait cru en pleine nuit. Le robinet d'eau froide d'un des éviers fuyait lentement, inexorablement, et une ampoule au néon de la grosse lampe opératoire au-dessus de la table à dissection clignotait et bourdonnait. Sous la lumière crue et granuleuse, le cadavre qui avait été Christine Falls gisait sur le dos, torse et ventre largement ouverts à la façon d'un bagage, les entrailles exposées.

Quirke avait parfois l'impression de préférer les corps des morts à ceux des vivants. Oui, il nourrissait une sorte d'admiration pour les cadavres, ces belles machines à la peau cireuse qui avaient subitement cessé de tourner. Indépendamment des dégâts ou des détériorations qu'ils avaient subis, ils avaient atteint – à leur façon – leur achèvement et lui paraissaient tout aussi impressionnants que n'importe quel marbre ancien. Il avait aussi dans l'idée qu'il leur ressemblait de plus en plus, qu'il était même en un sens en train de devenir l'un des leurs. Quand il fixait ses mains, elles lui semblaient avoir la même texture inerte, malléable, poreuse que les dépouilles sur lesquelles il bossait, comme si une part de leur substance s'insinuait en lui lentement mais régulièrement. Oui, il était fasciné par le mystère muet des défunts. Chaque corps véhiculait son secret unique – la cause précise de son décès –, secret qu'il lui incombait de découvrir. Pour lui, l'étincelle de mort était largement aussi vitale que l'étincelle de vie.

Il tapota sa cigarette contre l'évier et un ver de cendres dégringola doucement dans le tuyau d'évacuation avec un infime sifflement. L'autopsie avait simplement confirmé un soupçon qui l'avait déjà, il s'en rendait compte maintenant, effleuré. Mais qu'allait-il faire de cette information ? Et pourquoi d'ailleurs pensait-il devoir faire quoi que ce soit ?

5.

Avec ses deux rangées de maisons d'artisans aux portes étroites et aux fenêtres basses ornées de rideaux de dentelle, Crimea Street ressemblait à toutes les autres rues du quartier. Dans le crépuscule de la fin d'été, Quirke avançait en vérifiant en silence les numéros des logements. Un calme parfait régnait sous un ciel encore clair à la lisière duquel s'amoncelaient des nuages couleur cuivre. Devant le numéro douze, un gars affublé d'une casquette et d'un gilet lustré par la crasse et la vieillerie vidait à la verticale une charrette remplie de fumier de cheval dont il déposait le chargement sur le bord du trottoir. Une longueur de ficelle de presse serrait les jambes de son pantalon sous le genou. Pourquoi cette ficelle, se demanda Quirke – pour empêcher les rats de grimper à l'assaut de ses gambettes peut-être ? Eh bien, comme gagne-pain, il y avait assurément pire que la médecine légale. Quand il parvint à la hauteur du charretier, celui-ci s'interrompit, s'appuya sur le manche de sa fourche, souleva sa casquette afin de s'aérer le crâne, cracha affablement sur la route et déclara que c'était une *sacrrée belle souarée*. Les yeux baissés, son petit âne, qui cherchait à s'absenter, ne broncha pas d'un iota.

L'animal, le bonhomme, la lumière du soir, la chaude odeur du crottin fumant, tout cela s'associa pour évoquer à Quirke quelque chose qu'il ne se rappelait pas vraiment, quelque chose du passé lointain qui rôdait à la limite de ses souvenirs mais restait désespérément inaccessible. Les premiers temps de sa vie d'orphelin correspondaient tous à ça, c'était un manque lourd de conséquence, un vide sonore.

Arrivé chez la Moran, il dut frapper à deux reprises avant qu'elle ne réponde et, quand elle s'exécuta, elle se contenta d'entrebâiller sa porte de la largeur d'une main et le dévisagea d'un œil hostile à travers la fente.

« Mademoiselle Moran ? Dolores Moran ?

— C'est qui ? »

La voix relevait du grincement rauque.

« Je m'appelle Quirke. C'est au sujet de Christine Falls. »

L'œil l'observa une seconde sans ciller.

« Chrissie ? Qu'est-ce qu'il y a ?

— Est-ce que je peux vous parler ? »

La femme se tut une fois de plus et réfléchit.

« Attendez », dit-elle en refermant.

Une minute plus tard, elle réapparut, chargée de son sac à main et de son manteau, avec, autour du cou, une étole en renard qui avait encore la petite tête pointue et les pattes noires de la bestiole. Elle portait une robe fleurie trop jeune pour elle et de grosses chaussures blanches aux hauts talons mastoc. Ses cheveux étaient teints en brun cuivré. Il surprit une bouffée de parfum mélangé de tabac froid. Sur sa vraie bouche, elle s'était peint une lèvre supérieure qui avait la forme parfaite de l'arc de Cupidon. Ses yeux et ceux du renard étaient étrangement identiques, petits, noirs et brillants.

« On y va, maintenant, Quirke. Si vous voulez me parler, vous pouvez m'offrir un verre. »

Elle l'entraîna dans un pub appelé Moran's – « Rien à voir », déclara-t-elle sèchement –, un rade obscur, exigu, au sol couvert de sciure, et qui tombait en quenouille. Malgré la douceur de la soirée, trois mottes de tourbe disposées en trépied se consumaient dans la cheminée et leur fumée rendait l'atmosphère étouffante de sorte que les yeux de Quirke se mirent aussitôt à larmoyer. Il y avait une poignée de clients, tous de sexe masculin, tous seuls, affalés sur leur verre. Un ou deux levèrent la tête, très vaguement intéressés, quand Quirke et la bonne femme firent leur entrée. Le barman, chauve et gras, salua Dolly Moran d'un signe de tête et jaugea Quirke d'un coup d'œil en notant son costume bien coupé, ses chaussures de prix ; Moran's n'était pas un établissement où un médecin de l'hôpital Holy Family, même simple médecin des morts, pouvait s'intégrer facilement. Dolly Moran commanda un gin à l'eau. Ils emportèrent leurs boissons vers une petite table de coin. Les tabourets en bois à trois pieds étaient bas et Quirke considéra le sien avec méfiance – ce ne serait pas le premier siège fragile à céder sous son poids. Dolly Moran ôta son renard qu'elle posa, roulé en boule, sur la table. Lorsque Quirke lui offrit du feu, elle plaça sa main sur la sienne et le regarda, derrière la flamme, avec une sorte d'amusement déguisé, entendu. Elle leva son verre.

« Cul sec ! » décréta-t-elle.

Elle avala son gin, puis porta délicatement le doigt vers un coin de sa bouche peinte, puis vers l'autre. Une idée lui vint à l'esprit et elle fronça les sourcils, ce qui lui fit un arc de rides au-dessus d'un œil.

« Z'êtes pas un flic, non ? »

Il éclata de rire.

« Non, fit-elle en s'emparant de son briquet argent sur la table et en le soupesant, je n'y croyais pas vraiment.

— Je suis médecin. Médecin légiste. Je travaille sur...

— Je sais ce que c'est qu'un médecin légiste », répliqua-t-elle en se hérissant.

Mais le même amusement déguisé éclaira de nouveau son visage.

« Alors, pourquoi vous vous intéressez à Chrissie Falls ? »

Il passa le doigt sur le pourtour de son verre. Le renard en boule sur la table le fixait de ses yeux vitreux.

« Elle logeait chez vous, non ?

— Qui vous a dit ça ? »

Il haussa les épaules.

« Vous êtes née dans le coin, non ? Dans cette partie de la ville ? »

Le tabouret résistait mais il était beaucoup trop petit pour lui : il débordait de partout ; il était trop grand pour cet univers, trop grand, trop lourd, trop maladroit. Allez savoir pourquoi, il songea à Delia, Delia, sa femme morte.

Dolly Moran se moquait de lui maintenant, en silence.

« Vous êtes sûr de pas être un détective ? »

Elle termina son verre et le lui tendit.

« Allez m'en chercher un autre, puis expliquez-moi pourquoi vous voulez des renseignements sur Chrissie. »

Il fit tourner le verre vide dans sa main en étudiant les reflets mats de la cheminée dessus.

« Je suis juste curieux, c'est tout.

— Dommage que ça ne vous ait pas toqué avant,

répliqua-t-elle d'une voix subitement dure. Elle serait peut-être encore vivante.

— Je vous l'ai dit, riposta-t-il avec douceur en continuant à étudier le verre de gin, je suis légiste.

— Oui. Les morts. Avec eux, on n'est pas embêté, riposta-t-elle en croisant les jambes avec impatience. Je vais avoir à boire, oui ou non ? »

Lorsqu'il revint du bar, elle avait repris une cigarette dans l'étui argent qu'il avait laissé sur la table et l'allumait avec son briquet. Elle souffla un jet de fumée vers le plafond déjà noirci.

« Je vous connais », déclara-t-elle.

Lui qui allait s'asseoir se figea et la considéra avec stupéfaction. Alertes et brillants, ses yeux, et ceux du renard, l'observaient sans broncher. L'expression de totale incompréhension qu'il affichait parut réjouir la Moran.

« J'ai travaillé pour les Griffin.

— Le juge Griffin ?

— Lui aussi.

— C'était quand ?

— Il y a longtemps. D'abord chez le juge, puis j'ai bossé chez M. Mal et sa patronne, un moment, quand ils sont rentrés d'Amérique. Je me suis occupée de la petite pendant qu'ils s'installaient.

— Phoebe ? »

Comment se faisait-il qu'il ne se rappelait pas d'elle ? Il avait dû la noyer dans une bouteille de whisky, comme tant d'autres choses à l'époque.

Dolly Moran, souriante, repensait au passé.

« Comment est-elle aujourd'hui ?

— Phoebe ? répéta-t-il. C'est une adulte. Elle aura vingt ans l'an prochain. Elle a un copain. »

Elle hocha la tête.

« C'était une terreur, la mademoiselle Phoebe. Mais une vraie dame. Oh oui, une vraie petite dame. »

Quirke se fit l'effet d'être un chasseur de gros gibier qui écarte prudemment les herbes hautes en osant à peine respirer – mais que poursuivait-il au juste ?

« C'est comme ça que vous avez rencontré Christine Falls ? risqua-t-il en gardant un ton détaché et soigneusement désinvolte. Par le biais des Griffin ? »

L'espace d'un moment, perdue dans le passé, elle ne répondit rien. Quand elle émergea de sa torpeur, sa colère éclata :

« Elle s'appelait Chrissie, lança-t-elle sèchement. Pourquoi vous arrêtez pas de dire Christine ? Personne l'appelait comme ça. Chrissie. Son nom, c'était Chrissie. Et le mien, c'est Dolly. »

Elle le fusilla du regard mais il s'entêta.

« M. Griffin – le Dr Griffin, Malachy –, il vous a demandé de veiller sur elle ? »

Elle haussa les épaules et se tourna de côté. Sa rage céda la place à de la maussaderie.

« Ils payaient pour son entretien, admit-elle.

— Donc, il reste en contact avec vous, le Dr Griffin, c'est ça ?

— Quand il a besoin de moi », marmonna-t-elle dans un grognement relativisant cette suggestion.

Elle prit quelques gorgées de son gin. Il sentit qu'elle lui échappait.

« Je l'ai autopsiée, expliqua-t-il. Chrissie. Je sais comment elle est morte. »

Les bras croisés sur la poitrine, le visage toujours tourné, Dolly Moran s'était repliée sur elle-même.

« Dites-moi, mademoiselle Moran – Dolly –, dites-moi ce qui s'est passé, cette nuit-là. »

Elle fit non de la tête et pourtant elle céda.

« Quelque chose a foiré. Elle saignait, les draps étaient trempés. Bon Dieu, j'étais terrifiée. Il a fallu que j'aille trois à quatre rues plus loin pour une cabine téléphonique. Quand je suis revenue, elle était dans un sale état. »

Il tendit la main comme pour la toucher mais se ravisa.

« Vous avez appelé le Dr Griffin, continua-t-il, et il a envoyé une ambulance. »

Elle se redressa alors, les mains sur les cuisses, le dos cambré, la tête bien droite et inspira à fond par les narines.

« C'était trop tard, j'ai bien vu. Ils l'ont embarquée. »

Elle haussa les épaules.

« Pauvre Chrissie. C'était pas une méchante fille. Mais allez savoir ? Peut-être que c'était préférable. Quelle vie elle aurait eue, elle, ou le gamin ? »

Les trois bûches de tourbe empilées s'effondrèrent et une grosse langue de fumée émergea de dessous le manteau. Quirke emporta leurs verres jusqu'au bar. Quand il revint, il s'éclaircit la voix, irritée par la fumée.

« Qu'est-ce qu'il est devenu, l'enfant ? »

Dolly Moran fit mine de ne pas avoir entendu.

« J'ai connu une fille qui a eu un bébé comme ça, poursuivit-elle, le regard dans le vide. On le lui a enlevé pour le coller dans un orphelinat. Elle a découvert où c'était. Elle y allait tous les jours et se plantait devant le terrain de jeux pour essayer de voir à travers les grilles si elle reconnaissait son garçon au milieu de tous les autres. Pendant des années, elle a fait ça, jusqu'au moment où elle a appris qu'il avait été expédié ailleurs, bien avant. »

Elle demeura silencieuse un instant, puis se secoua et lui adressa un sourire subitement presque amical.

« Vous voyez Mme Griffin des fois ? Mme Mal, je veux dire. Comment va-t-elle ? Je l'ai toujours bien aimée. Elle était gentille avec moi.

— J'étais marié à sa sœur. »

Elle acquiesça.

« Je sais.

— Elle est morte aussi, ajouta Quirke. La sœur de Mme Griffin. Ma femme. Delia. Elle est morte en couches, exactement comme Christine.

— Chrissie.

— Chrissie, oui. »

Il tendit de nouveau le bras et cette fois-ci il la toucha bel et bien, lui donna la plus légère des tapes qui soient sur le dos de la main et perçut au passage la texture de sa peau vieillissante, parcheminée, dénuée de chaleur.

« Qui était le père, Dolly ? De l'enfant de Chrissie, je veux dire... c'était qui ? »

Elle retira sa main et la fixa en fronçant les sourcils, comme si elle comptait y voir l'empreinte, les marques en creux, de ses doigts. Puis elle jeta un coup d'œil alentour, en battant des paupières, à croire qu'elle avait subitement oublié le sujet de leur discussion. Elle ramassa rapidement ses affaires et se leva.

« Je m'en vais », déclara-t-elle.

Le ciel était sombre à présent, à l'exception d'une ultime traînée cramoisie très basse à l'ouest qu'ils retrouvèrent au bout de chacune des rues qu'ils traversèrent. L'air de la nuit avait un mordant automnal et, dans sa robe légère, Dolly Moran serra l'étole de fourrure contre sa gorge, glissa son bras sous celui de Quirke et se rapprocha de lui pour avoir plus chaud en marchant. Elle avait été jeune avant. Il songea à Phoebe, à son corps souple pressé contre le sien pendant qu'ils longeaient Stephen's Green.

La porte du numéro douze était ouverte sur un étroit couloir allumé. Un homme en manches de chemise fourchait dans une brouette le fumier répandu sur le trottoir. Des feuilles de journal étaient étalées dans le couloir. Quirke nota la scène – l'entrée éclairée, les papiers par terre, l'homme courbé sur le fumier avec sa fourche – et de nouveau quelque chose le héla du fond de son passé perdu.

« J'ai tout ça par écrit, vous savez », marmonna Dolly Moran.

En dépit de l'odeur de déjections dans la rue, il sentit le gin dans son haleine.

« À propos de Chrissie, tout ça. Une sorte de journal, on pourrait dire. Je l'ai mis en sécurité. »

Son ton s'assombrit.

« Et je saurai où l'envoyer s'il arrive quelque chose. »

Il perçut le léger tremblement qui la parcourut.

« Je veux dire, enchaîna-t-elle précipitamment, si quelqu'un cherchait à mettre la main dessus un jour. »

Ils parvinrent devant sa porte où, soudain vieille, elle chercha sa clé dans son sac à main en plissant les yeux pour y voir clair. Il lui tendit sa carte.

« Voici mon numéro, expliqua-t-il, à l'hôpital. Et celui-ci, vous voyez, c'est chez moi. »

Il sourit.

« S'il arrive quelque chose. »

Elle brandit le rectangle de carton à la lumière du

lampadaire et ses prunelles brillèrent d'un étrange éclat alors même qu'elles s'obscurcissaient.

« Médecin légiste, lut-elle à voix haute. Vous en avez fait du chemin. »

Elle ouvrit la porte et entra dans le vestibule, mais il n'en avait pas encore fini avec elle.

« Avez-vous mis l'enfant au monde, Dolly... l'enfant de Chrissie ? »

Elle n'avait pas allumé le vestibule et c'est à peine s'il distinguait sa silhouette dans la pénombre.

« Ç'aurait pas été le premier. »

Il l'entendit renifler.

« Une petite fille que c'était. »

Il avança vers la porte mais se figea sur le seuil, comme confronté à une invisible barrière. Toujours dans l'obscurité, Dolly lui présentait son dos et refusait de se retourner.

« Où est-elle ? » demanda-t-il.

Quand elle répondit, sa voix avait retrouvé sa dureté.

« Oubliez l'enfant », déclara-t-elle.

Elle avait quelque chose de presque sibyllin, cette voix qui lui parlait de la pénombre.

« Et le père ?

— Oubliez-le aussi. Surtout lui. »

Fermement, mais sans violence, elle repoussa la porte sur lui de sorte qu'il recula et entendit le cliquetis de la serrure, puis le frottement du pêne dormant qui se mettait en place.

Au matin, il se rendit au Registre et obligea Mulligan, le préposé aux écritures, à consigner dans son livre que l'ambulance avait récupéré Christine Falls non pas à Stoney Batter mais au domicile de ses parents. Au début, Mulligan se montra réticent. « C'est un peu inhabituel, non, monsieur Quirke ? », mais Quirke resta ferme. « Il faut que votre dossier soit en ordre, mon vieux, répliqua-t-il d'un ton vif. On ne veut pas d'inexactitude. Ça ne ferait pas bon effet, s'il devait y avoir une enquête. » Le préposé découragé acquiesça. Il savait, et savait que Quirke savait, qu'il y avait déjà eu des inexactitudes, quand il avait fallu récrire des dossiers en douce. De sorte qu'armé d'une lame de rasoir et d'un stylo à plume d'acier il se mit au travail, M. Quirke penché sur son épaule, et peu après le registre indiquait que l'ambulance était passée prendre Christine Falls à une heure trente-sept du matin le 29 août au n° 7, St Finnan's Terrace, Wexford, et qu'elle avait été transportée à l'hôpital Holy Family de Dublin où elle avait été prononcée morte à l'arrivée, victime d'une embolie pulmonaire au domicile de ses parents.

6.

Le dimanche matin représentait pour Quirke un mini-interlude où il se dédommageait agréablement des contraintes subies dans son enfance. Quand il était à Carricklea et après aussi, lorsque le juge l'eut tiré de là et envoyé en pension à Saint-Aidan avec Mal, le dimanche matin constituait un supplice à part, différent des jours de semaine, mais tout aussi pénible, voire pire. Pendant la semaine au moins, il y avait des trucs dont il devait s'acquitter, des devoirs, des leçons, la routine accablante de l'école ; le dimanche il n'y avait rien. Les prières, la messe, l'interminable sermon et puis la longue et morne journée jusqu'aux prières du soir avec le rosaire et un autre sermon suivi de la bénédiction, et après l'extinction des feux assortie de l'appréhension du lundi matin. À présent, ses dimanches avaient d'autres rituels, des rituels qu'il avait lui-même choisis, qu'il pouvait moduler, ignorer ou oublier selon son bon vouloir. La seule constante était ses journaux qu'il achetait au vendeur bossu de Huband Bridge et avec lesquels, quand le temps s'y prêtait, il s'installait sur le vieux banc métallique à côté de l'écluse pour lire et fumer, l'esprit seulement à moitié mobilisé par des nouvelles déjà vieilles d'une journée.

Il devina la présence de Sarah avant même d'avoir levé la tête vers le chemin de halage et de l'avoir vue piquer sur lui. Elle portait un manteau lie-de-vin, un chapeau à la Robin des bois rehaussé d'une plume et tenait son sac serré à deux mains contre sa poitrine.

Elle marchait les yeux baissés, à l'affût des flaques d'eau laissées par la pluie de la nuit précédente, mais aussi parce qu'elle n'était pas encore prête à croiser le regard surpris de Quirke qu'elle savait devoir se trouver là – Quirke était un homme d'habitudes – et regrettait pourtant déjà sa démarche. Quand enfin elle redressa la tête, elle comprit qu'il avait deviné ce qu'elle ressentait ; il n'alla pas à sa rencontre et, assis, son journal déplié sur les genoux, se contenta de l'observer avec un sourire moqueur qui parut à Sarah ironique et même un peu méprisant.

« Eh bien, s'écria-t-il, qu'est-ce qui t'a poussée à quitter ton repaire de Rathgar pour venir jusqu'ici ?

— Je suis allée à la messe sur Haddington Road. J'y vais parfois le dimanche juste pour... »

Elle sourit, haussa les épaules et grimaça, le tout en même temps.

« ... juste pour changer. »

Il acquiesça, replia son journal et se leva, toujours aussi impressionnant physiquement et, comme toujours, elle eut l'impression de se rapetisser d'une taille ou deux et se rejeta involontairement en arrière devant lui.

« Puis-je t'accompagner ? » lui demanda-t-il dans ce style délibérément gamin qu'il avait, comme s'il se préparait à essuyer un refus.

Comme c'est bizarre, se dit-elle, d'être encore amoureuse de lui sans rien attendre en retour.

Ils refirent en sens inverse le chemin qu'elle venait de parcourir et longèrent des touffes de carex desséché. C'était véritablement le premier jour de l'automne et le ciel formait une brume lumineuse qui projetait un reflet laiteux sur l'eau. Ils gardèrent le silence un moment, puis Quirke lança :

« Pour la soirée chez toi... je suis désolé.

— Oh, ça paraît remonter à une éternité maintenant. En plus, tu étais soûl. Quand tu commences à me dire que tu m'aimes, je sais que tu es soûl.

— Ce n'est pas pour ça que je te présentais des excuses. Je voulais te dire que je n'aurais pas dû emmener Phoebe au pub. »

Elle partit d'un rire hésitant.

« Oui, Mal était très en colère, contre vous deux mais surtout contre toi. »

Il poussa un soupir irrité.

« Je lui ai offert un verre, répliqua-t-il. Je n'essayais pas de la refourguer à un réseau de traite des Blanches. »

Devant cette rebuffade, elle se tut.

« Et puis, ajouta-t-il en se radoucissant, c'est quoi cette histoire de messe ? Tu n'as pas toujours été aussi dévote.

— C'est peut-être le désespoir. Sous le coup du désespoir, les gens ne sont-ils pas censés en appeler à Dieu ? »

Il ne répondit pas mais ramena son attention vers elle et s'aperçut qu'elle le regardait en souriant pitoyablement, les lèvres pincées ; on aurait cru qu'ils étaient parvenus devant une porte secrète qu'elle eût entrebâillée et qu'elle se fût tournée pour voir s'il s'engouffrerait avec elle dans l'obscurité. Il se sentit reculer : il y avait des endroits où il refusait d'entrer. Sur l'eau derrière eux, deux cygnes se mirent à leur niveau, dressant haut leur drôle de tête masquée.

« Son copain, le jeune Conor Carrington... elle est sérieuse à son sujet ?

— J'espère que non.

— Et si elle l'est ?

— Oh, Quirke... peut-on être sérieux à cet âge ?

— Nous, on l'était. »

Il avait dit ça si vite, avec une telle conviction apparente, qu'elle sursauta. Elle baissa les yeux vers le chemin. Il jouait un numéro, elle le savait, mais quel comédien remarquable il faisait ; tellement remarquable qu'à l'occasion, elle en avait la certitude, il réussissait à se convaincre lui-même.

« Je t'en prie, Quirke. Arrête.

— Arrête quoi ?

— Tu le sais très bien. »

Les cygnes continuaient à nager à leur côté mais l'un d'eux émit soudain un profond bruit de gorge, un cri contenu et néanmoins plaintif ; Sarah eut l'impression d'entendre un son qu'elle-même aurait pu pousser. Ils arrivèrent au pont de Baggot Street. La scierie sur la rive opposée était fermée parce que c'était dimanche, mais ils notèrent quand même une légère senteur de résineux. Ils s'attardèrent sous le pont, côte à côte et face à l'eau. Les cygnes, eux aussi, s'étaient arrêtés.

« Mon père est très malade, déclara Sarah. Je me suis dit que j'allais demander au prêtre de Haddington Road de dire une messe à son intention. »

Quirke ricana un bref instant et elle l'enveloppa d'un regard grave.

« Tu ne crois vraiment pas en Dieu, Quirke ?

— Je crois au diable. Ça, à Carricklea, c'est une chose à laquelle ils nous ont appris à croire. »

Elle hocha la tête. Il recommençait à jouer.

« Carricklea, répéta-t-elle. Je t'ai entendu prononcer ce nom si souvent et toujours de la même façon.

— C'est un endroit qu'on n'oublie pas. »

Elle posa la main sur son bras mais, devant son manque de réaction, elle la retira. Et s'il faisait semblant ? Pourtant, même si ces souffrances remontaient à très longtemps, il avait souffert, elle en était sûre.

« J'ai pris ce chemin délibérément, poursuivit-elle, j'imagine que tu le sais. Je ne suis pas douée pour la dissimulation. Par chance, tu es un homme d'habitudes. »

Elle s'interrompit pour réfléchir au choix de ses mots.

« Quirke, je veux que tu parles à Mal. »

Sourcils arqués, il jeta un coup d'œil dans sa direction.

« De quoi ? »

Elle s'approcha du bord du canal. Les deux cygnes changèrent de cap et vinrent sur eux en dessinant un V sur la surface impeccablement lisse de l'eau. Ils devaient croire qu'elle avait à manger, et pourquoi pas ? Tout le monde attendait quelque chose d'elle.

« Je veux que vous arrêtiez de vous disputer, Mal et toi. Je veux que vous vous... réconciliiez. »

Elle lâcha un rire timide devant le terme, sa sonorité grandiloquente.

Il continua à la dévisager mais à présent il avait les sourcils en berne, la mine renfrognée.

« Mal t'a demandé de venir ? » grommela-t-il, méfiant.

Cette fois, c'est elle qui le considéra avec de grands yeux.

« Bien sûr que non ! Pourquoi aurait-il fait ça ? »

Quirke refusa de se laisser amadouer.

« Dis-lui, répliqua-t-il d'un ton égal, que j'ai fait tout ce qui était en mon pouvoir pour lui. Dis-le-lui. »

Les cygnes tournaient lentement sur leur propre reflet, d'un côté puis de l'autre, ils s'impatientaient de voir que cette femme en manteau couleur sang et chapeau d'archer ne leur donnait pas ce qu'ils avaient cru devoir espérer, quoi que ce fût, quand elle s'était arrêtée devant eux. Pour sa part, elle ne prêtait aucune attention aux volatiles. Elle regardait Quirke sans comprendre ce qu'il voulait dire et se rendit compte qu'elle n'était pas censée comprendre. Mais qu'est-ce que Quirke avait bien pu faire pour Mal – *Quirke* pour *Mal* – compte tenu de leur antagonisme ?

« Je t'en supplie, Quirke, insista-t-elle, consternée par son propre comportement, par l'avilissement auquel elle était réduite. Je t'en supplie. Parle-lui.

— Et je te demande : de quoi ?

— De tout. De Phoebe... parle de Phoebe. Il t'écoute, même si tu penses que non. »

De nouveau, le cygne émit son drôle de cri, cet appel plaintif.

« Ce doit être la femelle », affirma Quirke.

Déconcertée, Sarah fronça les sourcils. Il pointa le doigt sur les oiseaux derrière elle.

« Ils restent en couple pour la vie, à ce qu'on raconte. Ce doit être la femelle. »

Il sourit de son sourire en coin.

« Ou le mâle. »

Elle repoussa cette diversion d'un haussement d'épaules.

« Il est vraiment sous pression, poursuivit-elle.

— Quelle sorte de pression ? »

Elle devina qu'il commençait à se lasser, l'entendit dans sa voix. Patience, tolérance et indulgence n'avaient jamais compté au nombre des qualités de Quirke qui n'en avait déjà pas tant que ça.

« Mal ne se confie pas à moi. Depuis longtemps. »

Une fois encore, elle avait poussé cette porte ouvrant sur la pénombre, une fois encore il déclina son invitation à la suivre.

« Tu crois qu'il se confierait à moi ? lui lança-t-il avec une rudesse voulue.

— C'est un homme bien, Quirke, insista-t-elle en levant les mains vers lui en un geste de supplique peinée. S'il te plaît... il a besoin de parler à quelqu'un. »

À son tour, il haussa ses épaules trapues, puis les laissa retomber. À certains moments, comme lorsqu'il faisait jouer ainsi sa grande carcasse, il donnait l'impression d'avoir été taillé et sculpté dans des matériaux plus denses que la chair et les os.

« D'accord, Sarah », dit-il d'une voix que la lassitude et l'agacement rendaient caverneuse.

Les cygnes, finalement découragés, firent demi-tour et s'éloignèrent sereinement, dédaigneusement.

« D'accord, répéta-t-il un ton plus bas. D'accord. »

Il invita Mal à déjeuner chez Jammet's. Ce choix, il en avait bien conscience, relevait d'une aimable espièglerie car la bonne chère ne faisait pas partie des choses de prix que Mal appréciait et ce dernier se montra très emprunté au milieu des *splendeurs*[1] fanées du restaurant.

1. En français dans le texte. *(N.d.T.)*

Assis sur un siège aussi frêle que lui, il veillait au grain, le cou n'en finissant pas d'émerger du col de sa chemise blanche et les mains – des mains délicates et bien proportionnées d'étrangleur, avait toujours pensé Quirke – crispées sur le bord de la table comme pour lui interdire de se lever d'un bond et de quitter précipitamment les lieux. Il arborait ses sempiternelles rayures et son nœud papillon. Malgré la coupe élégante de ses vêtements, il n'avait jamais l'air complètement à l'aise dedans ; on aurait cru que quelqu'un d'autre l'avait habillé avec un soin méticuleux, comme une maman qui aurait forcé son fils rétif à enfiler son costume de confirmand. Le maître d'hôtel leur fondit dessus en virevoltant et offrit un apéritif à *M'sieur Kweerk* et à son invité, après quoi Mal poussa un profond soupir et consulta sa montre. Quirke ressentit un grand plaisir à le voir piégé ainsi : c'était, pour partie, le paiement, la récompense qu'il prélevait sur son beau-frère – son quasi-frère –, lequel jouissait de trop d'avantages. Encore que si on l'avait mis au défi de les citer, Quirke aurait été infichu de répondre avec précision, sinon pour celui qui s'imposait – Sarah, bien entendu.

Quirke choisit un bordeaux coûteux et fit tourner avec ostentation dans son verre une lichette de vin qu'il huma et goûta avant de signifier son approbation au sommelier tandis que Mal contrôlait son impatience en détournant les yeux. Il refusa même de prendre une goutte de vin sous prétexte qu'il devait travailler.

« Très bien, répliqua Quirke sèchement. Il y en aura plus pour moi alors. »

Le vieux serveur dans son queue-de-pie lustré s'occupa d'eux avec la solennité onctueuse d'un placeur à un service funèbre. Après que Quirke eut commandé un aspic de saumon et une grouse rôtie, Mal demanda une soupe de poulet et une omelette nature.

« Mal, pour l'amour de Dieu ! » s'exclama Quirke entre ses dents.

Leur conversation se révéla même encore plus tendue que d'habitude. Dans les lieux, seules deux autres tables étaient occupées et tout ce qui dépassait le seuil du murmure s'entendait jusqu'au milieu de la pièce. Ils discutèrent à bâtons rompus des questions touchant à l'hôpital. Quirke avait mal aux mâchoires à force de lutter contre l'envie de bâiller et son mental ne tarda pas non plus à le faire souffrir. Il était à la fois bluffé et irrité par la capacité de Mal à être absorbé, ou du moins à donner l'impression convaincante de l'être, par les vétilles de l'administration du Holy Family, dont même le nom, l'hôpital de la Sainte-Famille, de par sa mièvrerie, provoquait toujours chez Quirke un frisson de gêne et de répugnance. En écoutant Mal exposer impassiblement « la situation financière globale de l'hôpital », pour reprendre les termes que ce dernier rabâchait, il se demanda s'il manquait vraiment de sérieux, alors qu'il savait, bien entendu, qu'en se posant cette question il se félicitait simplement d'être moins assommant et borné que son beau-frère. Pour lui, Mal représentait – sans que ça l'impressionne pour autant – un mystère perpétuel. À ses yeux, il incarnait une version du Sphinx : grand, incontournable et monumentalement ridicule.

Cela étant, comment interpréter l'histoire Christine Falls ? Ce ne pouvait pas être, avait-il conclu, un problème de négligence professionnelle – Mal n'était jamais négligent. Mais alors quoi ? Quirke n'aurait pas eu le moindre doute sur la réponse si l'homme impliqué n'avait pas été Malachy Griffin. Des filles comme

Chrissie Falls constituaient un piège facile pour les imprudents, or Mal était l'individu le plus prudent que Quirke ait jamais connu. Et pourtant, en le voyant manier sa cuillère à soupe à petits gestes tatillons – ces fameuses mains encore une fois, lentes et plutôt maladroites en dépit de leur élégance ; en salle d'accouchement, il avait la réputation d'être trop rapide pour qu'il soit nécessaire de recourir au forceps –, Quirke se demanda si, durant toutes ces années, il n'avait pas sous-estimé son beau-frère, mais peut-être surestimé était-il plus pertinent ? Que se passait-il derrière ce visage osseux taillé en cercueil, ces yeux saillants d'un bleu délavé ? Quels appétits illicites rôdaient donc là ? Cette pensée ne l'avait pas plus tôt effleuré que son esprit s'en détourna avec écœurement. Non : il ne voulait pas s'interroger sur les préférences secrètes de Mal. La fille était morte et il avait couvert les circonstances sordides de l'affaire – il n'y avait sûrement rien d'autre derrière. C'était des choses qui arrivaient, plus souvent qu'on ne l'imaginait. Quirke songea à Sarah sur la berge du canal, regardant les cygnes sans les voir, les yeux débordant de soucis. « Il est vraiment sous pression », avait-elle affirmé ; cette pression était-elle liée à Christine Falls et, en ce cas, Sarah avait-elle connu la jeune femme ? Et que savait-elle ? Il avait fait, se dit-il, ce qu'il fallait faire : le dossier avait été récrit, il n'y avait plus de problème, et ce trouillard de Mulligan garderait le silence. La fille était décédée – le reste n'avait plus d'importance. En outre, il détenait maintenant un avantage sur son beau-frère. Il ne pensait pas avoir jamais besoin ni envie de s'en servir mais ça lui faisait plaisir de savoir que c'était là, à sa disposition, même si, à cette idée, une vague honte le tiraillait.

Le saumon se révéla insipide et d'une texture un peu visqueuse, la grouse, quand on la lui servit, desséchée. À la table la plus proche d'eux, une femme rondelette et assez jeune lorgnait sur Mal et confiait quelque chose sur lui à son compagnon ; une patiente, sans aucun doute, une autre mère de famille à laquelle le grand M. Griffin avait eu affaire. Quirke sourit intérieurement, puis, avant d'avoir eu le temps de se retenir, il s'entendit avouer :

« C'est Sarah qui m'a demandé ça, tu vois. »

Mal, qui avait continué à gloser sur les budgets de l'année fiscale à venir, se figea, son attention rivée sur la dernière bouchée d'omelette dans son assiette et la tête un peu penchée de côté, comme s'il était dur de la feuille ou qu'il avait de l'eau dans le cornet.

« Quoi ? » s'écria-t-il d'une voix blanche.

Quirke, qui allumait une cigarette, dut se tordre la bouche pour répondre.

« Elle m'a demandé si je voulais bien te parler, expliqua-t-il en lâchant malgré lui un rond de fumée parfait. Pour être franc, c'est la seule raison qui m'a amené ici. »

Mal posa couteau et fourchette très calmement et plaça de nouveau ses mains, paumes à plat, sur la table, de part et d'autre de son assiette, à croire qu'il risquait de se remettre violemment sur pied.

« Tu as déjà dit non à Sarah avant. »

Quirke soupira. Entre eux, ça avait toujours été ce genre d'affrontements puérils : Mal se montrant triste et buté tandis que Quirke, désireux de jouer le type gai et désinvolte, s'agaçait et lâchait des trucs étourdiment.

« Elle pense que tu as des problèmes », expliqua Quirke d'un ton sec.

Énervé, il tripotait sa cigarette entre ses doigts.

« Elle a dit ça ? » s'exclama Mal, apparemment soucieux de savoir si c'était vrai.

Quirke haussa les épaules.

« Pas de manière explicite. »

Il lâcha un autre soupir furieux, puis se pencha en avant et baissa la voix pour souligner l'importance de ce qui allait suivre :

« Écoute, Mal, il faut que je te dise quelque chose. C'est au sujet de cette fille, Christine Falls. Je l'ai fait revenir de la morgue et je l'ai autopsiée. »

Tel un énorme ballon percé par une minuscule épingle, Mal poussa un long soupir silencieux. La femme à la table voisine regarda de nouveau dans sa direction et, devant l'expression de son idole, s'arrêta de mastiquer.

« Pourquoi tu as fait ça ? murmura-t-il.

— Parce que tu m'avais menti. Elle n'était pas à la campagne. Elle logeait à Stoney Batter – chez Dolly Moran. Et elle n'est pas morte d'une embolie pulmonaire. »

Il hocha la tête en retenant un éclat de rire.

« Honnêtement, Mal... une embolie pulmonaire ! Tu n'aurais pas pu trouver quelque chose de plus plausible ? »

Mal opina lentement, tourna la tête encore une fois et, croisant le regard de la femme à la table voisine, afficha machinalement son sourire le plus mielleux, sourire, Quirke en fut frappé, qui ressemblait plus à celui d'un croque-mort qu'à celui d'un homme dont le métier est de mettre de nouvelles vies au monde.

« Tu as gardé ça pour toi », ajouta Mal à mi-voix.

Il ne remuait presque pas les lèvres et gardait les yeux rivés sur la salle en évitant Quirke avec soin.

« Je te l'ai dit, je ne t'en veux pas. Je n'oublie pas que tu m'as rendu service un jour et que tu as gardé ça pour toi. »

Le serveur funèbre – tout gravitait autour de la mort ce jour-là – vint desservir. Lorsqu'il proposa du café, aucun des deux hommes ne réagit et il s'éloigna en douceur. Mal se casa de biais sur la petite chaise, une jambe par-dessus l'autre, en tambourinant mécaniquement des doigts sur la nappe.

« Parle-moi de la fille », insista Quirke.

Mal haussa les épaules.

« Il n'y a pas grand-chose à dire. Elle sortait avec un type et – il leva la main, puis l'abaissa de nouveau – l'histoire classique. On a été obligé de la laisser partir. »

On. Quirke ne broncha pas. Mal continua.

« Je me suis débrouillé pour que la Moran s'occupe d'elle. J'ai reçu un appel au milieu de la nuit. J'ai envoyé une ambulance. Il était trop tard. »

Ce fut comme si, sur la table entre eux, quelque chose tombait lentement de même que la main de Mal était retombée, mollement, inutilement.

« Et le bébé ? »

En guise de réponse, Mal se borna à remuer un peu la tête. Un silence s'ensuivit.

« Tu n'étais pas en train de rectifier le dossier de Christine Falls, l'autre nuit, reprit Quirke avec une conviction soudaine. Tu le rédigeais, non ? Et après, quand je t'ai confronté, tu l'as embarqué et détruit. »

Mal décroisa les jambes et ramena son corps vers la table avec un grognement sourd et fatigué.

« Écoute... »

Il s'interrompit et soupira. Il avait l'air ennuyé du mec obligé d'expliquer un truc a priori parfaitement évident.

« Pour tout te dire, j'ai fait ça pour la famille.

— Quelle famille ?

— Celle de la fille. C'est déjà assez dur d'avoir à perdre une fille sans devoir apprendre qu'il y avait un bébé en prime.

— Et le père ? »

Perplexe, Mal le regarda d'un air dubitatif.

« Son ami, fit Quirke avec impatience, le père de l'enfant. »

Mal jeta un coup d'œil autour de lui et fixa le sol d'un côté de la table, puis de l'autre, comme si le monde entier risquait d'y découvrir l'identité du séducteur de Christine.

« Un gars, marmonna-t-il en haussant de nouveau les épaules. On ne connaissait même pas son nom.

— Pourquoi est-ce que je devrais te croire ? »

Mal partit d'un rire froid.

« Et qu'est-ce que tu veux que ça me fasse ?

— Et l'enfant ?

— Qu'est-ce que tu cherches à savoir sur elle ? »

Quirke le contempla un moment sans rien dire.

« Elle ? répéta-t-il doucement, puis : Comment sais-tu que c'était une fille, Mal ? »

Mal refusa de soutenir son regard.

« Où est-elle ?

— Disparue. Mort-née. »

Après cela, il n'y eut, semble-t-il, plus rien à ajouter. Quirke, déconcerté et se sentant obscurément confondu, termina le fond de bordeaux dans son verre et réclama l'addition. Sous l'effet du vin, sa tête bourdonnait.

Dans Nassau Street, un pâle soleil brillait et il faisait

doux. Le palais de Quirke repensa au saumon avec une légère nausée. Mal boutonnait son pardessus. Déjà par l'esprit à l'hôpital en train de passer son stéthoscope et de tarabuster ses étudiants, il paraissait distrait. Quirke retrouva son irritation pleine et entière. Il lâcha :

« À propos, Dolly Moran a tout consigné par écrit, tu sais. Christine Falls, l'enfant, l'identité du père, Dieu sait quoi d'autre. »

Un bus les dépassa en brinquebalant tandis que Mal, pétrifié, crispait les doigts sur le dernier bouton de son pardessus.

« Comment tu sais ça ? s'écria-t-il du ton, encore une fois, de celui que tout ça ne concerne que de très loin.

— Elle me l'a dit. Je suis allé la voir et elle me l'a dit. Apparemment, elle a tenu une sorte de journal. Je trouve que ça ne lui ressemble pas, toujours est-il qu'elle l'a fait. »

Mal hocha lentement la tête.

« Je vois. Et qu'est-ce qu'elle va en faire, de ce journal ?

— Elle ne m'a rien précisé. »

Mal continuait à hocher la tête, à réfléchir.

« Grand bien lui fasse », conclut-il.

Ils se séparèrent alors et Quirke emprunta Dawson Street, puis tourna en direction de St Stephen's Green, heureux de sentir la douce chaleur du soleil sur sa figure. Le boulot l'attendait, lui aussi, mais il se dit qu'une balade lui remettrait les idées en place. Il revint mentalement sur sa conversation avec Mal, se la remémora sous un jour presque insouciant grâce, présumait-il, à l'effet prolongé du vin. Quelle stupeur si ce sacré Mal avait engrossé une fille ! Dans ce domaine, Quirke avait lui aussi connu quelques frayeurs et, une fois, il avait été obligé de recourir aux services d'un vieux copain étudiant en médecine qui bossait dans une clinique louche de Londres ; ça avait été une vilaine affaire et la nana ne lui avait plus jamais reparlé. Mais il ne pouvait croire que Mal ait vécu quelque chose d'analogue. Aurait-il foncé, comme jadis Quirke que cette histoire continuait d'embarrasser, dans un piège que n'importe quel étudiant en première année de médecine aurait su éviter ? N'empêche, l'étonnant, c'était que Mal avait falsifié un rapport concernant une mort post-partum. Que représentait à ses yeux la famille de Christine Falls pour qu'il prenne pareil risque – avait-il aussi détruit le certificat de décès original, si tant est qu'il y en ait eu un ? –, qu'il leur épargne la douleur d'un scandale que personne, à part lui et eux, ne risquait d'apprendre ? Non, c'est lui-même que Mal devait protéger d'un truc ou d'un autre. Christine Falls avait dû être sa patiente – pas sa maîtresse, sûrement pas ! – et, en dépit de sa conscience professionnelle et des soins qu'il avait pu lui prodiguer, sans doute avait-il commis une erreur médicale.

En haut de Dawson Street, Quirke traversa la rue et entra dans le Green par la porte latérale. Des odeurs de feuilles, d'herbe, de terre humide l'assaillirent. Il songea à sa femme décédée, ensevelie depuis si longtemps et dont il gardait néanmoins un souvenir très vif. Bizarre. Peut-être l'avait-il aimée plus qu'il ne le pensait, peut-être l'avait-il aimée pour ce qu'elle était, disons, et pas seulement pour ce qu'elle avait représenté pour lui. Il fronça les sourcils : dans sa confusion, il ne comprenait pas ce qu'il entendait par là, et pourtant ça avait l'air d'avoir un sens.

Il irait revoir Dolly Moran. Il lui redemanderait ce

qu'il était advenu de l'enfant et cette fois il lui tirerait les vers du nez. Il ralentit le pas en approchant des grilles de l'université. Phoebe sortit au milieu d'une bande d'étudiants. Son manteau était ouvert, et elle portait des chaussettes ultra-courtes, des ballerines et un kilt tartan fermé sur le côté par une énorme épingle de sûreté ; ses cheveux noir brillant étaient noués en queue-de-cheval. Elle s'éloigna de ses compagnons sans avoir remarqué sa présence, en leur souriant par-dessus son épaule, puis traversa rapidement la rue, tête baissée, en serrant ses bouquins contre sa poitrine. Il allait l'appeler quand, sur le trottoir opposé, il repéra un grand jeune homme mince en Crombie et costume foncé qui avançait à sa rencontre. En le rejoignant, elle se blottit contre lui, très chatte et timide, semblait-il, pressant sa joue au creux de son épaule. Puis ils se tournèrent, bras dessus bras dessous, et mirent le cap sur Hatch Street ; après les avoir observés un moment, Quirke tourna les talons lui aussi et s'éloigna dans la direction opposée.

7.

Dolly Moran sut tout de suite qui c'était. Elle les avait déjà vus. En plus, elle avait entendu parler d'eux dans le quartier et savait ce qu'ils faisaient. Elle eut la certitude, sans pouvoir expliquer pourquoi, que c'était pour elle qu'ils étaient là, plantés au coin de la rue, l'air de rien. Ils attendaient la nuit ou quoi ? C'est en allant chercher le lait et le journal du soir qu'elle les repéra pour la première fois. Elle avait son manteau et son chapeau mais stoppa net sur le perron en les voyant. L'un d'eux était mince avec des cheveux noirs et gras qui lui dessinaient un V sur le front ; ses joues étaient d'un rouge vif curieux et il avait un énorme nez crochu. L'autre était gros avec un torse impressionnant, un ventre encore plus impressionnant et une tête de la taille d'un ballon de foot ; sa vilaine tignasse lui descendait en mèches sur les épaules. C'est celui au nez crochu qui lui parut le plus effrayant. Ils évitèrent sciemment de regarder dans sa direction, alors qu'il n'y avait personne d'autre dans la rue. Elle resta là, paralysée, sa porte à moitié ouverte derrière elle. Que faire ? Fallait-il qu'elle ferme et passe devant eux sans leur jeter un coup d'œil, pour leur montrer qu'elle n'avait pas peur ? Or, elle avait peur, très peur. Elle allait battre en retraite à l'intérieur – dans sa tête, elle se vit, comme si elle accomplissait déjà le geste, claquer la porte et la verrouiller – et attendre de voir s'ils fichaient le camp.

Elle n'avait pas été surprise par leur présence ; secouée et effrayée, mais pas surprise, pas après que Quirke fut revenu frapper à sa porte en insistant pour savoir ce qu'il était advenu de la gamine de Chrissie. Elle n'avait pas voulu le laisser entrer – s'était dit qu'il était peut-être un peu bourré – et ne lui avait parlé qu'à travers la boîte aux lettres. Revoir son visage lui était insupportable. Elle savait qu'elle en avait déjà trop dit, l'autre jour au pub, quand il lui avait fait ingurgiter tout ce gin et qu'il lui avait passé des kilos de pommade pour lui soutirer des renseignements sur Chrissie et tout le reste. Aujourd'hui, il s'était énervé quand elle avait refusé de répondre à ses questions. Il croyait que la petite était morte et lui avait demandé où elle était enterrée. Postée derrière la porte, un doigt sur la bouche, hochant la tête toute seule et les yeux étroitement fermés, elle n'avait rien lâché. Les deux types étaient-ils déjà là, au coin de la rue, l'avaient-ils vu, l'avaient-ils entendu la questionner sur la gamine ? Au bout d'un moment, il lui criait dessus, presque, ils n'auraient pas eu de mal à entendre ce qu'il déblatérait. À la fin, il avait renoncé et était parti ; après, quand elle avait été suffisamment calmée, elle avait repris le chemin de la boutique pour aller acheter la bouteille de lait et du papier et ils étaient là, à l'attendre.

Maintenant, elle était à l'étage, à la fenêtre de la pièce de devant, toujours avec son manteau et son chapeau. Elle avait dû plaquer la joue contre le battant en se dissimulant derrière le rideau pour réussir à voir ce qu'il se passait en bas, au coin de la rue. Ils étaient toujours là. Le gros protégeait une allumette entre ses mains et l'autre, celui au fameux nez, se penchait dessus pour allumer sa cigarette. Elle sentit son pouls battre sur sa tempe. Elle s'entendit respirer avec, chaque fois, une palpitation incontrôlable. Elle descendit à la cuisine exiguë où flottaient perpétuellement des odeurs de gaz et d'humidité et s'attarda une minute à côté de la table recouverte de toile cirée pour tenter d'obliger son cerveau à réfléchir, à se concentrer, à lui donner une ligne de conduite. Elle attrapa sur l'étagère à côté de la cuisinière une boîte émaillée marquée *Sucre*, souleva le couvercle et récupéra, roulé en cylindre, un cahier d'écolier à la couverture jaune orangé : elle l'emporta jusqu'à la pièce de devant, se pencha vers la cheminée et le colla dans le foyer. Mais impossible de remettre la main sur les allumettes. Elle ferma les yeux un instant et, dans l'obscurité massée derrière ses paupières, ressentit un brusque mouvement de colère. Non ! Elle songea à cette pauvre Chrissie qui remuait la tête d'un côté et de l'autre sur son oreiller, qui appelait sa mère à l'aide, au sang et à tous ces trucs plein partout sans personne pour la secourir. Non, elle ne laisserait pas tomber Chrissie une seconde fois.

La poste fermait à cinq heures, elle savait qu'il lui faudrait se dépêcher. Elle ne parvint pas à dénicher une seule enveloppe en dehors de la vieille dans laquelle elle conservait ses livrets de la Tontine Society ; elle ferait l'affaire. Il n'y avait plus trop de colle sur le rabat et elle la ferma du mieux qu'elle put avec un bout de sparadrap. Elle était tellement pressée et ses mains tremblaient tellement fort qu'elle eut du mal à écrire l'adresse. En dépit de sa hâte, elle redoutait le moment où il lui faudrait rouvrir la porte et s'élancer dans la rue. Que ferait-elle si les deux types étaient toujours au coin, à faire mine de ne pas la voir ? Elle n'était pas sûre d'avoir le courage de passer devant eux. Peut-être pouvait-elle emprunter l'autre chemin, éviter le carrefour, remonter la rue et faire le tour par Arbour Hill ? Mais ça lui demanderait plus de temps, la poste serait fermée à son arrivée et de toute façon rien ne les empêchait de la suivre.

Elle tira la porte, sortit en osant à peine regarder dans la direction du carrefour. Pourtant ils n'étaient plus là. Elle scruta la rue de bout en bout. Il n'y avait personne à l'exception de la vieille Tallon en face qui entrebâilla sa porte de deux centimètres et pointa son nez en feignant de s'intéresser au temps dehors. Plaisante soirée calme. Voilà, c'était ça le truc, se montrer calme, plaisante et calme. La mère Tallon battit en retraite et referma doucement sur elle. Avait-elle vu les deux hommes au coin ? La mère Tallon ne ratait pas grand-chose de ce qu'il se passait dans la rue. Et la belle affaire si elle les avait vus ! Il n'y avait rien à attendre de sa part. Dolly se mordit la lèvre et serra plus fort son sac. Elle remarqua les marques de crottin sur la chaussée devant le numéro douze et se rappela son retour chez elle, quand elle était revenue bras dessus, bras dessous avec Quirke dans la douceur de la pénombre. Fallait-il qu'elle l'appelle, comme il le lui avait demandé avec insistance ? L'espace d'une seconde, elle l'envisagea, le cœur battant. Mais non : Quirke était la dernière personne qu'elle appellerait.

Elle arriva à la poste cinq minutes avant la fermeture, pourtant le jeune gars derrière le guichet était déjà en train de fermer boutique et lui jeta un regard mauvais en la voyant entrer. Il était comme tous les autres dans le quartier, elle avait l'habitude des regards mauvais ; parfois même on l'injuriait, on la traitait de noms d'oiseaux, en douce, sur son passage. Elle s'en souciait comme de colin-tampon. Quand elle glissa l'enveloppe dans la boîte, ça soulagea sa conscience et elle se sentit mieux ; c'était pareil que d'aller à confesse, sauf qu'elle ne se rappelait pas à quand remontait la dernière fois qu'elle était passée par le confessionnal.

Elle décida d'aller chez Moran's s'offrir un gin à l'eau, juste un. En fait, elle s'en tapa trois de rang, puis un autre, plus tranquillement, puis un dernier, pour la route. En réintégrant le crépuscule enfumé, un doute la saisit : avait-elle réagi trop vite en postant l'enveloppe ? Peut-être que ces deux types n'étaient pas ceux qu'elle pensait et, quand bien même, peut-être que ce n'était pas après elle qu'ils en avaient. Il y avait toujours des trucs sur le feu dans le quartier, des vols, des disputes, on retrouvait dans la rue des hommes qui s'étaient fait casser la gueule. Si tout ça n'était que le fruit de son imagination, pétard, qu'avait-elle mis en branle ? Devait-elle retourner à la poste et essayer de récupérer l'enveloppe ? Mais ce serait fermé, l'employé de bureau grognon depuis longtemps parti et de toute façon le courrier dans la boîte était sans doute déjà relevé. Elle rota et un méchant relent de gin lui noya l'arrière de la gorge. Et puis quelle importance si cette affaire arrivait à destination ? Qu'ils souffrent un poil, songea-t-elle, qu'ils voient un peu à quoi la vie ressemble pour nous autres.

À cause de tout le gin qu'elle avait ingurgité, elle dut batailler pour trouver le trou de la serrure. Dans le vestibule, elle perçut un courant d'air venant du fond de la maison mais n'y prêta pas attention. Même lorsqu'elle constata que le transistor marchait doucement dans la cuisine – les Inkspots fredonnaient « It's a Sin to Tell a Lie » –, elle se dit qu'elle avait dû le laisser allumé avant de sortir et oublier de l'éteindre dans sa précipitation. Elle accrocha son manteau et gagna le salon. Là aussi, il régnait une fraîcheur inhabituelle ; il allait falloir qu'elle pense à acheter un poêle électrique avant l'hiver, un de ces trucs avec lumière rouge à effet de feu de bois. Elle était à genoux devant l'âtre et mettait du petit bois dans la cheminée en se demandant où elle avait bien pu coller ces fichues allumettes quand elle les entendit derrière elle. Lorsqu'elle regarda par-dessus son épaule, ils étaient à l'entrée de la cuisine. Subitement, tout se ralentit, comme si un énorme moteur en elle était passé en mode ultra-lent. Elle s'étonna de remarquer autant de choses : sous la lumière électrique, les cheveux du gros avaient une vilaine couleur orangée, son pull informe était tricoté main, le type au nez crochu était plus rougeaud que jamais et, entre un doigt jauni par la nicotine et son pouce, c'était une cigarette roulée qu'il serrait. Elle vit aussi, très clairement, ce qu'elle savait ne pouvoir voir, le carreau cassé à l'angle de la porte du fond juste au-dessus du loquet, et elle sentit l'air de la nuit froide et noire s'engouffrer par le trou. Et pourquoi avaient-ils allumé le transistor ? Bizarrement, c'était le détail qui l'effrayait le plus, le transistor en marche avec ces Noirs qui chantaient d'une voix de fausset.

« Bonsoir, Dolly », dit le type au nez crochu d'un ton affable.

Elle perçut alors, entre ses cuisses, ce qui ne fut qu'un chatouillis au début, mais ensuite le liquide brûlant lui dégoulina sur l'intérieur des jambes et s'étala en une tache sombre autour d'elle sur le tapis où elle était agenouillée.

Le taxi était un vieux Ford qui ahanait et brimbalait. Dans les rues enfumées et mal éclairées, le silence régnait. Quirke aurait dû être habitué à ce genre de plans, ces appels en pleine nuit, le trajet dans l'obscurité, puis l'ambulance le long du trottoir, les voitures de police garées en épi et l'entrée allumée où se profilaient d'imposantes silhouettes indistinctes. L'une d'entre elles, vêtue d'un imperméable long et coiffée d'un chapeau mou à larges bords, s'avança à sa rencontre.

« Monsieur Quirke ! s'écria-t-il d'un ton surpris et ravi. C'est bien vous ? »

Hackett. Inspecteur. Grand, trapu, lent avec un regard joyeusement attentif. C'était lui qui l'avait appelé.

« Inspecteur, répondit Quirke en serrant une main de la taille d'une pelle. Mlle Moran est-elle là ? »

Il tressaillit intérieurement devant sa sottise.

Les yeux de Hackett pétillèrent carrément.

« Dolly ? Oh, pour être là, elle est là. »

Il le précéda vers le vestibule et passa devant deux techniciens de la police scientifique occupés à relever des empreintes digitales latentes ; Quirke les connaissait mais leurs noms lui échappaient ; ils le saluèrent d'un signe de tête avec cette expression pincée et impavide des experts en médecine légale, qui échangent une blague en douce. Avec ses chaises renversées, ses tiroirs vidés, son sofa éventré, ses papiers déchirés et éparpillés, le salon était un capharnaüm. Un gardien en uniforme et casquette, jeune acnéique à la pomme d'Adam triangulaire et proéminente, était en faction à côté de la porte de la cuisine ; il était un peu verdâtre. Derrière lui, indécent sous l'unique ampoule nue, davantage de désordre. Quant à l'odeur, Quirke la connaissait si bien que c'est à peine s'il y prêta attention.

« La voici, déclara Hackett ajoutant avec une pointe d'ironie, votre Mlle Moran. »

Elle avait été attachée à une chaise de cuisine, ligotée aux chevilles avec ses bas et aux poignets avec une longueur de câble électrique. La chaise s'était renversée et elle gisait par terre sur son côté droit. Elle avait réussi à dégager un de ses bras. La pose – genoux pliés et bras tendu – frappa Quirke : encore un mannequin.

« Vous m'avez appelé à mon domicile, poursuivit Quirke, toujours penché, mains sur les genoux, au-dessus du corps. C'est l'hôpital qui vous a donné mon numéro ? »

Tel un prestidigitateur exhibant une carte, Hackett montra le bout de carton blanc, calé par ses quatre coins, au creux de sa main.

« Il semble, lança-t-il d'un ton affable, que vous ayez laissé vos coordonnées, lors d'une précédente visite amicale. »

8.

Une jeune nonne aux dents proéminentes ouvrit la porte, s'effaça et l'invita à entrer. Devant la longue salle lugubre, quelque chose en elle eut un mouvement de recul et, l'espace d'un moment, elle redevint une fillette qui tremblait sur le seuil du bureau de la mère supérieure. Une table en acajou massif, six chaises à haut dossier sur lesquelles personne ne s'était jamais assis, des bibliothèques vitrées, un portemanteau sans manteau ; dans une niche murale, une statue de la Vierge, quasi grandeur nature, incarnation du malheur drapée de blanc et de bleu pâle, serrait entre deux doigts et un pouce, en une attitude de précieuse appréhension, un grand lys blanc, symbole de sa pureté. À l'autre bout, sous un tableau marronnasse représentant un saint martyr, se dressait un bureau ancien sur lequel étaient posés une lampe, un tampon buvard en cuir et deux téléphones – pourquoi deux ? Aussi bizarre que cela puisse paraître, la jeune nonne s'était éclipsée et avait refermé discrètement la porte sans qu'elle s'en aperçoive. Elle demeura là au milieu du silence avec, dans ses bras, le bébé endormi dans sa couverture. Les arbres, de l'autre côté des fenêtres, lui étaient inconnus, mais peut-être n'était-ce qu'une impression ? Jusqu'à présent, tout ici lui paraissait insolite.

Une autre porte, qu'elle n'avait pas remarquée, s'ouvrit brutalement comme sous l'effet d'un coup de vent. Surgit alors une grande nonne, aussi charpentée qu'un homme et affligée d'une figure étroite, sévère, pâle.

Elle approcha d'un pas vif, les deux mains tendues, accompagnée par le bruit de l'air que déplaçait son lourd habit noir, le visage souriant et comme surpris de sourire. C'était mère Stephanus.

« Mademoiselle Ruttledge, déclara-t-elle en prenant la main libre de Brenda entre les siennes, bienvenue à Boston et à Sainte-Mary. »

Elle avait l'odeur de renfermé des nonnes. Malgré elle, Brenda repensa aux histoires qui se racontaient au couvent dans son enfance, d'après lesquelles les sœurs n'avaient jamais le droit d'être nues et devaient porter, pour se laver, une sorte de costume de bain spécial.

« Je suis très heureuse d'être ici, ma sœur », dit-elle d'une voix dont l'humilité lui déplut.

Elle n'était plus une gamine, songea-t-elle, et cette bonne sœur n'avait aucune autorité sur elle. Elle redressa les épaules et à son tour regarda avec audace le visage glacé et radieux de son interlocutrice.

« Boston est très agréable », ajouta-t-elle.

Cela aussi lui sembla peu convaincant et stupide. À travers sa couverture, le bébé lui colla un coup de pied dans le flanc, comme s'il exigeait d'être présenté ; déjà une sacrée petite demoiselle. Le fragile sourire de la religieuse s'effaça.

« Et ce doit être le bébé, remarqua-t-elle.
— Oui, fit Brenda en dégageant, du doigt, le bord de la couverture pour dévoiler le minuscule visage livide à la bouche en bouton de rose et aux yeux bleus perpétuellement étonnés. Voici la petite Christine. »

II

1.

Claire Stafford ne savait pas trop si la robe qu'elle avait choisie convenait à l'événement. Avec les sœurs, on ne savait jamais. Verte et gansée de blanc sur l'ourlet, elle avait un décolleté festonné, pas profond, mais qui dévoilait peut-être trop de gorge, de chair semée de taches de rousseur en dessous de la clavicule. Elle garderait son foulard vert à peu près enroulé autour du cou, et même son manteau, si on le lui permettait. Elle n'avait pas voulu demander son avis à Andy ; avec lui aussi, on ne savait jamais. En général, il ne faisait pas attention à sa tenue, puis brusquement, au moment où elle s'y attendait le moins, il l'attaquait et lui balançait un truc, une remarque venimeuse le plus souvent. Un jour, il lui avait dit qu'elle ressemblait à une pute. Jamais elle n'oublierait ça. À l'époque, ils habitaient le meublé de Scranton Street. Elle portait un jeans, des mules blanches et un chemisier écarlate noué à la taille. Arrivant tout droit d'Albany après un trajet interminable, crevé, furieux et souffrant apparemment de la chaleur, il était passé devant elle à fond de train, avait attrapé une bière dans la glacière de la cuisine en longueur et, par-dessus son épaule, il lui avait dit ça : « Chérie, t'as une touche de pute à dix dollars la passe. » Il avait prononcé le mot « pute » exactement comme son père. Elle s'était interdit de pleurer, ça l'aurait rendu encore plus furieux. Malgré son chagrin, elle le revoyait encore contre la glacière, si beau avec ses bottes, son pantalon de travail, son sweat-shirt blanc taché, ses bras luisants d'amateur de rodéo et sa mèche noire qui lui barrait le front comme une aile de corbeau. C'était le plus beau mec qu'elle avait connu.

Aujourd'hui, il portait un pantalon noir repassé par-dessus ses bottes de cow-boy, une chemise blanche avec une cravate en tricot de laine et une veste sport à carreaux brun orangé et larges revers. Elle lui avait dit qu'il était vraiment bien mais il s'était rembruni et avait répliqué qu'il avait l'impression de ressembler à Bozo le clown. À présent qu'ils remontaient l'allée menant à Sainte-Mary, il n'arrêtait pas de passer le doigt sur l'intérieur de son col de chemise, de relever le menton par saccades et de soupirer. Il était nerveux, elle le voyait. Dans le taxi, il n'avait pas cessé de jacasser, de se plaindre qu'il allait perdre de l'argent parce qu'il était obligé de l'accompagner, mais à présent il ne pipait mot et, les yeux plissés pour se protéger du soleil automnal, regardait la haute façade lisse de l'orphelinat qui semblait de plus en plus haute à mesure qu'ils se rapprochaient. Elle aussi avait un peu peur, mais pas de l'endroit. Car elle connaissait Sainte-Mary, elle s'y sentait comme chez elle.

En revanche, elle ne connaissait pas la jeune nonne qui leur ouvrit. Elle s'appelait sœur Anne. Sans ses dents de lapin, elle aurait été jolie. Elle leur fit traverser le large vestibule, puis emprunter le couloir conduisant au bureau de mère Stephanus. Les odeurs familières

– encaustique, savon phéniqué, cuisine institutionnelle, nourrissons – réveillèrent chez Claire un puissant mélange de sentiments. Elle avait été heureuse à Sainte-Mary, ou du moins pas malheureuse. Quelque part, bien au-dessus d'eux, un chœur d'enfants chantait un cantique en un unisson désaccordé.

« Vous avez travaillé ici, n'est-ce pas ? » demanda sœur Anne.

Elle avait l'accent de South Boston, le quartier irlandais. Elle évitait de regarder Andy, intimidée, supposa Claire, par son beau physique de cow-boy.

« Alors, ça vous plaît d'être une femme oisive ? »

C'était lancé sur un ton enjoué.

Claire éclata de rire.

« Oh, Sainte-Mary me manque vraiment beaucoup », avoua-t-elle.

Assise à son bureau devant une pile de papiers, mère Stephanus leva la tête à leur entrée. Claire la soupçonna d'avoir délibérément pris la pose, puis se reprocha cette vilaine pensée.

« Ah, Claire, te voici. Et Andy aussi.

— Bonjour, ma mère. »

Andy ne dit rien, se contenta d'un signe de tête. Il affichait un air maussade destiné à masquer son anxiété. Malgré elle, Claire éprouva une pointe de jubilation : ici, c'était son domaine à elle, pas le sien ; son moment.

Mère Stephanus les invita à s'asseoir et Andy alla se chercher une chaise parmi les six autour de la table.

« Vous devez être très émus, tous les deux, commença la mère supérieure qui, mains jointes sur ses documents, se pencha en avant et les considéra tour à tour avec un sourire éclatant. Ce n'est pas tous les jours qu'on devient parents ! »

Claire sourit et acquiesça, les lèvres extrêmement pincées. À côté d'elle, Andy remua les jambes, ce qui fit craquer son siège. Comment Claire était-elle censée interpréter les paroles de la religieuse ? Elle ne savait pas trop. Quelle drôle de remarque, d'entrée de jeu. Durant les nombreuses années qu'elle avait passées à Sainte-Mary – d'abord en tant que pensionnaire après que sa maman était morte et que son papa s'était tiré, puis en tant qu'employée aux cuisines et plus tard à la pouponnière –, elle n'avait jamais pu comprendre mère Stephanus ni les autres religieuses d'ailleurs, n'avait jamais vraiment pu décrypter leur façon de penser. Cela étant, elles s'étaient montrées gentilles envers elle et elle leur devait tout – tout, sauf Andy : lui, elle l'avait déniché toute seule, ce jeune mari dégingandé, dangereux, avec ses yeux noirs et sa voix traînante. Malgré elle, Claire le visualisa tel qu'elle l'avait entrevu dans le miroir, le matin même, pendant qu'il s'habillait, son dos couleur de miel, lisse, parfait et la ligne tendue de son ventre là où il se perdait dans le noir. Son homme.

Mère Stephanus ouvrit devant elle, bien à plat sur son bureau, une chemise en carton marron et chaussa une paire de lunettes à monture acier dont elle poussa vigoureusement les cambres sous les bords raides de sa guimpe comme si elle s'administrait une piqûre à chaque tempe. Claire rougit légèrement ; les drôles de trucs qui lui passaient par la tête ! La mère supérieure parcourut les divers documents du dossier, s'arrêtant de temps à autre pour, sourcils froncés, lire une ligne ou deux. Puis elle releva les yeux et fixa Andy cette fois.

« Vous comprenez bien la situation, Andy, n'est-ce pas ? » dit-elle en s'exprimant lentement et en détachant bien les mots, comme si elle s'adressait à un enfant.

« Ce n'est pas une adoption, pas officiellement. Sainte-Mary, ainsi que Claire peut vous le confirmer, dispose de sa propre... organisation. Le Seigneur, je le répète toujours, est notre législateur. »

Sourcils levés, elle les observa tour à tour dans l'attente d'une réaction à son trait d'esprit. Claire sourit docilement, tandis qu'Andy bougeait de nouveau les jambes, les croisait d'un côté puis de l'autre. Il n'avait pas ouvert la bouche depuis leur entrée dans la pièce.

« Et vous comprenez également tous les deux, poursuivit la mère supérieure, que, l'heure venue, ce sera M. Crawford et son entourage qui décideront de l'éducation qu'il conviendra de donner à la petite et ainsi de suite ? Vous serez consultés, bien entendu, mais au final ces décisions leur appartiendront.

— Nous comprenons, ma mère, déclara Claire.

— Il est important que vous le compreniez, insista la mère supérieure du même ton grave et implacable qui rappelait une voix à la radio ou un truc enregistré. (Bien qu'originaire de South Boston, elle avait un accent britannique ou ce que Claire croyait être un accent britannique, raffiné et sophistiqué.) Trop souvent nous nous apercevons que les jeunes gens oublient d'où vient leur enfant et qui, en fin de compte, doit décider de son éducation. »

L'espace d'un long moment solennel, le silence s'abattit sur le bureau. Dehors, des enfants chantaient discrètement. « Ô doux cœur de Jésus, fontaine d'amour et de miséricorde ! » Claire sentit sa concentration la lâcher comme lorsque ses pensées lui donnaient la sensation de voler en éclats telles les pièces d'une machine qui cède sous l'effort. Je t'en prie, Seigneur, implora-t-elle, fais que je n'aie pas une de mes migraines. Elle s'obligea à se concentrer. Elle avait déjà entendu les trucs que débitait mère Stephanus. Elle présumait qu'il leur fallait s'assurer que tout était clair afin que personne ne revienne se plaindre qu'on ne leur avait pas bien expliqué les conditions au départ. La mère supérieure, qui s'était remise à lire le dossier, avisa de nouveau Andy.

« Il y a autre chose que je voulais évoquer, reprit-elle. Votre travail, Andy. Il doit vous éloigner de chez vous durant de longues périodes ? »

Andy la dévisagea avec méfiance. Il ouvrit la bouche pour répondre mais dut commencer par s'éclaircir la gorge.

« Il m'arrive de partir plusieurs jours de suite si je monte à la frontière, une semaine ou plus si je vais jusqu'aux lacs. »

Impressionnée, la mère supérieure s'écria d'un ton presque affligé :

« Si loin ?

— Mais j'appelle tous les jours, pas vrai, chérie ? »

Il s'était tourné complètement vers Claire et avait planté son regard dans le sien, comme s'il craignait qu'elle ne le contredise. Naturellement, elle n'aurait pas envisagé de faire ça, alors que ce n'était pas vraiment la vérité. Elle adorait la façon de parler d'Andy – la manière dont il traînait sur les mots –, c'était ainsi qu'elle imaginait le bruit des vents soufflant au loin dans les plaines de l'Ouest.

Mère Stephanus parut avoir surpris elle aussi cette touchante note mélancolique dans sa voix et, là, c'est elle qui dut s'éclaircir la gorge.

« N'empêche, poursuivit-elle en se tournant vers

Claire, alors qu'elle cherchait surtout à se distancier d'Andy, ce doit être difficile pour vous par moments ?

— Oh, mais ça ne le sera plus », s'empressa de répondre Claire qui se mordit aussitôt la lèvre.

Elle n'aurait jamais dû laisser entendre que la vie avec Andy pouvait être rien moins que douce et facile, elle en avait conscience ; elle espérait qu'il n'allait pas l'attaquer là-dessus plus tard.

« Je veux dire, avec le bébé pour me tenir compagnie, conclut-elle sans conviction.

— Et quand on aura le nouveau logement, elle aura une palanquée de copines », affirma Andy.

Il avait retrouvé son assurance et misait sur le numéro du cow-boy avec le sourire tordu à la John Wayne – après tout, mère Stephanus était une femme, se surprit à penser Claire avec un soupçon d'amertume et, avec les femmes, s'il l'avait décidé, rien ne lui était impossible.

« Pourtant, je me demande, continua la mère supérieure pensivement, comme si elle parlait toute seule, si un autre genre de travail, un autre genre de conduite ne serait pas envisageable. Au volant d'un taxi par exemple ? »

Cette suggestion doucha le sourire d'Andy qui se redressa sur son siège comme s'il avait été piqué.

« Je ne voudrais pas arrêter de bosser pour Crawford Transport, s'écria-t-il. Déjà que Claire a arrêté son boulot ici, puis le bébé... ben, on aura besoin d'un maximum d'argent. Pour les grands trajets jusqu'au Canada et les lacs, on a des heures supplémentaires et des bonus. »

Mère Stephanus se renfonça dans son fauteuil, les mains jointes, et l'observa en essayant de déterminer, sembla-t-il, si sa voix exprimait un authentique souci ou une menace déguisée.

« Oui, bon, fit-elle en haussant légèrement les épaules avant de reporter les yeux vers le dossier. Je pourrais peut-être en parler à M. Crawford...

— Ce serait rudement bien », s'exclama Andy.

Il avait manifesté trop d'empressement, il le comprit, et, devant le coup d'œil perçant de la mère supérieure, il cilla et se rejeta au fond de son siège. S'obligeant à se détendre, il reprit son sourire décontracté de cow-boy.

« Je veux dire, ce serait bien si j'avais un job plus près de la maison, du bébé et tout et tout. »

Mère Stephanus continua à l'étudier. On aurait dit que le silence grinçait. Claire se rendit compte que, depuis le début, elle tenait son mouchoir fermement dans ses mains et retrouva, en desserrant le poing, une boule moite collée contre sa paume. Puis mère Stephanus referma le dossier avec un bruit sec et se leva.

« Bien, fit-elle. Suivez-moi. »

Elle les entraîna vers la sortie.

« Vous n'êtes encore jamais venu ici, n'est-ce pas ? » lança-t-elle à Andy par-dessus son épaule en s'arrêtant au bout d'un couloir pour ouvrir en grand une porte donnant sur une immense salle basse de plafond et d'un blanc éblouissant où étaient alignées deux rangées de berceaux identiques. Des nonnes en habit blanc, dont certaines portaient un nourrisson emmailloté au creux du bras avec une sorte de négligence joyeuse et maîtrisée, vaquaient à leurs occupations. Un je-ne-sais-quoi de féroce et de fervent teinta le sourire de mère Stephanus.

« La pouponnière, annonça-t-elle. Le cœur de Sainte-Mary, notre orgueil et notre joie. »

Impressionné, Andy écarquilla les yeux et eut du mal

à retenir un sifflement. On aurait dit un film de science-fiction, tous ces petits extra-terrestres dans leurs nacelles. La tête bien droite, mère Stephanus le regardait, dans l'attente de sa réaction.

« Beaucoup de bébés », fut tout ce qu'il parvint à bredouiller dans un filet de voix.

Mère Stephanus partit d'un rire retentissant qui se voulait triste mais avait des accents un peu déments.

« Oh, marmonna-t-elle, ce n'est qu'une fraction des pauvres petits qui ont besoin de nos soins et de notre protection de par le monde ! »

Andy, sceptique, hocha la tête. C'était quelque chose auquel il n'aimait pas penser, tous ces gamins perdus et abandonnés qui réclamaient votre attention à grands cris, agitaient les poings et gigotaient. Quant à Claire, maintenant que la bonne sœur les avait fait entrer, elle regardait la salle avec intérêt en faisant ces mouvements saccadés de lapin qu'il détestait ; parfois, quand elle était énervée, il avait même l'impression de voir frémir ses narines roses et presque translucides.

« Est-ce que... ? » balbutia-t-elle sans savoir comment terminer.

Mère Stephanus hocha la tête :

« Elle passe un dernier bilan de santé avant d'entamer sa nouvelle vie.

— Je voulais demander, poursuivit Claire, hésitante, si la maman... »

Mère Stephanus la réduisit au silence d'une longue main blanche :

« Je sais que tu veux avoir des détails sur les origines du bébé, Claire. Néanmoins...

— Non, non, j'allais juste demander... »

Mais rien n'arrêtait la mère supérieure.

« Néanmoins, continua-t-elle d'une voix tranchante comme une scie, il y a certaines règles que nous devons respecter. »

Dans le poing de Claire, le mouchoir roulé en boule était aussi chaud et compact qu'un œuf dur. Contrainte d'insister, elle avala sa salive et bredouilla dans un souffle :

« C'est seulement que... c'est seulement que, quand elle va grandir, je ne saurai pas quoi lui dire.

— Eh bien, répliqua la religieuse en fermant brièvement les yeux et en remuant la tête pour repousser cette remarque contrariante, vous devrez décider, bien sûr, le jour venu, si elle doit savoir que vous n'êtes pas ses parents biologiques. Quant aux détails... »

Elle ouvrit les paupières et cette fois, allez savoir pourquoi, c'est à Andy qu'elle s'adressa.

« Croyez-moi, dans certains domaines, il est préférable de ne pas savoir... Mais ah, voici sœur Anselm ! »

Une religieuse courte sur pattes et taillée en rectangle approchait. Elle avait un truc qui clochait du côté droit, de sorte qu'elle marchait en se tordant, en traînant sa hanche derrière elle, à la manière d'une mère qui traîne un enfant récalcitrant. Elle avait un visage large et une expression sévère mais non dénuée de gentillesse. Elle portait un stéthoscope autour du cou et tenait dans ses bras un bébé enveloppé dans une couverture de coton blanc, telle une larve. Claire la salua avec soulagement – c'était sœur Anselm qui avait pris soin d'elle dès les premiers jours de son arrivée à Sainte-Mary.

« Eh bien, lança mère Stephanus avec une gaieté forcée, la voici enfin ! »

Tout parut alors s'arrêter, on se serait cru à la messe quand le prêtre élève l'hostie et, de loin, Claire se vit tendre les mains, comme par-dessus un abîme, et se saisir du bébé. Quel poids solide il avait, et en même temps il ne pesait rien, n'avait aucun poids matériel. Mère Stephanus disait quelque chose. Les yeux du bébé, d'un bleu tout ce qu'il y a de plus délicat, semblaient contempler un autre univers. Claire se tourna vers Andy. Elle voulut parler mais n'y parvint pas. Elle se sentit fragilisée et en un sens merveilleusement meurtrie, presque comme si elle était vraiment mère et qu'elle eût vraiment mis un enfant au monde.

« Christine, voilà ce que disait mère Stephanus, votre nouvelle petite fille, Christine. »

Lorsqu'elle eut raccompagné les Stafford à l'entrée, mère Stephanus revint lentement à son bureau, s'assit et enfouit son visage dans ses mains. C'était une petite gratification qu'elle s'octroyait, un moment de faiblesse, de capitulation et de repos. Après le départ d'un enfant, il y avait toujours un interlude de vide pesant. Elle n'était pas triste, n'avait aucun regret – au fond d'elle-même, elle savait qu'elle n'éprouvait pas de sentiments bien profonds pour ces créatures perdues dont elle avait si brièvement la charge –, ne restait que cette vacuité pénible qui exigeait un peu de temps pour être comblée. Vidée, c'était le terme : elle se sentait vidée.

Sœur Anselm entra sans prendre la peine de frapper. Elle alla en boitant jusqu'à la fenêtre la plus proche du bureau de mère Stephanus, s'assit sur le rebord, pêcha un paquet de Camel dans une poche sous son habit, puis s'alluma une cigarette. Même après tant d'années, cette habitude seyait mal à la religieuse. Pauvre Peggy Farrell, terreur d'antan de Sumner Street. Son père, Mikey Farrell du comté de Roscommon, un docker qui buvait et battait sa femme, l'avait précipitée en bas de l'escalier une nuit d'hiver et laissée estropiée à vie. C'est incroyable la clarté avec laquelle je me rappelle ces trucs, songea mère Stephanus, moi, qui parfois ne sais plus comment je m'appelais. Elle espérait que Peggy – sœur Anselm – n'était pas venue lui servir un de ses fichus sermons. Pour parer cette éventualité, elle dit :

« Eh bien, ma sœur, encore une de partie. »

Sœur Anselm envoya un méchant jet de fumée vers le plafond.

« Là d'où elle est venue, celle-là, il y en a encore des tripotées », grommela-t-elle.

Oh ! là, là ! Mère Stephanus se pencha avec un zèle appuyé sur les papiers de son bureau.

« N'est-ce pas une bonne chose, alors, ma sœur, répliqua-t-elle à mi-voix, que nous soyons là pour les prendre en charge ? »

Mais sœur Anselm n'était pas du genre à se laisser démonter si facilement. C'était la Peggy Farrell qui avait surmonté tous les handicaps pour décrocher son diplôme de médecine avec mention TB et assumer la place qui lui revenait parmi les hommes du Massachusetts General avant que la maison mère ne lui donne l'ordre de rejoindre Sainte-Mary.

« Je dois dire, ma mère, riposta-t-elle en insistant comme toujours avec ironie sur le titre, que, compte tenu du nombre de petites fautes qui nous arrivent, il me semble que la morale des jeunes filles d'Irlande est certainement bien basse aujourd'hui. »

Mère Stephanus s'était promis de ne pas réagir ; peine perdue : Peggy Farrell avait toujours su la provoquer, déjà à l'époque où la fille de Mikey Farrell et elle, la fille du juriste de troisième ordre, jouaient ensemble sur le porche de Sumner Street.

« Ce ne sont pas toutes de petites fautes, comme vous les appelez, rétorqua-t-elle en feignant d'être encore absorbée par sa paperasserie.

— Par Belzébuth alors ! Pour engendrer autant d'orphelins, il faut que la mortalité des mères là-bas soit aussi élevée que la morale des célibataires est basse.

— J'aimerais, ma sœur, que vous ne parliez pas ainsi, déclara mère Stephanus d'une voix égale. Je ne voudrais pas avoir à instaurer de procédures disciplinaires. »

Un silence s'installa, puis sœur Anselm abandonna son rebord de fenêtre en grognant, écrasa sa cigarette dans le cendrier en cristal taillé sur le bureau, se propulsa péniblement vers la porte et disparut. Sans bouger, mère Stephanus fixa le mégot étouffé à la hâte d'où s'élevait une mince torsade de fumée bleu azur.

2.

Dans le service de médecine légale, il faisait toujours nuit. C'était un des trucs qui plaisaient à Quirke dans son boulot – le seul, en réalité, se disait-il souvent. Non qu'il appréciât particulièrement le noir – « Je ne suis pas plus morbide que n'importe quel médecin légiste », répétait-il à l'envi au pub, histoire de susciter les ricanements –, mais dans ces profondeurs, à quasiment deux étages en dessous des trottoirs animés de la ville, on aurait presque pu qualifier l'endroit de paisible, de douillet. On avait également l'impression d'y perpétuer des pratiques ancestrales, des techniques secrètes, une œuvre trop sombre pour être accomplie en pleine lumière.

Quirke – qui n'éprouvait bien sûr aucun scrupule de chochotte à disséquer le cadavre d'une personne qu'il avait vaguement connue – avait confié à Sinclair le boulot sur Dolly Moran, sans trop savoir pourquoi. Sinclair avait présumé qu'il se bornerait à faire l'assistant, mais Quirke lui avait fourré le scalpel dans les mains en lui ordonnant de s'y coller. Le jeune homme, craignant une épreuve ou un piège professionnel, avait commencé par se montrer méfiant, mais quand Quirke était reparti vers son bureau en grommelant qu'il avait de la paperasserie en retard, il s'était attelé à la tâche avec enthousiasme. En fait, Quirke ignora la pile de papiers dont il aurait dû s'occuper et passa une heure, les pieds sur sa table, à fumer et à réfléchir tout en écoutant Sinclair jouer de la scie et du scalpel en sifflotant dans la salle de dissection.

Pour des raisons que, dans l'ensemble, il ne souhaitait pas analyser, Quirke avait décidé de croire que le meurtre de Dolly Moran n'avait aucun rapport avec l'affaire Christine Falls. D'accord, c'était une drôle de coïncidence qu'elle soit morte à peine quelques heures après son second passage à Crimea Street. Se savait-elle en danger ? Était-ce pour ça qu'elle avait refusé de le laisser entrer ? Pareille à un ver tenace, une remarque qu'elle lui avait balancée à travers la porte ne cessait de lui revenir. Peu soucieux de passer pour un dingue aux yeux de quiconque l'aurait observé de la fichue rangée de fenêtres aux rideaux en dentelle sur le trottoir opposé, il s'était penché pour lui parler à travers la boîte aux lettres en exigeant, sous le coup d'une fureur qu'il ne s'expliquait pas vraiment – pour être franc, il sentait encore un peu l'effet du vin qu'il avait picolé chez Jammet's –, qu'elle lui parle de l'enfant de Christine Falls et de ce qu'elle était devenue. « Je ne vous dirai rien, avait répliqué Dolly Moran d'une voix sifflante – une voix, ça le frappait maintenant, qui aurait pu sortir du couvercle d'un cercueil fendu –, j'en ai déjà trop dit. » Mais que lui avait-elle donc confié, ce fameux soir dans le pub enfumé, qui aurait pu constituer ce *trop* ? L'avait-on repéré pendant qu'il beuglait dans la boîte aux lettres ? se demandait-il à présent.

Non, non : il se racontait des histoires, il était ridicule.

Dans son univers, l'univers où il vivait à la lumière, on ne brisait pas les ongles des gens qu'il connaissait, on ne leur brûlait pas l'intérieur des bras à la cigarette ; on ne les matraquait pas à mort dans leur propre cuisine. Et que savait-il de Dolly Moran, sinon que sa boisson préférée était le gin à l'eau et qu'elle avait bossé pour la famille Griffin des années auparavant ?

Il se releva et arpenta l'étroite longueur de plancher derrière son bureau. Cette pièce était trop exiguë – tout était trop petit pour lui. Il avait une image de son physique, moitié cocasse, moitié déprimante, où il se voyait sous l'aspect d'une énorme toupie à l'équilibre fragile, à la stabilité préservée par une vitesse immuable, mais néanmoins susceptible, au moindre effleurement, de partir en vrilles incontrôlables et de se cogner au mobilier avant de s'arrêter enfin, en bout de course, dans un recoin inaccessible. Sa taille démesurée lui avait toujours pesé. Bâti comme un char d'assaut depuis son adolescence, il avait donc représenté un défi naturel d'abord pour les durs de l'orphelinat, puis pour les grosses brutes de la cour d'école et après pour les simili-rugbymen lors des soirées dansantes et les ivrognes à la fermeture des pubs. Il n'avait pourtant jamais été directement impliqué dans des actes de violence grave et s'il avait répandu du sang c'était seulement sur la table de dissection, encore que, là, il y en avait eu des fleuves.

La scène de la cuisine de Dolly Moran l'avait particulièrement affecté. Au fil des années, il avait vu passer d'innombrables cadavres, certains plus amochés que celui de Dolly, néanmoins le pathétique de sa posture sur le sol dallé, ligotée à une chaise de cuisine, la tête dans une mare de sang gluant, avait déclenché chez lui une puissante lame de colère et un sentiment proche du chagrin qui ne s'étaient pas encore apaisés. S'il pouvait mettre la main sur celui ou celle qui lui avait fait subir ces horreurs, tiens, il... il... Mais là son imagination le lâchait. Que ferait-il ? Il n'avait rien d'un justicier. « Oui. Les morts, avait dit Dolly. Avec eux, on n'est pas embêté. »

Sinclair se présenta à la porte vitrée, frappa et entra. En matière de dissection, il était très méticuleux – « Vous pourriez manger sur place après le passage de M. Sinclair », avait un jour affirmé à Quirke l'une des femmes de ménage –, il n'y avait quasiment pas de taches sur son tablier en caoutchouc et ses bottes de labo vertes étaient impeccables. Du fond d'un tiroir du meuble de rangement, Quirke sortit une bouteille de whisky et en versa une larme dans un verre. C'était un rituel qu'il avait instauré au fil des années, le verre post-post-mortem. À présent, ce petit événement avait pris un je-ne-sais-quoi de l'atmosphère solennelle d'une veillée funèbre. Il tendit le verre à Sinclair et s'écria :

« Eh bien ? »

Sinclair attendait qu'il se serve un verre aussi, mais Quirke n'avait aucune envie de trinquer à la mémoire de Dolly Moran, dont il voyait clairement les restes – s'il regardait par la porte en verre – luisant d'un pâle éclat sur la table en acier dans la pièce voisine.

Sinclair haussa les épaules.

« Pas de surprise, déclara-t-il. Trauma infligé avec un objet contondant, hématome intradural. Elle n'aurait sans doute pas dû mourir – sa chaise s'est renversée, son crâne a heurté les dalles. »

Freiné par la sobriété inhabituelle de Quirke, il fixa sa boisson, qu'il avait à peine touchée.

« Vous la connaissiez, n'est-ce pas ? » demanda-t-il.

Quirke sursauta. Il ne se rappelait pas avoir confié quoi que ce soit à Sinclair sur ses relations avec Dolly Moran et ne savait pas trop comment lui répondre. Son dilemme se régla quand apparut à la porte vitrée, derrière Sinclair, une silhouette massive en chapeau et imperméable. Quirke alla à sa rencontre. L'inspecteur Hackett, avec son air toujours un peu goguenard, entra furtivement à la façon d'un spectateur qui arrive au théâtre après que la farce a commencé. Aussi large que Quirke, il avait quinze bons centimètres de moins, ce qui ne paraissait pas le gêner le moins du monde. Quirke avait l'habitude des stratagèmes que les gens de stature normale adoptaient avec lui, ils se rejetaient en arrière, redressaient vigoureusement les épaules, se poussaient du col, mais Hackett ne faisait rien de tout ça : il levait la tête vers Quirke et le jaugeait d'un œil sceptique, comme si c'était lui et non Quirke qui avait l'avantage, lui qui, avec sa grosse bouille rectangulaire, une balafre en guise de bouche et un nez pareil à une patate grêlée et piquée par la rouille, avait la stature la plus impressionnante quoique un tantinet risible. Ses doux yeux bruns, qui scrutaient tout sans se presser, notaient tout, pareils à des objectifs photographiques. Face à tant d'attention, Sinclair, qui avait à moitié descendu son whisky, reposa à la hâte son verre sur le bureau, marmonna quelque chose et quitta les lieux. Sous le regard de Hackett, il traversa la salle de dissection, se débarrassa de son tablier au passage puis, quasiment dans la foulée, jeta d'un habile geste du poignet un drap sur le cadavre de Dolly Moran et poursuivit son chemin vers la porte aux deux battants verts et la sortie.

« Vous avez délégué, c'est ça ? » lança Hackett à Quirke.

Quirke, qui cherchait ses cigarettes dans son tiroir, répondit :

« Il a besoin de se faire la main. »

Il n'y avait pas de cigarettes. L'inspecteur sortit un paquet de sa poche et ils s'en grillèrent une. Quirke poussa le cendrier sur le bureau. Il avait la sensation d'entamer une partie d'échecs dans laquelle il serait à la fois joueur et pion. Il n'était pas dupe de la décontraction de Hackett ni de son accent traînant des Midlands – il l'avait déjà vu à l'œuvre, dans d'autres affaires.

« Eh bien, reprit Hackett, quelles sont les conclusions ? »

Quirke lui fit part des constatations de Sinclair. Hackett acquiesça et jucha un de ses gros cuissots sur le bord du bureau. Il avait gardé son chapeau. Quirke hésita un instant, puis s'assit à son tour à sa table sur son fauteuil pivotant. Hackett contemplait le whisky de Sinclair, là où le jeune homme l'avait laissé, au coin ; une minuscule étoile de pure lumière blanche brillait au fond du verre.

« Vous buvez quelque chose ? » proposa Quirke.

Hackett ne réagit pas à cette proposition mais demanda :

« Est-ce qu'on l'a forcée ? »

Quirke lâcha un petit rire.

« Si vous voulez savoir si elle a été agressée sexuellement, eh bien non. »

Hackett le fixa un moment d'un air inexpressif et l'atmosphère de la pièce se tendit, comme si on avait laborieusement et légèrement resserré une vis maintenant en place quelque chose d'essentiel.

« C'est en effet ce que je voulais savoir », admit le policier à mi-voix.

Ce n'était pas un homme dont on se moquait. En éclairant son visage par en dessous, la lampe de bureau en faisait un masque au menton en galoche, aux narines évasées et aux orbites réduites à deux ronds sombres et vides. Quirke revit, avec une clarté effrayante, la femme par terre, les brûlures sur ses bras et le sang presque noir sous l'unique ampoule nue qui pendait du plafond.

« Ils n'étaient pas venus pour rigoler, alors », remarqua Hackett.

Quirke ressentit une pointe d'irritation.

« Vous croyez ça ? » s'écria-t-il sèchement.

Hackett haussa les épaules et Quirke poursuivit.

« Que voulez-vous dire avec ce pluriel... ils étaient combien ?

— Deux. Traces de pas dans le jardin de derrière, avant que vous ne me posiez la question. Personne dans la rue n'a rien vu ni entendu, bien sûr, enfin à ce qu'ils affirment, même la vieille bique en face qui, à mon avis, entendrait péter un moineau... Les gens préfèrent s'occuper de leurs oignons. Il aura fallu deux mecs pour ficeler la pauvre Dolly comme ça. On présume qu'elle a été consciente tout du long. Pas commode d'attacher une femme par les jambes, si jamais vous avez essayé. Plus costaudes qu'on ne l'imaginerait, même les plus toutes jeunes, comme Dolly. »

Quirke essaya de discerner une expression sur ce masque ténébreux mais peine perdue.

« Auriez-vous une idée de ce qu'ils cherchaient ? poursuivit Hackett, presque pensivement. Ce devait être important, parce qu'ils ont saccagé les lieux. »

Quirke avait fini sa cigarette et Hackett lui en offrit une autre qu'il accepta après une seconde d'hésitation. La fumée se déployait au-dessus du bureau comme le brouillard la nuit sur la mer. Quirke entendit de nouveau la voix de Dolly Moran : « J'ai tout ça par écrit. » Il toussa pour gagner du temps.

« Non, aucune idée », déclara-t-il d'une voix qui résonna de manière étonnamment sonore à ses oreilles.

Hackett l'étudia de nouveau, le visage plus impénétrable que jamais. De quelque part, très haut au-dessus d'eux, des étages supérieurs de l'hôpital, leur parvint un fracas assourdi. Bizarre, songea Quirke avec une pointe de légèreté, les bruits inexplicables que produit le monde. Comme si le vacarme en question eût été un signal, Hackett se leva du bureau, marcha jusqu'à la porte, il s'appuya contre le montant et observa le cadavre de Dolly Moran sous son drap. La lumière blanche diffusée par les puissantes lampes du plafond parut vibrer faiblement en une brume incolore et prégnante.

« Donc, en tout cas, poursuivit Hackett en revenant au début de leur échange, comme s'il n'y avait pas eu la moindre interruption, Dolly connaissait cette fille... c'était quoi son nom ?

— Christine Falls », répondit Quirke trop précipitamment, il s'en rendit compte.

Hackett acquiesça sans se retourner.

« C'est ça. Mais dites-moi, c'est normal que vous donniez votre numéro de téléphone à une amie de la personne décédée ? »

Quirke ne sut trop que répondre, malheureusement il n'avait pas le choix. Il s'entendit déclarer :

« Je m'intéressais à elle... à Christine Falls, je veux dire. »

Hackett, de dos, continua à fixer la porte vitrée, comme s'il se passait quelque chose de très intéressant dans la pièce voisine.

« Pourquoi ? »

Quirke haussa les épaules, alors que le détective ne risquait pas de le voir.

« Par curiosité. Ça va de pair avec le boulot. Quand on bosse avec les morts, on se surprend parfois à s'interroger sur la vie qu'ils ont menée. »

Il perçut la fausseté de sa déclaration mais ne put se reprendre. Hackett se retourna avec son demi-sourire désinvolte. Quirke éprouva l'envie quasi irrésistible de le prier de retirer, pour l'amour de Dieu, ce foutu chapeau.

« Et de quoi est-elle morte ? demanda Hackett.

— Qui ?

— Cette fille, la Falls.

— Embolie pulmonaire.

— Quel âge avait-elle ?

— Jeune. Ça arrive. »

Les pans de son imper rejetés en arrière et les mains enfoncées dans les poches de la veste soigneusement boutonnée de son costume bleu lustré, Hackett resta là à couver ses bottes du regard. Puis il releva la tête.

« Bien, marmonna-t-il en mettant le cap sur la porte, je m'en vais. »

Surpris, Quirke repoussa son siège à roulettes et se remit sur pied.

« Vous me ferez savoir, dit-il d'un ton qui semblait vaguement désespéré, vous me tiendrez au courant, je veux dire, si vous découvrez quelque chose ? »

Le détective se retourna : un sourire de plus en plus large éclairait ses traits flous et il rétorqua d'une voix extrêmement joviale :

« Oh, nous trouverons beaucoup de choses, n'en doutez pas, monsieur Quirke. Beaucoup de choses. »

Toujours souriant, il repartit vers la porte, sortit et referma sur lui avant que Quirke ait eu le temps d'émerger de derrière son bureau. Sans quasiment remarquer ce qu'il fabriquait, Quirke attrapa le verre de Sinclair et sécha le reste du whisky, puis se dirigea d'un pas lourd vers le meuble de rangement où il reprit la bouteille et se resservit. Mal Griffin, songea-t-il férocement, tu ne sauras jamais ce que tu me dois.

3.

Ce n'était pas vraiment ce que Claire avait espéré, ce premier étage d'une maison pour deux familles sur Fulton Street, mais ça n'avait absolument rien à voir avec les logements qu'ils avaient occupés depuis leur mariage, lesquels ne valaient guère mieux que des pensions minables, et elle comprit qu'elle pourrait en faire un foyer ; et surtout, c'était à elle – à eux –, car tout était payé, sans qu'ils doivent rien à la banque, et ils auraient la liberté de l'arranger à leur guise. C'était une maison en bardeaux gris avec un toit pentu et devant un joli porche équipé d'une balancelle. Ils disposaient des trois pièces du premier ainsi que d'une kitchenette et d'une salle de bains. Le salon était très lumineux et, du côté du pignon, une fenêtre cintrée, rappelant celles des niches d'église, donnait droit sur le cœur d'un vieux noyer dans lequel les écureuils sautaient et se carapataient. Le gars de M. Crawford leur avait envoyé les peintres de l'atelier de Roxbury et elle avait eu le droit de choisir elle-même les couleurs, un jaune bouton-d'or pour le salon, un blanc pour la cuisine bien sûr et un bleu pâle rafraîchissant pour la salle de bains. Elle avait eu des doutes sur la teinte rose bonbon qu'elle avait retenue pour la chambre du bébé mais maintenant que c'était sec ça faisait joli. Le magasin avait promis de livrer le lit d'enfant ce matin sans faute et Andy s'était organisé pour qu'un de ses copains aille récupérer leurs affaires à leur ancienne adresse avec un camion à plateau et les leur dépose dans l'après-midi. Pour l'instant, elle prenait plaisir à examiner les lieux avant l'arrivée des meubles. Elle aimait le vide, l'espace, la manière dont le soleil tombait de biais sur le mur du salon, la manière dont le plancher en érable ciré faisait propre et solide sous ses talons.

« Oh, Andy, s'écria-t-elle, c'est pas mignon comme endroit ? Et dire que c'est à nous ! »

Un genou à terre, il asticotait une prise de courant légèrement descellée sur le mur du coin.

« Ouais, répondit-il sans se retourner, le vieux Crawford a vraiment un cœur d'or. »

Elle vint se poster derrière lui, appuya les hanches contre son dos et noua les bras autour de ses épaules en savourant sa forte odeur métallique qui, pour elle, était bleue depuis toujours, de ce bleu juke-box de l'huile de machine renversée ou d'une plaque d'acier souple.

« Allez, ajouta-t-elle en tendant les mains pour lui tapoter le torse, sois pas si grincheux. »

Elle allait continuer, lui dire combien il avait l'air séduisant avec son pantalon noir et sa veste sport, mais le bébé dans son porte-bébé derrière elle se réveilla. Claire était secrètement enchantée par la façon dont le bébé – Christine, il fallait qu'elle s'habitue à l'appeler par son prénom –, par la façon dont le fragile gémissement de Christine, qui s'apparentait aux sonorités d'une flûte ou d'un autre instrument tout aussi aigu, la touchait déjà, remuait quelque chose dans son ventre et faisait battre son cœur plus vite, plus fort, comme si un poing cognait doucement dans sa cage thoracique.

« Alors, qu'est-ce qui ne va pas pour bébé, hein ? murmura-t-elle. C'est quoi le problème ? Tu n'aimes pas notre belle nouveeeeeeelle maison ? »

Quel dommage que sa mère ne soit plus là pour la voir ! Son papa se serait contenté de rire, bien sûr, en s'essuyant la bouche du revers de la main, comme pour se débarrasser d'un goût déplaisant.

Elle sourit à Andy et inspira à fond par le nez.

« Sens ça, s'écria-t-elle. La peinture fraîche ! »

En équilibre sur une jambe, Andy enfilait une botte.

« J'ai faim, marmonna-t-il. Viens, on va se chercher un hamburger. »

Elle dit d'accord, alors qu'elle n'avait pas envie de partir aussi vite, qu'elle avait envie de rester et de s'habituer à l'endroit, qu'il s'incruste en elle. Il y avait, dans le prolongement de la kitchenette, un modeste vestibule avec, au bout, une sorte de porte-fenêtre qui ouvrait sur un raidillon en bois branlant menant vers la cour ; ce serait leur entrée principale. Andy passa le premier et descendit de biais en la tenant par le coude afin d'assurer son équilibre tandis qu'elle le suivait, le bébé dans les bras. C'était un des trucs qui lui plaisaient le plus chez lui, cette façon désinvolte, gracieuse, qu'il avait de se montrer serviable, pas seulement avec elle mais avec d'autres aussi, des femmes dans les magasins, des enfants, le vieux manchot de la station-service de l'autoroute qui servait l'essence ; et même des Noirs des fois.

Après la sécheresse de l'été, la cour était roussie, l'herbe craquait sous leurs pieds et répandait de la poussière qui sentait la cendre de bois ; des sauterelles de la couleur de l'herbe repliaient sèchement leurs pattes arrière et bondissaient autour d'eux. Et de ce côté-là, à part un pêcher noueux qui avait déjà perdu ses feuilles et un vieux carré de terre retournée où quelqu'un avait dû cultiver des légumes depuis longtemps étouffés sous les mauvaises herbes, il n'y avait rien.

« Eh bien, s'exclama Claire avec un rire triste, voilà qui va devoir être sérieusement repensé.

— Qu'est-ce qui te permet de croire qu'on aura le droit de repenser le truc ? » rétorqua Andy.

Il regardait derrière elle, vers la maison et, en se tournant, elle vit, sur le porche, une grande femme au visage étroit qui les observait. Ses cheveux ternes étaient tirés en arrière et noués sur la nuque en un chignon serré. Elle portait un tablier marron.

« Oh, tiens, bonjour », s'écria Claire en avançant, la main tendue et le bébé dans l'autre bras.

C'était une stratégie qu'elle avait mise au point quand elle rencontrait des gens qu'elle ne connaissait pas, de toujours réagir illico, avant que sa timidité ne l'ait freinée. La femme sur le porche ignora la main tendue, que Claire retira rapidement.

« Je me présente, Claire Stafford. »

La femme l'examina de la tête aux pieds, sans enthousiasme apparent.

« Bennett », grommela-t-elle.

Lorsqu'elle referma la bouche, ses lèvres formèrent une ligne droite et exsangue.

Elle devait avoir trente-cinq ans, songea Claire, mais faisait plus. Claire se demanda si M. Bennett était dans les parages ou même s'il en existait un.

« Ravie de faire votre connaissance, reprit-elle. Nous

emménageons aujourd'hui. On était là-haut à l'instant, à prendre le pouls du logement. »

La femme acquiesça.

« J'ai entendu le bébé. »

Claire brandit le nourrisson.

« Je vous présente Christine », lança-t-elle.

La femme ignora le bébé : elle louchait sur Andy, en retrait au milieu des herbes sèches, mains enfoncées dans les poches arrière de son jean et tête inclinée, et Claire nota que l'expression de la bonne femme s'était réchauffée d'un demi-degré environ.

« C'est mon mari, Andy, expliqua-t-elle en baissant la voix sur le ton de la confidence féminine. Il est un brin contrarié. Je pense qu'il pense que l'appartement est un peu petit. »

Elle comprit illico qu'elle n'aurait pas dû dire ça.

« Ah voui ? répliqua la femme froidement. J'imagine que, d'habitude, il habite des turnes bien plus chics, c'est ça ? »

À l'angle que décrivait le dos de Claire, Andy dut deviner qu'elle avait besoin d'assistance. Il approcha en affichant son sourire le plus large.

« Alors, comment ça va ? s'écria-t-il. Mademoiselle... ?

— Bennett. Madame.

— Non ! »

Il leva la main pour mieux marquer sa surprise feinte et ouvrit grands ses yeux d'un brun velouté.

Il jouait de son charme sans vergogne et ça marchait toujours, même s'il était évident qu'il débitait des mensonges.

« Eh bien, poursuivit-il, je suis rudement content de faire votre connaissance. »

Il entra sur le porche et elle le laissa lui prendre la main quand elle l'eut essuyée sur son tablier.

« Pareil, pour sûr », répondit-elle.

Claire remarqua qu'il retenait les doigts de Mme Bennett un moment avant de les relâcher, que les lèvres pincées de la femme esquissaient un brusque sourire.

Un silence s'abattit entre eux trois. Vaguement, pareils à des grondements de tonnerre dans le lointain, Claire sentit les prémices d'une migraine. Le bébé ploya le bras sous la couverture, comme s'il – comme si elle, Christine – voulait aussi toucher cette femme longiligne au visage dur. Claire pressa le bout de chou tout chaud encore plus contre son sein.

Andy se frappa les hanches.

« Bon, lança-t-il, je crois que c'est pratiquement l'heure de déjeuner. »

Il attendit une seconde mais s'il espérait que la Bennett allait les inviter, il en fut pour ses frais.

« Allons nous chercher quelque chose à manger, chérie, enchaîna-t-il. Je vais récupérer mon portefeuille. »

Il remonta l'escalier en bois deux marches à la fois. Claire sourit à Mme Bennett et emboîta le pas à Andy. La femme s'écria :

« J'espère que c'est pas un braillard, ce bébé. Le bruit porte facilement dans ces petites bicoques de rien. »

4.

Quirke était infichu de se rappeler quand il avait mis les pieds dans la chapelle de l'hôpital pour la dernière fois et ne voyait pas trop ce qui le poussait à y entrer maintenant. Dans le couloir menant au service de radiologie, les portes de la chapelle en question avaient un côté incongru avec leurs poignées fantaisie et les deux étroits panneaux de vitraux qu'une vieille dame fortunée avait fait poser là en mémoire de sa fille mariée et décédée. À l'intérieur, l'air était perpétuellement frais, d'un froid particulier qu'on ne ressentait nulle part ailleurs, mais que Quirke associait, sans pouvoir se l'expliquer, au vase de lys qui, tous les étés, trônait sur l'autel de la chapelle de Carricklea – il croyait à l'époque que c'était toujours le même bouquet, miraculeusement intact – et il n'avait jamais oublié la texture froide, humide et charnelle du calice de la fleur dans lequel il avait eu un jour l'audace de glisser la main. La chapelle du Holy Family était petite, sans piliers ni baies latérales, de sorte qu'il n'y avait pas moyen d'échapper à l'œil de fouine de la petite lampe à huile chapeautée d'un globe rubis qui brûlait constamment devant le tabernacle. Ce fut là, à midi, que Quirke trouva Mal, à genoux, mains jointes et tête baissée devant une statue de saint Joseph. Il avança sans bruit et s'assit sur le siège voisin de Mal en génuflexion. Ce dernier ne se tourna pas et ne fit rien pour indiquer qu'il avait perçu sa présence mais au bout d'une minute ou deux il se signa, puis se rassit avec un soupir. Tous deux gardèrent le silence un moment, après quoi Quirke leva la main et, désignant d'un geste la statue, la lampe du sanctuaire, l'autel avec son drap blanc brodé d'or, fit :

« Dis-moi, Mal, tu crois vraiment à tout ça ?

— J'essaie, répondit Mal après réflexion en jetant un bref coup d'œil à son beau-frère. Et toi, à quoi est-ce que tu crois ?

— Il y a longtemps que je suis guéri de croire à des trucs et des machins.

— Tu adores t'entendre proférer pareilles choses, pas vrai ? » s'écria Mal avec une petite moue amusée.

Il ôta ses lunettes, se frotta vigoureusement un œil, puis l'autre et soupira de plus belle.

« Que veux-tu, Quirke ? »

Cette fois-ci, ce fut au tour de Quirke de réfléchir.

« Je veux que tu me parles de la mort de Dolly Moran. »

Mal ne manifesta aucune surprise.

« Apparemment, j'en connais moins que toi sur le sujet. Ce n'est pas moi qui vais fourrer mon nez à droite à gauche au risque de le voir raccourci. »

Quirke partit d'un rire incrédule.

« C'est une menace, Mal ? »

Mal garda les yeux froidement rivés devant lui.

« Tu imagines peut-être que tu sais ce que tu fais, Quirke, mais, crois-moi, tu n'y es pas du tout.

— Je sais que Christine Falls n'est pas morte d'une embolie, rétorqua Quirke avec calme, contrairement à ce que tu as écrit dans ton faux rapport. Je sais qu'elle est morte en couches, que l'enfant, d'après ce que tu m'as dit, était mort-né, alors qu'en réalité il a disparu ou qu'on l'a fait disparaître, sans qu'il en reste trace. Je sais que je t'ai confié que Dolly Moran tenait un journal et que le lendemain elle a été torturée et a fini la tête fracassée. Dis-moi que ces événements n'ont aucun lien entre eux, Mal. Dis-moi que mes soupçons sont infondés. Dis-moi que tu n'es pas dans le pétrin jusqu'au cou. »

Quirke se surprit lui-même. D'où venait-elle, toute cette colère ? Et contre quelle injustice s'élevait-il : celle faite à Dolly Moran ou bien celle faite à Christine Falls, à l'enfant de Christine Falls ou encore à lui-même ? Ce n'était pas lui qui avait trouvé la mort dans le sang et les cris de l'accouchement de même qu'il n'avait pas été brûlé, qu'on ne lui avait pas fracassé le crâne. Mal, en apparence impassible, ne répondit rien, se contenta d'un rapide signe de tête, comme si quelque chose avait été confirmé, et se leva. Dans l'allée centrale, il fit une génuflexion, se releva de nouveau, tourna les talons puis s'arrêta. Son costume foncé lui donnait une allure vaguement ecclésiastique ; même son nœud papillon bleu sombre aurait pu être l'ornement raffiné d'un prélat d'une faction ultramontaine de l'Église. Lorsqu'il regarda Quirke, il affichait une expression d'amusement glacial tissé d'un mépris compatissant.

« Un conseil, Quirke : ne te mêle pas de ça. »

Toujours assis, Quirke fit non de la tête.

« Impossible. Je suis dedans jusqu'au cou, comme toi. »

Mal sortit de la chapelle. Au bout d'un moment, Quirke se releva. L'œil rouge devant l'autel tremblota et parut ciller. Un léger frisson saisit Quirke.

Le grand ciel froid...

5.

Andy Stafford préférait les trajets de nuit. Pas seulement parce qu'il touchait plus d'argent ou qu'il y avait moins de circulation sur l'autoroute. Quelque chose dans le grand dôme de ténèbres autour de lui et dans les phares du méga douze roues qui fendait l'obscurité lui donnait le sentiment de ne pas seulement être aux commandes de ce camion des Transports Crawford et de son chargement de bardeaux de toiture, de pièces détachées pour automobiles ou de saumons de fonte. Là, il n'avait à répondre à personne de ses faits et gestes. Il y avait juste lui et la route, et, à la radio de la cabine, un bouseux déprimé qui grattait sa guitare en couinant des histoires de chiens de chasse, de solitude et d'amour. Souvent, quand il était devant une station-service déserte ou qu'il émergeait en fin de nuit d'un fast-food empestant la frite et le tabac froid, il sentait la brise sur son visage et croyait déceler, tel un message à lui seul destiné, l'air pur et parfumé à la sauge lui arrivant de l'ouest, du Nouveau-Mexique, du Colorado, du Wyoming peut-être ou même des hautes Rocheuses, autant d'endroits où il n'avait jamais mis les pieds, et quelque chose montait en lui, quelque chose de tendre, de comme solitaire, qui promettait beaucoup de la journée qui se levait et traçait déjà une fine ligne d'or sur l'horizon devant lui.

Il s'engagea sur l'autoroute, puis traversa Brookline et ensuite South Boston où il n'y avait pas âme qui vive. Quand il tourna dans Fulton Street, il coupa le moteur et laissa le semi-remorque descendre sans à-coups et en silence la rue en pente douce jusqu'à la maison tandis qu'en dessous de lui les pneumatiques en roue libre chantonnaient sur l'asphalte. Mme Bennett – « Vous pouvez m'appeler Cora » – avait déjà commencé à lancer des piques parce qu'il garait le camion devant la baraque, uniquement à Claire bien sûr, jamais à lui. Il sauta de la cabine, les trapèzes et les muscles des bras endoloris et la couture du jean coincée entre les jambes à la façon d'un lasso humide et brûlant. Tous les logements de la rue étaient plongés dans l'obscurité. Un chien aboya sans conviction mais ne tarda pas à se taire. Il restait encore une heure avant l'aube et il faisait un froid de gueux mais il s'assit quand même sur la balancelle afin de se détendre une minute et, les mains jointes sur sa nuque qui se désankylosait et le picotait, de contempler les étoiles. La balancelle, qui craquait au bout de ses chaînes, lui rappela certaines nuits à Wilmington où, gamin, il s'affalait pareil sur le porche pour fumer une clope piquée dans le paquet que son père rangeait dans la poche de poitrine de sa salopette et où, dans l'air frais de la nuit, la fumée âpre et piquante avait le goût de tous les trucs interdits, la bière sur les champs de courses, le whisky *sour-mash*, le jus des filles, le goût même de ce que serait l'âge adulte et le fait d'être foutrement loin de Wilmington, État de Delamerde. Il rigola tout seul. Du temps où il vivait là-bas, il rêvait d'être ailleurs, dans un endroit du genre de celui-ci, maintenant qu'il était ici il rêvait de retourner là-bas. C'était toujours pareil avec lui, nulle part satisfait, toujours désireux de découvrir d'autres villes, d'autres moments.

Il se leva, contourna la maison, passa devant la pièce qu'il savait être la chambre de Cora Bennett, grimpa l'escalier de bois et entra par la porte-fenêtre. Cette fichue odeur de peinture fraîche qui lui collait parfois la nausée imprégnait encore l'atmosphère ; il eut également l'impression de sentir les odeurs du bébé, le lait et le coton humide bien sûr ainsi que le caca qui empestait autant que les aliments pour chevaux. Il ne s'embêta pas à allumer car une sorte de brume grisâtre venue de l'est s'élevait peu à peu et il apercevait, sur Brewer Street, la fine flèche à l'air mauvais de l'église Saint-Patrick qui se détachait sur l'aube avec l'étoile du matin, la seule étoile encore visible, fichée juste au-dessus de la girouette. Plus le ciel s'éclaircissait, plus l'humeur d'Andy s'assombrissait. Il se demanda, comme souvent ces dernières semaines, combien de temps il allait pouvoir tenir dans cette ville avant que l'envie de lever le pied ne recommence à le démanger.

Il s'assit dans le salon, se débarrassa de ses bottes, puis ôta sa chemise de travail. Les bras toujours levés, il se renifla les aisselles ; rudement fort, mais il n'avait pas envie de s'embêter à se doucher ; en plus, Claire disait toujours qu'elle aimait son odeur. En chaussettes, il gagna la chambre à pas de loup. Les stores baissés opacifiaient totalement la lumière de l'aube. Il distinguait la forme de Claire mais ne pouvait entendre sa respiration – quand elle dormait, que ses migraines ne la tenaient pas éveillée, elle ne faisait aucun bruit, ce qui lui plaisait. Tâtonnant dans la pièce qu'il ne connaissait pas encore et veillant à rester silencieux, il s'approcha du lit en finissant de se dévêtir avec une hâte impatiente puis, une fois nu, souleva précautionneusement les couvertures.

« Hé, murmura-t-il en posant un genou sur le bord du matelas et en se penchant vers la forme allongée, comment va ma chérie ? »

Il y eut deux réactions distinctes et deux voix, celle de Claire qui bredouilla un « Quoi ? » confus et une autre qui émit un bruit de succion pressé et humide.

« Nom de Dieu ! » grommela-t-il en reculant d'un bond.

C'était la mioche bien entendu qui suçait son poing, couchée à côté de Claire. Celle-ci repoussa la petite et se redressa, désorientée et à moitié effrayée.

« C'est toi, Andy ? demanda-t-elle avant de devoir s'éclaircir la gorge.

— Qui croyais-tu que c'était, bon sang ? s'écria-t-il en s'emparant du nourrisson trempé et brûlant. Tu attendais quelqu'un d'autre ? »

Se rendant compte de ce qu'il faisait, elle chercha aussitôt à récupérer la petite.

« Elle pleurait, expliqua-t-elle d'une voix plaintive, j'essayais juste de la rendormir. »

Mais, pareil à un fantôme chatoyant dans la pénombre, il était déjà en train de sortir de la pièce. Elle retomba sur son oreiller en gémissant faiblement et plongea la main dans ses cheveux. Elle tenta de voir l'heure mais le réveil sur la table de chevet était tourné. La couche du bébé devait avoir fui, car elle avait une grosse tache de mouillé sur le devant de sa chemise de nuit. Elle avait conscience qu'elle aurait dû la retirer, or elle n'avait pas envie d'être nue au retour d'Andy. Il était trop tard, ou trop tôt, pour ce qu'elle savait qu'il allait vouloir et elle était fatiguée, la petite l'ayant déjà réveillée à deux reprises. Cependant, Andy ne remarqua pas, ou ignora, la tache de mouillé et la vague odeur ammoniaquée et lui ôta la chemise de nuit lui-même : il l'obligea à s'asseoir, à lever les bras et la lui enleva brutalement par la tête, puis la jeta par terre derrière lui.

« Oh, chéri, commença-t-elle, écoute, je... »

Mais il refusa d'écouter. Il s'étala de tout son long sur elle, la força à écarter les jambes – il avait les genoux glacés – et soudain il se retrouva en elle. Il sentait la bière et avait les lèvres encore grasses d'un truc qu'il avait mangé. Frigorifiée, elle tendit la main, trouva le bord des couvertures à côté d'elle et en recouvrit le dos d'Andy qui se cambrait en rythme. Elle était tellement épuisée, tellement absente que c'est à peine si elle le sentait, et pourtant, même dans cet état, elle commença à glisser avec lui et éprouva cette sensation qu'elle connaissait bien et qui la paniquait un peu, comme si elle sombrait lentement, langoureusement, sous l'eau.

« Chérie, chuchota-t-il à son oreille d'une voix éperdue, bouleversée, rauque, qui la poussa à l'étreindre plus étroitement contre elle, oh, chérie. »

Elle l'entendit avant lui, le bébé qui déroulait dans l'obscurité, tel un serpentin, son cri ténu, exigeant, impossible à ignorer. Andy se figea et s'allongea raide sur elle, en levant la tête.

« Nom de Dieu, répéta-t-il en collant un méchant coup de poing dans l'oreiller juste à côté de sa tête. Nom de Dieu de merde ! »

Puis, alors qu'elle sentait la peur l'envahir, il se mit à rire.

Au matin, il était encore de bonne humeur. Elle accrochait des draps sur le fil qu'il avait provisoirement installé pour elle entre une grosse branche du noyer et le pilastre en haut de l'escalier en bois – Mme Bennett, qui disposait pour sa part d'une sorte de séchoir électrique original, n'avait encore rien dit de ce dispositif – quand il surgit en douce derrière elle, l'attrapa par la taille avec un grand cri, la souleva de terre et la fit tourner en rond. Elle aurait été contente de le voir heureux mais ne savait pas trop si, ça, c'était du bonheur. Il avait une sorte de lueur folle dans la prunelle, comme s'il avait couru à perdre haleine et qu'il venait de s'arrêter. Quand il la reposa par terre, elle aussi était essoufflée. Du bout des doigts, il repoussa le col de son chemisier.

« Hé, s'écria-t-il à mi-voix, c'est quoi, ça ? »

Elle avait un suçon de la taille d'un dollar en argent sur le cou.

« D'où ça vient ?

— Oh, fit-elle en se détournant pour accrocher un autre drap, une grosse brute s'est faufilée dans mon lit au petit jour – tu l'as pas entendue ?

— Tiens, non. J'ai dormi comme un bébé. Tu me connais, chérie. »

Il noua de nouveau les bras autour d'elle et frotta lentement son pubis contre ses fesses. Ses bras ressemblaient à deux câbles d'acier chaud.

« Dis-moi, murmura-t-il, la bouche brûlante elle aussi contre son oreille, qu'est-ce qu'elle t'a fait d'autre, cette grosse brute ? »

Elle se tourna avec un rire de gorge tandis qu'il remontait les bras, plaçait les mains sur ses omoplates et la pressait fort contre son torse. Elle plaqua sa bouche ouverte contre la sienne et il but son haleine douce et leurs langues se touchèrent. Une brise monta de quelque part, peut-être des lointaines Rocheuses encore, et attrapa le drap mouillé qui s'enroula un bref instant autour d'eux. Pendant qu'ils s'embrassaient, ils ne virent pas, derrière une fenêtre du rez-de-chaussée, le visage aux lèvres minces et la paire d'yeux froids qui les observaient.

6.

La nuit d'automne tombait quand Quirke remonta Raglan Road. Des halos de brouillard auréolaient les lampadaires, de la fumée s'échappait des hautes cheminées au-dessus de lui et il avait un goût de poussière de charbon sur les lèvres. Il répétait mentalement la conversation – par moments, le terme *confrontation* lui revenait de manière inquiétante – qu'il regrettait déjà d'avoir provoquée. Il avait encore la possibilité de s'y soustraire, s'il le désirait. Qu'est-ce qui l'empêchait de tourner les talons et de se défiler, comme il s'était défilé devant tant de situations dans sa vie – en quoi celle-ci était-elle différente ? Il pouvait dénicher un téléphone – il entendait encore Dolly Moran lui dire : « Il a fallu que j'aille trois à quatre rues plus loin pour une cabine téléphonique » –, appeler et avancer un quelconque prétexte, prétendre que le problème dont il souhaitait discuter s'était réglé de lui-même. Pourtant, en dépit de ses velléités, ses jambes continuèrent à le porter et il se retrouva devant le portail du juge. Dans l'obscurité, le jardin dispensait une désagréable odeur de mouillé. Il gravit les marches usées menant à la porte principale. Une maigre lumière brillait dans l'imposte mais les hautes fenêtres flanquant l'entrée étaient sombres et il se surprit à espérer que le vieux monsieur ait oublié leur rendez-vous et soit parti passer la soirée au Stephen's Green Club, comme à son habitude. Il tira le cordon de la sonnette, entendit le carillon tinter à l'intérieur et ses espoirs s'amplifièrent quand dans le couloir résonnèrent les pas – impossible de se tromper – de Mlle Flint. Il s'obligea à composer l'esquisse d'un sourire : Mlle Flint et lui étaient des ennemis de longue date. Lorsqu'elle ouvrit, il eut l'impression qu'elle avait du mal à contenir un vague sourire méprisant. Petite et les traits anguleux, elle coiffait ses gros cheveux qui ne grisonnaient pas en une sorte de casque, si bien qu'on aurait juré une perruque – c'en était peut-être une, d'ailleurs, pour autant que Quirke pouvait se prononcer.

« Monsieur Quirke », s'écria-t-elle de son ton le plus sec avec, dans son exclamation, un soupçon de contrariété pratiquement indétectable.

Elle déployait une politesse scrupuleuse, vindicative.

« Bonsoir, mademoiselle Flint. Le juge est là ? »

Elle recula et ouvrit davantage la porte.

« Il vous attend. »

L'atmosphère du vestibule sentait le renfermé et on y décelait même une trace de l'odeur de vieux du juge. Dans la pièce haute de plafond, l'ampoule qui pendouillait dans le chandelier était une soixante watts ou moins et l'abat-jour ressemblait à l'idée que Quirke se faisait d'une peau parcheminée. Son cœur se serra. Il avait été heureux ici du temps de Nana Griffin. Des braillements dans ce même vestibule, Mal dans l'escalier, esquivant le ballon de rugby avec lequel Quirke l'avait visé, tous deux en short long et cravate – la cravate de leur établissement –, pan de chemise au vent. Oui, heureux.

Mlle Flint le débarrassa de son chapeau et de son manteau et le conduisit vers le cœur de la maison dans le couinement des épaisses semelles en caoutchouc de ses chaussures de matonne sur le parquet et les dalles. Comme souvent, Quirke se surprit à s'interroger sur les choses qu'elle pouvait savoir, les secrets de famille. Lors des rares visites de Mal, l'observait-elle aussi à la dérobée de son regard perçant ?

Le juge avait entendu la cloche et s'était posté sur le seuil de la pièce qu'il appelait son repaire. Il était presque aussi grand que Quirke mais un peu voûté à présent et en le voyant, avec ses chaussons, son vieux cardigan gris et son air anxieux au milieu de la pénombre, Quirke se fit la réflexion que le jour n'était peut-être pas trop éloigné où il frapperait à la porte principale et où Mlle Flint l'accueillerait avec un bandeau noir autour du bras et des yeux bordés de rouge. Il avança d'un pas vif en s'efforçant une fois de plus de sourire.

« Entre donc, mon vieux, lança le juge du seuil avec de grands gestes du bras, ce couloir est une vraie glacière.

— Prendrez-vous du thé ? » proposa Mlle Flint.

Le juge répondit par un « Non ! » sec, posa la main sur l'épaule de Quirke et l'entraîna à l'intérieur.

« Du thé ! s'exclama-t-il en refermant la porte derrière eux dans un bruit sourd. Bon Dieu, ça par exemple, cette bonne femme... »

Il conduisit Quirke jusqu'à la cheminée et lui indiqua un fauteuil :

« Assieds-toi là et réchauffe-toi ; nous, on va se

prendre une goutte de quelque chose de plus fort qu'un thé. »

Il alla prendre des verres et la bouteille de whisky dans le buffet. Quirke regarda alentour les objets familiers, le vieux divan en cuir, l'antique secrétaire, le portrait par Sean O'Sullivan de Nana Griffin en jeune mariée, calmement souriante, toute crantée. Quirke était une des rares personnes que le juge acceptait dans cette pièce. Même gamin, encore à moitié ensauvagé après ces années passées à Carricklea, il avait accès au repaire du juge et, souvent par un après-midi hivernal, avant que Mal et lui n'intègrent la pension de Saint-Aidan, il se posait là, sur ce même siège, à côté d'un grand feu de coke qui aurait pu être celui-ci, pour faire ses devoirs de calcul et de latin pendant que le juge, encore avocat à l'époque, travaillait sur un dossier, assis à son secrétaire. Quant à Mal, il faisait ses exercices à la table en bois blanc de la cuisine où Nana Griffin lui servait des gâteaux secs à la farine complète et du lait chaud en s'enquérant de l'état de ses intestins, car Mal passait pour un garçon fragile.

Le juge apporta leurs whiskys, remit le sien à Quirke puis s'installa en face de lui.

« Tu as dîné ? s'enquit-il.

— Oui, ça va.

— Tu es sûr ? »

Il observa Quirke de près. L'âge n'avait pas émoussé l'ouïe fine du vieil homme et il avait perçu le soupçon de gêne dans la voix de Quirke quand ce dernier l'avait appelé pour lui demander s'il pouvait venir bavarder avec lui. Ils burent en silence l'espace d'une minute, Quirke fixant le feu d'un air soucieux sous le regard du juge. Les fumées du coke, âcres comme de la pisse de chat, lui picotaient les narines.

« Alors, finit par dire le juge d'une voix forte qui se voulait cordiale, quelle est cette affaire urgente dont tu avais besoin de discuter ? Tu n'as pas d'ennuis, non ? »

Quirke fit non d'un signe.

« Il y a eu cette fille..., commença-t-il.

— Oh oh ! » s'exclama le juge en riant.

Quirke afficha un vague sourire et refit non de la tête.

« Non non, rien de ce genre. »

Il fixa le cœur rouge tremblotant du feu. *Terminons-en rapidement.*

« Elle s'appelait Christine Falls. Elle était en train d'accoucher mais elle est morte. Une nommée Moran s'occupait d'elle. Après la mort de Christine Falls, la Moran a été assassinée. »

Il s'interrompit pour reprendre son souffle.

Le juge battit plusieurs fois des paupières, puis opina du bonnet.

« Moran, répéta-t-il, oui, je pense avoir lu quelque chose à ce sujet dans le journal. La malheureuse. »

Il se pencha en avant, se saisit du verre de Quirke sans apparemment remarquer qu'il restait encore un doigt de whisky dedans, se leva et repartit vers le buffet.

« Mal est intervenu sur un dossier la concernant... Christine Falls, ajouta Quirke.

— Qu'est-ce que tu veux dire par là ? demanda le juge sans se retourner.

— Comme ça, il n'a pas été fait mention de l'enfant.

— Est-ce que tu es en train de me dire – il regarda Quirke par-dessus son épaule –, est-ce que tu es en train de me dire qu'il l'a falsifié ? »

Quirke ne répondit pas. La tête toujours tournée et le regard toujours fixé sur lui, le juge resta figé jusqu'au moment où, ouvrant mollement la bouche, il émit un chevrotement à mi-chemin entre le gémissement de déni et le cri de fureur. On entendit le crissement du verre sur le verre et le glouglou du whisky se déversant du col de la bouteille. Le juge grogna de plus belle et maudit sa main tremblante.

« Je suis désolé », s'écria Quirke.

Après avoir redressé la bouteille, le juge baissa la tête et demeura immobile durant une bonne minute. Des gouttes de whisky dégoulinaient par terre. Le vieil homme était blême.

« Qu'est-ce que tu me racontes, Quirke ? marmonna-t-il.

— Je ne sais pas. »

Le juge revint avec leurs verres remplis et se rassit.

« Pourrait-il être rayé de l'ordre des médecins ?

— Ça m'étonnerait qu'on en arrive là. À ma connaissance, il n'est pas vraiment question de malfaisance. »

Le juge émit une sorte de rire.

« Malfaisance, s'exclama-t-il. Bon sang, voilà un jeu de mots d'un goût douteux. »

Ruminant furieusement, il hocha la tête.

« Et quelle connexion avait-il avec cette fille ? J'imagine que c'était sa patiente ?

— Je ne sais pas. Il s'occupait d'elle, voilà comment il l'a formulé. Elle avait travaillé un moment à la maison.

— Quelle maison ?

— Sarah l'avait engagée comme domestique pour aider Maggie. Ensuite, elle s'est retrouvée dans le pétrin. »

Il regarda le juge, assis les yeux baissés, qui continuait à hocher lentement la tête, son verre de whisky à la main, oublié.

« Il prétend qu'il a récrit le dossier pour éviter que la famille n'apprenne l'existence du bébé.

— Pourquoi ménager les sentiments des gens ? En quoi ça le concernait ? lança d'une voix rauque le juge furibond. Il est médecin, il a prêté serment, il n'a pas à prendre parti. Quel foutu idiot irresponsable ! Et de quoi elle est morte au juste, cette fille ?

— Hémorragie du post-partum. Elle s'est vidée de son sang. »

Ils se turent tandis que le juge scrutait le visage de Quirke, tout comme autrefois au tribunal un accusé aurait pu scruter le visage d'un juge dans l'espoir d'obtenir son indulgence, songea Quirke. Puis le juge se détourna.

« Elle est morte chez Dolly Moran, c'est ça ? »

Quirke acquiesça.

« Mal la connaissait aussi ?

— Il la payait pour qu'elle s'occupe de la fille.

— Il a une palette de jolies relations, mon fils. »

Tout en jouant des mâchoires, il réfléchissait.

« À l'évidence, tu lui as parlé de tout ça ?

— Il refuse d'en dire beaucoup. Vous connaissez Mal.

— Je me le demande, marmonna le juge avant d'ajouter : A-t-il raconté quelque chose sur cette affaire aux gens de Boston ? »

Quirke fit signe que non.

« De quelle affaire s'agit-il ?

— Oh, il a un truc caritatif là-bas, lui, Costigan et les gars des chevaliers de Saint-Patrick, ils aident des familles catholiques, à ce qu'il paraît. C'est ton beau-père, Josh Crawford, qui finance ça.

— Mal ne m'a rien dit. »

Le juge sécha d'un trait son verre de whisky.

« Donne-moi donc ton godet, je crois qu'on a besoin d'un autre remontant. »

Du buffet, il demanda :

« Sarah est-elle au courant de tout ça ?

— Je ne crois pas. »

Quirke repensa à Sarah, le long du canal, l'autre dimanche matin, en train de regarder les cygnes sans les voir, de lui demander de parler à son mari, *l'homme bien*. Comment se prononcer sur ce qu'elle savait ou pas ?

« C'est simplement parce que je suis tombé sur lui pendant qu'il montait le dossier que je suis au courant. »

Brusquement accablé par la chaleur de la pièce, la fumée du feu, l'odeur du whisky que le juge avait renversé et gêné par la sensation d'avoir la surface de la langue brûlée, à vif, Quirke sauta sur ses pieds. Surpris, le juge se tourna vers lui, les deux verres plaqués contre son torse.

« Il faut que j'y aille, expliqua Quirke d'un ton sec. Je dois voir quelqu'un. »

C'était un mensonge. Le vieil homme parut déconcerté mais ne protesta pas.

« Tu ne veux pas... ? »

Il tendit son whisky à Quirke ; ce dernier refusa et le juge reposa les deux verres sur le buffet.

« Tu es sûr que tu as mangé ? À mon avis, tu ne prends pas soin de toi.

— J'avalerai un truc en ville.

— Flint pourrait te préparer une omelette vite fait... ?

suggéra-t-il avant de hocher tristement la tête. Non, ce n'est pas ce qu'il y a de plus tentant, comme proposition, je te l'accorde. »

À la porte, une idée lui vint à l'esprit et il s'arrêta.

« Qui l'a tuée, la Moran... on le sait ?

— Quelqu'un s'est introduit à son domicile.

— Des voleurs ? »

Quirke haussa les épaules.

« Vous la connaissiez, fit-il en étudiant le visage du vieux monsieur. Dolly Moran, je veux dire. Elle a travaillé pour vous et Nana, puis plus tard pour Mal et Sarah, elle s'est occupée de Phoebe. C'est comme ça que Mal a su qui appeler à l'aide, pour Christine Falls. »

Le juge, de profil, réfléchit, la mine soucieuse. Puis il ferma les yeux et poussa un cri, comme un peu plus tôt, plus étouffé mais plus chagriné.

« Dolores ? » s'écria-t-il.

Il parut près à chanceler de sorte que Quirke tendit la main pour le retenir.

« Dieu miséricordieux – c'était Dolores ? Je n'ai jamais établi le lien. Oh non. Oh, bon Dieu, non. Pauvre Dolores.

— Je suis désolé », répéta Quirke.

On aurait cru qu'il n'arrêtait pas de se répéter depuis son arrivée. Ils gagnèrent le vestibule, le juge avançant comme hébété, les bras raides et ballants devant lui et, l'espace d'un instant, Quirke vit sa ressemblance avec Mal.

« Elle était très loyale, la Dolly, poursuivit-il. Les secrets qu'elle connaissait, elle les gardait pour elle. Mal devrait lui en être reconnaissant. »

Le vieil homme n'eut pas l'air de l'avoir entendu.

« Qui suit l'affaire ? demanda-t-il.

— Un gars nommé Hackett. Inspecteur.

— Je le connais, répondit le juge en hochant la tête. On peut avoir confiance en lui. Si tu es inquiet, je peux lui parler ou me débrouiller pour que quelqu'un lui glisse un mot... ?

— Je ne suis pas inquiet, pas pour moi. »

Ils étaient parvenus devant la porte d'entrée. Soudain, Quirke se rendit compte que ce qu'il éprouvait surtout, c'était une sorte de plaisir honteux. Il se rappela un jour où le juge l'avait convoqué dans son repaire – Mal et lui étaient gamins – et l'avait obligé à rester planté à côté du secrétaire pendant qu'il le questionnait sur un méfait mineur, un carreau cassé par un caillou lancé à la tireboulette ou un tas de mégots déniché dans un placard à linge au fond d'une boîte de cacao vide. Qui avait envoyé le caillou, demandait le juge, qui avait fumé les cigarettes ? Au début, Quirke avait juré ne rien savoir mais à la fin, devant le sérieux avec lequel le juge avait mené son contre-interrogatoire, il avait avoué que c'était Mal le coupable, ce dont, de toute façon, le juge devait sans doute déjà se douter, s'était-il dit. Or, ce brûlant mélange de culpabilité, de jubilation et d'autosatisfaction provocante qu'il éprouvait à présent ressemblait à ce qu'il avait éprouvé à l'époque – en bien plus fort. Autrefois, le juge l'avait remercié solennellement et lui avait affirmé qu'il avait fait ce qu'il fallait, pourtant Quirke avait décelé dans son œil une vague lueur évasive de... de quoi ? De déception ? De mépris ?

Là, Quirke déclara :

« Le truc du dossier, tout ça : je suis le seul au courant. Je n'ai rien dit à Hackett ni à personne. »

Une fois encore, le juge hocha la tête.

« Malachy Griffin, marmonna-t-il, tu es un fichu couillon. »

Il posa lourdement la main sur l'épaule de Quirke.

« Je comprends ton intérêt pour la Christine Falls, naturellement. Tu as pensé à Delia, partie de la même façon. »

Quirke fit non.

« J'ai pensé à Mal, insista-t-il, j'ai pensé à nous tous... à la famille. »

Le juge semblait n'écouter que d'une oreille. La main toujours posée sur l'épaule de Quirke, il ajouta :

« Je suis content que tu m'aies averti. Tu as bien fait. Tu es gentil. Crois-tu que je devrais lui parler ?

— À Mal ? Non, mieux vaut laisser tomber, à mon avis. »

Le juge l'observait.

« Et toi, tu vas laisser tomber ? »

Quirke ne sut ce qu'il aurait répondu car à ce moment précis Mlle Flint, impassible, avança dans des couinements de semelles et lui tendit son manteau et son chapeau. Combien de temps les avait-elle écoutés ? se demanda-t-il.

7.

Ce qu'Andy voulait, c'était une bagnole. Pas une de ces caisses à la noix qu'un négro perfusé à l'alcool bon marché aurait assemblée à Detroit par un lundi matin pluvieux. Non, ce sur quoi il avait jeté son dévolu, c'était une Porsche. Il savait même quel modèle, un coupé Spyder 550. Il en avait vu un, dans les parages du Common, le plus vieux jardin public de Boston, un jour où Claire l'avait traîné pour faire une balade avec la petite. En réalité, il l'avait entendu avant de le voir, ce formidable rugissement qui, l'espace d'un moment excitant, avait transformé le Common en savane et un bosquet de chênes des marais en palmiers tropicaux. Il s'était tourné, les sens en alerte, et le fauve était là, frémissant au pied d'un feu rouge à l'intersection de Beacon Hill et de Charles Street. Il était petit pour pareil raffut, d'un rouge écarlate de *jelly-bean*, avec des pneus larges d'une bonne trentaine de centimètres et une assise si basse qu'on se demandait comment un individu de taille normale pouvait se glisser derrière le volant. Le toit était baissé ; pour la paix de son esprit, il regretta par la suite qu'il n'ait pas été relevé. Le conducteur était juste un mec de Boston qui cherchait à passer pour un de ces Anglais aux cheveux lisses et brillants qu'on voit sur les pubs de magazines, une de ces chochottes avec blazer bleu orné de deux rangées de boutons en laiton et foulard en soie dorée noué à la six-quatre-deux dans le col ouvert du polo blanc. Mais la nana à côté de lui était ultra-canon. Elle avait un profil genre indien avec des pommettes hautes et un nez droit traçant une verticale à partir du front. Pourtant, ce n'était pas une Indienne mais une pure aristo de Boston à la peau couleur miel, aux grands yeux bleus bien écartés, à la bouche d'un rouge cruel de la même nuance que la peinture de la voiture et à l'épaisse chevelure blonde qu'elle repoussa vivement en arrière d'un bras pâle et mince en un geste qui laissa Andy entrevoir une seconde la fragile ombre bleue de son aisselle rasée. Sentant son regard avide, elle lui décocha un coup d'œil amusé, moqueur et super-distant, coup d'œil qui disait : *Hé, beau gosse, débrouille-toi pour t'offrir des études universitaires, un papa friqué, deux cent mille dollars de revenus par an et une bagnole comme celle-ci et, qui sait ? une fille dans mon style te laissera peut-être lui payer un Manhattan un soir du côté du Ritz-Carlton.*

Ce samedi-là, il était monté à Cambridge pour voir un concessionnaire de voitures d'occasion qui avait une Porsche à vendre, pas une Spyder mais une 365. Tapie là au milieu d'une flotte de vieux clous tout en chromes, typiquement américains, elle était superbe, astiquée comme un méchant scarabée noir et brillant, mais deux minutes sous le capot avaient révélé à Andy qu'elle ne valait pas tripette, que quelqu'un l'avait crevée à la tâche et qu'elle avait probablement eu un accident. De toute façon, qui croyait-il duper ?... quand bien même on la lui aurait proposée à un dixième du prix demandé, il n'avait pas de quoi l'acheter. Il lui avait fallu prendre deux bus pour traverser le fleuve et arriver jusque-là, puis deux pour le retour, et maintenant qu'il rentrait il n'était pas d'humeur à subir des visiteurs.

Il tourna dans Fulton Street, d'une humeur massacrante et les pieds en compote, et aperçut l'Oldsmobile garée devant la maison. Elle n'avait rien d'une Porsche mais elle était grande, neuve et rutilante et il n'en avait encore jamais vu. Il l'étudiait d'un œil critique quand Claire surgit au coin de la maison, accompagnée d'un prêtre rouquin qui avait un chapeau à la main. Pourquoi Andy se fixa-t-il d'emblée sur le chapeau ? Il n'aurait su l'expliquer mais c'est ce truc qui lui déplut le plus chez le cureton : c'était un feutre noir banal, pourtant il y avait quelque chose dans la manière dont le curé se trimballait avec, en le tenant par le fond, à la manière dont un évêque ou un cardinal promène ce machin rouge aux allures de pot de fleurs carré qu'ils portent pour dire la messe – il se rappelait pas comment ça s'appelait, sauf que ça sonnait comme le nom d'une arme de poing, italienne, peut-être, de toute façon, il se rappelait pas ça non plus, ce qui l'énerva encore plus. Andy n'aimait pas les prêtres. Ses parents avaient été catholiques, jusqu'à un certain point, et à Pâques sa mère garait le gin l'espace de vingt-quatre heures et les embarquait, lui et le reste de la marmaille, dans un bus à destination de Baltimore où ils assistaient à la grand-messe dans la cathédrale Mary Our Queen. Il détestait ces expéditions, l'ennui à bord du Greyhound, le sandwich à la saucisse de bœuf – leur unique collation jusqu'à leur retour à la maison –, les hordes d'Irlandais rupins qui empestaient le bacon et le chou dans Mary Our Queen, les mecs dans leurs drôles de vêtements de cérémonie qu'on aurait crus en métal, une sorte d'argent ou d'or avec dessus des lettres pourpre, des croix et des bâtons de berger et tout le monde pieux à gerber, qui psalmodiait et geignait d'une voix de dingue autour de l'autel en marmonnant inlassablement des prières en latin dont ils ne comprenaient pas un traître mot. Non, Andy Stafford n'aimait pas les curés.

Celui-là s'appelait Harkins, c'était un Irlandais rouquin, bouseux jusqu'à la racine de ses cheveux gramouillés. Il serra la main d'Andy en le jaugeant des pieds à la tête, tout sourire et dents tachées, mais avec des petits yeux vert-jaune, froids et perçants comme ceux d'un chat.

« Ravi de faire votre connaissance, Andy, s'écria-t-il. Claire me parlait justement de vous. »

Ah oui ? Andy essaya de croiser le regard de sa femme mais celle-ci fixait résolument l'Irlandais.

« Je passais par là, poursuivit Harkins, et je me suis dit que j'allais m'arrêter.

— Bien sûr », grommela Andy.

S'il avait débarqué à l'improviste, comment se faisait-il que Claire ait mis sa plus belle robe verte et que ses cheveux soient si bien coiffés ?

« Le bébé va recevoir une bénédiction spéciale du Saint-Père », annonça Claire d'un ton joyeux.

Elle continuait à avoir du mal à soutenir son regard. Qu'est-ce que ce cureton avait-il bien pu lui raconter ?

« Vous allez l'emmener en Italie, c'est ça ? lança Andy à Harkins qui, les yeux pétillants, éclata de rire.

— Ce sera plutôt Mahomet qui ira à la montagne, encore que je ne sois pas certain que l'archevêque apprécie la métaphore... Son Excellence donnera cette bénédiction au nom du pape. »

Andy allait répliquer mais le prêtre l'interrompit et, pour bien lui montrer qu'il l'interrompait, s'adressa à Claire.

« Je ferais mieux de ne pas lambiner, j'ai plusieurs autres visites qui m'attendent.

— Merci d'être passé, mon père », dit Claire.

Harkins regagna sa voiture, ouvrit la portière, lança son chapeau sur le siège passager et s'installa derrière le volant.

« Dieu vous bénisse maintenant, ajouta-t-il de manière sibylline à l'adresse d'Andy, et continuez comme ça ! »

Là-dessus, il claqua sa portière et démarra. Il tournait sur six cylindres seulement, comme le nota Andy avec satisfaction. Tandis que la voiture s'écartait du trottoir – en plus, elle brûlait de l'huile, vu la fumée qui sortait du pot d'échappement –, Harkins leva une main et fit un rapide mouvement des doigts, à croire qu'il dessinait quelque chose – c'était une bénédiction, ça ? L'archevêque aurait intérêt à se débrouiller mieux que ça.

« Qu'est-ce qu'il voulait ? » demanda Andy.

Claire était encore en train d'agiter le bras. Elle frissonna, car la journée était brumeuse et fraîche.

« Franchement, je ne sais pas, répondit-elle. J'imagine que mère Stephanus a dû lui demander de venir nous voir.

— N'a pas confiance en nous, hein ? »

Elle comprit ce qu'il disait en réalité – honnêtement, il était jaloux de tout le monde ! –, soupira et lui décocha un regard de reproche.

« C'est un prêtre, Andy. Il ne faisait que nous rendre visite.

— Eh bien, j'espère qu'il se pointera pas trop

souvent. J'aime pas les curés chez moi. Ma vieille maman disait toujours qu'ils portaient la poisse. »

Si elle avait osé, Claire aurait eu pas mal de choses à dire sur la vieille maman d'Andy.

Ils firent le tour de la maison et gravirent l'escalier en bois. Claire lui raconta que Mme Bennett était partie en courses.

« Elle est montée voir si j'avais besoin de quelque chose, expliqua-t-elle en lui souriant, taquine, par-dessus son épaule. Bien entendu, je suis sûre que c'était toi qu'elle espérait trouver. »

Il ne réagit pas. Il avait observé Cora Bennett. Ce n'était pas une beauté, avec son visage anguleux et sa bouche mauvaise, mais elle avait un joli corps derrière le tablier dont elle semblait ne jamais se séparer, et un regard avide. Il avait balancé quelques allusions, histoire de savoir où se trouvait M. Bennett, mais n'avait pas obtenu de réponse. Sans doute s'était-il tiré ; s'il était mort, elle l'aurait sûrement précisé – les veuves avaient tendance à manifester beaucoup d'affection pour leur époux décédé, avait remarqué Andy, jusqu'à ce qu'un candidat putatif se pointe et remplace le saint.

À la maison, il entra dans la kitchenette, car il voulait savoir ce qu'il y avait pour le manger. Claire répliqua qu'elle n'y avait pas encore pensé, avec le père Harkins qui était venu et tout, et n'importe comment, elle aurait préféré qu'il dise « pour le déjeuner », vu que ça se disait comme ça, et pas « le manger », qui faisait très populaire.

« Très irlandais, tu veux dire, je suppose, répliqua-t-il par-dessus son épaule en ouvrant une porte de placard qu'il laissa aussitôt claquer.

— Non, ce n'est pas ce que je veux dire et tu le sais. »

Claire avait grandi dans un village au sud de Boston, avec des palissades, des maisons en bois peintes en blanc et une flèche d'église blanche qui émergeait d'entre les érables, autant de choses qui lui donnaient, semblait-elle croire, le droit de prendre ses airs très Nouvelle-Angleterre, mais il savait d'où elle venait – d'une famille d'éleveurs de cochons allemands qui, dans les années difficiles, avaient dû céder aux banques les quelques hectares qu'ils possédaient et qui étaient montés plus au nord essayer de vendre des aliments pour bétail jusqu'à ce que leur entreprise capote une fois de plus. Maintenant, dans la kitchenette, elle vint se planter derrière lui, l'obligea à se retourner, le prit par les poignets, le força à glisser les bras autour de sa taille, puis posa les poings contre son torse et lui sourit.

« Tu sais que ce n'est pas ce que je voulais dire, Andy Stafford, répéta-t-elle doucement avant d'effleurer ses lèvres d'une bise de merle bleu.

— Eh bien, répondit-il en forçant son accent traînant, je suppose que s'il n'y a rien à manger, je vais juste être obligé de te manger, toi. »

Il se penchait pour l'embrasser quand, portant les yeux au-delà de l'épaule de Claire, il remarqua le moïse sur la table du séjour et la couverture dedans qui bougeait.

« Merde », s'exclama-t-il.

Il la repoussa, fonça d'un pas furieux vers la table, attrapa avec brusquerie le moïse par les anses et fila vers la chambre de la petite.

« Elle dort, cria Claire. Elle... »

Mais il avait disparu. Quand il revint, il agita un doigt tremblant sous le nez de Claire.

« Je t'ai prévenue, ma fille, déclara-t-il à mi-voix, la gamine a sa chambre et c'est là qu'elle dort. D'accord ? »

Elle vit sa fureur : il avait la bouche contractée d'un côté et l'œil injecté de sang. Il était encore fâché à cause de la visite du père Harkins – se pouvait-il vraiment qu'il soit jaloux d'un prêtre ?

« Entendu, chéri, dit-elle en s'obligeant à lui répondre très lentement, très calmement. Entendu, je m'en souviendrai. »

Il alla se chercher une bière dans la glacière. Elle n'aurait su dire ce qui l'effrayait le plus, ses accès de colère ou la manière dont elles se terminaient abruptement, comme s'il ne s'était rien passé. Il fit sauter la capsule de la bouteille, rejeta la tête en arrière et but de longues gorgées, sa pomme d'Adam montant et descendant à un rythme qui lui évoqua – elle s'empourpra intérieurement à cette pensée – le lit avec lui.

« Ce type, poursuivit-il, le prêtre... il t'a dit si machine-je-sais-plus-comment avait déjà parlé au vieux Crawford ? »

Devant l'air interdit de Claire, il agita la bouteille avec impatience.

« Mère... tu sais...

— Stephanus ?

— Ouais, elle. Elle avait dit qu'elle parlerait à Crawford d'un boulot pour moi. »

Le bébé risqua quelques couinements préliminaires qui suggérèrent à Claire les bruits d'un aveugle posant les doigts sur un truc brillant ; Andy parut ne pas entendre.

« Je croyais, lâcha-t-elle prudemment, que tu n'étais pas intéressé par un autre job ?

— J'aimerais quand même savoir ce qu'il a à proposer. »

Claire se redressa : une partie d'elle écoutait anxieusement la petite qui semblait avoir changé d'avis et s'être rendormie tandis que l'autre réfléchissait à ce qui se passerait si Andy arrêtait la route. Ils seraient comme un couple ordinaire – normal fut le premier terme qui lui vint à l'esprit – mais ce serait la fin de leurs belles nuits seules ensemble, rien qu'elles deux, la petite Christine et elle.

8.

Sarah détestait l'odeur des hôpitaux qui lui rappelait de cuisants souvenirs d'une opération des amygdales dans son enfance. Elle décelait jusque sur les vêtements de Mal ce mélange d'éther, de désinfectant et de pansements – il lui semblait que c'était des pansements – dont aucun nettoyage à sec ne pouvait avoir raison. Elle ne s'était jamais plainte, n'en avait même jamais parlé – quelle affaire pour une femme de médecin d'avouer qu'elle ne supportait pas l'odeur des soins ! – mais il avait dû la voir plisser le nez une ou deux fois, car maintenant, à peine avait-il passé la porte qu'il filait se changer à l'étage. Pauvre Mal, qui s'efforçait de veiller sur tout le monde et de s'occuper de tout sans recevoir aucun remerciement en retour. Il n'empêche que le côté du dressing abritant sa garde-robe dispensait, pour Sarah, les exhalaisons nauséabondes qui cristallisaient le moment de terreur et de douleur qu'elle avait connu, enfant, sous le bistouri du chirurgien.

Quand, ses gants à la main, elle pénétra dans la réception du Holy Family, l'odeur la frappa d'emblée et si violemment qu'elle crut un instant qu'elle allait devoir tourner les talons et ressortir. Elle se força néanmoins à avancer vers le comptoir et le dragon derrière – comment pouvait-on porter des montures de lunettes rose pâle translucide ? – et demanda s'il lui était possible de voir le Dr Quirke.

« M. Quirke, c'est cela ? » répliqua le dragon sèchement.

Sarah savait bien entendu qu'elle aurait dû dire « M. Quirke », ça lui apprendrait à supposer avec condescendance qu'on ne la comprendrait pas si elle ne mentionnait pas son titre. Jamais elle ne maîtriserait les règles, jamais.

Elle s'assit sur le banc en bois le long du mur et attendit. Quirke avait recommandé au dragon de dire qu'il allait monter immédiatement. Elle observa le traditionnel défilé de boiteux, d'estropiés, d'accidentés, d'enfants couverts de pansements, de vieux accablés, de futures mamans, déjà tyrannisées par le bébé pas encore né, avançant péniblement à la remorque de leur ventre énorme. Comment Mal pouvait-il subir ces femmes, jour après jour, année après année ? Les clients de Quirke étaient morts, eux au moins, c'était plus commode. Elle se gronda : ces temps-ci, ses pensées étaient uniformément lugubres.

Quirke portait une blouse verte attachée à la diable. Il lui présenta des excuses pour avoir tardé : un de ses assistants était en congé maladie, et c'était le bazar total dans son bureau. Elle répondit que ce n'était pas grave, qu'elle pouvait revenir une autre fois, mais se demanda néanmoins comment il pouvait y avoir pareille urgence dans son travail – en principe, les morts restaient morts ? Non, s'exclama-t-il, non, il ne fallait pas qu'elle s'en aille maintenant qu'elle était là. Elle vit qu'il s'interrogeait sur les raisons de sa présence ; Quirke avait toujours été calculateur.

Dans la cantine de l'hôpital, ils s'assirent à une table recouverte d'une nappe en plastique à deux pas d'une fenêtre poussiéreuse. À l'autre extrémité de la salle, il y avait un comptoir chargé de fontaines à thé gargouillantes et de vitrines renfermant des sandwiches triangulaires qui rebiquaient du bout ainsi que des paquets de biscuits miniatures, des palets, comme on les appelait avec une pertinence impressionnante, se dit-elle. Pourquoi, songea-t-elle distraitement quand Quirke partit chercher leur thé, les hôpitaux ici étaient-ils tellement décrépits, minables et tous aussi tristes en apparence ? La fenêtre proche de leur table donnait sur un blockhaus en brique couleur de sang séché, dont le toit plat, apparemment goudronné, arborait à un coin un tuyau de poêle tordu et doté d'un abat-vent d'où la fumée, rabattue par les fortes bourrasques d'octobre, s'échappait sur les côtés. Sans qu'elle le veuille, elle s'interrogea sur ce qu'un hôpital pouvait bien brûler pour produire une fumée aussi dense et aussi noire. Quirke reparut avec deux tasses de thé au lait sucré qu'elle se savait incapable d'avaler. Elle sentit lui revenir cette sensation de plus en plus familière de faiblesse, de légèreté, comme si elle sortait de son corps et flottait au-dessus de lui, à croire que son esprit se détachait d'elle et voltigeait librement. Était-ce ce qu'ils évoquaient dans les livres anciens quand ils parlaient de *vapeurs* ? Fallait-il qu'elle s'inquiète de sa santé ? Mais la mort, songea-t-elle, ne serait-elle pas une solution à une foule de choses ? Pourtant elle n'imaginait pas vraiment s'éclipser si facilement, si vite.

« Alors, grommela Quirke, je suppose que ça concerne Mal ? »

Elle le scruta du regard. Que savait-il au juste ? Elle avait envie de le lui demander, elle en avait vraiment très envie, mais ne pouvait se résoudre à formuler sa question. Et s'il en savait plus qu'elle, s'il était au courant de choses encore plus terribles que ce qu'elle avait appris ? Elle tenta de se concentrer, de rassembler ses pensées vagabondes. Qu'avait-il dit ? Oui : si c'était pour Mal qu'elle était venue. Elle décida d'ignorer cette remarque.

« Phoebe veut épouser ce jeune homme, expliqua-t-elle en effleurant l'anse de la tasse : elle était légèrement poisseuse. C'est impossible, bien entendu. »

Quirke fronça les sourcils et elle le vit réviser ses pensées, ses stratégies : Phoebe alors, pas Mal.

« Impossible ? » répéta-t-il.

Elle acquiesça.

« Pas la peine de t'expliquer qu'elle ne veut rien entendre.

— Dis-lui de foncer et de passer à l'acte. Dis-lui que tu es tout à fait d'accord. Rien de tel pour la dissuader. »

Elle jugea préférable d'ignorer également cette remarque.

« Est-ce que tu accepterais de lui parler ? »

Il se rejeta en arrière sur son siège, leva haut le menton et, laissant son regard glisser vers le bout de son nez camus, hocha lentement, sombrement, la tête.

« Je vois, marmonna-t-il. Tu veux me convaincre de convaincre Phoebe de renoncer à ce petit ami qui vous déplaît.

— Elle est tellement jeune, Quirke.

— Nous aussi, avant.

— Elle a la vie devant elle.

— Nous aussi, avant.

— Oui, répliqua-t-elle en contre-attaquant, et regarde les erreurs qu'on a commises ! »

Sa véhémence s'évanouit aussi rapidement qu'elle était apparue.

« En plus, ça ne marcherait pas. Ils y veilleraient. »

Quirke haussa un sourcil.

« Ils ? Tu parles de Mal ? Il voudrait vraiment détruire son bonheur ? »

Il n'avait pas terminé sa phrase que, les yeux baissés, elle faisait non de la tête.

« Tu ne comprends pas, Quirke. C'est tout un monde. Tu ne peux pas gagner si tu as tout un monde contre toi, je le sais. »

Quirke regarda par la fenêtre. Des nuages couleur d'encre diluée s'accumulaient au loin sur l'horizon ; il allait pleuvoir. Il garda le silence un moment en étudiant Sarah, les yeux plissés.

« Qu'est-ce qu'il y a ?

— Quoi ? s'écria-t-elle en s'efforçant de se montrer désinvolte, dégagée. Qu'est-ce qu'il y a quoi ? »

Il ne la lâcha pas et elle eut l'impression d'être une proie traquée par un énorme chien de chasse implacable.

« Il s'est passé quelque chose. Mal et toi... ?

— Je ne veux pas parler de Mal », répliqua-t-elle si hâtivement qu'on aurait cru qu'elle avait prononcé un mot et non une phrase entière.

Elle posa les mains sur la table devant elle, à côté de ses gants, et les fixa.

« Et puis il y a mon père. »

Il patienta. Elle continua à regarder ses gants d'un air renfrogné, comme s'ils étaient subitement devenus un objet de fascination.

« Il a menacé de la déshériter. »

Quirke eut envie de rire. L'héritage du vieux Crawford, pas moins... et puis quoi encore ? Là-dessus, il eut soudain une image d'une clarté déconcertante de Wilkins, son assistant au visage chevalin, l'attendant dans le labo – Sinclair était victime d'une de ses grippes stratégiques – et frissonna devant cette brève vision du monde des morts, son monde.

« Et le juge ? insista-t-il. Pourquoi ne pas le pousser à parler à Phoebe, ou à Mal... ou à ton père aussi peut-être ? Il les ramènerait à la raison et les aiderait à résoudre ce problème, non ? »

Elle lui jeta un coup d'œil lourd de pitié.

« D'une façon ou d'une autre, il faudra bien arriver à une solution. Moi, je te le répète : dis-lui qu'elle peut l'épouser, pousse-la. Je te parie qu'elle dira ciao à Bertie Wooster. »

Sarah refusa de sourire.

« Je ne veux pas que Phoebe se retrouve ligotée par un mariage prématuré. »

N'en croyant pas ses oreilles, il éclata de rire.

« Un mariage prématuré ? Qu'est-ce que tu me racontes ? Je croyais que c'était parce que ce Carrington est protestant ? »

De nouveau, elle fit non sans quitter la table des yeux.

« Tout est en train de changer, déclara-t-elle. Plus tard, ce sera différent.

— Oh, oui, dans cent ans, la vie sera belle. »

Elle refit non obstinément.

« Plus tard, ce sera différent, répéta-t-elle. Les filles de la génération de Phoebe auront la possibilité de s'échapper, d'être elles-mêmes, de... – elle pouffa, gênée par ce qu'elle s'apprêtait à dire – de vivre ! »

Elle leva la tête, le fixa et haussa une épaule, honteuse.

« J'aimerais que tu lui parles, Quirke. »

Il se pencha en avant si abruptement que les gants sur la table parurent se dérober devant lui et joindre les doigts. Comme ils paraissent vivants, se dit Sarah, ces deux gants de cuir noir. On aurait cru qu'une tierce personne invisible se tordait les mains.

« Écoute, rétorqua-t-il d'un ton impatient, je n'ai pas de temps à consacrer à cette chiffe molle sur laquelle Phoebe a jeté son dévolu, et si elle est résolue à l'épouser, alors tant pis pour elle. »

La voyant prête à protester, il la réduisit au silence d'un geste.

« Cependant, si tu devais me demander de lui parler, pour toi – pas pour Mal, ni pour ton père ni pour qui que ce soit d'autre, juste pour toi –, alors, je le ferais. »

Dans le silence, ils entendirent le raffut des gouttes de pluie projetées contre la fenêtre. Elle soupira, puis se leva et récupéra ses gants en bannissant cette autre invisible et angoissée qui partageait ses problèmes. Tristement, elle marmonna comme si elle parlait toute seule :

« Eh bien, j'aurai essayé. »

Elle sourit.

« Merci pour le thé. »

Les deux tasses étaient demeurées intactes et une mousse blanchâtre et ridée flottait à la surface du liquide grisâtre qui tremblotait légèrement.

« Il faut que je m'en aille.

— Demande-le-moi », insista Quirke.

Il n'avait pas bougé, était resté assis de biais à la table, serein et tendu, une main sur le dossier de sa chaise et l'autre à plat sur le plateau sale. Comment pouvait-il se montrer aussi cruel, à toujours jouer ainsi avec elle ?

« Tu sais que je ne peux pas.

— Pourquoi pas ? »

Elle lâcha un rire teinté d'exaspération.

« Parce que je te serais redevable !

— Non.

— Si, répliqua-t-elle avec une véhémence égale à celle de Quirke. Fais-le, Quirke. Fais-le pour Phoebe... pour son bonheur.

— Non, répéta-t-il catégoriquement. Pour toi. »

9.

C'était le samedi, c'était le milieu de l'après-midi, et Quirke se demandait maintenant s'il fallait qu'il se trouve un autre pub où boire un coup. Un orage sec, typique du mois d'octobre, balayait les rues, si bien qu'il avait plongé chez McGonagle's, le col de son manteau relevé et un journal sous le bras. Les lieux étaient pratiquement vides, or il ne s'était pas plus tôt installé dans la petite arrière-salle que Davy s'était pointé derrière le guichet et lui avait tendu un verre de whisky.

« Offert par le monsieur au costume bleu », expliqua-t-il avec une moue sceptique en pointant le pouce vers le bar derrière lui.

Quirke passa la tête par la porte et le vit, une fesse en équilibre sur un tabouret : costard bleu métallique, lunettes à monture d'écaille, cheveux noirs rejetés en arrière dégageant un front bosselé. Il leva son verre à l'adresse de Quirke en un salut muet et sourit en découvrant ses dents du bas. Quirke le reconnut vaguement, mais d'où ? Il rentra la tête et, les mains sur les genoux, contempla son whisky, comme s'il s'attendait à ce qu'il se mette subitement à mousser et à déborder au milieu d'âcres volutes de fumée.

Au bout d'un moment, le costume bleu surgit dans l'encadrement de la porte.

« Monsieur Quirke, s'écria-t-il, la main tendue. Costigan. »

Quirke prit avec précaution la main offerte, légèrement moite et carrée avec des doigts ronds.

« Nous nous sommes rencontrés chez les Griffin, à l'occasion de la soirée organisée pour le président de la Haute Cour de justice. Lorsqu'a été annoncé l'honneur que le pape lui avait fait. »

Il désigna le siège à côté de Quirke.

« Vous permettez ? »

Une coïncidence, en un sens : Quirke était justement en train de penser à Sarah dont le visage pareil à celui d'Ophélie flottait, pâle et insistant, au-dessus des pages de son journal et de leur bourbier de nouvelles sinistres – comme d'habitude, les Américains testaient une bombe plus grosse et plus efficace, les Rouges faisaient cliqueter leurs sabres rouillés. Il s'interrogeait encore sur les raisons qui l'avaient amenée à l'hôpital et ce qu'elle attendait de lui au juste. Apparemment, les gens ne cessaient de lui demander des trucs, et toujours des trucs qu'il était incapable de leur donner. Il n'était pas le mec qu'elles imaginaient, Sarah, Phoebe et même cette pauvre Dolly Moran ; il n'avait rien à leur offrir.

Il repensait souvent à la première autopsie qu'il avait effectuée sans superviseur. À l'époque, il travaillait avec Thorddyke, l'expert national, qui commençait déjà à virer gaga et, ce jour-là, Quirke avait été appelé à la dernière minute afin de remplacer son patron. Le cadavre était celui d'un monsieur très âgé, gros, aux cheveux argentés, qui était mort quand la voiture dans laquelle il se trouvait avait dérapé sur une plaque de verglas et basculé dans un fossé. Sa fille le raccompagnait à sa maison de retraite d'où elle l'avait sorti pour la journée ; elle-même était âgée et elle conduisait prudemment en raison du froid ambiant, mais elle avait complètement perdu le contrôle de son véhicule lorsqu'il s'était lentement mis à glisser sur la glace. Elle s'en était tirée sans égratignure et la voiture était à peine esquintée, pourtant le papa était mort instantanément, comme les journaux aimaient à le formuler – qui pouvait dire, songeait-il souvent, combien cet instant avait duré aux yeux de celui qui s'occupait de mourir ? – d'un simple arrêt cardiaque, ainsi que Quirke put rapidement l'établir. Quand l'assistant de la salle de dissection avait déshabillé le corps, avec la dextérité brutale du pro, une belle vieille montre de gousset, une Elgin avec chiffres romains et secondes auxiliaires, avait glissé de la petite poche de son gilet. Elle s'était arrêtée à dix-sept heures vingt-trois précisément, au moment, Quirke en avait la certitude, où le cœur du vieil homme avait lâché lui aussi, cœur et montre rendant l'âme à l'unisson. Il avait connu la même chose, croyait-il, à la mort de Delia : un instrument qu'il trimballait à même son torse, un instrument qui l'avait tenu aligné sur le reste du monde et en synchronie avec lui, s'était subitement arrêté et n'avait jamais redémarré.

« Un bel événement, disait Costigan. Nous étions tous tellement heureux pour le juge, heureux et fiers. Un titre papal, c'est un honneur rare. Je suis moi-même chevalier – il désigna, accroché à son revers, un insigne qui avait la forme d'une petite crosse en or autour de laquelle s'enroulait un P en or – mais d'un ordre plus modeste, bien entendu. »

Il s'interrompit.

« Vous n'avez jamais songé à vous joindre à nous, monsieur Quirke ? Je parle des chevaliers de Saint-Patrick. On vous l'aura proposé, j'en suis sûr. Malachy Griffin est des nôtres. »

Quirke ne dit rien. Il se rendait compte qu'il était fasciné, presque hypnotisé, par la fixité omnivore des yeux grossis de Costigan, lesquels lui évoquaient deux créatures des profondeurs marines en suspens dans l'aquarium de ses verres de lunettes.

« Des gens charmants, les Griffin, poursuivit Costigan, nullement déconcerté par le regard indéchiffrable et imperturbable de Quirke. Vous apparteniez à la famille par mariage, c'est bien cela ? »

Il patienta. Quirke déclara :

« Ma femme était la sœur de Sarah... de Mme Griffin. »

Costigan, qui affichait maintenant une expression de gravité mielleuse, opina du bonnet.

« Et elle est morte, enchaîna-t-il. En couches, n'est-ce pas ? Très triste, une chose pareille. Ça a dû être dur pour vous. »

De nouveau, Quirke hésita. Ces yeux marins semblaient suivre ses pensées intimes.

« C'était il y a longtemps », marmonna-t-il en gardant un ton neutre.

Costigan opina de plus belle.

« Une perte difficile, néanmoins, insista-t-il. J'imagine que le seul moyen de surmonter un problème de ce genre c'est d'essayer de l'oublier, de le sortir complètement de son esprit. Pas facile, bien entendu. Une jeune femme morte, un enfant perdu. Mais la vie doit continuer, n'est-ce pas, monsieur Quirke ? »

On aurait cru qu'entre eux une énorme chose sombre

s'agitait sans bruit dans l'espace exigu où ils étaient installés. Costigan tendit le doigt vers le whisky.

« Vous n'avez pas touché votre verre. »

Baissant les yeux vers un autre insigne sur son revers de veston, il expliqua qu'il était membre de la Pioneer Total Abstinence Association, l'Association pionnière du Sacré-Cœur pour l'abstinence totale.

« Personnellement, je ne bois pas une goutte d'alcool. »

Quirke se rejeta en arrière sur la banquette. Près du guichet, Davy, le barman, n'en finissait pas de faire briller un verre et tendait l'oreille dans l'espoir de surprendre la conversation.

« Qu'est-ce que vous êtes en train de me dire exactement, grommela Quirke, monsieur... quel est votre nom déjà ? »

Costigan ignora la seconde question et afficha un sourire indulgent, comme s'il réagissait à une ruse enfantine.

« Je suis en train de dire, monsieur Quirke, qu'il est des choses qu'il vaut mieux oublier, qu'il vaut mieux ne pas remuer. »

Quirke sentit son front le brûler. Il replia le journal, le coinça sous son bras et se leva. Costigan l'observa avec un vif intérêt apparent et même une pointe d'amusement.

« Merci pour le pot », marmonna Quirke.

Dans le verre, le whisky était resté intact. Costigan opina de nouveau, très vivement cette fois, comme si quelque chose avait été prononcé qui requérait son consentement. Il était toujours assis mais Quirke, qui le dominait de toute sa hauteur, eut pourtant le sentiment d'être le dominé.

« Bonne chance, monsieur Quirke, lança Costigan en souriant. Je vous reverrai dans le coin, j'en suis sûr. »

Dans Grafton Street, le vent se déployait en rafales plus violentes que jamais et les gens sortis faire des courses rentraient en hâte chez eux, tête baissée ; Quirke s'aperçut qu'il respirait plus vite et qu'il avait dans la poitrine une sensation pesante, brûlante, pas vraiment de la peur mais une sorte d'inquiétude naissante, comme s'il n'allait pas tarder à découvrir que le petit îlot désert et lisse sur lequel il s'était paisiblement juché et qui venait de se soulever pour la première fois n'était pas la terre ferme mais la bosse d'une baleine.

10.

Andy Stafford savait qu'il n'était pas une lumière. Il n'était pas stupide mais n'avait rien d'un génie non plus. Ce constat ne le dérangeait pas. En fait, il se jugeait plutôt bien équilibré. Il avait connu des mecs qui n'étaient que muscles et un ou deux qui n'étaient que ciboulot, or les uns et les autres n'avaient jamais été que des truffes. Lui, il se situait entre les deux, tel le gamin qui, vissé sur le milieu du tape-cul, s'amuse sans avoir à fournir le moindre effort pour monter ou descendre. Du coup, il ne comprenait absolument pas pourquoi il avait accepté que Claire prenne la mioche sans s'être interrogé sur les conséquences que cette décision pourrait avoir sur sa réputation. C'est chez Foley's, une nuit, qu'il entendit pour la première fois, dans son dos, ce rire singulier qu'il allait finir par entendre souvent, trop souvent.

De retour en ville, après une nuit et quasiment une journée entière au volant, il s'était arrêté pour prendre une bière avant de rentrer à la maison, laquelle ces derniers temps paraissait ne plus sentir que le bébé. Comme tous les vendredis soir, il y avait beaucoup de monde et beaucoup de bruit chez Foley's. En allant au bar, il passa devant une table de cinq ou six mecs, des routiers aussi, qu'il connaissait pour la plupart, si l'on peut dire. L'un d'eux, un grand gars bien en chair avec des rouflaquettes pareilles à des côtelettes, un certain LeVray surnommé Truc – ah ah, la bonne blague – balança une remarque sur son passage et c'est là qu'il l'entendit, le rire. Il était assourdi, il était graveleux et apparemment il en était la cible. Il prit sa bière, se tourna, les coudes en appui sur le comptoir derrière lui, un talon de botte coincé sur le repose-pied en laiton, et examina la salle avec indolence, sans regarder la tablée de LeVray mais sans l'éviter non plus. Sois cool, se dit-il, sois calme. En plus, il ne décryptait pas encore suffisamment bien le rire pour être sûr qu'ils se payaient sa tête. N'empêche c'était à lui que LeVray souriait, et en plus il lui lança :

« Salut, le revenant.

— Salut, LeVray », répondit Andy.

Il ne voulait pas l'appeler Truc, ça paraissait tellement bête, même pour un surnom, pourtant LeVray en était fier, à croire qu'il faisait de lui quelqu'un de vraiment spécial.

« Comment ça va ? »

LeVray tira une bouffée de sa cigarette, cala son gros bide contre la table, se rejeta en arrière, puis leva la tête et, désireux de mieux se marrer, souffla une volute de fumée vers le plafond.

« On te voit pas beaucoup, ces temps-ci, claironna-t-il. T'es devenu trop bien pour nous maintenant que tu crèches Fulton Street ? »

Calme, se répéta Andy, calme et gentil. Il haussa les épaules.

« Tu sais comment c'est », lâcha-t-il.

LeVray, encore plus souriant, le jaugea du regard

tandis que les autres à sa table, souriant eux aussi, attendaient la suite.

« À ce que je racontais aux gars, poursuivit LeVray, j'ai entendu dire qu'il y avait eu un miracle dans ta nouvelle baraque. »

Andy laissa passer une minute ou deux.

« Comment ça ? » fit-il en gardant une voix pleine de douceur.

À présent, LeVray ricanait presque carrément.

« Ta nana a pas eu un môme sans même avoir été en cloque ? Moi, c'est ce que j'appelle un miracle. »

Une vague d'hilarité réprimée secoua la tablée. Andy regarda le plancher en grimaçant, puis avança d'un pas nonchalant, sa chope de bière à la main. Il s'arrêta devant LeVray, qui portait une chemise de bûcheron et une salopette en jean. Il était glacé de la tête aux pieds, comme sous le coup d'une sueur froide, alors qu'il avait la peau sèche. C'était un sentiment qu'il connaissait bien, où se mêlait une sorte de quasi-allégresse et une sorte d'effroi joyeux qu'il n'aurait pas pu expliquer.

« Gare à ce que tu dégoises, mon pote », dit-il.

LeVray, feignant la surprise et l'innocence, leva les mains.

« Pourquoi ? Qu'est-ce que tu vas faire, tu vas me mettre ce que t'es pas fichu de mettre à ta nana ? »

Les autres étaient encore en train de se disperser à la vitesse grand V quand Andy, d'un rapide mouvement du poignet, balança sa bière dans la gueule de LeVray, brisa le bord de sa chope contre la table et plaqua le tesson de verre contre le cou gras et mou du gravos. Alentour, le silence se déploya comme de vives ondulations. Une femme éclata de rire et se vit brutalement obligée de se taire. Dans sa tête, Andy se représenta clairement le barman juste derrière lui en train d'attraper avec précaution la batte de base-ball qu'il coinçait derrière deux portemanteaux derrière le bar.

« Pose cette chope », lança LeVray qui essayait de jouer les durs mais dont le regard trahissait la peur.

Andy essayait de penser à quelque chose de bien à lui retourner, peut-être une réplique comme quoi Truc était plus vraiment si fiérot à présent, quand, dans son dos, un poing le frappa maladroitement sur la tempe et te lui fit siffler l'oreille. Le voyant sonné, LeVray poussa un cri terrifié et, se dérobant devant le tesson, bascula avec sa chaise et s'étala de tout son long par terre ; malgré son oreille qui sifflait, Andy manqua éclater de rire en entendant le bruit mat de la grosse tête du Truc contre le plancher, en voyant s'envoler les semelles de ses bottes. Puis ils se regroupèrent à trois ou quatre derrière lui et il tenta de se tourner pour se défendre avec son bout de verre, mais ils l'avaient déjà maîtrisé, derrière lui, l'un d'eux l'agrippa à la taille pendant qu'un deuxième refermait les mains sur son poignet et le lui tordait comme s'il serrait le kiki d'un poulet, si bien qu'il lâcha sa chope en miettes, non parce qu'il avait mal mais parce qu'il craignait de se couper. De nouveau sur pied, LeVray, un sourire puant placardé sur sa grosse gueule, s'avança et brandit le poing – saisi d'une sorte d'intérêt rêveur, Andy se demanda pourquoi il n'avait encore jamais remarqué que LeVray était gaucher – tandis que les autres tenaient Andy solidement par les bras afin de permettre au Truc de prendre tout son temps pour viser et lui coller un premier chtar à gerber dans le bide.

Il revint à lui dans un étroit passage bétonné qui empestait la bière aigre et la pisse. Étendu sur le dos, il fixait une bande de ciel étoilé et des bribes de nuages pressés. Il avait dans la bouche un goût de sang et de vomi. Les douleurs, dans diverses parties de son anatomie, se disputaient son attention. Penché sur lui, quelqu'un lui demandait s'il allait bien, ce qui lui parut sacrément cocasse, vu la situation, mais il décida de ne pas se risquer à rigoler. C'était le barman, Andy se rappelait pas son nom, un mec bien, un bon père de famille qui dans l'ensemble savait éviter les bagarres.

« Tu veux que je t'appelle un taxi ? » proposa-t-il.

Andy répondit que non et réussit à reprendre la position assise, puis, au bout d'un moment, avec l'aide du barman, à se remettre péniblement et par étapes debout. Il marmonna que son camion était garé devant, le barman hocha la tête et affirma qu'il était dingue d'envisager de prendre le volant, qu'il avait peut-être un traumatisme crânien, mais il répliqua qu'il allait très bien, qu'il fallait qu'il rentre, que sa femme allait s'inquiéter et le barman – Pete, voilà comment il s'appelait, Andy avait brusquement retrouvé la mémoire, Pete Machinchose – lui indiqua une porte en acier au bout du passage, laquelle débouchait sur une allée qui longeait le bar et menait jusqu'à la rue déserte et le parking en face où son semi-remorque était garé. Ledit semi-remorque avait l'air comme accusateur, tel un grand frère qui aurait veillé tard à l'attendre. Il avait l'impression que son cerveau s'était dilaté et faisait une taille de plus que sa boîte crânienne, et les muscles de son ventre, là où LeVray lui avait collé son premier gnon, étaient noués à la façon d'un plein sac de poings.

Il était minuit quand il descendit Fulton Road en roue

libre et qu'il arrêta son camion dans des grincements devant la maison. L'étage était plongé dans le noir et seul un mince rai de lumière filtrait sous le store de la fenêtre de la chambre de Cora Bennett ; il soupçonnait Cora l'esseulée de dormir avec la lumière. Il parvint à s'extraire de la cabine en frémissant de douleur mais toujours sous le coup de l'excitation de la bagarre qui nerveusement lui faisait l'effet d'une luminescence de champignon. L'air de la nuit d'automne était frais et il n'avait que son coupe-vent sur lui, mais il n'avait pas envie de rentrer si tôt. Il grimpa les marches du porche en traînant la patte – quelqu'un lui avait flanqué un coup de pied dans la cheville – et s'assit sur la balancelle en veillant à ne pas faire craquer les chaînes : il ne voulait pas que Claire déboule en chemise de nuit et l'enquiquine en se mettant en quatre pour lui, du moins pas pour le moment. Il avait mal à la tête, mal au genou gauche et à la cheville, il avait un coin de la bouche complètement entaillé et une molaire qui remuait, pourtant il était surpris de ne pas être plus gravement amoché. Il avait causé pas mal de dégâts lui-même, avait collé quelques bons gnons, filé un coup de pied dans les noix à LeVray, planté le pouce dans le nez d'un mec et le lui avait à moitié arraché quand un type, il ne savait pas qui, avait surgi derrière lui et l'avait frappé sur le crâne avec un truc, sans doute un barreau de chaise. Il rejeta la tête contre la balancelle et poussa un long soupir tout en tenant son torse endolori à deux mains. Il y avait beaucoup de vent, les nuages sillonnaient des cieux aussi noirs et brillants que de la peinture et le noyer agitait bruyamment ses feuilles mortes. La pleine lune jouait à cache-cache avec les nuages ; elle ressemblait au visage gras et souriant de LeVray. « Un miracle », avait dit ce dernier. Tu parles d'un miracle. Andy alluma une cigarette.

Il repensait à tout ça ou du moins pensait à tout ce qu'il fallait qu'il pige de cette histoire – jusqu'à ce soir, il n'avait juste pas imaginé que les gens sauraient que cette gamine n'était pas la sienne ; quelle andouille on fait des fois ! – quand, derrière lui, il entendit s'ouvrir la porte de la véranda. Il ne se tourna pas, ne bougea pas d'un iota, resta simplement assis là, à regarder le ciel et les nuages et, l'espace d'un instant, il observa la scène comme de l'extérieur, la rue ventée, la lune qui surgissait et disparaissait au-dessus de la cour, le porche dans l'obscurité totale, lui, endolori et silencieux et, dans son dos, Cora Bennett, un vieux manteau jeté par-dessus sa chemise de nuit, qui sans rien dire levait lentement la main pour le caresser. On aurait cru une de ces fameuses scènes de cinéma où le public sait exactement ce qu'il va se passer mais retient quand même son souffle. Il ne broncha pas lorsque les doigts de Cora débusquèrent la bosse sur son crâne, à l'endroit où le barreau de chaise s'était abattu. Puis, au lieu de s'asseoir auprès de lui, elle fit le tour de la balancelle, s'agenouilla devant lui et approcha son visage du sien. Il nota son haleine ensommeillée et les effluves fatigués de sa poudre de la veille. Ses cheveux dénoués lui dégoulinaient de part et d'autre de la figure à la manière d'un rideau tailladé. D'une chiquenaude, il balança son mégot qui décrivit une spirale rougeoyante avant d'atterrir dans la cour.

« Tu es blessé, constata Cora, tu as le visage chaud, je le sens. »

Du bout des doigts, elle effleura les ecchymoses sur sa mâchoire et sur le coin de sa bouche tuméfiée et il la laissa faire sans broncher. Lorsqu'elle s'approcha encore plus, la pénombre happa son visage encadré par ses cheveux et le dépouilla de toute singularité. Ses lèvres, fraîches et sèches, ne ressemblaient absolument pas à celles de Claire et, quand elle l'embrassa, il n'y avait dans son baiser rien de l'avidité ni de l'anxiété de Claire : il eut la sensation d'avoir été embrassé par une sorte de haut fonctionnaire, dans le cadre d'une cérémonie ; ce fut comme si quelque chose avait été scellé.

« Hummm, s'écria-t-elle en se reculant, tu as un goût de sang. »

Il plaça les mains sur ses épaules. Il s'était trompé : elle n'avait pas de chemise de nuit, elle était nue sous son manteau.

C'était bizarre. Cora avait, à ce qu'il présumait, dix ans de plus que lui et son ventre portait des marques qui donnaient à penser qu'elle avait dû avoir un enfant autrefois. Mais où était l'enfant et où était le père ? Il ne posa pas de questions. La seule photographie qu'il repéra, dans un beau cadre argent, montrait un chien, un Yorkshire, se dit-il, affublé d'un nœud autour du cou, assis et souriant, langue pendante.

« Ça, c'est Rags, expliqua-t-elle en tendant son bras nu pour se saisir du cadre. Bon sang, qu'est-ce que j'ai aimé ce corniaud. »

Ils étaient assis sur son lit maintenant, elle au chevet, nue, un oreiller sur les genoux, lui au pied, en caleçon, appuyé contre le mur à se boire une bière. Les ecchymoses sur sa cheville, son genou et partout sur sa cage thoracique viraient déjà au bleu ; il imaginait aisément la tête qu'il avait. L'unique source de lumière provenait d'une lampe à abat-jour sur la table de nuit et, sous cet éclairage, tout dans la pièce paraissait s'affaisser comme si les lieux se fanaient dans la chaleur humide du radiateur à vapeur qui bourdonnait et hoquetait sous la fenêtre. Depuis une heure qu'il était là, c'est à peine s'il avait parlé et encore s'était-il contenté de murmurer, mal à l'aise à l'idée que sa femme dormait quelque part pas loin au-dessus de lui. Sa nervosité amusait Cora Bennett, il le voyait bien. Là, elle l'observait avec un léger sourire sceptique à travers la fumée de sa cigarette. À l'image de tout le reste dans la baraque, ses seins, aplatis sur le devant, tombaient ; à la lueur de la lampe, ils avaient une couleur d'ambre luisante ; elle avait pressé le visage endolori d'Andy entre ses deux globes de sorte qu'une goutte de sa sueur avait roulé dans la bouche du jeune homme et piqué sa lèvre fendue. Il n'avait jamais été avec une femme aussi vieille qu'elle. Ça avait quelque chose de honteusement excitant : comme s'il avait couché avec la mère de son meilleur ami, s'il avait eu un meilleur ami. À la fin, une fois apaisé le violent orage qu'ils avaient attisé entre eux, elle l'avait serré dans ses bras en dorlotant son corps blessé et brûlant, ainsi qu'il avait parfois vu Claire le faire avec la petite. Il ne se rappelait pas sa propre mère l'avoir jamais serré ainsi, avec autant de tendresse.

Puis, à sa grande surprise, il se retrouva à lui parler de son projet, de son grand projet. Il n'en avait encore jamais parlé à personne, même pas à Claire. Le dos contre le mur de la chambre, la bouteille de bière calée entre ses genoux – la bière était chaude maintenant, mais il ne s'en souciait pratiquement pas –, il le lui exposa en détail, il allait se débrouiller, une automobile de première classe, une Caddy ou une Lincoln, et monter un service de limousine. Il emprunterait l'argent au vieux Crawford, celui-là, il aimait se prendre pour John

D. Rockefeller, le bienfaiteur des travailleurs ; il était certain de rembourser ce prêt en moins d'une année, avec peut-être même de quoi commencer à envisager une deuxième limousine et un autre chauffeur. En cinq ans, il aurait une flotte de voitures – du doigt, il écrivit son nom dans l'air : *Service de limousines Stafford, Des trajets de rêve* – et, lui, il serait au volant d'une Spyder 550 écarlate, direction l'Ouest. Cora Bennett écouta tout ça avec un mince sourire qui, dans n'importe quelle autre circonstance, aurait suscité la fureur d'Andy. Peut-être croyait-elle qu'il ne s'agissait que d'un rêve de routier mais il y avait des trucs qu'elle ne savait pas, des trucs qu'il ne lui avait pas racontés, par exemple la promesse de la mère supérieure comme quoi elle allait parler à Josh Crawford pour qu'il arrête les camions et décroche un autre boulot mieux payé. Elle avait mentionné une place de chauffeur de taxi mais jamais il ne conduirait un taxi pouilleux. N'empêche, peut-être que la bonne sœur pourrait lui débrouiller un rendez-vous avec Josh Crawford. Il était certain de réussir à convaincre le vieux, d'une manière ou d'une autre, de lui avancer le cash. Ils n'imaginaient pas, la sœur Machinchose ni Josh Crawford ni aucun d'entre eux, tout ce qu'il savait sur leur micmac avec les bébés. Il se voyait chez le père Crawford, là-bas à North Scituate, peinard devant une bonne tasse de thé dans une grande pièce avec des palmiers et une baie vitrée, Josh Crawford en face de lui sur son fauteuil roulant, une couverture sur les genoux, terreux, les mains tremblantes, tandis qu'il lui expliquait calmement qu'il avait découvert beaucoup de choses sur le trafic de bébés et qu'un chèque de cent mille dollars, par exemple, l'aiderait énormément à garder le silence...

Cora Bennett avait glissé sur le lit et son pied émergea de dessous le drap pour se faufiler dans le caleçon d'Andy qui se leva et enfila sa chemise et son pantalon. Assis sur le bord du lit, il chaussait ses bottes quand elle se mit à genoux tant bien que mal, avança lourdement et se colla contre son dos, comme Claire aimait faire, de sorte qu'il sentit ses seins et son ventre nus plaqués contre lui.

« Il est tard », grommela-t-il en essayant de ne pas paraître irrité, alors qu'il l'était.

Elle lui lâcha un rire sourd et brûlant à l'oreille tandis que ses mains s'aventuraient vers son sexe. Il devait reconnaître qu'elle était sacrément douée. Sa bouche toute mince était capable de vous bricoler des trucs spéciaux, des trucs que personne, et certainement pas Claire, lui avait encore jamais faits. Elle lui demanda quand elle le reverrait mais il ne répondit pas, se contenta de se tourner, de l'embrasser à la va-vite, puis se releva en bouclant sa ceinture.

« À un de ces jours alors, Tex », lui lança-t-elle avec ce même sourire.

Nue et à genoux sur le lit à la lumière de la lampe, elle avait les seins aplatis, les mamelons sombres et brillants à l'image de ses ecchymoses à lui.

Elle l'appelait Tex, le Texan. Andy n'était pas sûr d'apprécier. Il avait l'impression qu'elle se payait sa tête.

Il sortit par la porte principale, contourna la maison – quelque chose se carapata alors dans les branches du noyer – et gravit péniblement l'escalier de bois, puis franchit la porte-fenêtre. Le silence régnait dans la maison et la lumière n'était toujours pas allumée, constata-t-il avec soulagement. Il était laminé et son genou et sa bouche entaillée lui faisaient un mal de chien. Il entra dans la chambre en boitant, sans bruit ou presque, mais bien entendu Claire se réveilla. Elle se souleva sur un coude et consulta les aiguilles lumineuses du réveil à côté d'elle.

« Il est tard, s'exclama-t-elle, t'étais où ? »

— Nulle part. »

Elle répliqua qu'il avait une drôle de voix et, étant donné qu'il ne répondait pas, alluma la lampe. Lorsqu'elle vit sa bouche entaillée et sa pommette tuméfiée, elle tressaillit comme si on l'avait ébouillantée et après ce fut le tralala habituel. Qu'est-ce qui lui était arrivé ? Qui lui avait fait ça ? Il y avait eu une bagarre ? Planté immobile au milieu de la pièce, les bras ballants et les yeux baissés, il attendit qu'elle arrête. Est-ce que les bonnes femmes ressentaient vraiment tout ça, se demanda-t-il, ou bien cette agitation, ces cris perçants et ces mains qui se tordaient ne constituaient-ils qu'une façon de passer la première minute d'une épreuve, le temps de décider de la conduite à tenir ? Elle ne tarda pas à se calmer, puis fila à la salle de bains d'où elle revint avec une pile de carrés de coton, du Lysol ou autre chose et de l'eau chaude dans un récipient émaillé. Elle le força à s'asseoir sur le bord du lit et le tamponna avec un désinfectant qui le piqua. Lui, il songeait à Cora Bennett, allongée en dessous dans la lumière jaune maussade de sa lampe de chevet et la colère le reprit. Il se sentait affaibli, comme s'il lui avait permis de le déposséder de quelque chose, de quelque chose en lui que personne n'aurait jamais dû même entrevoir. Pourtant, ce qui l'enrageait le plus, ce n'était pas le souvenir de ce qu'ils avaient partagé ensemble dans son lit ni la manière dont ça risquait de l'affecter, mais le fait qu'il lui avait parlé de son projet de Limousines Stafford.

« Qu'est-ce qu'il t'est arrivé ? répéta Claire, calme maintenant qu'elle avait à s'occuper. Dis-moi, ajouta-t-elle d'un ton presque impérieux, dis-moi pourquoi tu t'es battu. »

Penchée sur lui, elle pressait un carré de coton humide contre son visage ; il percevait la chaleur douillette de son corps. Elle avait des mains habiles et fortes, étonnamment fortes pour une fille aussi maigrichonne. Il se rendit compte qu'il était materné, pour la deuxième fois de la nuit, mais quelle différence cette fois, il n'y avait rien de la brûlante tendresse de Cora. Claire plaça la main sur sa nuque pour l'empêcher de bouger, appuya sur l'endroit tuméfié et il tressaillit. Soudain, sans que rien le justifie, il comprit que ce n'était pas un des potes de LeVray qui l'avait estourbi avec le barreau de chaise, mais le barman, Pete le foutu barman avec sa batte de base-ball ! Il le revit dans le passage, ce petit dur d'Irlandais avec son nez de boxeur, courbé au-dessus de lui et lui demandant s'il allait bien. Évidemment que ça ne pouvait être que lui : c'était naturel qu'il se range aux côtés de LeVray et compagnie. Andy serra les poings sur ses genoux. Allez savoir pourquoi, cette trahison était le truc qui le mettait le plus en colère maintenant, plus en colère même que lorsqu'il avait cassé la chope et l'avait plaquée contre la gorge de LeVray. Il revit Pete, ce petit salopard, émergeant de derrière le bar et se mettant en position, levant la batte dans ses mains dans l'attente du bon moment pour la lui abattre sur la nuque. Eh bien, il ne perdait rien pour attendre, le Pete : une de ces nuits quand il aurait fermé, qu'il franchirait cette fichue porte en acier et qu'il déboulerait dans l'allée pour rentrer chez son Irlandaise de bourgeoise et ses Irlandais de moutards, Andy serait là, à l'attendre, avec un démonte-pneu...

Claire avait ôté le carré de coton de son front et scrutait son visage.

« Qu'est-ce qu'il y a, Andy ? Qu'est-ce qui ne va pas ? »

Il se leva prestement, un flamboiement de douleur rouge dans le bide, poussa Claire de côté et gagna la fenêtre en boitant.

« Qu'est-ce qui ne va pas ? répéta-t-il dans un rire furieux. Qu'est-ce qui ne va pas ? La moitié de Boston se fout de moi dans mon dos, bordel... voilà ce qui ne va pas. Andy Stafford, le pauvre con infoutu de la lever ! »

Claire poussa un petit cri de souris.

« Mais c'est..., bredouilla-t-elle. Comment peuvent-ils dire ça ? »

Il jeta un regard noir vers le noyer qui frissonnait sous le vent. Elle savait, il l'avait entendu dans sa voix, elle savait ce qu'ils racontaient sur lui ; depuis le début, elle avait su comment ça allait se passer, comment les gens parleraient de ça, comment ils déformeraient les choses et se moqueraient de lui à son insu et elle ne l'avait pas prévenu. En dépit de sa colère, une partie de lui, de glace et un peu en retrait, calculait, jugeait, s'interrogeait sur ce qu'il faudrait faire après, ce sur quoi il faudrait s'interroger après. Ça avait toujours été comme ça avec lui, d'abord la rage et ensuite la froideur glaciale. Puis il repensa à Cora Bennett et une nouvelle vague de fureur et de ressentiment le submergea, ressentiment contre Cora, contre Claire et le bébé, contre cette maison, contre South Boston, contre son boulot, et remonta jusqu'à Wilmington et sa famille minable, son vieux qui ne valait pas beaucoup mieux qu'un clodo et sa mère dans son tablier marron pareil à celui de Cora Bennett, sa mère qui sentait l'alcool bon marché et les cigarettes mentholées dès neuf heures du matin. Il avait envie de coller le poing dans ce foutu carreau, il le sentait presque, la vitre qui pétait et lui entaillait la chair puis le coupait jusqu'à l'os, net et blanc.

Derrière lui, Claire était tellement silencieuse qu'il avait pratiquement oublié sa présence. Puis, de cette voix de petite fille qui lui agaçait les dents, elle suggéra :

« On pourrait réessayer. Je pourrais voir un autre docteur...

— Il te dirait la même chose que le premier. »

Il ne s'était pas détourné de la fenêtre. Il lâcha un rire amer.

« Je devrais m'accrocher une pancarte autour du cou. *Les mecs, c'est pas moi, c'est pas moi qui peux pas !* »

Il entendit qu'elle inspirait précipitamment et s'en réjouit.

« Je suis désolée, murmura-t-elle.

— Oui, moi aussi, je suis désolé. Désolé de m'être laissé convaincre de prendre cette gamine. D'où vient-elle d'ailleurs ? D'une pute irlandaise, j'imagine.

— Andy, ne dis... »

Elle vint se poster derrière lui et posa une main sur sa nuque pour le masser, ainsi qu'il la laissait faire parfois. Là, il se déroba avec brusquerie et le regretta, mais seulement à cause de la douleur, laquelle avait quelque chose de liquide, comme si son crâne était à moitié rempli ou presque d'un truc huileux, stagnant, qui se déplaçait désagréablement chaque fois qu'il bougeait. Une voiture passa dans la rue, elle roulait sans se presser, en feux de position ; une Studebaker, vert pâle, on aurait dit, avec un toit blanc. Qui pouvait bien emprunter cette rue à quatre heures du matin ?

« Viens te coucher », lui conseilla tendrement Claire d'une voix lourde de fatigue ; soudain épuisé, il se tourna et la suivit avec docilité.

En retirant sa chemise, il se demanda si elle n'allait pas remarquer l'odeur de Cora Bennett sur lui et se rendit compte que ça lui était égal, complètement égal.

11.

Quirke ne se considérait pas comme quelqu'un de courageux, ni même peut-être d'audacieux. Le fait est que son courage physique ou autre n'avait jamais été mis à l'épreuve et qu'il n'avait jamais pensé que ça puisse lui arriver. Guerres, meurtres, vols avec violences, agressions avec instruments contondants, les journaux regorgeaient d'histoires de ce type mais elles semblaient se produire ailleurs, dans une sorte de monde parallèle gouverné, régi par des êtres humains d'une espèce différente, plus violents et bien plus formidables et vicieux que ceux qu'il avait l'habitude de rencontrer. Certes, les victimes de cet autre univers de conflits et d'effusion de sang étaient constamment soumises à son attention de spécialiste – il avait souvent l'impression d'évoluer dans un hôpital de campagne, loin derrière la ligne de front, hôpital où on n'amenait que les morts et jamais les blessés –, mais il n'avait pas envisagé que ce serait peut-être lui un jour qui déboulerait sur un chariot dans la salle de dissection, ensanglanté et brisé, telle la pauvre Dolly Moran.

Quand, ce soir d'automne, les deux brutes émergèrent du brouillard et se matérialisèrent derrière lui, il comprit aussitôt qu'elles appartenaient à cet autre monde, ce monde qu'il ne connaissait jusqu'à présent que par la lecture des journaux. Ils avaient l'air gaillardement implacables ; ils ne reculaient devant rien, ces deux-là. Chez eux, la rage archaïque, la souffrance ou bien le manque d'amour s'étaient durcis et mués en une sorte d'indifférence, une forme de tolérance presque, si bien qu'ils cognaient, estropiaient, aveuglaient ou tuaient sans animosité, effectuant leur tâche quotidienne méthodiquement, en pensant à autre chose. Ils avaient une petite odeur un peu sucrée, une odeur qui évoquait le renfermé et que Quirke connaissait mais que, sur le moment, il ne put identifier. Il s'était arrêté au coin de Fitzwilliam Street pour allumer une cigarette quand ils l'encadrèrent soudain, le mince au visage rougeaud sur sa gauche et le gros à la tête massive sur sa droite. Le mince sourit et porta le doigt à son front en une sorte de salut. Avec ses joues rouges irritées et son nez si crochu que la pointe touchait pratiquement sa lèvre inférieure, il rappelait étrangement M. Punch, la cruelle marionnette.

« Bonsoir, Captain », lança-t-il.

Sans répondre, Quirke les regarda tour à tour et traversa prestement la rue. Les deux, toujours à sa droite et à sa gauche, lui emboîtèrent le pas, s'adaptant sans mal à son allure, même le mastar, dont la tête sphérique et d'une grosseur prodigieuse était dotée d'une paire d'yeux minuscules qui ressemblaient à des perles de verre ; ses vilains cheveux lui pendouillaient autour de la figure, comme les franges d'un balai serpillière ; lui, il incarnait Judy, la rombière à M. Punch. Quirke s'obligea à ne pas presser le pas et à marcher normalement – mais qu'est-ce qui était normal ? Sur le mode de la conversation, le rougeaud lui dit :

« Nous, on te connaît. »

Son gros copain renchérit :

« C'est vrai. »

En arrivant au coin de Mount Street, Quirke s'arrêta. Des employés de bureau, voûtés pour se défendre de la brume environnante, passaient à côté d'eux – des témoins, songea Quirke, d'innocents spectateurs – sans que Punch et Judy semblent leur prêter attention.

« Écoutez, s'écria Quirke, qu'est-ce que vous voulez ? Je n'ai pas d'argent sur moi. »

M. Punch parut trouver cette remarque très amusante. Il pencha la tête en avant et avisa Judy la gravos à la droite de Quirke.

« Il nous prend pour des mendiants ! »

Judy la gravos éclata de rire et, comme incrédule, hocha sa grosse tête.

Quirke crut bon d'afficher un air de simple irritation et de perplexité exaspérée ; après tout, il était un citoyen qui rentrait chez lui après le boulot et que ce tandem effronté empêchait de profiter des innocents plaisirs de la soirée. Il jeta un coup d'œil autour de lui. Il faisait bien plus sombre qu'une minute plus tôt et le brouillard était beaucoup plus dense.

« Qui êtes-vous ? » demanda-t-il.

Il avait tenté d'exprimer une vertueuse indignation mais sa question ne refléta que de la maussaderie.

« Un avertissement, lui expliqua M. Punch, voilà ce qu'on est. »

Et il se remit à ricaner, content de lui ; content comme Guignol.

Quirke poussa un grognement furieux, balança sa cigarette – il l'avait oubliée et elle s'était éteinte – et s'éloigna à grandes enjambées vers son immeuble.

L'incident lui rappelait la scène chez McGonagle's l'autre jour quand il avait saisi l'importance précise des remarques de Costigan : il n'avait pas peur à proprement parler, étant donné qu'il était dans un lieu public et tout près de chez lui et d'un refuge, mais il pressentait qu'un changement dramatique allait se produire et le terrasser. Comme dans un rêve, toute tentative de fuite paraissait inutile, car il avait beau accélérer, Punch et Judy soutenaient aisément le rythme.

« On t'a vu traîner, poursuivit M. Punch. Pas recommandé par ce temps.

— Tu pourrais te choper un rhume », renchérit le gros.

Punch acquiesça, son nez crochu montant et descendant à la façon d'une faucille.

« Tu pourrais attraper la mort, ajouta-t-il en se penchant encore une fois vers son compagnon. Pas vrai ?

— T'as raison, renchérit Judy la gravos. Attraper la mort, c'est certain. »

Ils arrivèrent devant l'immeuble et Quirke s'arrêta ; il dut faire un effort pour se retenir de ne pas grimper les marches quatre à quatre.

« C'est ta crèche ? lui lança M. Punch. Sympa. »

Quirke se demanda si par hasard le tandem avait l'intention d'entrer avec lui, de gravir l'escalier, de se faufiler par la porte et de pénétrer dans l'appartement et... et quoi ? Il avait réellement peur à présent mais cette peur se traduisait par une sorte de léthargie et entravait tout raisonnement. Que fallait-il faire ? Fallait-il qu'il tourne les talons et détale, fallait-il qu'il se précipite dans le vestibule et crie à M. Poole de prévenir la police ? À cet instant précis, le tandem s'écarta enfin, recula, M. Punch le rougeaud refit son fameux salut, le doigt à son front, et brailla :

« Alors, salut, Captain, à la revoyure. »

Et subitement, ils se fondirent dans l'obscurité et le brouillard en ne laissant derrière eux qu'une très légère trace de leur odeur, que Quirke identifia enfin. C'était l'odeur de renfermé, doucereuse, sucrée et poivrée du vieux sang.

Le bruit strident de la sonnette le tira brutalement du sommeil. Il s'était endormi dans un fauteuil à côté du poêle à gaz. Il avait rêvé qu'on le poursuivait dans une version de la ville qu'il n'avait encore jamais vue, larges avenues animées, arcades de pierre, jardins d'agrément ornés de statues, d'étangs à poissons et de topiaires d'une complexité folle. Il n'avait pas vu ses poursuivants mais savait qu'il les connaissait, qu'ils étaient impitoyables et n'auraient de cesse de l'avoir rattrapé. Quand il se réveilla, il était affalé sur son siège, la tête de travers et la bouche béante. Il s'était débarrassé de ses chaussures et avait retiré ses chaussettes. Une averse crépitait contre le carreau. Les yeux plissés, il consulta sa montre et s'aperçut avec surprise qu'il n'était pas encore minuit. La sonnette retentit de nouveau, deux coups furieux, prolongés. Il nota non seulement le son de la sonnette mais le vrombissement électrique du petit battant en action contre le dôme de métal. *Pourquoi des arcades ? Pourquoi des topiaires ?* Ouvrant grand les yeux et papillonnant des paupières, il se leva pour aller à la fenêtre, remonta le châssis à guillotine et passa la tête dans la nuit orageuse. Le brouillard s'était dissipé et il ne restait plus que vent et pluie. Phoebe se tenait au milieu de la rue, les bras serrés autour d'elle. Elle n'avait pas d'imperméable.

« Ouvre-moi, lui cria-t-elle. Je me noie ! »

Il attrapa une clé dans une coupe sur le manteau de la cheminée et la lui jeta. Elle tournoya en lançant des éclairs à travers l'obscurité, puis tinta avec un bruit métallique sur la chaussée et la jeune fille dut vite s'accroupir pour la récupérer. Il referma la fenêtre et, n'ayant aucune envie de risquer une rencontre avec M. Poole l'insomniaque, l'attendit sur le seuil de l'appartement. En se penchant au-dehors, l'empiècement de sa chemise avait été mouillé et il avait les épaules humides. Du coup, avec ses pieds nus, il éprouva une agréable sensation de fraîcheur. Il entendit la porte d'entrée s'ouvrir et, quelques secondes plus tard, un léger souffle nocturne monta l'escalier et lui caressa le visage. Brises, bises, murmures du vent dans les arbres, tous ces petits mouvements d'air lui avaient toujours paru émouvants ; il se rendit compte qu'il était encore à moitié dans son rêve. Des voix s'élevèrent brièvement du rez-de-chaussée – Poole avait dû accoster Phoebe –, puis la jeune fille gravit les marches d'un pas mal assuré. Il descendit à sa rencontre jusqu'au retour, la regarda monter vers lui, avec ses épaules dénudées et luisantes et ses cheveux mouillés qui lui faisaient une tête à la Méduse ; pieds nus comme lui, elle avait glissé l'index sous la bride arrière de ses chaussures qu'elle trimballait, une à chaque main, et serrait son sac carré sous son bras. Elle était vêtue d'une robe en satin bleu nuit et ruisselait.

« Nom d'un chien ! » marmonna Quirke.

Elle revenait d'une soirée. Un taxi l'avait déposée en bas. Elle pensait avoir oublié son imper quelque part.

« Le fait est, dit-elle en articulant avec difficulté, que je suis un peu éméchée. »

Il la conduisit au canapé dans les bruissements détrempés du satin de sa robe et la fit asseoir. Elle jeta un coup d'œil alentour en souriant bêtement.

« Nom d'un chien, Phoebe », répéta-t-il en se demandant comment et dans quel délai il allait pouvoir se débarrasser d'elle.

Il redescendit jusqu'à la salle de bains pour y récupérer une serviette qu'il lui déposa sur les genoux en revenant. Elle continuait à examiner les lieux d'un œil trouble.

« Je vois chaque truc en double ! annonça-t-elle avec une fierté ravie.

— Sèche-toi les cheveux, rétorqua Quirke. Tu esquintes le meuble. »

La tête sous la serviette, elle enchaîna :

« Si je suis mouillée, c'est juste parce que tu m'as fait poireauter très longtemps. En plus, je me suis trompée et j'ai lâché mon taxi à Lower Mount Street. »

Il fila fouiller sa chambre pour lui dénicher des vêtements secs. Quand il regagna le salon, elle avait laissé tomber la serviette par terre et, plus gorgone que jamais, cillait et fronçait les sourcils, les cheveux droit sur le crâne.

« C'était qui le bonhomme en bas ?

— Ce devait être M. Poole.

— Il portait un nœud papillon.

— Oui.

— Il m'a demandé où j'allais. J'ai dit que tu étais mon oncle. Je pense qu'il ne m'a pas crue, expliqua-t-elle en gloussant. Oh oh, j'ai la goutte au nez », ajouta-t-elle en s'essuyant du revers de la main.

Là-dessus, elle réclama à boire.

Il alla remplir la machine à café à la cuisine, puis la mit à passer sur le gaz. Ensuite de quoi, il prépara un plateau avec une tasse, du sucre et un pot à lait.

« C'était où, cette soirée ? » lui cria-t-il.

Sa réponse lui revint, étouffée.

« Ça te regarde pas. »

Il risqua un coup d'œil par la porte entrebâillée mais battit en retraite en voyant Phoebe en sous-vêtements, qui, les bras levés, retirait sa robe bleue par la tête. Elle avait la taille légèrement épaissie des filles Crawford, sa mère et sa tante, et leurs longues jambes bien galbées. Dans la cafetière, le café émettait des borborygmes mais Quirke décida d'attendre afin de laisser à la jeune fille le temps de se changer.

Quand il emporta le plateau au salon, Phoebe, vêtue du pull-over et du pantalon, trop grand et clownesque, qu'il lui avait prêtés, tripotait le mannequin en bois.

« Arrête ça », lui ordonna-t-il sèchement.

Elle obéit mais ne se tourna pas et resta là, tête baissée et bras ballants, pareille à une marionnette qu'on actionne avec des ficelles.

« Tiens, reprit-il moins sèchement, voici ton café. »

Elle pivota alors et il vit de grosses larmes enfantines rouler sur ses joues. Il soupira, posa le plateau par terre devant le canapé et l'enlaça avec précaution. Elle se laissa faire mollement, puis appuya le visage contre son épaule et lui dit quelque chose.

« Pardon ? grommela-t-il en s'efforçant de chasser toute sècheresse de sa voix – pourquoi les femmes, toutes les femmes, pleuraient-elles autant ? Je ne t'entends pas. »

Elle s'écarta et, entre deux sanglots bruyants, lui confia :

« Ils ne veulent pas que je me marie ! Ils ne veulent pas que je me marie avec Conor Carrington ! »

Il se détourna, fonça vers la cheminée et attrapa une cigarette dans le vieux coffret en argent sur le manteau, cadeau de mariage de Sarah et Mal.

« Ils disent que je ne peux pas me marier avec lui parce qu'il est protestant ! cria Phoebe. Ils disent qu'il ne faut plus que je le voie ! »

Il n'y avait plus d'essence dans le briquet ; il tapota ses poches ; il avait grillé sa dernière allumette pour démarrer le poêle. Il alla vers le buffet au plateau de marbre sur lequel traînait un exemplaire du *Evening Mail* de la veille, en déchira un bout en bas de page, révélant ainsi une publicité pour une pièce de théâtre sur la page suivante. En revenant sur ses pas, il alluma le bout de papier à la flamme du gaz. Ses mains ne tremblaient pas, absolument pas. Le tabac était vieux ; il fallait qu'il pense à réapprovisionner le coffret.

« Alors ? insista Phoebe, outrée et consternée derrière lui. Tu ne réagis pas ? »

Punch et Judy, proclamait la publicité, *la comédie à succès – plus que trois représentations !* Oh, M. Punch, qu'est-ce tu cherches donc ?

« Explique-moi ce que tu aimerais m'entendre dire.

— Tu pourrais faire semblant d'être choqué. »

Ayant cessé de pleurer, elle renifla un bon coup. Elle n'avait pas attendu grand-chose en termes de soutien mais avait espéré qu'il lui manifesterait au moins un peu de compassion. Elle l'étudia d'un œil indigné. Il paraissait encore plus détaché que d'ordinaire. D'aussi loin qu'elle se souvenait, il avait occupé cet appartement

– quand elle était petite, sa mère ne venait jamais seule ici et la prenait comme chaperon, pensait-elle déjà à l'époque –, cela dit, aujourd'hui encore, il n'avait pas l'air plus à l'aise dans ce décor. Et là, en le voyant circuler nu-pieds, avec ses épaules larges, ses petits pieds et son grand dos massif, il avait l'allure d'un animal sauvage, d'un ours éventuellement ou bien d'un gorille blond incroyablement beau, en captivité depuis des années mais n'ayant toujours pas compris qu'il était bouclé dans une cage.

Elle alla se poster à côté de lui, face à la cheminée, les coudes sur le manteau contre lequel il s'appuyait. Elle n'était plus soûle – d'ailleurs, elle ne l'avait pas vraiment été, elle avait voulu que Quirke le croie –, juste ensommeillée et triste. Elle observa les photographies encadrées devant elle.

« Tante Delia était tellement ravissante, dit-elle. Tu étais là quand... ? »

Quirke fit non de la tête. Il ne la regardait pas. Son profil, songea-t-elle, rappelait le profil d'un empereur sur une pièce ancienne.

« Raconte-moi, le pressa-t-elle d'une voix douce.

— On s'était disputé, déclara-t-il d'un ton égal, terre-à-terre et un rien impatient. Je suis sorti me bourrer la gueule. Puis je me suis retrouvé à l'hôpital, à lui tenir la main, et elle était morte. Elle était morte et, moi, j'étais encore bourré. »

Elle se remit à étudier les photos dans leurs cadres en argent luxueux. Elle effleura celle où ils étaient tous les quatre en tenue de tennis, suivit du bout des doigts le contour de leurs visages : son père, Sarah, Quirke et cette pauvre Delia qui n'était plus là, tous si jeunes, souriants et ne redoutant apparemment rien.

« Elles se ressemblaient vraiment beaucoup, hein, même pour des sœurs, maman et tante Delia ? remarqua-t-elle. Tes deux amours perdus. »

Il refusa de lui répondre et elle haussa les épaules, remua la tête avant de se diriger vers le buffet où elle ramassa le journal qu'elle fit mine de lire.

« Bien entendu, reprit-elle, ça t'est égal qu'ils m'interdisent de l'épouser, non ? »

Elle jeta le quotidien, revint au canapé où elle s'assit en croisant les bras furieusement. Il s'approcha d'elle, se mit sur un genou et lui servit un café.

« C'était de l'alcool que je voulais », brama-t-elle en détournant la tête en un refus enfantin.

Il reposa la cafetière sur le plateau, alla se chercher une nouvelle cigarette, déchira une autre bande de papier journal – par hasard, il déchira cette fois la publicité pour la pièce de théâtre –, se pencha et la porta vers la flamme du gaz.

« Tu te souviens de Christine Falls ? demanda-t-il.

— Qui ? »

Elle avait répondu sur le mode de la rebuffade, refusait toujours de le regarder.

« Elle a travaillé un moment pour ta mère.

— Tu parles de Chrissie, la bonne ? Celle qui est morte ?

— Tu te souviens d'elle ?

— Oui. – Haussement d'épaules. – Je crois que papa s'était toqué d'elle. Elle était jolie, dans un genre plutôt fadasse. Pourquoi tu me demandes ?

— Tu sais de quoi elle est morte ? »

Elle fit non de la tête.

« D'une embolie pulmonaire. Tu sais ce que c'est ? »

Des trucs remuaient en lui, pareils à de la boue au

fond d'un puits. Qui avait envoyé ces deux brutes pour lui faire peur ? « Un avertissement, voilà ce qu'on est. »

« Un truc qui a un rapport avec les poumons ? avança Phoebe d'une voix de plus en plus endormie. Elle avait la tuberculose ? »

Elle s'allongea sur le canapé, replia les jambes et posa la tête sur un coussin. Elle soupira.

« Non, poursuivit Quirke. C'est quand un caillot de sang remonte jusqu'au cœur.

— Mmm.

— J'ai vu un cas remarquable l'autre jour. Un vieux bonhomme grabataire depuis des années. On l'a ouvert, on a incisé la paroi de l'artère pulmonaire et, toc, il était là, gros comme le pouce et une bonne vingtaine de centimètres de long, une énorme corde de sang coagulé. »

Il s'interrompit, lui jeta un coup d'œil et s'aperçut qu'elle avait sombré dans le sommeil avec la muflerie de la jeunesse. Comme elle avait l'air fragile et vulnérable dans ce pull-over en loques et ce pantalon en velours trop grand. Il s'empara d'une couverture posée sur le dossier du fauteuil près de la cheminée, la déplia et l'en recouvrit avec précaution. Sans ouvrir les yeux, elle prit une inspiration frémissante, se frotta vigoureusement la lèvre supérieure, marmonna, puis retomba dans sa torpeur en se pelotonnant dans la chaleur de la couverture. Quirke retourna à la cheminée et, le dos toujours calé contre le manteau, la contempla. Il eut beau résister, il se mit à songer à Christine Falls et à son enfant perdu, pensée qui s'insinua dans son esprit à la façon d'une lame de couteau qu'on introduit de force entre un cadre de porte et la porte fermée. Christine Falls, Mal, Costigan, Punch et Judy...

« Attention, dit-il à voix basse à la jeune fille

endormie, ce n'est pas du tout de ça qu'elle est morte, cette pauvre Chrissie, d'une embolie pulmonaire. C'est juste ce que ton papa, qui s'était toqué d'elle, a écrit dans son dossier. »

Il alla à la fenêtre devant laquelle il ne tirait jamais les rideaux. La pluie avait cessé ; quand il approcha sa figure du carreau, il aperçut une lune pressée et les dessous blafards des nuages éclairés par les lumières de la ville. Il jeta un nouveau coup d'œil vers Phoebe, ouvrit le sac à paillettes qu'elle avait laissé sur la table et y trouva le carnet d'adresses en vachette rouge qu'il lui avait offert pour son dernier anniversaire ; il le feuilleta, puis se dirigea vers le téléphone, se saisit de l'appareil et composa un numéro.

Il était encore derrière le carreau quand Conor Carrington arriva : du coup, il ouvrit la fenêtre et lui lança la clé à lui aussi pour qu'il n'ait pas à presser la sonnette car, même à trois étages de distance, M. Poole, contrairement à sa femme, avait l'ouïe fine. Sur le canapé, Phoebe dormait encore. Il avait mis ses affaires, sa robe, sa combinaison, ses bas, à sécher sur une chaise devant le poêle à gaz. Il dut la secouer fort par l'épaule avant qu'elle n'émerge et, quand elle le fit, elle le regarda avec de grands yeux de lapin terrorisé et parut prête à repousser la couverture et à se lever d'un bond pour prendre ses jambes à son cou.

« Tout va bien, lui dit-il avec brusquerie. Le jeune Lochinvar est venu te sauver. »

Il récupéra les vêtements sur la chaise pendant qu'elle se redressait et s'attardait un moment, tête basse, puis se remettait debout en vacillant. Elle humecta ses lèvres asséchées par le sommeil, ramassa ses affaires et se laissa guider vers la chambre à coucher.

Conor Carrington était du genre, Quirke le nota, à passer une porte de biais ; plus que d'entrer dans une pièce, il s'y faufilait. Il était grand et souple avec un long visage pâle et les mains fines, malléables et blanches de l'héroïne phtisique d'un des romans sentimentaux les plus sombres de l'ère victorienne. Ou du moins est-ce ainsi que Quirke, à sa façon cynique, le perçut. En réalité, Quirke dut en convenir, Carrington était beau garçon, quoique plutôt falot. Quant à Carrington, il n'appréciait manifestement pas Quirke qui néanmoins ne l'intimidait pas peu, ce dernier s'en rendit compte. Il portait un mini-pardessus en tweed sur un costume sombre à rayures tout à fait digne de l'homme qui, présentement, semblait ne pas devoir devenir son beau-père et trimballait un chapeau mou qu'il tenait, du bout des doigts, par son bord retourné ; il avait l'allure, songea Quirke, d'un homme qui arrive malgré lui aux funérailles de quelqu'un qu'il connaissait à peine. Il rendit la clé à Quirke, qui le délesta également de son chapeau mou et nota l'hésitation avec laquelle il s'en défaisait, comme s'il craignait de se le voir confisquer.

En entrant dans le salon, de biais encore une fois, Carrington jeta un coup d'œil interrogateur sur les lieux et Quirke lui dit :

« Elle sera prête dans une minute. »

Carrington acquiesça en plissant des lèvres étonnamment pleines et roses ; un petit gars à sa maman.

« Que s'est-il passé ? demanda Carrington.

— Elle a assisté à une soirée, sans vous, à l'évidence. Vous devriez la surveiller de plus près. »

Quirke désigna le plateau par terre.

« Une tasse de café ? Non ? C'est aussi bien... il doit être froid maintenant. Une cigarette ? »

De nouveau, le jeune homme hocha la tête.

« Pas de vices du tout, hein, monsieur Carrington ? Ou puis-je vous appeler Conor ? Vous pouvez m'appeler monsieur Quirke. »

Carrington refusa d'ôter son pardessus.

« Pourquoi est-elle venue ici ? marmonna-t-il avec maussaderie. Elle aurait dû me téléphoner. Je l'ai attendue toute la soirée. »

Quirke se détourna pour cacher sa grimace ; à quelle heure ce type allait-il généralement se coucher ?

« À ce qu'elle m'a dit, ils ne veulent pas qu'elle vous épouse. »

Carrington le regarda avec de grands yeux. Apparemment, ils étaient presque de la même taille, l'un costaud et l'autre mince, mais c'est seulement parce que je suis pieds nus, se dit Quirke avec satisfaction.

« Ils n'aiment pas votre clique, j'en ai peur », ajouta-t-il.

Le front de Carrington prit un éclat rosé.

« Ma clique ? » répéta-t-il en s'éclaircissant délicatement la gorge.

Quirke haussa les épaules ; il ne voyait pas l'intérêt de poursuivre sur cette voie-là.

« L'avez-vous réellement demandée en mariage ? »

Une fois de plus, Carrington se vit contraint de toussoter doucement dans son poing.

« Il ne me paraît pas souhaitable que nous ayons cette conversation, monsieur Quirke. »

Quirke haussa de nouveau les épaules.

« Vous devez avoir raison. »

Phoebe sortit de la chambre. À sa vue, Conor Carrington arqua les sourcils, puis se rembrunit. Ses cheveux frisottaient à cause de la pluie et l'ourlet de sa robe humide lui collait aux jambes. D'une main, elle tenait ses bas, encore gris d'humidité aux talons et aux orteils, et, de l'autre, ses sandales à talons hauts ; le pantalon en velours de Quirke était jeté en travers de son bras.

« Qu'est-ce que tu fais ici ? » s'écria-t-elle.

Carrington lui retourna un regard sinistre.

« M. Quirke m'a téléphoné. »

La réponse, monocorde, tomba à plat. Il baissa la voix pour prendre une tonalité plus rauque.

« Allez viens, je vais te ramener chez toi.

— Ah oui, vraiment ?

— Je t'en prie, Phoebe », répliqua-t-il dans un brusque murmure désapprobateur.

Quirke avait repris sa place près de la cheminée et les regardait tour à tour, tel un spectateur à un match de tennis.

« Moi, mon vieux, à votre place, je la mettrais dans un taxi, dit-il. Ça ne se passera pas trop bien chez Griffin si vous déboulez à trois heures du matin au volant d'un vieux roadster avec, à vos côtés, Honoria Glossop avachie, bourrée et en train de pousser la chansonnette. »

Phoebe lui décocha un petit sourire malin et complice.

« Allez, lança Carrington un peu désespéré à Phoebe, enfile tes chaussures. »

Sa voix avait repris sa tonalité criarde.

Mais Phoebe, en équilibre précaire sur une jambe, façon cigogne, était déjà en train de se chausser et faisait force grimaces pour exprimer la gêne et l'agacement qu'elle éprouvait à essayer d'enfoncer le pied dans le cuir mouillé qui résistait. Carrington ôta son pardessus pour le poser sur les épaules de Phoebe et, malgré lui, Quirke fut touché par la sollicitude tendre de son geste.

D'où venait Carrington... de Kildare ? De Meath ? Riches terres par là-bas, riche héritage. Quand il aurait joué au juriste durant quelques années, sans doute serait-il heureux de retourner s'occuper des terres de ses ancêtres. Certes, il était jeune, mais l'avenir remédierait à cela. Tout bien réfléchi, Phoebe aurait pu choisir pire, songea Quirke.

« Conor », dit-il.

Les deux jeunes gens s'arrêtèrent et se retournèrent en même temps, offrant deux visages juvéniles, candides et dans l'expectative.

Le doigt levé, Quirke l'exhorta :

« Vous devriez vous battre. »

12.

Quirke avait convenu de retrouver Barney Boyle au pont de Baggot Street. Ils se baladèrent sur le chemin de halage que Quirke avait emprunté avec Sarah ce fameux dimanche qui semblait désormais bien lointain. C'était le matin, un soleil terne luttait pour percer la brume de novembre et un silence surnaturel régnait partout alentour, comme si les deux hommes étaient seuls dans la ville. Barney portait un manteau noir qui lui battait quasiment les talons ; pas ceinturé et pas boutonné, il tourbillonnait autour de ses grosses jambes courtaudes à la manière d'une lourde cape pendant qu'il avançait en trottinant. À la lumière naturelle, il avait un côté timide et un peu ahuri. Il déclara que ça faisait longtemps qu'il n'avait pas mis le nez dehors le matin et qu'à ce qu'il constatait le monde ne s'était pas du tout arrangé. Une toux rauque le secoua.

« Trop d'air pur pour toi, affirma Quirke. Tiens, prends une clope. »

Il gratta une allumette et Barney se pencha en avant pour placer son poing de bébé en coupe autour de la flamme et toucha du bout du doigt le dos de la main de Quirke, lequel, comme toujours, fut surpris de ce drôle de petit geste d'intimité, un des rares admis entre hommes ; il se rappela qu'on racontait que Barney aimait bien les garçons.

« Ah, nom de Dieu, soupira Barney en rejetant un cornet de fumée dans le brouillard, ça va mieux. »

En dépit des rumeurs qui circulaient sur ses inclinations homosexuelles, Barney, poète du peuple et scénariste de la classe ouvrière, vivait avec sa femme, une aquarelliste distinguée et assez bien de sa personne qui le supportait depuis longtemps, dans une vénérable maison dotée d'un mur d'enceinte blanc et sise à Donnybrook-sur-Verdure. Il conservait cependant ses contacts dans le vieux et vilain monde qui l'avait engendré. Quirke ayant voulu des informations, Barney était allé se renseigner à droite, à gauche, comme il le formulait.

« Oh, toutes les rivettes connaissaient Dolly Moran », déclara-t-il.

Quirke opina. Il présumait que les rivettes étaient des prostituées, mais comment Barney était-il arrivé à ce vocable ? Rivettes rimait avec tringlette ou bien y avait-il un rapport avec flageolet ? À première vue, Barney se créait son propre argot.

« C'était chez elle qu'elles allaient toquer quand elles étaient dans le pétrin.

— Quel genre de pétrin ?

— Quand elles se gagnaient un invité surprise... tu sais bien.

— Et la Dolly te leur réglait le problème ?

— D'après elles, c'était une championne de l'aiguille à tricoter. Et apparemment, elle ne leur facturait rien non plus. Elle le faisait pour la gloire.

— En ce cas, comment vivait-elle ?

— Elle ne manquait de rien. En tout cas, c'est ce qui se raconte.

— Qui pourvoyait à ses besoins ?

— Le ou les intéressés ne sont pas cités au bataillon. »

Quirke scruta le brouillard d'un air sourcilleux.

« Mate ces connards », s'exclama Barney en s'arrêtant.

Trois canards, qui pataugeaient au milieu des laîches, poussaient de petits coin-coin plaintifs.

« Bon sang, qu'est-ce que je déteste ces machins à pattes. »

Là-dessus, il s'anima.

« Je t'ai déjà raconté l'histoire de mon père et des canards ?

— Oui, Barney. Un paquet de fois. »

Barney fit la moue.

« Oh bon, excuse-moi. »

Il avait terminé sa cigarette.

« On va s'en jeter une ? proposa-t-il.

— Nom de Dieu, Barney, il est onze heures du matin.

— Ah oui ? Pétard, on ferait mieux de se manier alors. »

Ils se rendirent au 47, sur Haddington Road. Ils étaient les seuls clients. L'odeur de tabac froid de la nuit précédente flottait encore dans l'atmosphère ensommeillée. Les coudes sur le comptoir, le barman, en manches de chemise et bretelles, lisait les pages sportives de l'*Independent* de la veille. Barney commanda une bouteille de Porter et un *ball of malt*, un whisky, pour faire glisser la Porter. La puanteur de la bière brune et les exhalaisons âcres du whisky firent frémir les narines de Quirke.

« Et le tandem qui m'a pisté, dit-il, tu as déniché quelque chose sur eux ? »

Barney détacha sa petite bouche rouge de bébé du bord de sa chope et essuya une fine moustache d'écume sur sa lèvre supérieure.

« Celui avec le nez semble être Terry Tormey, le frère à Ambie Tormey qui fricotait avec l'Animal Gang.

— Ambie ? fit Quirke en l'interrogeant du regard.

— Le diminutif d'Ambrose... me demande pas pourquoi.

— Et l'autre ?

— Un nommé Callaghan... Callaghan ? Non : Gallagher. Un peu lent, pas une lumière. Mais dangereux quand il se met en branle. Si c'est le même gus. »

L'auriculaire tendu, il leva son verre de whisky en effectuant un délicat moulinet du bras, vida sa boisson d'un trait, grimaça, produisit un bruit de succion, reposa son verre et regarda le barman.

« *Aris, mo bhuachalin* », marmonna-t-il.

Sans se presser et sans faire de commentaires, le barman remplit une nouvelle mesure en étain de liqueur ambre qu'il versa avec un tintement dans le verre à cet effet. Les deux hommes suivirent en silence cette brève cérémonie, puis Quirke régla. Barney pria le barman de laisser la bouteille. Histoire de blaguer, il lança : « Mieux vaut une bouteille sous le pif qu'un coup de pied au cul » et coula en douce un regard timide vers Quirke ; désormais, toutes les blagues de Barney étaient des emprunts notoires. Une pensée effleura Quirke : « C'est Falstaff sur le tard », ce qui, il le savait pertinemment, ne faisait pas de lui le roi. Il commanda un café, comme on appelait ça, une lichette de sirop noirâtre provenant d'une bouteille carrée : *Irel, le Irish*

Coffee allongé d'eau chaude et y ajouta trois grosses cuillerées de sucre. Qu'est-ce que je fabrique ? se demanda-t-il et Barney, comme s'il lisait en lui, le dévisagea d'un air interrogateur avant de lui lancer de son ton très Donnybrook :

« T'es un peu dépassé, hein, Quirke ? Terry Tormey et son dingue de pote, ces mecs – la Dolly Moran qui a été butée. Dans quoi tu t'es embarqué, dis donc ! »

C'est par une autre matinée brumeuse que Quirke, vêtu de son manteau noir et tenant son chapeau à la main, tomba en sortant de chez lui sur l'inspecteur Hackett, chapeauté lui aussi et en gabardine de flic, qui musardait sur le trottoir de Mount Street en se fumant une cigarette. À la vue du policier, de son large visage plat et de son sourire faussement affable, Quirke éprouva un frisson de culpabilité. Trois jeunes nonnes sur de hautes bicyclettes noires, trois paires de jambes camouflées pédalant sagement à l'unisson, passèrent devant eux. L'atmosphère humide de la matinée empestait la fumée et les gaz d'échappement. C'était l'hiver, songea Quirke sombrement, et il allait disséquer des cadavres.

« Bonjour, monsieur Quirke, lança l'inspecteur, jovial, en écrasant son mégot sous sa botte. J'étais dans le coin justement et je me suis dit que je pourrais peut-être vous attraper au vol. »

Quirke descendit les marches à pas comptés et coiffa son chapeau.

« Il est huit heures et demie et vous étiez justement dans le coin. »

Le sourire de Hackett s'élargit en un rictus indolent.

« Ah, c'est sûr que j'ai toujours été un lève-tôt. »

Ils s'ébranlèrent d'un même pas et tournèrent en direction de Merrion Square.

« Je suppose, poursuivit Quirke, que, gamin, vous vous leviez à cinq heures pour traire les vaches ?

— Diable, comment le savez-vous ? » riposta Hackett en gloussant.

Quirke, qui envisageait de prendre du champ, scruta discrètement la rue à la recherche d'un taxi. Il avait passé la soirée chez McGonagle's et se méfiait de ce qu'il pouvait être amené à raconter, or Hackett était d'une cordialité particulièrement insidieuse. Malheureusement, il n'y avait pas de taxis. Dans Fitzwilliam Street, ils se retrouvèrent au milieu d'une foule d'employés de bureau emmitouflés qui se dirigeaient vers Government Buildings. Hackett alluma une autre cigarette. Il toussa et Quirke ferma brièvement les paupières en entendant vibrer les filaments de mucus dans les bronchioles de l'inspecteur.

« Y a-t-il eu des rebondissements dans l'affaire Dolly Moran ? » demanda-t-il.

Hackett garda le silence un moment, puis partit d'un éclat de rire sifflant qui lui secoua les épaules. Surprises et en proie à une froide désapprobation, les grandes façades aux fenêtres hautes parurent le regarder avec mépris.

« Ah, nom de Dieu, monsieur Quirke ! répliqua-t-il, fort réjoui, sans doute allez-vous très souvent au cinéma. »

Il souleva son chapeau, s'essuya le front avec le gras du pouce et remit son couvre-chef en l'inclinant davantage.

« Des rebondissements maintenant... attendez que je voie. Nous avons un jeu complet d'empreintes, bien sûr, et deux mèches de cheveux. Oh, et un mégot de cigarette... une Balkan Sobranie, j'ai reconnu la cendre au premier coup d'œil – et une patte de singe, un porte-bonheur abandonné là par une personne d'origine orientale, un lascar, vraisemblablement. »

Il sourit, pointa le bout de la langue entre ses dents.

« Non, monsieur Quirke, il n'y a pas eu de rebondissements. À moins, bien entendu, que vous ne qualifiez de rebondissement le fait que l'on m'ait dessaisi de l'enquête. »

Tandis que Quirke écarquillait les yeux, il se tapota l'aile du nez sans cesser de sourire.

« Ordres d'en haut », ajouta-t-il à mi-voix.

Devant eux se dressait le dôme massif du Parlement ; subitement, ce gigantesque pudding de pierre tapi derrière ses grilles parut malveillant à Quirke.

« Que voulez-vous dire, grommela-t-il en avalant sa salive... que voulez-vous dire par des ordres d'en haut ? »

L'inspecteur se borna à hausser les épaules.

« Rien de plus que ce que je viens de vous dire, déclara-t-il en contemplant ses bottes. Vous êtes tout seul, monsieur Quirke, sur l'affaire de feu Dolly Moran. S'il doit y avoir des rebondissements, comme vous les appelez, il faudra alors, j'en ai peur, que quelqu'un d'autre se charge du rebond. »

Ils arrivèrent à l'angle de Merrion Street et s'arrêtèrent au milieu de la foule des fonctionnaires et des dactylos qui se hâtaient vers leurs bureaux. Sur le trottoir opposé, le policier en faction devant les grilles du Parlement les observa avec une molle curiosité. Il avait probablement reconnu Hackett, se dit Quirke, car ce dernier était très connu dans la police.

« Je me demande, monsieur Quirke, si vous n'auriez pas quelque chose à me confier, non ? insista l'inspecteur en plissant les yeux pour l'observer à la dérobée. Car le fait est que vous me paraissez être un homme sur lequel pèse un secret. »

Il fixa Quirke.

« Serais-je dans le vrai ?

— Je vous ai rapporté tout ce que je savais, rétorqua d'un ton presque maussade Quirke en portant son regard ailleurs.

— Parce que voici ce qu'il en est, poursuivit Hackett. Avant que je ne sois dessaisi de l'affaire – et, allez savoir, c'est peut-être pour ça qu'on me l'a retirée –, j'ai découvert que Dolly Moran avait travaillé pour la famille du juge Griffin lui-même. C'est quelque chose que vous avez omis de mentionner, l'autre jour à l'hôpital quand nous avons eu notre petite discussion, mais je suis sûr que ça vous a échappé. Enfin, voilà maintenant que vous, qui avez été marié dans cette même famille, me demandez s'il y a eu des rebondissements dans l'enquête sur l'assassinat de Dolly. Pas du tout élémentaire, moi, je dirais, docteur Quirke, hein ? »

Il sourit.

« Mais je vais vous laisser à vos activités à présent, car je suis sûr que vous êtes un homme occupé. »

Il fit mine de s'éloigner, s'arrêta, se retourna.

« À propos, ajouta-t-il sur le ton de la conversation, Dolly Moran a-t-elle évoqué devant vous la blanchisserie Mother of Mercy ? »

Quirke fit non.

« Un établissement d'Inchicore. Ils accueillent des filles dans le pétrin et les font bosser jusqu'à ce qu'elles... comment dire ?... qu'elles aient expié leur péché. J'ai entendu dire que Dolly Moran avait un lien avec cet endroit. J'ai été trouver la mère supérieure mais elle m'a juré n'avoir jamais entendu parler de quelqu'un portant ce nom-là. J'ai honte d'avouer que j'aurais plutôt tendance à ne pas accorder foi aux paroles de la sainte femme. »

Quirke s'éclaircit la gorge.

« Non, grommela-t-il. Dolly ne m'a pas parlé d'une blanchisserie. En fait, elle m'a très peu parlé. Je crois qu'elle n'avait pas confiance en moi. »

Hackett, la tête penchée de côté, l'étudiait avec l'attention scrupuleuse mais détachée d'un portraitiste qui analyse son sujet.

« On dirait qu'elle savait vraiment garder un secret, hein, constata-t-il avant de soupirer : Ah, qu'elle repose en paix, cette pauvre vieille Dolly. »

Il inclina la tête, tourna les talons et repartit dans la direction d'où ils étaient venus. Quirke le regarda s'éloigner. Oui, pauvre vieille Dolly. Une rafale de vent attrapa le bas du manteau de l'inspecteur et le fit claquer autour de lui comme une voile que l'on serre de sorte que, l'espace d'une seconde, il eut l'impression que l'homme à l'intérieur du manteau avait disparu, complètement disparu.

« ... Je suis désolée, monsieur Quirke, dit la religieuse, mais je ne peux pas vous aider. »

Elle paraissait distraite, agitée, et ne cessait d'égrener nerveusement entre ses doigts, osseux et fuselés comme de pâles brindilles, les perles d'un rosaire invisible. Il avait été surpris de constater qu'elle était belle, malgré la guimpe, ou qu'elle l'avait été. Elle était grande, anguleuse, et l'habit noir, qui descendait jusqu'au sol avec, à partir de la taille, des plis cannelés dignes d'une colonne classique, lui donnait une allure sculpturale. Ses yeux étaient bleus et si clairs qu'il eut l'impression de pouvoir – en scrutant suffisamment profond – réussir à distinguer l'étroite cavité blanche de son crâne. Elle s'appelait mère Dominique ; il se demanda quel avait pu être son vrai prénom.

« Vous me dites qu'elle est morte, reprit-elle, cette jeune fille ?

— Oui. En couches.

— Quel malheur ! »

Elle étira ses lèvres au point de les rendre exsangues.

« Et qu'est-il advenu de l'enfant ?

— Je l'ignore. C'est une des choses que j'aimerais découvrir. »

Ils s'entretenaient dans le silence glacé du vestibule dallé de noir et de blanc. De l'intérieur du corps du logis, il percevait plutôt qu'il n'entendait le grondement des machines manuelles et les voix braillardes des femmes au travail. Il flottait dans l'air une odeur humide de grandes pièces tissées, laine, coton, lin.

« Et Dolores Moran, poursuivit-il, Dolly Moran, elle non plus n'est jamais venue ici, d'après vous ? »

Elle baissa prestement les yeux en faisant non de la tête.

« Je suis désolée », répéta-t-elle dans un vague murmure.

Une jeune femme, petite, la taille épaisse et dotée d'une tignasse d'un roux flamboyant, apparut dans le couloir ; elle poussait un énorme panier à roulettes, en rotin. Sans doute était-il rempli de linge, car elle se penchait en avant, les bras tendus, la tête baissée et les jointures livides sur la poignée en bois usé, déployant toute sa force pour le faire avancer. Elle portait une ample blouse grise, des chaussettes grises qui tirebouchonnaient autour de ses grosses jambes rougeaudes et des chaussures qui ressemblaient à des bottines cloutées pour homme, sans lacets et plusieurs tailles trop grandes pour elle. Ne voyant ni Quirke ni la religieuse, elle fonçait résolument, les roues du panier couinant en un cercle de protestations répétées, de sorte qu'ils durent reculer et se plaquer contre le mur pour lui céder le passage.

« Maisie ! s'écria sèchement la mère supérieure. Par pitié, regardez devant vous ! »

Maisie pila, se redressa et les dévisagea. L'espace d'une seconde, elle parut prête à éclater de rire. Elle avait un visage large, semé de taches de rousseur et presque banal, des narines mais quasiment pas de nez et une petite bouche rouge qui donnait l'impression d'avoir été placée à l'envers.

« Désolée, ma mère », dit-elle sans paraître désolée le moins du monde.

Elle dévisagea Quirke avec un vif intérêt, examina le costume en tweed à chevrons, son coûteux manteau noir, le feutre mou qu'il tenait entre ses mains. Une de ses paupières s'abaissa brusquement – était-ce un tic, se demanda-t-il, ou lui avait-elle adressé un clin d'œil ?

« Continuez maintenant », décréta mère Dominique, non sans avoir adouci le ton.

Mère Dominique, se dit Quirke, ne semblait pas vraiment faite pour le job, quel qu'il fût.

« Bien, ma mère », répondit Maisie qui, après avoir décoché un nouveau clin d'œil aguichant à Quirke, se pencha sur son panier et s'éloigna bruyamment.

Mère Dominique, de plus en plus pressée de se débarrasser de lui, longeait le mur pour se rapprocher peu à peu du vestibule aux vitraux par lequel il était entré. Tout en la suivant, il faisait tourner lentement le bord de son chapeau entre ses doigts, un peu comme elle, plus tôt, avait égrené l'invisible rosaire entre les siens. En dépit des dénégations de la religieuse, il était convaincu que Christine Falls avait passé au moins un certain temps dans les lieux avant que Dolly Moran ne l'héberge à Stoney Batter. Il imagina la jeune femme parcourant ces couloirs dans une blouse gris souris pareille à celle de Maisie, sa blondeur artificielle gommée par son banal châtain d'origine, ses doigts rouges et écorchés et, dans son ventre, l'enfant qui gigotait déjà avec impatience. Comment Mal pouvait-il l'avoir condamnée à un lieu pareil ?

« Comme je vous le dis, déclara mère Dominique, nous n'avons pas eu de Christine Falls ici. Je m'en souviendrais. Je me souviens de toutes nos pensionnaires.

— Que serait-il advenu de son bébé, si elle l'avait eu ici ? »

La nonne s'obstina à fixer le voisinage des genoux de Quirke. Elle continuait à glisser vers la sortie et il ne pouvait que la suivre.

« Elle n'aurait pas pu l'avoir ici.

— Pardon ?

— Cet endroit est une blanchisserie, monsieur Quirke, pas une maternité. »

S'animant un instant, elle s'autorisa à le défier du regard, puis baissa de nouveau les paupières.

« En ce cas, où serait-il né ?

— Je n'en sais vraiment rien. Les filles qui viennent chez nous ont... elles ont déjà... accouché.

— Et que pourrait-il être advenu des bébés qu'elles auraient laissés derrière elles après avoir été expédiées ici ?

— Ils auront été adressés à des orphelinats, bien entendu. Ou souvent ils... »

Elle s'interrompit. Ils étaient arrivés à la porte vitrée du vestibule qu'elle poussa avec un soulagement non déguisé avant de s'effacer devant lui. Pourtant, il s'arrêta sur le seuil et lui fit face. Il la dévisagea intensément pour essayer de l'obliger à céder, à lui donner quelque chose, ne fût-ce qu'une miette, mais elle se déroba.

« Ces filles, monsieur Quirke, ajouta-t-elle avec froideur, elles se retrouvent en difficulté sans personne pour les aider. Souvent, elles sont rejetées par leurs familles. Après, on nous les envoie.

— Oui, répliqua-t-il sèchement, et je suis sûr que vous représentez un grand réconfort pour elles. »

L'iris transparent de ses yeux azur parut pâlir une seconde, comme si, un bref instant, un gaz s'était formé derrière. Était-ce de la colère qui flambait là ? Les vitraux de la porte à panneaux derrière la mère supérieure rappelèrent à Quirke un ciel criard écartelé par l'orage et, pas qu'un peu consterné, il eut la surprise de la visualiser nue en une silhouette pleine de passion et d'une blancheur frappante à la Greco.

« Nous faisons de notre mieux, vu les circonstances. C'est tout ce que nous pouvons faire.

— Oui, ma mère, dit-il d'une voix gênée et chargée de contrition forcée, car l'image d'elle nue qu'il avait suscitée refusait de se dissiper et continuait à le hanter. Je comprends. »

Une fois dehors, il fit demi-tour et descendit la colline en direction de la rivière. Le ciel pesait sous le poids sans failles d'un nuage mastic apparemment à peine plus haut que les toits des habitations qui bordaient la rue, et des rafales de lourde neige mouillée détalaient devant le vent. Il remonta le col de son manteau et abaissa le bord de son chapeau. Pourquoi s'entêtait-il pareillement ? Que représentaient-elles pour lui, Christine Falls, la bâtarde de Christine Falls ou même Dolly Moran qui avait été assassinée ? Et Mal, que représentait-il pour lui ? Malheureusement, il savait qu'il était infichu de laisser ça, cette sombre affaire embrouillée, derrière lui. Il avait une sorte de devoir, il avait une sorte de dette ; envers qui ? il n'aurait su le dire.

13.

La fameuse Crystal Gallery de Moss Manor pouvait accueillir trois cents personnes sans paraître bondée pour autant. Le millionnaire irlandais qui avait fait construire le manoir aux alentours de 1860 avait remis à son architecte une photo du Crystal Palace de Londres arrachée d'une revue illustrée et lui avait donné l'ordre de le copier. Il en avait résulté un énorme et disgracieux édifice de fer et de verre évoquant un œil d'insecte géant qui, fiché sur le flanc sud-est de la demeure, défiait du regard la baie de Massachusetts et Provincetown. À l'intérieur, un réseau de tuyauteries assurait le chauffage par le sol de la vaste salle où poussait donc une profusion de palmiers, ainsi que des dizaines de variétés d'orchidées et diverses plantes grimpantes vert foncé, lesquelles enroulaient leurs vrilles autour des piliers de fer en forme de mince tronc d'arbre et d'une hauteur vertigineuse qui déployaient leurs branches métalliques sous la verrière étincelante quelque trente mètres plus haut. Ce jour-là, de longues tables à tréteaux avaient été dressées sous les palmiers et croulaient sous des plateaux débordant de mets de fête : tranches de dinde, de jambon, d'oie, plats en argent garnis de salade de pommes de terre, épaisses parts de cake aux fruits, plum-puddings rutilants en forme de bombes d'anarchiste. Sur les tables, il y avait des coupes de punch aux fruits placées à intervalles réguliers ainsi que des rangées de bouteilles de bière pour les hommes. Sur une scène, d'un côté, un groupe de musiciens en smoking blanc jouait des musiques de film assourdissantes tandis que des couples dansaient pudiquement entre les tables. Des rameaux de houx avaient été plantés incongrûment au milieu des palmes, des serpentins en papier crépon tendus de tronc en tronc et de pilier en pilier et, au-dessus de la scène, une inscription en majuscules rouges sur une banderole en satin blanc souhaitait un Joyeux Noël à tout le personnel de Crawford Transport. Dehors, le brouillard givrant obscurcissait l'après-midi déjà sombre, les jardins ornementaux disparaissaient sous la neige et l'océan dessinait une ligne de plomb à l'avant-plan d'un front de brouillard lavande. Par moments, un carré de neige de la taille d'un bout de vitre glissait du toit et se pulvérisait ou bien cascadait dans un silence spectral le long de la verrière avant de se perdre dans les congères qui s'amoncelaient déjà au bord de la pelouse, blanc sur blanc.

La soirée avait commencé depuis à peine une heure et Andy Stafford avait déjà bu trop de bières. Fidèle à elle-même, Claire avait voulu s'installer à une table de devant afin de suivre tout ce qui se passait mais il avait insisté pour se mettre le plus loin possible de ce fichu orchestre – des mecs genre Glenn Miller, des centenaires en moyenne ou à peu près – et maintenant, assis tout seul, il lançait des regards mauvais sur sa femme qui dansait avec ce fils de pute de Joe Lanigan. La petite était couchée dans son moïse à ses pieds, même s'il ne comprenait pas comment elle pouvait dormir avec le raffut alentour. Claire avait affirmé qu'il finirait par s'habituer à la gamine mais les mois passaient et il avait toujours le sentiment de ne plus avoir de vie à lui. C'était comme dans son enfance quand son cousin Billy était venu habiter chez eux après que son vieux s'était fait sauter la cervelle avec un fusil de chasse. Le bébé était toujours là, pareil que le cousin autrefois, avec ses grosses paluches de garçon de ferme et ses cils couleur de paille, à tout regarder, à tout écouter, bouche bée.

Joe Lanigan, un routier lui aussi, était un grand Irlandais avec plein de taches de rousseur, une tête carrée et de longs bras simiesques. Il dansait comme un bouseux, en levant bien les genoux et en plongeant de côté jusqu'à ce que son poing refermé sur la main de Claire manque cogner le sol. Andy les surveillait avec aigreur. Claire n'arrêtait pas de jacasser – de quoi ? – et de faire son sourire de quand elle était surexcitée, à montrer ses gencives du haut. Le morceau s'arrêta sur une note sonore de la trompette, Lanigan recula et se cassa en un salut profond, exagéré, tandis que Claire croisait les mains sur sa poitrine, penchait la tête et battait des cils à la manière d'une héroïne de film muet avant d'éclater de rire, en chœur avec Lanigan. Lanigan retourna à sa table où son foutu copain qu'Andy se rappelait pas son nom, un petit gros coiffé en arrière qui ressemblait à Lou Costello, était installé avec deux nanas style serveuses de pizza. En s'asseyant, Lanigan regarda par-dessus son épaule Claire qui, souriant intérieurement, se faufilait entre les tables pour rejoindre Andy, puis il lâcha une remarque et le petit gros et les deux putes pouffèrent, ensuite de quoi le gros lança un coup d'œil vers Andy avec un sourire apparemment empreint de pitié.

« Oh, j'ai la tête qui tourne ! » s'écria Claire en arrivant.

Elle s'assit en face de lui, glissa les genoux sous la table, puis porta la main à ses cheveux, toujours genre star. De l'avis d'Andy, elle n'avait pas l'air d'avoir le tournis. Son chemisier avait des taches humides sous les bras. Andy se leva en décrétant qu'il allait se chercher une autre bière et, de sa petite voix la plus douce, elle lui demanda s'il ne pensait pas qu'il ferait peut-être mieux d'y aller doucement mais il la fusilla du regard alors qu'elle s'était forcée à sourire pour avancer cette suggestion. Elle ajouta que, puisqu'il était debout, il pourrait lui rapporter un punch. Dès qu'il se fut éloigné, elle se pencha vers le moïse avec encore un de ses sourires neuneus.

Il savait qu'il n'aurait pas dû, pourtant, après avoir récupéré les boissons, il fit un détour qui l'amena devant la table de Lanigan. Il s'arrêta et salua. Lanigan feignit la surprise, tourna sa grosse tête carrée, leva les yeux dans sa direction, lui demanda comment il allait et lui donna du *mon pote*. Andy répondit qu'il allait bien ; il se montra sympa, évita de balancer la moindre vanne. À l'autre bout de la table, les autres, les deux bonnes femmes et le gros – Cuddy, c'était le prénom de ce petit saligaud, ça lui revenait brusquement – l'observaient ; on aurait dit qu'ils se retenaient de sourire. La bouche pincée de Cuddy, sa bouche de nana, tressautait d'un côté.

« Hé, Cuddy, lança Andy toujours décontracté, toujours calme. Il y a un truc qui te fait marrer, hein ? »

Le gros haussa ses sourcils épais, noirs et comme teints.

« J'ai dit, répéta Andy d'une voix plus dure, il y a un truc qui te fait marrer ? »

Cuddy, qui avait trop envie de rire pour se risquer à répondre, consulta Lanigan du regard, et ce dernier intervint à sa place :

« Hé hé, s'écria-t-il en riant un peu lui aussi, vas-y mollo, Stafford. C'est Noël, où est ta bonne humeur ? »

Une des femmes gloussa et se pencha vers l'autre jusqu'à lui toucher l'épaule. Celle qui avait rigolé était grande, débraillée, et ses dents de devant étaient tachées de rouge à lèvres ; l'autre, une mince à l'allure espagnole, exposait un blanc de poulet osseux dans le V du décolleté plongeant de son chemisier.

« Je pose juste la question, insista Andy en faisant comme si les femmes n'existaient pas, vous voyez un truc marrant dans le coin, les gars ? »

Persuadés qu'il plaisantait, les gens de tables voisines le dévisageaient en souriant. Quelqu'un s'écria : « Regarde, c'est Audie Murphy[1] » et quelqu'un d'autre lâcha un rire étouffé.

« Écoute, Stafford, lança Lanigan qui commençait à manifester une certaine nervosité, on veut pas de problème, pas ici, pas aujourd'hui. »

« Où alors », allait riposter Andy, « et quand ? » mais, sentant qu'on lui effleurait le bras, il pirouetta vivement, sur la défensive. À côté de lui, Claire souriait. De sa voix fluette et joyeuse de poupée, elle remarqua :

« Ce punch va devenir chaud avant que j'aie pu y goûter. »

1. Célèbre acteur américain des années 1950. *(N.d.T.)*

Il ne sut comment réagir. Trois tables plus loin, les gens le dévisageaient à présent. Il se vit tel qu'ils devaient le voir, avec sa chemise blanche, son jean, ses bottes de cow-boy, cette boisson rose à la main et un nerf qui lui tressautait sur la joue. Lanigan, de biais sur sa chaise, leva les yeux vers Claire pour, sans rien dire, l'inviter à embarquer son petit gars et lui épargner des ennuis.

« Allez, chéri, murmura-t-elle. Partons. »

Quand ils furent revenus à leur place, le genou d'Andy fut pris d'une danse de Saint-Guy qui fit trembler la table. Claire se comporta comme si de rien n'était. Assise, le menton en appui sur un doigt recourbé, elle observait les danseurs en fredonnant et en remuant les épaules en rythme. Il s'imagina lui arracher son verre de punch, le briser contre le bord de la table, puis planter le tesson dans sa douce gorge blanche sans défense. Il avait déjà fait ça, il y a longtemps, quand il avait entaillé le visage de la plus jolie fille du lycée, la *prom queen*, qui lui avait ri au nez lorsqu'il l'avait invitée à danser, ce qui était pour lui une raison supplémentaire de ne pas remettre les pieds à Wilmington.

Josh Crawford était presque d'humeur enjouée, ce jour-là. Il aimait savourer les fruits de sa réussite et il lui était doux, à lui qui devait à présent s'avaler tant d'amertumes, de voir son personnel s'amuser au milieu de la végétation qu'abritait ce fastueux palais de verre. Il savait qu'il n'y aurait plus trop d'événements de ce genre ; celui-ci serait peut-être même le dernier pour lui. L'air alentour se raréfiait de plus en plus ; en proie à une sorte de panique au ralenti, il l'inhalait comme s'il s'enfonçait lentement sous l'eau avec juste un tube pour respirer, un tube qui devenait de plus en plus fin, tel un des fameux tubes en verre dont ils se servaient à l'école, même si son temps à l'école avait été bref et remontait à fort longtemps – comment ils s'appelaient d'ailleurs, ces fichus tubes ? Le processus de sa dissolution de plus en plus rapide lui paraissait étrangement comique. Ses poumons étaient tellement congestionnés qu'il enflait et bleuissait, à l'instar d'une espèce de grenouille d'Amérique du Sud. La peau sur ses jambes et ses pieds était aussi tendue et aussi transparente qu'un préservatif ; il blaguait avec l'infirmière quand elle lui coupait les ongles, lui recommandait de ne pas le piquer avec les ciseaux, sous peine de les exposer tous les deux à des ennuis. Qui aurait imaginé que la trahison des années l'aurait amusé à la fin ?

Là, il tapota le bras du fauteuil roulant pour que l'infirmière arrête de le pousser et s'occupe de lui. Lorsqu'en se penchant elle plaça son visage à côté du sien, il surprit son agréable odeur d'amidon ; il présumait que c'était une odeur qui le renvoyait en partie à sa mère disparue depuis belle lurette. Il lui restait si peu d'avenir que désormais ses préoccupations se focalisaient principalement sur le passé.

« Comment s'appellent les trucs que les chimistes utilisent, demanda-t-il d'une voix rauque, ces tubes en verre fin sur l'orifice desquels on met le doigt pour que le liquide à l'intérieur ne fuie pas... comment vous les appelez ? »

Elle lui lança ce regard en biais, sceptique, à moitié ironique, qu'elle lui décochait quand elle le soupçonnait de la taquiner.

« Des tubes ? répéta-t-elle.

— Oui, des tubes en verre. »

Sa patience commençait déjà à s'émousser et il tapota de nouveau le bras de son fauteuil.

« Vous êtes infirmière, bon sang, vous devriez savoir ça.

— Eh bien, non. »

Elle se redressa, disparut derrière lui et se remit à le pousser. Il ne pouvait demeurer fâché contre elle bien longtemps. Il aimait les gens qui lui tenaient tête, encore que, dans son cas à elle, il avait l'impression que c'était plus par bêtise que par courage : elle n'avait pas l'air de réaliser à quel point il était dangereux et même vindicatif. Mais peut-être que oui et qu'elle s'en moquait ? S'il n'y a pas de grand homme pour son valet de chambre, songea-t-il, peut-être un homme n'est-il pas un monstre pour son infirmière ? Le jour où elle avait débarqué au manoir, il lui avait proposé cent dollars pour qu'elle lui montre ses seins. Cinquante dollars pièce ! Elle avait écarquillé les yeux, puis avait éclaté de rire et, piqué et étonnamment décontenancé, il avait essayé de se sortir de ce mauvais pas par une fanfaronnade et avait prétendu que c'était un truc qu'il demandait à tout son personnel féminin, une forme de test, qu'elle avait passé en refusant. Ça avait été la première fois où il avait vu son vague sourire malicieux.

« Qui a dit que je refusais ? avait-elle répliqué. Peut-être que je vous les aurais montrés pour rien, si vous me l'aviez demandé gentiment. »

Mais il ne lui redemanda jamais, ni gentiment ni autrement, et elle n'avait pas réitéré sa proposition.

Ayant remarqué qu'il approchait, les couples au bord de la piste de danse s'étaient arrêtés ; duos empruntés aux allures de gamins, se dit-il méprisant, dans leurs tenues de fête criardes. À l'inverse de l'infirmière, ils connaissaient sa réputation, ils savaient ce qu'il était capable de faire quand on le provoquait et ce qu'il avait fait. Une des femmes se mit à applaudir timidement, puis son partenaire l'imita, suivi par le reste des danseurs figés sur place et, quelques instants plus tard, un tonnerre d'applaudissements retentissait dans le grand bâtiment en verre. C'était un bruit qu'il détestait ; ça lui évoquait des pingouins ou peut-être des phoques ? Il agita la main mollement en un geste papal, inclina la tête d'un côté pour saluer, puis d'un autre, en souhaitant qu'ils cessent ce raffut épouvantable, auquel les membres de l'orchestre se joignirent en se levant pour produire avec leurs instruments un chapelet de pets et de sifflets à travers lesquels il reconnut vaguement une parodie de *Hail to the Chief*, Vive le chef. Enfin, quand le dernier thuriféraire putatif eut laissé retomber ses mains et que l'orchestre se fut rassis, il tenta de s'adresser à la foule, de lui transmettre ses vœux de bonheur, mais bien entendu sa voix le trahit, il se mit à tousser, puis se plia en deux, tomba presque de son fauteuil, suffoquant, tremblant et bavant du mucus sur la couverture qui couvrait ses genoux ; l'infirmière batailla avec le robinet d'arrêt de la bouteille d'oxygène glissée sous le siège, entre les roues, puis une main se posa sur l'épaule de Crawford et une femme s'écria :

« Tu m'as appelée, chéri ? »

Rose Crawford était belle et le savait. Elle était grande et mince avec des épaules menues, une taille fine et une démarche de panthère. Elle avait de grands yeux noirs brillants, des pommettes hautes – on racontait qu'elle avait du sang indien – et regardait généralement les gens avec mépris et une ironie sardonique non dissimulée.

Josh Crawford aimait clamer qu'elle représentait son bien le plus précieux et affirmait en plaisantant qu'il l'avait échangée contre un Rembrandt ; certains pensaient que ce n'était peut-être pas qu'une blague. Elle était apparue dans sa vie – de nulle part apparemment – en exhibant à l'annulaire une bague sertie d'un diamant qui devait être, avait suggéré quelqu'un, aussi gros que la prostate de Josh. Il y avait déjà eu une Mme Crawford – deux, en réalité, la première était décédée –, mais la deuxième avait été expédiée vers une maison de repos très chic et plus personne aujourd'hui ne se rappelait trop à quoi elle avait pu ressembler, son souvenir ayant été complètement éclipsé par Rose, bien plus tape-à-l'œil. On aurait cru un conte de fées, voire plus vraisemblablement une histoire tirée de la Bible, l'union de cette femme froide mais belle et de ce vieillard méchant. Quand les gens regardaient Josh Crawford regarder sa femme tellement plus jeune que lui, ils acceptaient un moment de n'avoir ni sa richesse à lui ni sa beauté à elle.

Rose ôta avec brusquerie le masque en plastique des mains de l'infirmière et le plaqua contre le nez et la bouche de Josh. Le sifflement de l'oxygène dans le tuyau en caoutchouc lui évoquait toujours des serpents – c'est avec une affection crispée qu'elle appelait souvent Josh son vieux cobra. Aujourd'hui qu'il était lourdement affalé dans le fauteuil roulant, épaules voûtées et nez enfoncé dans la coque du masque, il ressemblait davantage à un orignal blessé. Bouche bée, les danseurs interrompus suivaient avec inquiétude le combat qu'il menait pour respirer – même s'il ne devait pas les avoir trop engraissés, se dit-elle, sans lui, ils crèveraient de faim en fin de compte – mais se détournèrent prestement lorsqu'ils surprirent le coup d'œil noir d'encre qu'elle leur lança.

Josh arracha le masque et le balança de côté.

« Emmène-moi hors d'ici ! » grommela-t-il, rageur, en suffoquant.

Il était furieux que ses employés l'aient vu dans cet état. L'infirmière fit mine de se saisir des poignées du fauteuil mais il se tortilla et lui montra le poing.

« Pas vous ! »

Il avait de l'écume blanche sur les lèvres. Rose sourit à l'infirmière avec son affabilité polie habituelle, manœuvra le fauteuil et piqua vers le passage voûté menant au manoir proprement dit. À présent, Josh griffait les bras en cuir dudit fauteuil et marmonnait dans sa barbe un mot qui ressemblait à *pipit*. Il imite les oiseaux, se dit Rose – pourquoi imite-t-il les oiseaux ? Du fond des cavernes hydropiques de son torse, Crawford produisit un grondement sourd et profond où elle reconnut un rire. Quand il reprit la parole, elle dut se pencher en avant et placer son visage à côté du sien, comme l'infirmière un peu plus tôt.

« Pas un oiseau ! » lâcha-t-il d'une voix rauque.

Encore une fois, il avait compris ce à quoi elle avait pensé ; ce mystérieux don de télépathie impressionnait Rose autant qu'il l'inquiétait.

« Une pipette, dit-il, voilà ce que c'est, le truc que les chimistes utilisent.

— C'est comme tu dis, chéri, répondit-elle avec un soupir, comme tu dis. »

Quand Claire entraîna Andy sur la piste, il refusa de danser, il était tellement soûl qu'il en était incapable. La salle tournait autour de lui et, où qu'il regarde, il découvrait des visages brillants et rouges d'avoir trop bu. Claire, inquiète de ce qu'il risquait de faire – l'expression de ses yeux à demi clos était vraiment inquiétante –, le tira par la main et le ramena à leur table en s'efforçant de sourire afin que personne autour d'elle ne devine ce qu'elle éprouvait en réalité. Christine s'était réveillée et la femme à la table voisine l'avait prise sur ses genoux et lui parlait. La gamine portait la robe de baptême en satin blanc qu'une jeune nonne de Sainte-Mary lui avait confectionnée et qui était déjà presque trop juste mais la jupe longue qui pendait de côté rappelait la queue d'une étoile, songea Claire. Elle la récupéra, sa petite étoile filante, son petit ange, l'installa sur ses genoux à elle après avoir remercié la dame qui avait pris soin d'elle, puis éprouva une pointe de tristesse quand, au regard que le couple échangea, elle devina qu'il n'avait pas d'enfant ; elle savait ce que ça faisait, ce manque. Elle fit mine de ne pas remarquer Andy qui, la dominant de toute sa taille, respirait fort, chancelait un peu et fixait Christine d'un œil mauvais, elle en était sûre, comme toujours lorsqu'il avait trop bu. Il referma les doigts autour du col d'une bouteille, rejeta la tête en arrière et avala la bière à grands traits ; en le voyant boire ainsi, Claire ne songea pas au lit avec lui cette fois mais à une mule que son père avait eue à la ferme et qui relevait la tête de la même façon et brayait, parce qu'elle était en mal d'amour, du moins à ce qu'avait affirmé son frère Matty avec un regard concupiscent, Matty qui devait mourir des années après en Corée dans un accident d'hélicoptère. Pauvre Andy, songea-t-elle, lui aussi il est en mal d'amour, parce que personne ne l'a aimé avant que je ne débarque, ce à quoi elle s'entendit ajouter, malgré tous ses efforts pour ne pas le penser, « trop tard ».

Quelqu'un qu'Andy connaissait, un des routiers avec lesquels il bossait, avait promis de les raccompagner. Ils partirent à sa recherche, Claire, la petite dans ses bras, ouvrant la marche d'un pas vif et Andy, voûté et le vin mauvais, traînant les pieds et le moïse derrière en rotant et en marmottant. Ils durent franchir les portes-fenêtres de la Crystal Gallery qui donnaient sur un haut vestibule en pierre abritant une peau d'ours devant une gigantesque cheminée et, sur les murs, des têtes d'animaux et des tableaux dans les tons bruns. L'endroit, bruyant, grouillait de gens occupés à enfiler manteaux et couvre-chaussures en se criant des au revoir et en se souhaitant un joyeux Noël. En se retournant pour s'assurer qu'Andy la suivait toujours, Claire heurta une personne qui s'était mise sur son chemin en reculant et poussa un petit cri, effrayée d'avoir failli lâcher la petite, ce qui aurait pu se produire si la personne en question ne l'avait retenue d'une main solide. Claire reconnut alors l'infirmière de M. Crawford. Elle avait une vraie tête d'Irlandaise, avec un visage large et sympa et des cheveux roux plaqués en macarons sur les oreilles et maintenus en place par la coiffe. Elle était en train de bavarder avec un des jeunes routiers et, à en juger par les apparences, sans doute flirtaient-ils, car elle avait deux taches rouges sur les pommettes et souriait encore quand elle s'était tournée et avait d'instinct soutenu le bras de Claire. « Oh, désolée ! » s'écrièrent les jeunes femmes en chœur en baissant toutes deux les yeux vers la petite Christine qui, avec sa perplexité et sa curiosité coutumières, les observait d'entre les plis de la couverture rose dans laquelle elle était emmitouflée. L'infirmière allait ajouter autre chose mais Andy arrivait, l'haleine chargée de bière et, voyant qu'il était soûl et n'ayant pas envie de se trouver sur son chemin car il avait une sale réputation, le routier avec lequel l'infirmière avait bavardé s'écarta, Claire remercia l'infirmière, les deux femmes échangèrent un sourire, puis Claire et Andy poursuivirent leur route, Andy pressant méchamment le bras de Claire pour l'obliger à se dépêcher.

Une fois qu'ils se furent éloignés, Brenda Ruttledge réfléchit un moment, sourcils froncés, puis, hochant la tête, elle chercha le routier mais il s'était perdu dans la foule.

Il fallut que le cri provenant de la chambre de la petite la tire du sommeil pour que Claire se rende compte qu'elle avait dormi. Elle était en train de rêver qu'elle était encore à la soirée et le rêve lui avait paru tellement réel qu'elle avait cru être vraiment là-bas et pas ici, chez elle, dans son lit, dans une lumière neigeuse scintillante, sans rien pour troubler le formidable silence montant des rues enneigées alentour que les cris hachés de la petite, cris familiers qui faisaient toujours battre son cœur plus vite comme, d'après ce qu'elle savait, ça n'arrivait en principe qu'à la mère naturelle. Naturelle ! Quoi de plus naturel que l'amour qu'elle prodiguait à sa petite Christine ? Elle tendit le bras et ne trouva, au lieu d'Andy, qu'une place vide encore tiède, mais déjà un peu fraîche. Il avait dû entendre la gamine avant elle et se lever. Elle surprit sa voix qui murmurait : « Chut chut ! » Puis sans doute se rendormit-elle une minute. Quand elle refit surface, c'est le silence qui la tira du sommeil, un silence qui n'augurait rien de bon. Elle ne s'élança pas immédiatement, comme elle aurait dû le faire, elle en avait conscience, mais resta là, immobile, totalement éveillée, les sens en alerte. Elle se dit par la suite qu'elle avait dû savoir, savoir inconsciemment, que c'était les derniers rares moments d'innocence et de paix qu'elle connaîtrait sur terre.

Elle ne se rendit pas compte qu'elle courait, que ses jambes la portaient, que ses pieds heurtaient le sol, elle se sentit juste traverser la pièce sans effort, sans gêne – comme le vent, tels furent les mots mêmes qui lui vinrent à l'esprit –, puis le couloir, puis elle déboula au seuil de la chambre, s'arrêta. L'endroit était plongé dans la pénombre, pourtant la scène lui parut éclairée à la façon d'un décor de tournage dont les revues de cinéma montraient parfois des photos, par une lumière crue, irréelle. Andy était debout à côté du moïse, immobile, les épaules voûtées, les genoux ployés, les yeux fermés et les sourcils arqués, à croire, songea-t-elle, à croire qu'il allait éternuer. Ce qu'il tenait dans ses mains aurait pu être un drap roulé en boule mais elle comprit bien sûr que ce n'en était pas un. Ils demeurèrent ainsi un moment incroyablement long, elle sur le seuil, lui près du moïse, puis, en l'entendant ou peut-être simplement parce qu'il avait perçu sa présence, il souleva les paupières, cilla deux ou trois fois comme une personne hypnotisée sortant d'une transe et lui lança un coup d'œil furtif, coupable, en fronçant les sourcils, en essayant, elle le vit bien, de trouver quelque chose à dire.

Tout ce silence était tellement bizarre. Elle alla jusqu'à lui et il lui remit son baluchon, le lui fourra dans les bras quasiment, on aurait juré qu'il lui offrait un cadeau, un bouquet de fleurs, par exemple, qu'il aurait tenu en l'attendant et dont il se serait lassé. La petite, en pyjama, pesait d'un poids chaud et mou entre ses mains. Claire enserra la tête dans sa paume, sentit la texture familière de la peau, pareille à un morceau de velours, lâche sur le crâne.

« Oh, Andy, murmura-t-elle comme si c'était lui et non l'enfant qu'elle eût serré dans ses bras. Qu'est-ce que tu as fait ? »

Un accident, dit-il. Un accident. Il répéta ça inlassablement, on aurait juré un truc qu'il aurait décidé d'apprendre par cœur. Ils étaient dans leur chambre maintenant et elle était assise sur le bord du lit, le dos bien droit et la petite, inerte, en travers des cuisses. Andy faisait les cent pas devant elle, il n'arrêtait pas de se passer la main dans les cheveux, du front jusqu'à la nuque. Il était en jean et en sous-vêtement – en rentrant, il avait commencé à se déshabiller, puis, trop soûl pour aller jusqu'au bout, il s'était effondré dans le lit tout habillé – et avait une paire de chaussettes blanches qui lui arrivaient à la cheville. Claire décelait la bière de la veille dans son haleine. Pourtant, il paraissait si jeune, avec ce sous-vêtement et ses chaussettes courtes. Elle arrêta de le regarder ; elle espérait, sous le coup de la lassitude et de la mélancolie, avoir la possibilité de ne plus jamais être obligée de le regarder. Elle remarqua que quelque chose brillait entre les paupières de la petite, qu'elles n'étaient pas complètement fermées. *Morte*. Elle se dit le mot intérieurement, comme s'il appartenait à une langue étrangère.

« Elle pleurait, ajouta Andy. Elle pleurait et je l'ai secouée. »

Il s'exprimait à mi-voix, d'un ton pressant, pas pour elle mais pas pour lui non plus : on aurait juré un comédien qui essaie désespérément de retenir le texte que, d'ici peu, au lever de rideau, il va devoir dire avec la force et la sincérité nécessaires pour convaincre son public.

« C'était un accident. Un terrible accident. »

Une pointe d'impatience la saisit.

« Appelle Sainte-Mary », suggéra-t-elle.

Il s'interrompit, écarquilla les yeux.

« Quoi ? »

Elle était si fatiguée soudain ; si fatiguée.

« Mère Stephanus », ajouta-t-elle en parlant lentement, distinctement, de nouveau, comme si elle s'adressait à un enfant ; peut-être que je ne pourrai plus jamais parler autrement à quiconque, se dit-elle. « À Sainte-Mary. Appelle-la. »

Il prit un air méfiant, on aurait juré qu'il flairait un piège.

« Qu'est-ce que je vais lui dire ? »

Elle haussa les épaules et, du coup, le bras inerte de la petite Christine, menotte rondouillette ouverte, roula de côté : elle aussi paraissait prête à poser une question, à demander conseil, à réclamer de l'aide.

« Dis-lui, lança Claire d'un ton subitement dur et sarcastique, dis-lui que c'était un accident. »

Puis quelque chose en elle se brisa, comme un os, lui sembla-t-il, et elle fondit en larmes.

Il la laissa là, assise sur le lit dans sa chemise de nuit en coton, le visage ruisselant et la petite sans vie sur ses genoux écartés. Quelque chose chez elle l'effrayait. Elle ressemblait à une statue de pierre qu'un Peau-Rouge ou un Chinois aurait pu adorer. Il jeta un manteau sur ses épaules et descendit l'escalier extérieur à la hâte. Des arêtes de neige gelée sur les marches avaient une dureté de verre sous ses pieds nus. L'orage s'était dissipé et le ciel haut et clair était piqueté d'étoiles scintillantes. Cora

Bennett était réveillée – elle dormait des fois ? – et elle le fit entrer par la porte de derrière. Le téléphone, lui dit-il avant qu'elle ait pu en placer une, il avait besoin de téléphoner. Elle avait cru qu'il venait pour autre chose mais après l'avoir vu et l'avoir entendu, elle hocha simplement la tête et lui indiqua le vestibule devant, là où était l'appareil. Il hésita. Elle ne portait qu'une combinaison. Il vit qu'elle avait la chair de poule sur les avant-bras.

« Qu'est-ce qu'il est arrivé ? » demanda-t-elle.

Il lui expliqua qu'il y avait eu un accident et elle opina. Comment se fait-il, songea-t-il, que les femmes n'aient jamais l'air étonnées quand quelque chose foirait ? Puis il surprit un je-ne-sais-quoi dans son œil, une lueur, une brusque âpreté, et il comprit qu'elle pensait que c'était Claire qui avait eu un accident.

Il dut chercher le numéro de l'orphelinat dans le bottin. Il y avait des douzaines d'églises, d'écoles, de couvents, tous appelés Sainte-Mary. Le téléphone était du genre démodé, une fusette avec cadran, microphone plus récepteur fixé à un crochet sur le côté. De nouveau il hésita. C'était le milieu de la nuit – y aurait-il quelqu'un pour prendre son appel ? En ce cas, quelle chance avait-il qu'on lui passe la mère si foutument supérieure ? Il composa le numéro, puis s'interrompit et demeura, le doigt dans le petit trou, à sentir avec une vague satisfaction la tension du cadran à ressort pressé contre le bord de son ongle. Cora approcha à pas de loup et se posta à côté de lui. Il n'avait encore jamais remarqué qu'elle était bien plus grande que lui. Ça ne le dérangeait pas que les femmes soient plus grandes, en fait, ça lui plaisait même. Elle lui demanda qui il appelait mais il ne répondit pas. Le manteau avait glissé d'une de ses épaules, elle le souleva et le remit tendrement en place. Ses doigts effleurèrent le cou d'Andy. Il ferma les paupières. Il ne se rappelait pas avoir pris la mioche dans le moïse. Elle criait et refusait de s'arrêter. Il ne l'avait pas secouée fort, il le savait, n'empêche fort, c'était fort comment ? Il devait y avoir eu un problème chez elle, une faiblesse dans sa tête, ça se serait manifesté tôt ou tard. C'était un accident. C'était pas sa faute. Il raccrocha, se tourna vers Cora sans rien dire, le nez baissé, elle le prit dans ses bras et pressa son visage contre son sein froid.

14.

Après, Quirke essaya de reconstituer tout ça dans sa tête, à la façon d'un puzzle. Il ne le compléterait jamais. Les détails qui lui revenaient le plus clairement étaient les plus insignifiants, l'odeur du laurier détrempé derrière les grilles du square, le reflet piqueté de pluie d'un lampadaire dans une flaque d'eau, le toucher froid et graisseux des marches sous ses doigts occupés à tâtonner désespérément. Il avait éprouvé, du début à la fin, un profond sentiment de gêne – c'était sûrement pour ça qu'il n'avait pas appelé à l'aide. Un sentiment de gêne et une forme de stupeur. Ça n'existait pas, des trucs pareils, c'est tout, et pourtant si, ses blessures le prouvaient. Il avait pensé, en se retrouvant dans l'obscurité humide et scintillante, au bas de l'escalier, qu'il allait mourir. Il avait entrevu une image de son corps blafard allongé sous les lumières impitoyables de la table de dissection et une image de Sinclair, son assistant, penché sur lui dans son tablier vert et jouant de ses mains gantées de caoutchouc à la manière d'un virtuose prêt à s'attaquer à son piano. Vive, noire, anguleuse, la douleur lui était tombée dessus de partout et il avait évoqué une autre image, celle de corbeaux à la tombée de la nuit, tournoyant inlassablement au-dessus d'arbres dénudés se découpant sur un ciel d'hiver. Ou bien non, ça, c'était l'idée qui lui était venue après, quand il avait commencé à rassembler les divers éléments de la scène. Sur le moment, il n'avait pas eu conscience que son esprit travaillait un tant soit peu, sinon pour noter des broutilles, les feuilles de laurier mouillé, le reflet du lampadaire, les marches visqueuses.

Au début, il avait cru vivre une absurde répétition d'événements et, dans la confusion des premiers instants, il avait imaginé qu'on lui jouait un tour. Le crépuscule touchait à sa fin et il longeait le square pour rentrer chez lui. Il y avait eu une fête de Noël l'après-midi à l'hôpital, une affaire compassée et épuisante, que Malachy avait présidée avec une bonhomie guindée, de sorte que Quirke, qui n'avait descendu que quelques verres de vin, se sentait l'esprit confus, les membres lourds. Un vent timide soufflait, il pleuvait par intermittence et, dans le ciel au-dessus du square, la fumée des cheminées flottait de-ci, de-là. Exactement comme la fois précédente et exactement au même endroit, le tandem avait surgi de l'obscurité sans faire plus de bruit qu'une ombre et l'avait encadré en calant sans mal son pas sur le sien. Vêtus d'un imperméable en plastique bon marché, les deux hommes allaient nu-tête. Le maigre, M. Punch soi-même, lui avait souri comme s'il regrettait d'avoir à lui faire un reproche.

« Tous nos vœux, Captain, lui avait-il lancé. Encore dehors alors qu'il fait noir et qu'il pleuviote, hein ? On vous a pas mis en garde pour ça ?

— Si, qu'on vous a mis en garde », avait renchéri Judy la gravos en hochant vigoureusement sa grosse tête ronde sur laquelle scintillait un fin semis de gouttelettes.

Puis ils s'étaient rapprochés et, épaule contre épaule, avaient commencé à le coincer. Ils étaient plus petits que lui et pas aussi forts, c'est sûr, pourtant, ainsi pris en étau, il avait eu la sensation d'être impuissant, d'être un grand gamin mou et impuissant. M. Punch avait égrené des tut-tut-tut.

« Vous êtes un bonhomme rudement curieux, vous le savez, hein ? Un vrai fouinard. »

Quirke avait eu l'intuition qu'il fallait impérativement qu'il se taise, sous peine de leur fournir un avantage, il ne savait pas trop de quel ordre, mais que c'était ainsi, il en avait eu la certitude. Ils étaient arrivés à l'angle du square. Quelques automobiles, dont les pneus faisaient un bruit de quasi-friture sur la chaussée glissante, les avaient dépassés. L'une d'elles avait ralenti dans le virage et déployé sa flèche de signalisation orange. Pourquoi n'avait-il pas appelé le chauffeur, agité les bras ni même couru et sauté sur le marchepied afin qu'une bonne âme l'embarque vers un lieu plus sûr ? Il n'avait pas bronché, et la voiture avait continué à longer le square, suivie par la longue fumée grise des gaz d'échappement.

Tous trois avaient traversé la rue pour gagner l'angle opposé. Quirke avait eu le sentiment d'un décalage presque grotesque. Il avait imaginé le trio qu'ils devaient former, eux deux voûtés avec leurs imperméables en plastique et lui immense avec son vieux pardessus en tweed croisé à l'ancienne et son chapeau noir. Les deux gars, des étudiants apparemment, passant sur le trottoir opposé remarqueraient-ils la scène, se la rappelleraient-ils, seraient-ils capables de la décrire au tribunal, *avec leurs propres mots*, ainsi qu'on risquait de le leur demander sous peu ? En dépit de la fraîcheur du jour finissant, Quirke avait senti la sueur s'amasser à la naissance de ses cheveux, sous le gros-grain de son chapeau. Il avait eu peur mais de manière distanciée, comme si sa peur avait généré une autre version de lui-même dans laquelle elle se serait installée et que lui, le lui d'origine, était contraint de veiller sur cet autre moi, celui qui avait peur, de s'inquiéter pour lui, comme il l'aurait fait, présumait-il, pour un jumeau ou un fils adulte. L'idée absurde l'avait effleuré qu'il était peut-être déjà mort, mort d'effroi peut-être, là à l'angle du square, et que le grand corps avançant à pas pesants entre ses ravisseurs sans être fichu de réagir n'était que le reste mécanique du moi qui là-bas observait, avec honte et pitié, la triste fin de son existence. La mort représentait son domaine professionnel, pourtant qu'en connaissait-il au juste ? Eh bien, apparemment il allait maintenant recevoir des informations de première main sur ce sombre chapitre.

Il n'y avait pas de lumière au pied de l'escalier et il flottait là des odeurs d'herbe urbaine et de maçonnerie mouillée. Quirke avait deviné une fenêtre à barreaux en sous-sol et, dans son dos, une porte étroite dont il avait eu la certitude qu'elle n'avait pas été ouverte depuis des années. Affalé là, les jambes tordues sous lui, la tête levée vers les grilles qui toutes portaient sur le côté une même tache de lumière projetée par le lampadaire le plus proche et vers le ciel souillé au-dessus d'elles, vaguement éclairé lui aussi par la pâle luminosité de la ville, il avait connu un moment de paix ou presque. La bruine fraîche lui picotait la figure. Vu sous cet angle, ses assaillants lui avaient paru presque cocasses quand ils avaient descendu bruyamment les marches à sa poursuite, deux silhouettes courtaudes qui se bousculaient tandis que leurs coudes et leurs genoux travaillaient comme des pistons, que leurs imperméables en plastique crépitaient. Gênés par l'exiguïté de l'espace où il s'était casé après sa chute, ils lui balançaient des coups de pied avec une concentration muette. Il s'était tourné de-ci, de-là, du mieux qu'il avait pu pour protéger ses organes vitaux, son foie, ses reins, ses parties génitales rétractées d'instinct, car il savait à quoi ces éléments de son anatomie ressembleraient quand Sinclair le disséquerait. Le tandem se démenait laborieusement sur lui, avec adresse et efficacité, le maigre déployant un raffinement de danseur de ballet ou presque, la gravos se chargeant du gros œuvre. Néanmoins, Quirke avait eu conscience qu'il y avait dans leurs efforts une certaine retenue mauvaise – ils limitaient leurs coups de pied à ses jambes et au haut de son torse et évitaient autant que possible sa tête – et s'était fait la réflexion qu'ils avaient reçu l'ordre de ne pas le tuer. Il avait accueilli ce constat avec une indifférence proche de la déception. La douleur était ce qui comptait désormais, davantage même, semblait-il, que la survie ; la douleur et le moyen de la supporter, le moyen de... le terme lui était revenu... de la gérer. À la fin, sa conscience avait trouvé la solution pour lui en décrochant. Lorsqu'il s'était évanoui, il avait cru voir au-dessus des grilles, rond et rocailleux à l'image de la lune invisible, un visage qui le contemplait avec détachement, un visage qu'il avait reconnu sans néanmoins pouvoir lui attribuer un nom. À qui appartenait-il ? Cela l'avait troublé de ne pas avoir de certitude.

Il était toujours là, ce fameux visage, la première fois où il reprit connaissance. L'obscurité était différente à présent, plus douce, plus diffuse, et il ne pleuvait pas. En fait, tout était différent. Où était-il ? Il ne comprenait pas. C'était Mal qui se penchait sur lui, maussade et soucieux. Comment avait-il su où le trouver ? Il eut l'impression que quelqu'un lui tenait la main, pourtant quand il tourna la tête pour voir qui c'était, une vague de nausée le souleva et il s'empressa de refermer les paupières. Lorsqu'il les rouvrit, à peine une minute plus tard, du moins lui sembla-t-il, Mal avait disparu et l'obscurité avait de nouveau changé, à dire vrai, ça n'en était plus une, ça ressemblait plutôt à une sorte de brume grisâtre au milieu de laquelle quelque chose pulsait lentement, immensément... c'était lui, il était cette chose qui pulsait sous le coup d'une douleur sourde, énorme, à peine croyable. Avec prudence cette fois, il tourna les yeux et vit Phoebe qui lui tenait la main et, un instant, dans l'état d'hébétement et de semi-rêverie qui était le sien, il la prit pour Delia, sa femme décédée. Elle était assise sur les marches à côté de lui, non ? Une sorte de brouillard se déployait entre eux deux, ou un banc de nuages, en tout cas suffisamment solide pour que sa main dans la sienne puisse reposer dessus. L'espace d'un moment étourdissant, il craignit de fondre en larmes. Ce n'était pas du brouillard mais un drap blanc par-dessus une couverture.

Dormir, il fallait qu'il dorme.

Quand il se réveilla de nouveau, il faisait jour ; Mal était revenu, Sarah était assise à côté du lit à la place de Phoebe et, un peu plus loin derrière elle, d'autres personnes bougeaient et bavardaient, quelqu'un éclata de rire. Des formes en papier coloré barraient le plafond.

« Quirke, murmura Sarah. Tu as repris connaissance. »

Elle sourit, ce qui parut lui demander un effort, comme si elle aussi souffrait en un sens.

Mal, debout, inhala profondément et lugubrement par les narines.

« Tu es au Mater », annonça-t-il.

Quirke remua et son genou gauche l'élança avec la virulence d'une ruche.

« C'est très mauvais ? » demanda-t-il, surpris de découvrir qu'il pouvait parler.

Mal haussa les épaules.

« Tu vas t'en sortir.

— Je parle de ma jambe. De mon genou.

— Pas si mal. On t'a mis une broche.

— Qui ? »

Les yeux de Mal filèrent de côté.

« Les *Guards* ne savent pas, marmonna-t-il. Ils présument que c'était une tentative de vol. »

Les côtes douloureuses de Quirke lui interdirent d'éclater de rire.

« La broche, Mal, insista-t-il. Qui m'a mis la broche ?

— Oh, fit Mal, l'air penaud. Billy Clinch.

— Billy le boucher ? »

L'air penaud vira au glacial.

« Il était en vacances de ski. On l'a obligé à revenir spécialement.

— Merci. »

Une grosse infirmière rouquine approcha.

« Ah, vous revoilà, lança-t-elle à Quirke avec un accent prononcé – du Cork ou bien du Kerry. On a cru que vous ne vous réveilleriez jamais. »

Elle prit son pouls et repartit, et son départ les laissa tous les trois encore plus désemparés qu'avant. Mal pinça les lèvres, enfonça les mains, moins les pouces, dans les poches de sa veste étroitement boutonnée et fixa le bout de ses chaussures. Il n'avait pas regardé Sarah une seule fois, et elle pareil. Il portait un costume bleu clair et un nœud papillon jaune. Qu'elles paraissaient incongrues sur lui, songea Quirke, ces belles frusques.

« Tu viendras nous voir, bien sûr, quand ils te laisseront sortir ? » s'enquit Sarah.

Mais elle comme lui savaient qu'elle ne parlait pas sérieusement.

Le juge lui rendit visite le lendemain après-midi. Entre-temps, Quirke avait été transféré des urgences à une chambre particulière. L'infirmière rouquine, impressionnée et survoltée par l'arrivée d'un personnage si éminent, fit entrer le vieux monsieur. Elle le débarrassa de son manteau et de son chapeau, lui proposa du thé, ce qu'il refusa, et déclara qu'elle leur ficherait la paix mais ajouta en s'adressant au juge que s'il, c'est-à-dire Quirke, se montrait un tant soit peu agité, M. le Juge n'aurait qu'à l'appeler, elle serait là en deux temps trois mouvements.

« Merci, madame », répondit le juge en affichant son sourire le plus chiffonné.

Elle leur lança un sourire radieux à tous les deux et s'éloigna. Le vieux monsieur regarda Quirke et haussa un sourcil :

« C'est comme ça que ça se passe ? C'est vrai ce qu'on raconte, qu'un médecin ne peut pas se permettre d'être malade ? »

Il s'assit sur une chaise à côté du lit. Derrière lui, une haute fenêtre donnait sur un fatras de toits et de cheminées fumantes avec un ciel encombré de nuages de neige effilochés.

« Dieu miséricordieux, Quirke, que t'est-il donc arrivé ? »

Calé contre une rangée d'oreillers, Quirke esquissa une grimace tristounette.

« Ai dégringolé une volée de marches », dit-il comme pour se justifier.

Sous la literie, sa jambe gauche plâtrée avait la taille d'une bûche.

« Elles devaient être rudement raides, ces marches », répliqua le juge.

Dans l'encadrement de la fenêtre derrière lui, des petits oiseaux noirs jaillirent en désordre de derrière la ligne de toits et tournoyèrent dans le ciel effrangé, puis repartirent, seuls ou à deux, vers l'endroit d'où ils étaient venus.

« Ça va ? demanda le vieillard qui gigotait gauchement sur sa chaise et frottait l'une contre l'autre ses mains carrées et marbrées de taches de vieillesse. Je veux dire, as-tu besoin de quelque chose ? »

Quirke répondit que non et ajouta que le juge était gentil d'être venu. À la naissance du nez et entre les yeux, il éprouvait de nouveau cette sensation de vide, ce frémissement annonciateurs des pleurs proches, un effet retard, présumait-il – son organisme encore sous le choc, somme toute, devait batailler désespérément pour se récupérer, alors pourquoi n'aurait-il pas eu envie de pleurer ?

« Mal et Sarah sont passés, dit-il. Phoebe aussi à un moment où j'étais encore à moitié inconscient. »

Le juge hocha la tête.

« Phoebe est une gentille fille », déclara-t-il avec une pointe d'insistance, à croire qu'il devançait une objection.

Il emboîta de nouveau ses mains l'une dans l'autre comme pour les laver.

« Elle va en Amérique, elle t'a dit ? »

Quirke eut l'impression que quelque chose dans la région de son cœur se soulevait, que le souffle lui manquait. Il ne pipa mot et le juge poursuivit :

« Oui, à Boston, chez son grand-père Crawford. »

Il regardait tout ce qui l'entourait, sauf Quirke.

« En vacances seulement. Pour un break, comme on dit. »

Sous le regard attentif de Quirke, il tira sa pipe et sa blague à tabac de sa poche de veste et, de son pouce jauni, bourra le fourneau de brins sombres et humides. La lumière de l'après-midi déclinait rapidement dans la pièce. Le vieil homme gratta une allumette, l'approcha de la pipe, et il y eut des étincelles et de la fumée.

« Elle a donc envoyé balader le copain, c'est ça ? » dit Quirke.

Le juge cherchait un cendrier. Quirke ne fit pas le moindre geste pour lui venir en aide mais l'étudia sans ciller.

« Ces mariages mixtes, poursuivit le juge en s'efforçant de jouer les désinvoltes, ne marchent jamais. »

Il se pencha et plaça soigneusement l'allumette sur le coin du petit meuble en bois à côté du lit.

« En outre, elle a... Quel âge a-t-elle ?

— Elle aura vingt ans, l'an prochain. »

Le juge finit par le regarder ; la lueur chiche venant de la fenêtre faisait paraître plus pâles encore ses yeux bleus, fanés. Il lâcha :

« Il est facile de démolir sa vie, quand on est aussi jeune. »

Sans lever la tête de ses oreillers, Quirke allongea la main et tenta en tâtonnant d'ouvrir le meuble à côté de son lit mais finalement le juge dut l'aider, dénicha les cigarettes, lui en donna une et gratta une allumette. Puis Quirke sonna l'infirmière qu'il pria, lorsqu'elle se présenta, de leur apporter un cendrier. Elle répondit qu'il serait préférable qu'il s'abstienne de fumer, mais il l'ignora ; levant les yeux au ciel, elle prit le juge à témoin et lui demanda s'il ne pensait pas que Quirke était un *vrai démon.* Elle repartit néanmoins vers le couloir et revint un peu plus tard avec un petit moule en aluminium en déclarant qu'il faudrait qu'ils s'en contentent car c'était tout ce qu'elle avait pu dénicher. Lorsqu'elle se fut éclipsée, ils fumèrent un moment en silence. La pipe du vieux monsieur avait empuanti l'atmosphère et Quirke trouvait que sa cigarette avait un goût de carton brûlé. Les dernières lueurs du jour s'éteignaient, happées dans les coins obscurs de la pièce ; aucun des deux hommes ne fit le geste d'allumer la lampe de chevet.

« Parlez-moi de ce machin des chevaliers de Saint-Patrick auquel Mal appartient », dit Quirke.

Le juge afficha un air perplexe mais Quirke vit bien qu'il faisait semblant.

« Le truc en Amérique, avec les familles catholiques, que finance Josh Crawford. »

Le vieux monsieur sortit un bourre-pipe de sa poche et, s'aidant du bout rond, tassa le tabac dans le fourneau sans cesser de tirer sur l'embout et de souffler de gros nuages de fumée bleue.

« Malachy, dit-il enfin en insistant lourdement, est un homme bien. »

Il regarda Quirke droit dans les yeux.

« Tu le sais, n'est-ce pas, Quirke ? »

Quirke se contenta de soutenir son regard. Il repensa à Sarah qui lui avait dit la même chose : *un homme bien.*

« Une jeune femme est morte, Garret. Une autre femme a été assassinée. »

Le juge acquiesça.

« Est-ce que tu sous-entends, enchaîna-t-il comme si la réponse n'avait pour lui qu'un intérêt extrêmement limité, que Mal serait impliqué dans ces histoires ?

— Il l'a été... il l'est. Je vous l'ai dit. Il s'est débrouillé pour que Christine Falls... »

Le vieil homme agita la main avec lassitude.

« Oui, oui, je sais. »

Dans la pénombre maintenant, son visage, à contre-jour, ressemblait à un masque en ombre chinoise. Quirke voyait le tabac dans le culot de la pipe rougeoyer puis s'éteindre, rougeoyer puis s'éteindre, en une lente et ardente pulsation.

« C'est mon fils, Quirke. S'il a des choses à me confier, il me les confiera, quand il le jugera bon. »

Quirke tendit le bras avec précaution, écrasa le restant de sa cigarette dans le moule en aluminium sur le meuble et le mégot exhala ses dernières émanations âcres. La nicotine avait interagi avec les analgésiques qu'on lui avait administrés et il avait les terminaisons nerveuses à vif. Le vieil homme poursuivit :

« Quand j'étais gamin, j'allais à l'école, mes bottes attachées autour du cou pour épargner le cuir. Oh, je t'assure... aujourd'hui, on ricane de ce genre de choses, on prétend que les gens de ma génération exagèrent mais je peux te garantir que ça n'a rien d'exagéré. Les bottes autour du cou, une patate cuite sous la cendre, une bouteille de lait avec un bout de papier en guise de bouchon et t'étais paré pour la journée. Josh Crawford et moi, deux gars de la même région. La plupart du temps, on n'avait pas de fond à nos pantalons.

— Et regardez-vous maintenant, rétorqua Quirke, vous, président de la Haute Cour de justice et lui, millionnaire à Boston.

— Nous, on a eu de la chance. Les gens parlent du bon vieux temps, or, à l'époque, il n'y avait pas grand-chose de bon, c'est la triste vérité. »

Il s'interrompit. La chambre était pratiquement plongée dans le noir à présent et, derrière la fenêtre, les lumières de la ville s'allumaient, scintillant par intermittence dans le lointain.

« Nous avons tous le devoir d'essayer de bâtir un monde meilleur, Quirke.

— Et les gens comme Josh Crawford œuvrent résolument à bâtir un monde meilleur ? »

Le juge gloussa.

« Quand tu penses au matériel avec lequel Dieu est obligé de travailler, tu ne peux pas t'empêcher de Le plaindre parfois. »

Il s'interrompit de nouveau, comme s'il pesait ce qu'il comptait dire.

« Tu n'es pas très croyant, pas vrai, Quirke ? Tu sais que j'ai été très déçu de te voir quitter l'Église. »

L'effet de la cigarette s'était dissipé et Quirke sombrait de nouveau dans une fatigue sourde.

« À ma connaissance, je n'y ai jamais appartenu, répliqua-t-il d'une voix de plus en plus ténue.

— Ah, mais si... et tu y reviendras tôt ou tard, ne te méprends pas. Le Seigneur appose son sceau sur chaque âme – il lâcha un rire haché –, même si elle est noire comme la tienne.

— J'ai disséqué beaucoup de cadavres dans ma vie mais je n'ai jamais trouvé l'endroit susceptible d'abriter l'âme en question. »

Se sentant rembarré, le juge, vexé, se mura dans le silence. Quirke n'y attacha aucune importance ; il avait envie de rester seul maintenant, pour pouvoir dormir. La douleur formait une pyramide, lourde et sourde à la base et atrocement acérée au sommet, lequel sommet était sa rotule en miettes. Le juge retourna sa pipe et en tapota le fourneau contre le moule en alu.

« Toi et Mal, marmonna-t-il en hochant la tête. Je croyais que vous seriez comme des frères. »

Quirke eut la sensation d'être devenu sombre et caverneux et de dégringoler en lui-même.

« Mal a toujours été jaloux, murmura-t-il. Et moi pareil. Je voulais Sarah et j'ai eu Delia.

— Oui, et tu l'as regretté, je le sais. »

Le juge se leva, tendit la main au-dessus de Quirke et pressa la sonnette pour appeler l'infirmière. Il attendit dans le noir, les yeux baissés sur ce qu'il arrivait à distinguer de Quirke, cette grande masse emmaillotée de blanc qui gisait, pareille à un cadavre, sur le lit étroit.

« Je me rends compte, Quirke, dit-il, que tu n'as pas eu la vie que tu espérais avoir et que tu aurais dû avoir, s'il y avait une justice. Tu as commis trop d'erreurs... on en a tous commis. Mais vas-y doucement avec Malachy. »

Il se pencha davantage vers la forme étendue. Quirke, il le constata, dormait.

15.

Pour Quirke, l'année se termina et la nouvelle commença dans un brouillard tel que pas une journée ne se distinguait vraiment de la précédente. Avec son haut plafond couleur d'ossement et la fenêtre à côté de lui qui scrutait la ville glaciale à la manière d'un œil impassible, sa lugubre chambre d'hôpital lui évoquait l'intérieur d'un crâne. Lors d'une de ses visites, Phoebe lui avait apporté un mini-arbre de Noël en plastique avec tous les ornements assortis en plastique eux aussi ; triste symbole de réjouissances, il se dressait un peu de guingois dans la profonde embrasure de la fenêtre et devenait de plus en plus incongru à mesure que cette première semaine d'hospitalisation apparemment interminable s'étirait douloureusement vers la nouvelle année. Furtif et un peu en sueur, Barney Boyle vint le voir, « Putain, Quirke, je déteste les hôpitaux... », et lui apporta deux petites bouteilles de whisky, des *naggins*, plus une pile de bouquins. Quand il lui demanda ce qui lui était arrivé, Quirke lui dit ce qu'il avait dit à tout le monde, qu'il avait dégringolé un escalier de Mount Street. Barney ne le crut pas mais ne fit pas la moindre allusion au frère d'Ambie Tormey ni à Gallagher qui n'était pas une lumière ; Barney savait s'occuper de ses oignons quand il le fallait.

Le soir de la Saint-Sylvestre, le personnel s'offrit une petite fête quelque part dans les régions supérieures du bâtiment. Lorsqu'elle se pointa avec son somnifère, l'infirmière de nuit était à moitié pompette. À minuit, il écouta les cloches de la ville qui carillonnaient à tout va pour célébrer la nouvelle année et essaya, calé contre ses oreillers, de ne pas s'apitoyer sur son sort. Billy Clinch, un féroce petit terrier aux cheveux blond terne, était venu lui annoncer, avec un certain plaisir, Quirke le vit bien, que sa jambe ne récupérerait jamais – *La rotule était en morceaux, mon vieux !* – et qu'il allait vraisemblablement boiter jusqu'à la fin de ses jours. Il encaissa la nouvelle calmement, avec même une certaine indifférence. Dans sa tête, il se repassait à l'envi les instants en question – il savait que ça n'avait pas dû durer plus de quelques minutes – au pied de l'escalier humide et froid. Il y avait quelque chose là-dedans, dans ce qui s'était passé, une leçon, pas celle que M. Punch et la grosse Judy avaient cherché à lui faire entrer dans le crâne et dont il avait plus ou moins pigé la nature mais une autre à la fois plus profonde et plus ordinaire. Pendant qu'ils s'escrimaient sur lui avec leurs souliers ronds, les deux hommes lui étaient apparus, à ce qu'il lui semblait maintenant, comme deux petits ouvriers, des bougnats, par exemple, ou des bouchers se colletant une carcasse encombrante et qui, grognant, suant, se gênaient l'un l'autre et tentaient de se débarrasser au plus vite de cette corvée qu'ils détestaient furieusement. Il avait cru mourir et avait découvert avec étonnement que cette perspective ne l'effrayait guère. Tout cela avait été tellement minable, bâclé, tellement *commun* ; et ce serait ainsi, il s'en rendait compte, que se produirait, l'heure venue, sa mort véritable. Dans la salle de dissection, il avait coutume de considérer les cadavres comme les restes de victimes sacrificielles, vidées et inertes après l'effroyable et sanglante cérémonie qui avait présidé au départ de leur âme. Mais plus jamais il ne verrait un cadavre sous cette lumière crue. Pour lui, la mort avait subitement perdu son prestige terrifiant et ne se résumait plus qu'à un autre élément, le dernier certes, de cette banale affaire qu'était la vie.

Jour après jour, ses pensées brouillées par les médicaments tournaient autour de la même question, à savoir qui avait lancé ces deux types après lui. Il revenait obstinément là-dessus à seule fin, il le savait, de ne pas avoir à répondre. Il se disait qu'il était impossible que Mal ait pu commettre un truc pareil – imaginez Mal sur le porche d'une sombre baraque de Stoney Batter en train de remettre leurs instructions à M. Punch et à son gros partenaire ! – pourtant les perspectives se déployant au-delà de cette impossibilité étaient plus glauques encore. Quand il invoquait l'image du visage qu'il avait cru voir se pencher au-dessus de l'escalier cette fameuse nuit et suivre avec une jubilation malveillante la correction qu'on lui administrait, ses traits se modifiaient et se réarrangeaient – peut-être était-ce lui qui les modifiait et les réarrangeait ? – jusqu'à ce que cette image n'ait plus rien de commun avec la longue figure, dénuée de rondeur lunaire, de Mal, mais qu'elle corresponde avec une autre, plus carrée et plus grossièrement taillée. Costigan. Oui. Maintenant, tous les autres anonymes, indistincts, qui se pressaient tour à tour derrière lui, qui étaient-ils ?

Phoebe passa le voir au premier de l'an. Les bourrasques capricieuses projetaient de la neige fondue, pareille à des crachats, contre le carreau et la fumée des cheminées de la ville n'était pas plus tôt évacuée qu'elle se dispersait aux quatre vents. Phoebe portait un béret noir placé de guingois et un manteau noir au col de fourrure. Le visage blafard et les ailes du nez bordées d'un filet rose vif que le froid lui avait dessiné, elle paraissait plus mince que la dernière fois où il avait été suffisamment réveillé pour la voir vraiment. Il y avait d'autres changements, moins faciles à repérer. Il crut déceler chez elle une certaine méfiance, une réserve voulue qui n'existaient pas auparavant. Il présuma que cette dureté nouvelle, si c'était bien de cela qu'il s'agissait – il observa les jointures de ses doigts, leur éclat blanchâtre à l'endroit où les os saillaient contre la chair –, était due à sa rupture avec Conor Carrington, à la violence et à la colère refoulées face à cet événement contre lequel elle s'était affilée, tel un couteau contre une pierre. Mais ensuite, il se dit non, ce n'était pas le fait de l'avoir perdu qui la remplissait d'amertume mais le fait qu'on le lui avait pris. Elle avait subi une défaite et en était furieuse. Avec son manteau d'adulte et son béret « rive gauche » ironiquement incliné, elle lui parut un peu déconcertante. La jeune fille d'hier était devenue une femme.

Elle n'avait pas envie de parler du voyage en Amérique, décréta-t-elle. Quand Quirke l'évoqua, elle tourna la bouche de côté et haussa les épaules sous le coup d'une vague et molle impatience.

« Ils se débarrassent de moi, expliqua-t-elle. Ils s'imaginent que mon œil accusateur les suit partout et ils en ont marre. En réalité, tout ça m'est complètement égal à présent.

— Tout ça quoi ? »

Elle haussa de nouveau les épaules, fixa d'un air maussade l'arbre de Noël sur le rebord de la fenêtre, puis porta son regard vers lui et, froidement et délibérément malicieuse, lui lança :

« Pourquoi tu ne viens pas avec moi ? »

Il avait remarqué que, sous son plâtre, son genou blessé semblait désormais le prévenir dans les moments de surprise ou d'alarme, moments que, dans le brouillard narcotique où il continuait à flotter, il n'avait ni la force ni la présence d'esprit de saisir, si bien que sa rotule stabilisée par la broche était obligée de les signaler à son attention par le biais d'un élancement, sorte de pinçon proche de celui que pourrait vous infliger un oncle joyeusement sadique qui vous laisserait un bleu alors qu'il ne cherchait qu'à rigoler. Phoebe prit son sursaut de douleur réprimé pour un ricanement dédaigneux et tourna son visage fâché vers la fenêtre. Elle farfouilla dans son petit sac à main noir – toutes les femmes se ressemblent quand elles fouillent dans leur sac à main, se dit-il – et en sortit un mince étui à cigarettes en argent et un briquet assorti. Elle fumait donc de son propre chef, maintenant. Il ne fit aucun commentaire. D'un petit mouvement du pouce et du majeur, elle ouvrit l'étui et le lui présenta, à plat sur sa paume. Les cigarettes, rondes et plates, se chevauchaient, tels des tuyaux d'orgue.

« Des Passing Cloud ! s'écria-t-il en se servant. Oh la la, quel raffinement. »

Elle lui tint le briquet. Quand il délaissa sa batterie d'oreillers pour se pencher en avant, il surprit, montant des profondeurs du drap soulevé, une exhalaison de sa nouvelle odeur d'hôpital, chaude et brute puanteur de viande.

« Ne nous manque plus qu'un petit verre, déclara Phoebe avec une gaieté forcée. Un gin tonic chacun, voilà ce qu'il nous faudrait. »

Elle fit tournoyer sa cigarette avec une insouciance de novice.

« Comment c'est à la maison ? demanda-t-il.

— Comment c'est quoi à la maison ? »

En disant cela, elle redevint un bref instant la jeune fille hargneuse et rebelle. Puis elle soupira, coinça son auriculaire entre ses dents et se rongea l'ongle.

« Horrible, avoua-t-elle du coin de la bouche. C'est à peine s'ils se parlent.

— Pourquoi donc ? »

Elle libéra son doigt, tira une bouffée rageuse de sa cigarette, puis le foudroya du regard.

« Comment veux-tu que je sache ? Je ne suis pas censée savoir quoi que ce soit, je suis une gamine.

— Et toi, tu leur parles ? »

Le front soudain barré d'un grand pli, elle baissa la tête.

« Ils ont peut-être besoin de toi, tu sais. »

Elle décida de ne pas entendre cette remarque.

« Je veux partir, lâcha-t-elle en relevant les yeux. Je veux me tirer. Oh, Quirke – son débit s'accéléra –, c'est terrible, terrible, on dirait... je ne sais pas, c'est comme s'ils se détestaient, on dirait des inconnus enfermés ensemble dans une cage. Je ne peux pas supporter ça, il faut que je me tire de là. »

Elle s'interrompit et un truc noir traversa la fenêtre, l'ombre d'un oiseau ou d'autre chose passant dans le ciel. Elle avait de nouveau baissé la tête et le surveillait par en dessous ses cils en essayant d'évaluer, il le voyait bien, la part de détresse dont il la créditait, la part d'aide qu'il lui accorderait dans ses projets d'évasion. En fin de compte, c'était une créature pas compliquée.

« Quand pars-tu à Boston ? »

Elle serra très fort les genoux et eut un frisson d'agacement.

« Oh, pas avant une éternité... des semaines et des semaines. Il fait trop mauvais là-bas ou je ne sais quoi.

— Oui, ils ont des blizzards à cette époque de l'année.

— Berk... des blizzards ! »

Il ferma les yeux et revit Delia et Sarah, en après-skis et chapeaux de fourrure à la russe, émerger bras dessus, bras dessous d'une tempête de pluie verglaçante et piquer sur lui, tandis qu'un soleil incroyable surgi de nulle part les auréolait de milliers de mini-arcs-en-ciel ; elles avaient le bord des narines d'un rose translucide, comme Phoebe à présent, et leurs dents parfaites étincelaient – Quirke n'avait encore jamais vu de dents aussi blanches, aussi magnifiques : elles illustraient la promesse même de tout ce qui pouvait l'attendre dans ce pays paisible et soigneusement aménagé. Ils étaient dans le Common, Mal était là aussi. Ils entendaient les myriades de minuscules éclats de glace tinter les uns contre les autres dans leur chute. On était en... quoi ? en 1933 ?... les temps difficiles commençaient à se tasser et les mauvaises nouvelles en provenance d'Europe semblaient n'être que des rumeurs à ne pas prendre au sérieux. Qu'ils étaient innocents, tous les quatre, qu'ils débordaient d'enthousiasme et d'assurance, avec quelle impatience n'attendaient-ils pas l'avenir ! Il ouvrit péniblement les yeux : C'est donc ça, songea-t-il, cet avenir qu'on attendait avec tant d'impatience. Phoebe, pensive, se penchait en avant, une jambe par-dessus l'autre, une main sous un coude et l'autre sous le menton. Le bout de sa cigarette était taché de rouge à lèvres, la fumée s'élevait sur un côté de son visage. Elle soupesa légèrement l'étui à cigarettes dans sa main.

« Il est joli, remarqua Quirke.

— Ça ? fit-elle en regardant le bibelot en argent. C'était un cadeau. De lui... – elle baissa la voix pour l'amener dans un registre grave cocasse –, mon amour perdu. »

Elle lâcha un rire pétri de regrets, puis alla éteindre sa cigarette dans le moule en aluminium qui continuait à servir de cendrier.

« Je vais y aller.

— Déjà ? »

Elle ne le regarda pas. Qu'était-elle donc venue chercher au juste ? Car il savait qu'elle était venue pour quelque chose. Quelque chose qu'il n'avait pu lui apporter. Peut-être elle-même ne savait pas vraiment ce que c'était.

L'après-midi touchait à sa fin.

« Tu devrais y penser, poursuivit-elle. Tu devrais penser à m'accompagner à Boston. »

Puis elle disparut en laissant un léger rond de fumée dans l'air, son frêle fantôme bleu.

Resté seul, il observa de vagues flocons de neige qui, tels des papillons de nuit, descendaient en tremblotant derrière le carreau allumé, puis s'effaçaient en tourbillonnant dans la pénombre. Il s'interrogea de nouveau sur ce qu'elle était venue chercher auprès de lui ; il n'arrivait pas à se sortir ça de la tête. Elle aurait dû savoir qu'elle perdait son temps : en effet, que lui avait-il jamais donné ? – qu'avait-il jamais donné à qui que ce soit ? Gêné par sa jambe énorme qui le freinait à la manière d'un enfant revêche, indocile, il bougea avec peine. Malgré lui, il entama alors une sorte de bilan, ce qui le mit au supplice. Il y avait Barney Boyle, ce pauvre Barney, lessivé, qui se tuait lentement à force de boire : quelle solidarité, quelle compréhension lui avait-il jamais manifestées ? Le jeune Carrington, inquiet du tort que Mal Griffin et son père, le président de la Haute Cour, pouvaient causer à sa carrière : pourquoi s'était-il moqué de lui et pourquoi avait-il essayé de le faire passer pour un lâche et un imbécile devant Phoebe ? Pourquoi était-il allé trouver le juge et avait-il semé le doute dans son esprit à propos de ce fils qui le décevait déjà cruellement, ce fils qu'il envoyait, gamin, rejoindre sa mère à la cuisine pendant que Quirke, le coucou, se grillait les jarrets devant le feu de son repaire et suçait les caramels du sac en papier kraft qu'il gardait spécialement pour lui dans un tiroir de son bureau ? Et Nana Griffin : quel respect lui avait-il accordé, elle qui avait dû inventer à son fils Malachy une constitution délicate dans l'espoir que son père lui accorderait un peu d'amour ou même un moment d'entière attention ? Ils étaient si nombreux soudain, si nombreux à prendre en compte ; ils se massaient autour de lui, et il se recula, mais peine perdue. Sarah, dont, pour se divertir, il s'était joué des tendres sentiments, Sarah, ses étourdissements, son mariage sans amour ; Mal, qui se débattait dans Dieu sait quels abîmes de problèmes et de souffrances ; Dolly Moran, assassinée pour avoir tenu un journal ; Christine Falls et l'enfant de Christine Falls, disparus l'un et l'autre et bientôt oubliés ; tous, il les avait tous méprisés, dépréciés, ignorés, trahis même. Et puis il y avait sa propre personne, le Quirke dont il prenait la sinistre mesure : celui qui plongeait régulièrement chez McGonagle's pour y passer l'après-midi à boire des whiskys et ricaner devant les notices nécrologiques du *Mail* – quel droit avait-il de rire, valait-il beaucoup mieux que le type désœuvré qui se grattait les couilles devant les comptes rendus de courses ou le poète ivre qui contemplait ses échecs au fond de son verre ? Il était comme sa jambe, bien à l'abri dans le solide plâtre de son indifférence et de son égoïsme. Une fois encore, le visage aux lunettes à montures noires et aux dents tachées surgit dans la pénombre de la fenêtre, pareil à une lune maligne, visage qui ne le quitterait jamais, il le comprit, visage de son juste châtiment.

16.

Février amena un faux printemps et Quirke, qui avait enfin quitté l'hôpital, se risqua à des balades le long du canal sous un soleil pâle et glacé. Le jour de sa sortie, l'infirmière rouquine, qui s'appelait Philomena et dont le visage avait été la première chose qu'il avait vue en se réveillant brièvement après que Billy Clinch eut terminé de bosser sur sa jambe, lui avait fait cadeau d'une canne en prunellier, laquelle, lui avait-elle affirmé, avait appartenu à son père aujourd'hui décédé – « Une sacrée grosse brute, c'était, comme vous » – et c'est avec cette aide robuste qu'il se propulsait avec précaution sur le chemin de halage de Huband Bridge à Baggot Street et retour, les doigts blêmes sur le pommeau et se mordant la lèvre inférieure : il se sentait horriblement vieux et chaque pas qu'il effectuait en chancelant lui arrachait un juron et un cri de douleur digne d'un bébé.

La canne n'était pas le seul cadeau que Philomena aux yeux verts lui avait offert. La veille de sa sortie, alors qu'elle était de service d'après-midi, elle était entrée dans sa chambre, avait refermé la porte, calé une chaise sous la poignée, puis s'était défaite de son uniforme avec une aisance éblouissante – cette affaire se déboutonnait commodément sur le devant – en dévoilant l'armature compliquée d'un sous-vêtement rose pâle à baleines et nervures et s'était approchée du lit avec un rire de gorge et un sourire évasif et enjoué qui lui faisait un double menton évocateur, au regard de l'imagination soudainement échauffée de Quirke, d'autres plis plus bas.

« Seigneur, vous êtes un homme terrible, monsieur Quirke... regardez ce que vous me faites faire. »

C'était une grande femme, aux membres solides et aux larges épaules semées de taches de rousseur, mais elle se coula contre sa jambe dans le plâtre avec une tendre inventivité. Elle avait conservé son porte-jarretelles et ses bas et, quand elle le chevaucha en Godiva aux cheveux flamboyants, le nylon tendu de ses bas frotta les flancs de Quirke à la manière d'un papier émeri fin et chaud. Il prit conscience du temps qui s'était écoulé depuis la dernière fois qu'il avait étreint une femme, qu'il avait entendu un rire féminin. Il aurait aimé pouvoir rire, lui aussi, or quelque chose le retenait, pas seulement son genou douloureux mais une perception nouvelle, mystérieuse, des malheurs à venir.

Le lendemain, elle afficha, juste par égard pour lui, il le comprit, un visage triste mais stoïque et déclara qu'elle supposait qu'il l'oublierait dès qu'il aurait franchi les portes de l'hôpital. Elle descendit le couloir pour l'accompagner jusqu'à la sortie principale et le soutint d'une main passée sous son bras en laissant son sein lui effleurer la manche avec une négligence affectueuse. Respectueux à sa façon, il lui demanda son adresse mais elle lui dit que c'était inutile, qu'elle ne disposait que d'une chambre à l'hôpital, dans les logements réservés aux infirmières, et qu'elle rentrait chez elle le week-end, son chez elle étant toujours quelque part dans un endroit non spécifié du Sud profond. Il songea aux autres filles de la campagne, à cette autre infirmière, Brenda Ruttledge et, moins volontiers, à Christine Falls, pauvre et pâle Christine sur laquelle les maigres détails qu'il avait eus au départ s'estompaient chaque jour davantage.

« Et puis, poursuivit Philomena avec un soupir, j'ai un bon ami là-bas. »

Elle baissa la voix en un murmure rauque.

« Mais il n'a jamais ce que vous avez eu. »

Il n'avait donné à personne la date de sa sortie, incapable de supporter l'idée que Sarah puisse l'attendre à la porte en souriant bravement à l'image d'une mariée de la guerre, ou bien Phoebe et sa froideur nouvelle ou encore, Dieu l'en garde, Mal, sinistre avec ce tourment secret qu'il charriait comme un sac de pénitent. Surgie de nulle part, du moins lui semblait-il, la colère qu'il n'avait pas éprouvée durant ces semaines d'hôpital brûlait subitement en lui et tandis qu'appuyé sur la canne en prunellier du père de Philomena il avançait en vacillant sur le chemin du canal dans le silence sinistre de ces après-midi anormalement ensoleillés pour la saison, que les poules d'eau, saisies d'une fièvre amoureuse illusoire, couraient parmi les roseaux, il échafaudait toutes sortes de stratagèmes revanchards. La violence de ces fantasmes le surprenait. Il imaginait, avec des détails quasi érotiques, la manière dont il débusquerait M. Punch et la grosse Judy, l'un après l'autre, dont il les précipiterait au pied du même escalier de Mount Street au bas duquel ils l'avaient précipité et dont il les rouerait de coups de poing jusqu'à ce que leur chair éclate, que leurs os volent en éclats, que leur sang jaillisse de leurs bouches abîmées et de leurs tympans crevés. Il se vit confisquer les lunettes de Costigan, arracher l'insigne Pioneer accroché à son revers et le lui plonger dans ses yeux à nu, l'un après l'autre, il s'imagina sentir la mince aiguille d'acier s'enfoncer dans la gelée résistante et savourer les hurlements de souffrance de sa victime. Il y en aurait d'autres dont il lui faudrait s'occuper, ceux dont il ne pouvait pour l'instant que supposer l'identité, qui se pressaient derrière Costigan, Mal, Punch et Judy. Oh oui, eux aussi, ces chevaliers anonymes, il lui faudrait les défier de se montrer et les embrocher sur leurs propres lances. Car Quirke avait désormais compris que tout ce qui était arrivé, à Christine Falls, à Dolly Moran et à lui, allait bien au-delà de Mal et de sa pauvre nana morte, et qu'il s'était empêtré dans un vaste réseau aux ramifications complexes.

Donc, peu après avoir quitté l'hôpital, il se retrouva un jour aux portes de la blanchisserie Mother of Mercy à extirper d'un taxi sa jambe raide et encore immobilisée. Le soleil diffusait une lumière blanchâtre à travers la brume matinale et il faisait un froid humide. C'était un samedi et les lieux étaient bouclés et silencieux comme une bouche scellée. Il se dirigea vers l'entrée avec l'intention de presser la sonnette jusqu'à ce qu'on lui réponde mais il changea de cap et contourna la bâtisse sans savoir ce qu'il espérait trouver. Ce qu'il trouva, ce fut la jeune femme aux cheveux roux et sans forme qui, lors de sa précédente visite, les avait presque percutés dans le couloir avec son panier à linge. Debout à côté d'une canalisation, elle vidait une bassine d'eau savonneuse. Elle lui parut changée, sans qu'il puisse au départ comprendre en quoi. Elle portait la même blouse grise et les mêmes bottines cloutées. Il revit ses chevilles épaisses, la peau enflée, tendue à l'extrême, brillante et veinée. Il ne put se rappeler son prénom. En le voyant, elle recula et le regarda, la tête penchée, les deux mains cramponnées à la bassine vide qu'elle brandissait devant elle, à la manière d'un plastron. Au milieu de ce visage banal, elle avait les yeux verts étonnamment limpides de Philomena l'infirmière. Il ne sut d'abord que dire, que demander, et ils passèrent de longues minutes sous le coup d'une concentration silencieuse, perplexe.

« Comment vous appelez-vous ? finit-il par lui lancer.

— Maisie », répondit-elle d'un ton résolu, comme si elle relevait un défi.

Elle fronça davantage les sourcils, puis se détendit.

« Je me souviens de vous ! Vous êtes le monsieur de l'autre jour. »

Elle fixa la canne, les cicatrices sur sa figure.

« Qu'est-ce qu'il vous est arrivé ?

— Une chute.

— Vous discutiez de la Moran avec Sa Sainteté. »

Quirke eut l'impression qu'il dérapait intérieurement, comme s'il était à bord d'un bateau qui aurait gîté. *La Moran.*

« Oui, fit-il prudemment. Dolly Moran, oui. Vous la connaissiez ?

— Et la vieille morue prétend qu'elle n'a jamais entendu parler d'elle ! »

Elle émit un petit rire qui plissa son bout de nez rond et retroussa sa lèvre supérieure.

« Elle est bien bonne, alors que l'autre se pointait tous les quinze jours pour récupérer les mioches. »

Quirke inspira à fond, puis sortit ses cigarettes. Maisie lorgna avidement sur le paquet.

« Je vais en prendre une », s'écria-t-elle.

Tenant maladroitement la cigarette entre deux doigts et le pouce, elle se pencha vers la flamme du briquet que Quirke lui présentait. Ce dernier demanda prudemment :

« Alors Dolly Moran venait ici récupérer des bébés ? »

La fumée de leurs cigarettes était d'un bleu dense et profond dans l'air brumeux.

« Oui, pour les expédier en Amérique. »

Elle se rembrunit.

« Ils auront pas le mien, ça, c'est sûr. »

Bien sûr ! Voilà ce qui avait changé chez elle : son gros ventre.

« À quand est fixé votre terme ? » s'enquit-il.

Elle fronça le nez et retroussa une fois de plus sa lèvre de lapin.

« Mon quoi ?

— Le bébé, quand doit-il naître ?

— Oh, fit-elle en haussant les épaules et en jetant un coup d'œil alentour. Dans quelques mois. »

Puis elle le fixa de nouveau et une lueur vive éclaira ces superbes yeux vert pâle.

« En quoi ça vous intéresse ? »

Il porta les yeux derrière elle vers la grisaille de la cour ; combien de temps réussirait-il à la retenir avant que les doutes et la peur ne la fassent fuir ?

« Ils vous retireraient votre bébé ? » s'exclama-t-il en

essayant de donner à sa voix les accents des bonnes âmes qui à l'occasion se pointaient à Carricklea et se renseignaient sur *l'alimentation et l'exercice* des garçons et la fréquence à laquelle ils *recevaient les sacrements*.

Maisie ricana de plus belle.

« Ils se gêneraient ! »

Il n'avait pas réussi à la duper, pas plus que les bonnes âmes ne l'avaient dupé, lui-même. Il ajouta :

« Dites-moi, comment avez-vous atterri ici ? »

Elle lui jeta un regard plein de pitié.

« C'est mon père qui m'y a collée. »

À croire que n'importe qui aurait dû connaître ce fait banal.

« Pourquoi ?

— Il voulait que je dégage le plancher, comme qui dirait, au cas où je l'aurais balancé.

— Comment ça ? »

Elle prit un air délibérément vague.

« Ah, rien.

— Et le père du bébé ? »

Elle hocha précipitamment la tête et il comprit qu'il venait de commettre une erreur. Il se dépêcha d'enchaîner :

« Vous dites que vous ne les laisserez pas prendre le bébé... qu'est-ce que vous ferez alors ?

— Je me sauverai, ça oui. J'ai économisé des sous. »

Il remarqua de nouveau, avec un élan de pitié, les bottines sans lacets et les jambes nues et marbrées, les mains rugueuses et leurs jointures à vif. Il essaya de l'imaginer dans son évasion désespérée mais ne put susciter que des images de mélodrame victorien où, sous l'œil attentif d'un rouge-gorge perché sur une menue branche, une jeune femme au visage affligé, un châle sur les épaules, avançait à pas pressés sur une route enneigée et pleine d'ornières en serrant son précieux nouveau-né contre son sein. La réalité serait le paquebot-poste, un meublé au fond d'une ruelle d'une ville britannique quelconque. Si tant est qu'elle réussisse à aller aussi loin, ce dont il doutait fort. Le plus vraisemblable était qu'elle ne franchirait pas les portes de cet établissement.

Il allait reprendre la parole mais elle le fit taire d'un geste et tendit l'oreille. Quelque part, une porte grinça sur ses gonds et se referma brutalement. À la hâte, d'une experte chiquenaude du pouce, elle se débarrassa du bout incandescent de sa cigarette et cacha la moitié restante, prête à décamper.

« Attendez, s'écria Quirke d'un ton pressant. Qu'est-ce qui ne va pas ? Vous avez peur ?

— Vous auriez peur, répliqua-t-elle tristement, si vous connaissiez cette bande.

— Quelle bande ? Quelle bande, Mary ?

— Maisie. »

Ses yeux étaient deux éclats de verre à présent.

Il porta la main à son front.

« Désolé, désolé... Maisie. »

Il scruta de nouveau la longue cour derrière elle.

« Tout va bien, insista-t-il avec désespoir, regardez, il n'y a personne. »

Mais c'était trop tard, elle se détournait déjà.

« Il y a toujours quelqu'un », se borna-t-elle à dire.

Au loin, la porte invisible se rouvrit en grinçant. En l'entendant, elle se ramassa sur elle-même, figée tel un sprinter sur les starting-blocks. Il fouilla son manteau à la recherche du paquet de cigarettes et le lui tendit. Elle lui lança un coup d'œil froid, lugubre et presque méprisant, puis lui arracha les cigarettes des mains, les fourra dans la poche de sa blouse et disparut.

17.

Il avait envie d'aller dans les montagnes. Tous les jours, durant ses promenades, il les contemplait avec nostalgie : elles semblaient se dresser juste au-delà du pont de Leeson Street, couvertes de neige, et flotter, pareilles aux montagnes qu'on voit en rêve. Ce fut Sarah qui lui proposa de l'y emmener et se présenta à sa porte un après-midi au volant de la Jaguar intérieur cuir de Mal. Pour le nez de Quirke, il flottait dans l'habitacle une faible odeur, âcre et médicinale, qui était sûrement celle de son propriétaire. Sarah conduisait en force et nerveusement, le dos calé contre son siège, les bras tendus, les mains rivées sur le dessus du volant ; quand elle prenait un virage à gauche, elle se penchait tellement sur le côté que des cheveux rebelles effleuraient la joue de Quirke comme de minces fils électriques. À son silence, il devinait qu'elle remâchait quelque chose et sentait le malaise le gagner. Au téléphone, elle avait dit vouloir lui parler. Allait-elle lui révéler ce qu'elle savait sur Mal ? Car à présent Quirke était certain qu'elle savait, qu'elle avait démasqué Mal d'une façon ou d'une autre. Ou peut-être avait-il craqué et lui avait-il tout avoué ? Quoi que ce fût, Quirke ne voulait pas qu'elle se confie, ne voulait pas entendre ces choses, de sa bouche, ne voulait pas être obligé de compatir, ne voulait pas lui prendre la main, la regarder dans les yeux et lui dire à quel point elle lui était chère ; c'était fini ça à présent, ils ne se tiendraient plus la main, n'échangeraient plus de regards éloquents, plus rien. Il avait dépassé le stade Sarah et avait atteint un autre lieu, plus sombre, un lieu à lui derrière une porte qui ressemblait à celle que, souvent par le passé, elle l'avait vainement invité à franchir avec elle.

Ils passèrent par Enniskerry et Glencree. Sur les hauteurs, les tourbières disparaissaient sous la neige mais il y avait déjà des agnelets sur les pentes, chétifs, taches noir et blanc dotées de bout de queue s'agitant mécaniquement ; en dépit des joints en caoutchouc autour des vitres, leurs bêlements plaintifs leur parvenaient vaguement. Dans les montagnes, les routes avaient été dégagées mais il restait des plaques de verglas et, dans un tournant accusé à l'approche d'un étroit pont de pierre, l'arrière de la voiture chassa, puis refusa avec un entêtement bovin de se redresser tant qu'ils ne furent pas de l'autre côté. Le pare-boue gauche, Quirke le constata en se retournant avec brusquerie, avait manqué le parapet de trois à cinq centimètres au maximum. Sarah se rangea sur le bas-côté, s'arrêta, ferma les yeux, puis pressa le front contre le volant, entre ses deux mains.

« On a heurté quelque chose ? murmura-t-elle.

— Non, on l'aurait senti. »

Elle partit d'un rire sourd, proche du gémissement.

« Dieu soit loué, s'écria-t-elle. Sa précieuse bagnole. »

Elle coupa le contact et ils demeurèrent un moment à écouter les cliquetis du moteur qui refroidissait. Peu à peu, le vent se fit entendre à son tour, léger et capricieux, il sifflait dans la calandre du véhicule et grattait les fils de fer barbelés rouillés et avachis au bord de la route. Sarah souleva la tête et, sans ouvrir les yeux, appuya la nuque contre le dossier de son siège. Elle était crispée, livide, le visage comme exsangue ; ce ne pouvait être imputé au seul incident du pont. Le malaise de Quirke s'aggrava. Sa jambe aussi commença à le tarauder, à cause de l'air raréfié à cette altitude, présuma-t-il, ou du froid qui s'insinuait dans la Jaguar maintenant qu'il n'y avait plus de chauffage ou peut-être simplement à cause de la position inconfortable qui lui avait été imposée durant le trajet depuis Dublin. Il lui proposa de descendre et de marcher un peu, et elle demanda s'il en serait capable, ce à quoi il répondit avec impatience que oui bien sûr alors qu'il était déjà en train d'ouvrir sa portière et de poser la jambe par terre avec force grognements et jurons.

Ils s'étaient arrêtés devant une longue vallée peu profonde au pied d'une éminence bordée par un lac noir, dont la surface formait une plaque rigide de fragments acier. À côté d'eux se dressait une colline basse, ronde et enneigée qui, se découpant sur un ciel gris pierre, donnait l'impression d'être prête à bondir. Des touffes de laine salie prises au piège des barbelés flottaient au vent et, ici et là, les couleurs vives d'un ajonc ou d'un plant de bruyère trouaient la neige. Un sentier de coupeurs de tourbe montait à la diagonale de la colline et ils le suivirent ; Quirke, appuyé sur sa canne, avançait avec prudence sur le sol pierreux et strié de glace, soutenu par Sarah qui avait le bras fermement passé sous le sien. Avec le froid, leurs narines les brûlaient et ils avaient l'impression que leurs lèvres et leurs paupières allaient se fendre. À mi-parcours, Sarah décréta qu'ils feraient mieux de faire demi-tour, qu'il fallait être fou pour grimper là, lui avec sa jambe dans le plâtre et elle avec ses chaussures ridicules, mais Quirke serra les dents et l'entraîna.

Il lui demanda des nouvelles de Phoebe.

« Elle partira pour Boston la semaine prochaine. On a acheté son billet. Elle prendra l'avion jusqu'à New York et de là elle poursuivra en train. »

Elle s'exprimait avec un calme résolu, les yeux rivés sur le sentier.

« Elle va te manquer, remarqua-t-il.

— Oh, terriblement, c'est sûr. Mais je sais que ce sera positif pour elle. Elle a besoin de prendre de la distance. Elle est furieuse à cause de Conor Carrington. J'ai peur de ce qu'elle risque de faire. Je veux dire, s'empressa-t-elle de préciser, qu'elle risque de commettre une horrible bêtise... Les filles en font souvent, quand leurs amours sont contrariées.

— Contrariées ?

— Tu sais ce que je veux dire, Quirke. Elle serait capable de se jeter à la tête du premier jeune homme qui se présenterait et de tout perdre. »

Elle garda le silence un moment tout en avançant, le bras glissé sous celui de Quirke et se tenant le poignet de l'autre main. Elle portait des gants en soie noire et des chaussures d'une élégante finesse, très mal venues dans ce décor sauvage.

« J'aimerais, ajouta-t-elle soudain à toute vitesse, j'aimerais que tu l'accompagnes, Quirke. »

Elle l'observa du coin de l'œil en affichant un sourire tendu, puis détourna la tête.

Il étudia son profil.

« À Boston ? »

Elle acquiesça, les lèvres pincées.

« J'aimerais être sûre, dit-elle en choisissant ses mots avec soin, qu'il y aura quelqu'un là-bas pour veiller sur elle.

— Elle sera avec son grand-père. Avec le vieux Josh pour effaroucher les jeunes hommes, elle ne se jettera pas à la tête du premier venu.

— Je veux dire, quelqu'un en qui je pourrais avoir confiance. Je ne veux pas qu'elle... je ne veux pas qu'elle devienne comme l'un d'entre eux.

— Eux ?

— Mon père, tout ça. Leur monde. »

Elle se tordit la bouche en un sourire amer.

« Le clan Crawford.

— Alors, ne la laisse pas partir. »

Elle lui serra le bras encore plus.

« Je ne suis pas suffisamment forte. Je ne peux pas lutter contre eux, Quirke. Ils sont trop pour moi. »

Il hocha la tête.

« Et Mal ?

— Quoi Mal ? »

Il y avait soudain une froideur d'acier dans sa voix.

« Est-ce qu'il veut que Phoebe s'en aille ?

— Va savoir ce que Mal veut ! On ne discute pas de ce genre de choses. On ne discute plus de rien. »

Il s'arrêta et l'obligea à l'imiter.

« Qu'est-ce qui cloche, Sarah ? Il s'est passé quelque chose. Tu as changé. C'est Mal ? »

Sa réponse, cette fois, claqua comme un fil tendu qui se rompt.

« C'est Mal quoi ? »

Ils poursuivirent leur marche. Quirke sentait la glace sous ses pieds, le côté traître de sa surface lisse. Et s'il glissait et tombait là ? Il ne serait pas fichu de se relever. Sarah serait forcée d'aller chercher de l'aide. Peut-être qu'il mourrait. Il accueillit cette perspective avec équanimité.

Ils parvinrent à la crête de la colline. Devant eux se déployait une autre longue vallée dont le fond disparaissait dans une brume glacée. Ils contemplèrent cette immensité d'un gris scintillant comme si c'était le cœur de la désolation.

« Tu vas aller en Amérique ? » insista Sarah.

Mais il n'eut pas le temps de répondre qu'un frisson la parcourut ; il en perçut la violence dans son bras toujours glissé sous le sien, puis elle poussa une sorte de soupir comme si elle s'évanouissait et s'abandonna de tout son poids contre lui, au point qu'il crut que son genou allait le lâcher.

« Oh, mon Dieu », murmura-t-elle, perdue et terrorisée.

Elle avait les yeux fermés et ses paupières frémissaient comme des ailes de papillon.

« Sarah, qu'est-ce qu'il y a ? »

Elle prit une profonde inspiration tremblotante.

« Désolée, j'ai cru que... »

Il cala la canne sous son coude et prit ses deux mains dans les siennes. Elle avait les doigts glacés. Elle essaya de sourire, hocha la tête.

« Pas de problème, Quirke. Je vais bien, je t'assure. »

Il l'entraîna loin du sentier, la neige gelée craquant

comme du verre sous leurs chaussures, jusqu'à un gros rocher rond timidement replié sur lui-même au flanc de la colline dépouillée de végétation. Il balaya la neige qui le recouvrait et la fit asseoir. Son visage retrouvait un peu de couleurs. Elle répéta que tout allait bien, que c'était juste ses étourdissements habituels. Elle eut un petit rire.

« Une de mes crises de tournis, pour reprendre la formule de Maggie. »

Un nerf sur sa joue tressauta, ce qui lui donna une expression amère.

« Une de mes crises de tournis », répéta-t-elle.

Il alluma nerveusement une cigarette. À cette altitude, la fumée lui piqua les poumons comme si on lui avait balancé une poignée de couteaux. Un énorme corbeau gris doté d'un ciseau affilé en guise de bec se posa sur un poteau de clôture à côté d'eux et lâcha un croassement moqueur.

Sarah fixait ses mains jointes sur ses genoux.

« Quirke, bredouilla-t-elle, il faut que je te confie quelque chose. Ça concerne Phoebe. Je ne sais pas comment te le dire. »

Dans son désarroi, elle leva ses mains, toujours jointes, et les secoua devant elle en un geste curieux, proche du joueur qui s'apprête à lancer ses dés alors qu'il sait qu'il va perdre.

« Ce n'est pas ma fille, Quirke. Ni celle de Mal. »

Quirke demeura tellement figé qu'on aurait pu le croire fabriqué du même matériau que la roche sur laquelle Sarah était assise. Quant à elle, en proie à une sorte de stupéfaction incrédule, elle remuait la tête lentement d'un côté puis de l'autre.

« C'est la tienne. La tienne et celle de Delia. Tu ne

savais pas qu'elle avait survécu, et pourtant si. Delia est morte et Phoebe a survécu. Le juge, Garret, nous a appelés à Boston cette nuit-là pour nous annoncer la mort de Delia. Je n'arrivais pas à y croire. Il a demandé si Mal et moi nous occuperions du bébé – pas longtemps, a-t-il dit, juste le temps que tu te remettes du choc. Une religieuse devait venir de Dublin. Elle a amené Phoebe. »

Elle soupira et jeta un coup d'œil autour d'elle, comme si elle cherchait un vague moyen de s'échapper, un passage ou un trou dans la neige par lequel elle pourrait peut-être se faufiler.

« Je n'aurais pas dû la garder, ajouta-t-elle, mais je me répétais que c'était préférable. Tu buvais déjà tellement, à cause de Delia, qui n'était pas la femme que tu avais espérée. Puis elle est morte et Phoebe était là. »

Il se tourna, pétrifié, fit quelques pas dans la neige, s'appuyant de tout son poids sur sa canne, puis s'arrêta, détourna son regard de Sarah et reporta son attention vers la vallée verglacée loin en contrebas. L'oiseau sur le poteau baissa subitement la tête, déplia une aile, puis poussa cette fois un grave cri rauque aux accents de ferraille qui exprimait une supplique ou une désapprobation empreinte d'un léger regret. Sarah soupira de nouveau.

« Je voulais quelque chose de toi, tu vois, avoua-t-elle à l'énorme dos voûté de Quirke. Quelque chose qui vienne de toi. Terrible de ma part, je sais. »

Comme étonnée encore une fois par elle-même, par ce qu'elle disait, elle lâcha un petit rire.

« Toutes ces années... »

Elle se leva, les poings serrés le long des flancs.

« Je regrette, Quirke », lui dit-elle d'une voix forte,

car elle avait l'impression, depuis qu'elle s'était relevée, que l'air – allez savoir pourquoi – s'était trop raréfié pour porter de simples mots et que, de toute façon, campé comme il l'était sur cette crête dépouillée, Quirke ne pouvait pratiquement pas l'entendre. Refusant de se retourner, il resta à sa place, dans son manteau noir corbeau, la tête basse.

« Je regrette », répéta-t-elle, et cette fois on aurait juré que c'était à elle-même qu'elle s'adressait.

III

1.

Andy Stafford avait l'impression de passer en jugement. Ils étaient dans la pièce de mère Stephanus, Claire et lui, assis côte à côte sur deux chaises droites devant le grand bureau en chêne de la mère supérieure. Debout derrière la religieuse se tenait le prêtre rouquin, Harkins, le type qui s'était pointé chez eux l'autre fois pour les espionner. Une autre bonne sœur, il ne se rappelait pas son nom – elle était médecin, avait un stéthoscope autour du cou –, était plantée devant la fenêtre et, le visage éclairé par la lumière que réfléchissait la neige, regardait la journée radieuse dehors. Une fois de plus, il leur avait expliqué ce qui était arrivé, qu'il avait trouvé la gamine en crise ou allez savoir, qu'il l'avait – ça, il avait réussi à se taire juste à temps – secouée un coup pour la calmer et qu'à la place elle était morte. Tout ça était un malentendu, un accident. Il était soûl, n'avait pas cherché à le nier ; c'était sans doute une des raisons pour lesquelles c'était arrivé, la mort de la gamine. Alors oui, il l'admettait, c'était en quelque sorte sa faute, si tant est qu'un accident puisse jamais être la faute de quelqu'un. Même assise, mère Stephanus paraissait plus grande que toutes les autres personnes présentes dans la pièce. Elle finit par réagir, soupira, puis déclara :

« Il faut que vous essayiez du mieux possible, l'un comme l'autre, de surmonter ce terrible événement. La petite Christine est auprès de Dieu maintenant. C'était Sa volonté. »

L'autre bonne sœur se détourna de la fenêtre et regarda Claire qui ne broncha pas. La jeune femme n'avait ni bougé ni prononcé un seul mot depuis qu'ils avaient pris place sur leurs sièges. Elle était livide et voûtée, on aurait juré qu'elle avait froid et ses mains, paumes tournées vers le plafond, reposaient inertes sur ses cuisses. Les sourcils froncés et l'air concentré, elle ne détachait pas les yeux du sol devant le bureau, tentant, semblait-il, de discerner quelque chose dans le motif du tapis.

Mère Stephanus poursuivit :

« Andy, votre tâche est d'aider Claire maintenant. Tous les deux, vous avez subi un deuil mais le sien est plus dur. Vous comprenez ? »

Andy hocha vigoureusement la tête pour montrer qu'il avait vraiment hâte de défaire ce qui avait été fait, qu'il y était vraiment résolu.

« Je comprends, ma mère, oui, je comprends. La seule chose... »

Il releva le menton avec brusquerie et glissa un doigt sur l'intérieur de son col de chemise. Il portait sa veste sport à carreaux brun orangé, un pantalon noir et avait même mis une cravate pour faire bonne impression.

Mère Stephanus le regarda de ses grands yeux brillants légèrement fixes, des yeux comme congelés.

« La seule chose ? » répéta-t-elle.

Andy prit une profonde inspiration et releva le menton.

« Je me demandais si vous aviez parlé d'un boulot pour moi à M. Crawford. D'un autre boulot, je veux dire, un qui me permettrait de moins m'éloigner de la maison. »

Par-dessus son épaule, la mère supérieure jeta un coup d'œil vers l'endroit où se tenait le prêtre. Ce dernier haussa les sourcils mais n'intervint pas. La religieuse se tourna de nouveau vers Andy.

« M. Crawford est très malade, expliqua-t-elle. Gravement malade.

— Désolé de l'apprendre », répondit Andy un peu trop machinalement, il s'en rendit compte.

Il hésita, fourbissant ses armes. L'heure était venue.

« Doit être dur, déclara-t-il de son accent traînant, avec M. Crawford malade et tout. J'imagine que vous autres – il porta son regard vers elle, puis vers Harkins avant de le ramener vers elle –, il faut que vous preniez la relève. Marrant, une grande entreprise comme la vôtre, or les journaux en parlent jamais. »

Un autre silence s'ensuivit, puis le prêtre riposta avec ses intonations irlandaises nasillardes :

« Il y a des tas de choses dont les journaux ne parlent pas, Andy. Il arrive même qu'ils ne rapportent pas certains accidents graves. »

Andy ignora cette remarque.

« Le problème, voyez, lança-t-il à la religieuse, c'est que je vais avoir du pain sur la planche à aider la Claire à surmonter son deuil. Va falloir que je refuse les longs trajets jusqu'au Canada et les Grands Lacs. C'est mes heures supplémentaires, je vais les perdre. »

La religieuse consulta de nouveau Harkins du regard

qui de nouveau se borna à hausser les sourcils. Elle se retourna vers Andy.

« Entendu, fit-elle, nous allons voir ce que nous pouvons faire.

— L'essentiel, Andy, précisa Harkins, c'est que ces questions-là restent entre nous. Nous avons notre propre façon de gérer ces histoires ici à Sainte-Mary et souvent les gens ne comprennent pas.

— Okay, marmonna Andy en s'autorisant l'ombre d'un ricanement. Okay. »

Mère Stephanus se leva brusquement, dans le bruissement vigoureux du tissu noir de son habit.

« Alors très bien, déclara-t-elle. Nous reprendrons contact avec vous. Mais, Andy, je veux que vous soyez bien conscient d'une chose. Désormais, le bien-être de Claire représente notre premier souci – pour nous comme pour vous.

— Bien sûr, affirma-t-il avec une décontraction délibérée cette fois, juste pour leur montrer, bien sûr, je comprends. »

À son tour, il se remit sur pied et se tourna vers Claire.

« Allez, chérie. Il est temps de partir. »

Elle ne réagit pas mais continua à fixer le tapis. Désertant la fenêtre, sœur Anselm vint poser gentiment la main sur son épaule.

« Claire, murmura-t-elle, tu vas bien ? »

Claire battit les paupières, leva péniblement la tête et regarda la religieuse en bataillant pour se concentrer. Lentement, elle acquiesça.

« Elle va bien, décréta sèchement Andy sans pouvoir gommer un rien de menace dans sa voix. Je vais m'occuper d'elle. Okay, mon chou ? »

Il l'agrippa par le coude et l'obligea à se relever. Une

fois debout, elle parut prête à tomber mais Andy passa le bras autour de ses épaules pour la soutenir et la poussa vers la porte. Mère Stephanus contourna son bureau et les raccompagna.

Une fois le trio sorti, sœur Anselm remarqua :

« Cette jeune femme ne va pas bien. »

Le père Harkins la fixa d'un air inquiet.

« Pensez-vous qu'elle risque... ? »

Il laissa sa question en suspens.

« Je pense, insista la religieuse, furieuse, qu'elle est en mauvais état nerveux... en très mauvais état. »

Mère Stephanus revint, elle hochait la tête.

« Mon Dieu, marmonna-t-elle, quelle affaire ! »

Puis, avisant le prêtre, elle demanda :

« L'archevêque est-il... ? »

Il acquiesça :

« J'ai parlé à son bureau. Ses assistants vont discuter avec le préfet – il ne sera pas nécessaire d'impliquer la police. »

Sœur Anselm fit un bruit pour exprimer son écœurement. Mère Stephanus reporta son regard las vers elle.

« Vous avez dit quelque chose, ma sœur ? »

Cette dernière pivota et quitta la pièce en boitant. Mère Stephanus et le prêtre se dévisagèrent, puis tournèrent la tête. Ils ne firent pas le moindre commentaire.

Les marches de devant étaient verglacées et Andy garda un bras autour des épaules de Claire pour l'empêcher de glisser. Depuis l'accident avec la gamine, il ne savait pas comment se comporter avec sa femme, tellement silencieuse, tellement renfermée. Elle passait tout son temps à la maison à moitié en transe ou vissée devant les programmes pour enfants à la TV, Howdy

Doody, Bugs Bunny et le truc avec les deux corbeaux qui parlent. Ça lui foutait les nerfs en pelote d'entendre la façon dont elle rigolait devant ces dessins animés, cette sorte de gargouillement de gorge, hurgh, hurgh hurgh, exactement comme il imaginait ses cousins boches le faire. La nuit, quand elle était couchée à côté de lui et qu'elle ne dormait pas, il devinait les pensées qui tournaient et retournaient sous son crâne, toujours à ressasser la même saleté qu'elle n'était pas fichue de lâcher. Quand il lui parlait, elle répondait, point à la ligne, sinon elle n'en cassait pas une. Une nuit où il était rentré tard et crevé de Buffalo, la maison était plongée dans le noir total et on n'entendait pas un bruit. Il avait cherché Claire et l'avait dénichée dans la chambre de la mioche, assise près de la fenêtre, serrant la couverture de la gamine dans ses bras. Il l'avait engueulée, pas tant parce qu'il était en rogne que parce qu'elle lui avait foutu la trouille, installée là comme un fantôme dans la drôle de lueur bleutée qui montait de la cour enneigée. Mais même quand il avait beuglé, elle avait juste tourné un peu la tête vers lui en fronçant les sourcils, on aurait cru quelqu'un qui entend quelqu'un d'autre appeler de très très loin.

Dans tout ça, la seule bonne chose pour lui avait été Cora. Elle l'avait calmé la nuit de l'accident et l'avait aidé à ficeler son histoire. Maintenant, elle montait de temps en temps s'asseoir avec Claire dans la journée et, plus d'une fois en arrivant, Andy l'avait trouvée en train de lui préparer son dîner alors que Claire, vêtue d'un peignoir qu'elle n'avait pas quitté depuis le matin, gisait sur leur lit, les yeux rouges, un mouchoir plaqué contre sa bouche et les pieds ballant dans le vide. Il y avait un truc avec ses pieds, blancs sur la cambrure et décolorés et calleux sur la plante, qui lui collait la nausée. Les pieds de Cora étaient longs et cuivrés, étroits au niveau des talons et larges et ronds à la naissance des orteils. À part son corps dur et hâlé, Cora ne voulait rien de lui. Jamais elle ne lui demandait de lui dire qu'il l'aimait, jamais elle ne s'inquiétait de l'avenir ni de ce qui se passerait si Claire découvrait leur liaison. Être avec Cora, c'était comme être avec un mec, sauf quand ils étaient au pieu, et même là elle avait presque l'appétit brutal d'un mec.

Ils descendaient l'allée de l'orphelinat quand ils tombèrent sur Brenda Ruttledge qui arrivait au portail. Elle portait un grand manteau en alpaga, un chapeau en laine et des bottes bordées de fourrure. Andy ne se souvenait pas que Claire l'avait bousculée alors qu'ils quittaient la fête de Noël de Josh Crawford – en fait, pour ce qui était de cet après-midi-là, il n'y avait pas grand-chose dont il se souvenait – et Claire, bien sûr, était trop absorbée par ses propres pensées pour reconnaître qui que ce soit.

En revanche, Brenda se rappela les avoir vus à la soirée, la pâle jeune femme au bébé et le petit mari au visage poupin, cramoisi et enragé d'avoir englouti trop de bières. La jeune femme paraissait dans un état épouvantable. Elle était grise et décharnée, on aurait dit qu'elle était bouleversée ou bien malade de peur ou de chagrin. Brenda les regarda quand ils se croisèrent : la femme marchait d'un pas raide tandis que le mari la guidait, le bras crispé autour de ses épaules.

Brenda avait escompté que l'Amérique serait différente de l'Irlande, que les gens y seraient plus heureux, plus ouverts sur l'avenir, plus amicaux, or ils étaient exactement comme ses concitoyens, tout aussi furieux, mesquins et tourmentés. Mais peut-être était-ce propre à Boston, vu que la ville comptait tellement d'Irlandais, toujours hantés par leur mémoire génétique de la Grande Famine et des bateaux-cercueils. Cela étant, ça ne lui plaisait pas de penser à ce genre de choses, au fait qu'elle était là, seule et si loin de son pays.

Ce fut encore la même jeune nonne aux dents de lapin qui lui avait ouvert la fois d'avant, quand elle avait amené la petite, qui lui ouvrit. Elle faillit lui demander son nom – elle ne savait pas si on avait le droit de poser ce genre de question ; de toute façon, ce n'aurait pas été son vrai nom, mais celui d'une sainte quelconque dont Brenda n'aurait encore jamais entendu parler. Elle avait une bonne petite bouille ronde et joviale ; enfin, dans cet endroit, ils n'allaient pas tarder à la délester de sa jovialité. Comme le couple dans l'allée, la nonne eut l'air de ne pas la reconnaître. Cela étant, elle avait dû accueillir des centaines de personnes depuis la dernière visite de Brenda.

« Je me demandais s'il me serait possible de voir mère Stephanus ? »

Elle craignait que son interlocutrice ne cherche à savoir pour quelles raisons, mais celle-ci l'invita à entrer dans le vestibule et déclara qu'elle allait voir si la mère supérieure était là. Lorsqu'elle sourit, ses dents pointèrent en avant et deux fossettes de bébé creusèrent ses petites joues rebondies. Elle resta partie un long moment sembla-t-il, puis revint et annonça que mère Stephanus était absente. Brenda devina qu'on lui mentait. Gênée, elle évita le regard pas méchant de la jeune religieuse.

« Je voulais juste prendre des nouvelles... des nouvelles d'un des bébés, bafouilla-t-elle. Elle s'appelle Christine. »

La jeune nonne ne répondit rien et demeura simplement les mains sur la taille, l'une par-dessus l'autre, en souriant poliment. Brenda supposa qu'elle n'était pas la première coursière – était-ce le terme correct ? – à revenir à Sainte-Mary pour s'enquérir d'un bébé. Elle repensa au commissaire de bord cockney, lors de la traversée, qui lui avait déconseillé de s'attacher à l'enfant. Il avait à peine consulté les papiers, les siens et ceux de la petite, puis s'était carré dans son siège derrière son bureau et, lorgnant sa poitrine d'un œil un rien fouine, lui avait lancé : « Croyez-moi, j'ai vu ça des tas et des tas de fois, des filles qui partaient, à peine sorties de l'école pour certaines. En débarquant aux États-Unis, elles considéraient le gamin comme le leur. » Pourtant, ce n'était pas qu'elle s'était sentie attachée, pas exactement, se disait-elle en redescendant l'allée, c'est juste qu'elle se surprenait encore à penser à la petite Christine et qu'elle se rappelait la drôle de sensation dans ses entrailles la première fois où elle l'avait prise dans ses bras, le soir de son départ sur le quai de Dun Laoghaire. Le couple qu'elle avait croisé dans l'allée, où était leur bébé aujourd'hui ? se demanda-t-elle. Elle revit le visage blême et bouleversé de la femme, ses yeux morts, et frissonna.

2.

Phoebe dormit durant la majeure partie du vol, tandis que Quirke, en proie à une amère détermination, se soûla des cognacs qu'une hôtesse aux yeux vifs lui prodiguait avec libéralité. Malgré les cinq heures qu'ils gagnèrent dans leur déplacement vers l'ouest, il faisait nuit quand ils débarquèrent du clipper, à la grande irritation de Quirke qui avait le sentiment d'avoir perdu une importante journée de sa vie. De l'aéroport, ils prirent un taxi jusqu'à Penn Station où, chacun sonné à sa façon, ils s'affalèrent contre leur vitre respective à bonne distance l'un de l'autre. Le train était neuf, aérodynamique et rapide, même si son odeur rappelait beaucoup celle d'un vieux convoi à vapeur. À la gare de Boston, ils furent accueillis par le chauffeur de Josh, un jeune homme menu et basané qui, dans son élégante tenue grise avec guêtres en cuir et casquette à visière brillante, ressemblait plus à un garçonnet affublé d'un uniforme de chauffeur. Il sentait l'huile capillaire et la cigarette. Il s'appelait Andy, répondit-il quand Quirke lui posa la question.

Il tombait une pluie glacée et, pendant qu'ils traversaient la ville en voiture, Quirke fouilla la pénombre du regard pour retrouver, dans les rues éclairées, les repères qu'il avait en tête, mais en vain. Il s'était écoulé vingt ans – mille, lui semblait-il – depuis son séjour avec Mal, quand tous deux médecins novices avaient bossé – ou feint de bosser plutôt –, l'espace d'une année, en tant que stagiaires au Massachusetts General grâce aux ficelles que le vieux copain du juge, Joshua Crawford, citoyen d'honneur de la ville et père de deux ravissantes filles en âge de se marier, avait tirées pour eux. Oui, plutôt mille ans.

« De tendres souvenirs t'agitent ? » s'enquit Phoebe, espiègle, de son côté de la voiture.

Il ne s'était pas rendu compte qu'elle l'observait. Il ne répondit rien.

« Qu'est-ce qui ne va pas ? » demanda-t-elle sur un autre ton.

Elle en avait marre de son humeur maussade ; il avait passé tout le voyage muré dans une sorte de bouderie.

Quirke reporta les yeux vers la vitre et la ville illuminée qui défilait à vive allure.

« Comment ça qu'est-ce qui ne va pas ?

— Tu as changé. Plus de blagues. C'est moi qui suis censée bouder. C'est ta chute ? »

Il demeura silencieux un moment, puis marmonna :

« Si seulement on pouvait...

— Quoi ?

— Je ne sais pas. Parler.

— On parle.

— Ah oui ? »

Elle haussa les épaules, puis renonça. Il sentit le chauffeur l'observer dans le rétroviseur.

Ils traversèrent South Boston, puis s'engagèrent sur l'autoroute. Scituate, où Josh Crawford possédait son manoir, était situé sur la côte, à une bonne trentaine de kilomètres de Boston et, peu après Quincy, ils s'engagèrent sur des petites routes étroites où la brume de mer s'attardait sous les arbres et où les fenêtres éclairées des maisons isolées perçaient l'obscurité d'une lumière jaune et mystérieuse. Il y avait encore des congères à Boston, mais là, en bordure de l'océan, même les accotements étaient dégagés. Ils passèrent devant une église dotée d'une flèche blanche qui s'élevait sur une butte, spectrale et comme rongée de solitude avec ses fenêtres vides. Personne ne parlait et Quirke, dont l'euphorie au cognac n'était plus qu'un vieux souvenir, avait renoué avec cette sinistre impression de détachement qui lui revenait si souvent ces derniers temps : on aurait juré que la grosse voiture, qui avalait ces virages en brimbalant gentiment sur sa somptueuse suspension, avait quitté la route et planait sur les ténèbres denses et humides pour rejoindre quelque endroit secret où ses passagers seraient évacués, puis escamotés sans bruit et sans laisser de traces. Il pressa un doigt et un pouce sur ses yeux. Il n'était pas lui-même ce soir.

Quand ils franchirent le portail de Moss Manor, une meute de chiens enfermée dans un chenil se mit à hurler quelque part dans la propriété. En remontant l'allée, ils virent que la porte du manoir était ouverte et que quelqu'un sur le seuil les attendait. Quirke se demanda comment la maisonnée avait pu connaître l'heure précise de leur arrivée. Peut-être avait-on entendu la voiture, ou aperçu ses phares, alors qu'elle négociait un tournant sur la route ? Andy, le chauffeur, fit décrire à la grosse berline un large demi-cercle sur les gravillons et s'arrêta.

La personne sur le seuil, à ce que Quirke vit, était une grande femme mince, en pull-over et pantalon. Phoebe et lui descendirent, le chauffeur tenant la portière pour la jeune fille. Une vilaine odeur de gaz d'échappement se déploya peu à peu dans l'air lourd et humide de la nuit glacée et, de loin, leur parvint le gémissement sépulcral d'une corne de brume. Les chiens s'étaient tus.

« Bienvenue, les voyageurs », leur cria la femme d'un ton ironique.

Ils avancèrent et, tendant les bras, elle prit les deux mains de Phoebe dans les siennes.

« Ça, par exemple, s'écria-t-elle d'une voix grave et rauque qui avait des intonations du Sud, regarde-toi, totalement femme et jolie comme un cœur. Tu embrasses ta vilaine belle-grand-mère ? »

Phoebe, ravie, lui planta aussitôt un baiser sur la joue.

« Je ne sais pas comment t'appeler, avoua-t-elle en riant.

— Voyons, charmante enfant, il faut que tu m'appelles Rose. Mais je présume qu'il ne faut pas que je te traite d'enfant. »

Elle avait délibérément retardé le moment de se tourner vers Quirke, lui donnant le temps, supposa-t-il, d'admirer son profil parfait, ses cheveux auburn coiffés en arrière, telles deux ailes, son front irréprochable, la noblesse de son nez, sa bouche ourlée en un sourire indolent, ironiquement princier. Et pour finir elle lui livra languissamment une main fine et fraîche, une main, il le nota, qui ne paraissait pas aussi jeune que le reste de sa personne.

« Vous devez être le fameux M. Quirke, déclara-t-elle en laissant son regard s'attarder sur lui. J'ai beaucoup entendu parler de vous. »

Il s'inclina en une ébauche de salut à moitié sérieux.

« En bien, j'espère ? »

Elle afficha son sourire implacable.

« Non, j'en suis désolée. »

Elle se tourna de nouveau vers Phoebe.

« Ma chérie, tu dois être épuisée. C'était un voyage épouvantable ?

— J'avais M. Boutentrain pour m'aider à préserver ma bonne humeur », rétorqua Phoebe avec une grimace de dégoût cocasse.

Ils entrèrent dans le grand vestibule haut de plafond, et Andy le chauffeur les suivit, avec leurs bagages. Quirke regarda les têtes d'animaux sur les murs, le large escalier en chêne sculpté, le plafond barré de poutres noires. L'atmosphère de la maison avait quelque chose de vaguement poisseux, comme si elle avait reçu longtemps auparavant de nombreuses couches de vernis qui n'avaient pas encore entièrement séché. Vingt ans plus tôt, la laideur du faux gothique de Moss Manor l'avait impressionné ; aujourd'hui, cette splendeur atroce lui semblait assez minable – était-ce dû à la vétusté ou son désenchantement général ternissait-il la grandeur d'antan ? Non, c'était les années : le manoir de Josh Crawford avait vieilli avec son propriétaire.

Une domestique en uniforme bleu apparut ; elle avait des cheveux gris souris et des yeux tristes d'Irlandaise.

« Deirdre que voici vous conduira à vos chambres, déclara Rose Crawford. Descendez quand vous serez prêts, s'il vous plaît. Nous prendrons un verre avant de dîner. »

Elle posa une main légère sur la manche de Quirke et ajouta, avec ce qu'il prit pour un sarcasme souriant :

« Josh est impatient de vous voir. »

Précédés par la domestique qui se déplaçait à pas feutrés, ils gagnèrent le pied de l'escalier ; Andy le chauffeur était déjà monté avec leurs valises.

« Comment va Grand-père ? » s'enquit Phoebe.

Rose lui sourit.

« Oh, il est mourant, malheureusement, ma chérie. »

Les étages de la maison se révélèrent moins étouffants et moins délibérément grandioses que le rez-de-chaussée. En haut, l'influence de Rose était évidente sur les murs rose foncé et dans le mobilier Empire. Après qu'ils eurent laissé Phoebe à sa chambre, la domestique mena Quirke à la sienne. Il se reconnut aussitôt et chancela sur le seuil.

« Mon Dieu », murmura-t-il.

Sur une commode marquetée de noyer trônait, dans un cadre en argent, une photo de Delia Crawford à l'âge de dix-sept ans. Il se rappelait cette photo : il lui en avait soutiré une copie. Il porta la main à son front et tâta ses cicatrices, un de ses nouveaux tics. La domestique observa sa surprise et son désarroi avec une certaine inquiétude.

« Je suis désolé, lui confia-t-il, c'était la chambre de ma femme quand elle vivait ici. »

La photographie avait été réalisée à l'occasion d'un bal de débutantes, Delia arborait un diadème et on voyait le haut col de sa robe de soirée apprêtée. Un sourcil arqué, elle fixait l'objectif avec une sorte de lascivité amusée. Il connaissait ce regard : durant tous ces mois fous d'amour à Boston, il allumait chez lui de tels paroxysmes de désir qu'il en avait le bas-ventre douloureux et la bouche à vif. Et comme elle se moquait de lui quand, en proie à un délicieux tourment, il se tordait devant elle ! Ils croyaient avoir la vie devant eux.

Lorsque la domestique fut partie, refermant la porte sans bruit derrière elle, il s'assit lourdement sur le lit, face à la commode, les mains ballantes entre ses genoux. Alentour, la demeure baignait dans le silence, même si ses oreilles vibraient encore de l'impitoyable bourdonnement des moteurs de l'avion. L'œil plein d'indulgence sardonique de Delia le considérait calmement d'un air qui semblait dire : *Alors, Quirke, et maintenant ?* Il se saisit de son portefeuille et en sortit une autre photo, bien plus petite que celle de Delia et vilainement chiffonnée et déchirée sur l'un des bords. C'était un cliché de Phoebe, pris à l'époque où elle aussi avait dix-sept ans. Il se pencha en avant, la coinça sous l'un des coins du cadre en argent, puis se rassit, les mains toujours ballantes, et contempla un long moment leurs images à toutes deux, mère et fille.

Lorsqu'il descendit, il suivit les voix jusqu'à une vaste pièce au sol parqueté de chêne qu'il se rappelait être la bibliothèque de Josh Crawford. Elle abritait de grandes vitrines remplies de volumes reliés cuir que personne n'avait jamais ouverts ; au centre, une longue table de lecture dotée d'un plateau à deux pentes et un énorme planisphère ancien sur une base en bois. Dans la cheminée, de la taille d'un homme, un feu de bois brûlait sur un support surélevé en métal noir. Rose Crawford et Phoebe se partageaient un canapé en cuir. En face d'elles, de l'autre côté de la cheminée, Josh Crawford était affalé dans son fauteuil roulant. Il portait un peignoir en soie somptueuse, une ceinture cramoisie et des chaussons orientaux rebrodés d'étoiles dorées ; un châle en laine bleu de Perse était jeté sur ses épaules. Quirke regarda le crâne chauve et grêlé en forme de poire à l'envers, sur les côtés et à l'arrière duquel s'accrochaient encore quelques mèches de cheveux longs et mous pathétiquement teints en noir pour faire jeune ; les paupières rose cru et tombantes ; les mains noueuses et veinées de cordes – et repensa à l'homme vigoureux, élégant et dangereux qu'il avait connu deux décennies plus tôt, boucanier moderne qui avait jeté l'ancre sur cette côte toujours lotie en pirates où il avait amassé une fortune. Il vit que Rose Crawford n'avait pas menti : son mari se mourait, et vite. Seuls ses yeux restaient tels qu'ils avaient été, bleu requin, perçants, allégrement malveillants. Là, il les leva vers Quirke et lâcha :

« Tiens, tiens, tiens, les mauvaises herbes ont la vie dure.

— Bonsoir, Josh. »

Quirke approcha du feu et Josh remarqua sa claudication ainsi que la zone de chair morte et tuméfiée sous son œil gauche, là où le bout en acier d'une des chaussures de M. Punch ou de la grosse Judy avait laissé son empreinte.

« Que t'est-il arrivé ?

— Une chute. »

Quirke commençait à se lasser de ce mensonge inutile.

« Ah oui ? fit Crawford en affichant un demi-sourire sur son visage parcheminé. Tu devrais faire plus attention.

— C'est ce que tout le monde me répète.

— Alors, pourquoi n'écoutes-tu pas les conseils de tout le monde ? »

Rose, Quirke le nota, appréciait cette petite passe

d'armes. Elle s'était changée et arborait un fourreau en soie écarlate et des chaussures assorties dont les talons mesuraient près de huit centimètres. Elle souffla sa fumée de cigarette vers le plafond, leva son verre et l'agita dans un tintement de glaçons.

« Buvez donc quelque chose, monsieur Quirke, proposa-t-elle en s'extirpant du canapé. Un whisky ? »

Puis elle jeta un coup d'œil à Phoebe.

« Et toi, ma chérie ? Un gin tonic ? Si c'est – elle avisa Quirke – permis ?

— Pourquoi tu lui demandes ? » rétorqua Phoebe d'un ton dégagé en tirant la langue à Quirke.

Elle aussi s'était changée et avait passé sa tenue de soirée en satin bleu.

« Merci de m'avoir mis dans la chambre de Delia », lança Quirke à Rose.

Verre et bouteille en main, cette dernière releva le nez de la table aux boissons.

« Oh la, la, la, marmotta-t-elle, c'était la sienne ? »

Elle haussa les épaules pour souligner un regret manifestement feint, puis fronça les sourcils.

« Encore une fois, il n'y a pas de glaçons. »

Elle se dirigea vers la cheminée et pressa une sonnette fixée au mur.

« Ça va, marmonna Quirke, je m'en passe. »

Elle lui remit le whisky, puis s'attarda un instant juste devant lui.

« Mon Dieu, monsieur Quirke, murmura-t-elle de sorte que lui seul pût entendre, on m'avait dit que vous étiez costaud, ce n'était pas du bluff. »

Il lui retourna son sourire et elle pivota avec un petit mouvement de hanches facétieux pour regagner la table aux boissons où elle prépara un gin pour Phoebe et un autre bourbon pour elle. De son fauteuil roulant, Josh Crawford souriait férocement en suivant chacun de ses mouvements avec concupiscence. La domestique se présenta et Rose lui réclama d'un ton brusque davantage de glaçons. La jeune fille était terrifiée par sa patronne, c'était clair. Lorsqu'elle fut partie, Rose confia à Crawford :

« Franchement, Josh, ces orphelins, ces chiens perdus sans collier que tu m'obliges à embaucher ! »

Crawford se contenta de ricaner.

« De gentilles jeunes filles catholiques », dit-il.

Il grimaça sous l'effet d'une gêne physique, puis se rembrunit.

« Ce fichu feu chauffe trop... allons à la galerie de verre. »

La bouche de Rose se pinça, elle parut prête à protester, mais après avoir croisé le regard de son mari – cette mâchoire maussade, ces yeux froids de poisson –, elle posa son bourbon.

« Comme tu veux, chéri », répondit-elle avec des intonations douces et soyeuses.

Ils parcoururent, tous les quatre, des couloirs encombrés de meubles coûteux, vilains – chaises en chêne, malles ornées de clous de laiton, tables mal équarries qui auraient pu être et qui étaient sans doute, se dit Quirke, arrivées par le *Mayflower* –, Quirke poussant Crawford dans son fauteuil et les deux femmes derrière.

« Eh bien, Quirke, demanda Crawford sans tourner la tête, tu es venu me voir mourir, pas vrai ?

— Je suis venu avec Phoebe. »

Crawford opina.

« Oui, bien sûr. »

Lorsqu'ils parvinrent à la Crystal Gallery, Rose pressa un interrupteur et des batteries de lampes au néon très haut au-dessus d'eux s'allumèrent dans une succession de petits bruits assourdis. Quirke porta son regard au-delà des projecteurs pour contempler toute cette obscurité qui pesait sur l'énorme dôme de verre constellé de pluie. L'air là-dedans, lourd et étouffant, exhalait la sève et le terreau. Il lui parut curieux de ne pas se rappeler cet endroit extraordinaire, or, il avait dû le voir, il avait dû y entrer, quand il était venu là pour la première fois avec Delia. Partout alentour, de brillantes feuilles de palmier, des fougères et des orchidées sans fleurs se déployaient immobiles, pareilles à d'immenses oreilles de forme compliquée à l'écoute de ces intrus. Rose entraîna Phoebe à l'écart et elles allèrent se perdre ensemble dans la végétation touffue. Quirke, pour sa part, poussa le fauteuil roulant vers un espace dégagé où se trouvait un banc en fer forgé et s'assit, heureux de reposer son genou. Le métal était moite au toucher et presque tiède. Chauffer cet endroit tout un hiver, songea-t-il en passant, devait coûter l'équivalent de ce qu'il gagnait en un an.

« Je me suis laissé dire que tu étais allé fourrer ton nez dans nos activités », déclara Josh Crawford.

Quirke le regarda. Le vieillard fixait l'endroit entre les palmiers où les deux femmes avaient disparu de leur champ de vision.

« De quelles activités s'agit-il ? »

Josh Crawford renifla et produisit un bruit proche d'un ricanement.

« Tu as peur de la mort, Quirke ? »

Ce dernier réfléchit une minute.

« Je ne sais pas. Oui, je suppose. Ce n'est pas le cas de tout le monde ?

— Pas moi. Plus je m'en approche, moins j'en ai peur. »

Il soupira et Quirke surprit le râle dans sa poitrine.

« Le seul aspect positif de la vieillesse, c'est qu'elle vous donne l'occasion de rétablir l'équilibre. Entre le mal et le bien, je veux dire. »

Il tourna la tête vers Quirke.

« J'ai commis des trucs épouvantables dans ma vie – gloussement, autre râle –, et me suis même débrouillé pour que d'autres boivent le bouillon, mais j'ai également fait beaucoup de bien. »

Il s'interrompit un instant.

« C'est vrai ce qui se raconte, Quirke. Ici, c'est le Nouveau Monde. L'Europe est finie. La guerre et tout ce qui a suivi y ont veillé. »

Il pointa l'ongle jauni d'un long doigt noueux vers le sol en ciment.

« Le pays de Dieu. C'est ici. »

Il hocha la tête, en travaillant de la mâchoire comme s'il rongeait quelque chose de tendre et d'impossible à avaler.

« Est-ce que je t'ai jamais raconté l'histoire de cette maison ? Scituate, où nous sommes, c'est là où les Irlandais de la Grande Famine ont débarqué, durant les sombres années 1840. Les protestants, les Anglais, le gratin, s'étaient installés sur la côte nord, pas question que les Irlandais essaient de s'incruster par là, donc les nôtres sont descendus vers le sud. Souvent, je les imagine, je les visualise mentalement – il se tapota le front du bout du doigt –, ces rustres qui n'avaient que la peau sur les os et leurs rouquines de bonnes femmes, décharnées, arpentant la côte avec leur marmaille increvable. Horriblement pauvres tous autant qu'ils étaient, affamés en Irlande, puis affamés ici. Le pays était rude en ce temps-là, falaises, rochers, champs rongés par le sel. Oui, je les vois, cramponnant leurs ongles sur ce rivage, ratissant les fonds peu profonds dans l'espoir d'y ramasser des crabes et des clams, effrayés par la mer, comme la majorité d'entre nous, effrayés par les profondeurs. Pourtant, quelques familles de pêcheurs se sont fixées sur les deuxième et troisième falaises par là-bas – il agita le pouce par-dessus son épaule –, des gens du Connemara, malins comme des loutres, habitués aux eaux dangereuses et à circuler entre les bras de mer. À marée basse, ils la repérèrent sur les rochers : l'algue rouge. Ils la connaissaient d'Irlande, tu vois. *Chrondus crispus* ainsi qu'une autre variété, la *Gigartina mamillosa* – ça va ton latin, Quirke ? La mousse d'Irlande. C'était de l'or rouge à l'époque. Des centaines d'usages pour ce machin, depuis le blanc-manger jusqu'au papier peint préencollé sans oublier l'encre d'imprimerie. Ils ont commencé à la ramasser à marée basse, à bord de bateaux et armés de râteaux, à la sécher sur la plage, puis à l'expédier, par charretées, à Boston. En l'espace de dix ans, il y avait des millionnaires de la mousse dans le coin – oui, oui, des millionnaires. L'un d'eux a construit cette maison, William Martin McConnell, connu également sous le nom de Billy le Boss, un gars du comté de Mayo. Le Boss et sa mousse. Moss Manor... tu piges ? Puis le chemin de fer est arrivé. 1871, les premiers trains se pointaient. Les hôtels ont poussé tout du long de North Scituate, de jolies petites maisons de vacances à Egypt Beach, à Cedar Point. Des pompiers, des commissaires de police, des Irlandais arrivistes, des hommes d'affaires des environs de Quincy, de Worcester même, ils ont tous déboulé ici. Le cardinal Curley avait une baraque à... j'ai oublié. Toutes sortes de gens, ils dégustaient le pays, plantaient leurs dents dans cette côte opulente. On appelait ça, et encore maintenant, la riviera irlandaise. Ils ont construit des terrains de golf, des clubs sportifs – la *Hatherly Beach Playground Association* ! »

Il lâcha un gloussement plein de phlegme tandis que sa tête fragile ballottait au bout de la tige filiforme qui lui servait de cou. Ça l'amusait de penser à ces Irlandais horriblement pauvres, à leurs prétentions, à leurs succès choquants. C'était ça qui le nourrissait, comprit Quirke, c'était ça, ce mince et amer gruau de souvenirs, d'imagination, de malveillance et d'amusement vindicatif, qui le maintenait en vie.

« Les Irlandais sont imbattables, Quirke. On est comme les rats, toujours dans un rayon de deux mètres. »

Il recommença à tousser, se martela durement le torse du poing à plusieurs reprises, puis retomba épuisé au fond de son fauteuil.

« Je t'ai demandé, Quirke, insista-t-il dans un murmure rauque, pourquoi tu avais entrepris ce voyage ? Et ne me réponds pas que c'est pour la petite. »

Quirke haussa les épaules et déplaça sa jambe afin d'atténuer sa douleur ; sous ses fesses le métal du siège devenait de plus en plus froid.

« J'ai fui.

— Quoi ?

— Des gens qui font des trucs épouvantables. »

Sous le regard de Quirke, Josh sourit et, souriant, détourna les yeux.

« C'est quoi ces activités dans lesquelles j'ai été fourrer mon nez, Josh ? »

Crawford leva la tête et scruta vaguement les grands panneaux de verre miroitants qui les entouraient. Dans cette vaste galerie à l'atmosphère artificielle, ils auraient aussi bien pu être à cent lieues sous les mers ou à un million de miles dans l'espace intersidéral.

« Tu sais qui je suis, Quirke ? poursuivit Crawford. Je suis un planteur. Il y a des gens qui plantent des graines, d'autres des arbres... moi, je plante des âmes. »

Les femmes s'étaient arrêtées devant un pot en terre cuite contenant un rosier nu et pourvu de longues et minces branches épineuses qui, pour Phoebe, ressemblaient aux mains crochues d'une sorcière de conte de fées.

« Il porte mon nom, expliqua Rose. C'est fou, non ? Josh a payé une fortune à un rosiériste très couru d'Angleterre et voici le *Rose Crawford*. Les fleurs, quand elles s'ouvrent, sont d'une méchante nuance cramoisie et n'ont aucun parfum. »

Elle sourit à la jeune fille qui respectueusement feignait l'intérêt.

« À ce que je vois, l'horticulture ne t'intéresse pas. Ce n'est pas grave. Pour être honnête, moi non plus, mais il faut que je fasse semblant, pour Josh. »

Elle posa la main sur le bras de Phoebe et elles revinrent sur leurs pas.

« Tu vas rester ici un moment ? » demanda-t-elle.

Surprise et un peu inquiète, Phoebe la dévisagea avec de grands yeux.

« À Boston ?

— Oui. Reste avec nous, avec moi. Josh pense que tu devrais.

— Qu'est-ce que je ferais ?

— Ce qui te chante. Va à l'université – on peut t'aider à intégrer Harvard ou le Boston College. Ou ne fais rien. Vois des choses. Vis... tu sais comment te débrouiller, n'est-ce pas ? »

À dire vrai, elle avait dans l'idée que c'était une des choses – la plus importante – que la jeune fille n'avait pas encore apprises. Derrière un vernis de maturité, épais comme une couche de rouge à lèvres, c'était, Rose le voyait bien, une adorable petite chose sans expérience, sans certitudes, avide de se frotter à l'existence mais ne sachant pas trop si elle était prête pour et apeurée à l'idée de la forme effrayante que ça risquait de revêtir. Il y avait tant de trucs que Rose pouvait lui apprendre. La perspective d'avoir une protégée lui plaisait assez.

Après avoir plongé sous une plante tropicale grimpante, dont les longues vrilles entortillées évoquèrent à Phoebe les pattes d'une araignée géante, elles aperçurent de nouveau Quirke et Josh Crawford.

« Regarde-les, murmura Rose en s'arrêtant. Ils parlent de toi.

— De moi ? Comment le sais-tu ?

— Je sais tout. »

Une fois encore, elle toucha le bras de la jeune fille.

« Pour ce qui est de rester, tu réfléchiras à ce que je t'ai dit, d'accord ? »

Les lèvres étroitement pressées l'une contre l'autre et les yeux brillants, Phoebe acquiesça en souriant. Elle se sentait étourdie et énervée. C'était exactement le sentiment qu'elle éprouvait, enfant, sur la balançoire du jardin. Elle adorait quand son père la poussait de plus en plus haut et qu'elle avait l'impression qu'elle allait passer par-dessus et décrire un cercle complet. Il y avait un instant, au plus haut point de l'arc, où tout s'arrêtait et où le monde demeurait en suspens au-dessus d'un énorme vide d'air et de lumière, et dans un silence saisissant. C'était pareil maintenant, sauf que l'instant se prolongeait indéfiniment. Elle savait qu'elle n'aurait pas dû dire oui quand Rose lui avait offert ce fameux gin – même s'il n'était que dix heures ici, c'était en réalité le milieu de la nuit pour elle –, mais ça lui était égal. L'espace d'un moment, elle était restée assise sans bouger sur la balançoire, en petite jeune fille sage, puis une main posée sur ses reins l'avait poussée et voilà qu'elle se retrouvait plus haut qu'elle n'avait jamais été.

Elles avancèrent vers l'endroit où se trouvaient les hommes. Avec la fatigue du voyage et l'alcool, le visage meurtri de Quirke était bouffi et la masse de chair tuméfiée sous son œil gauche d'un blanc livide. Josh Crawford leva la tête vers Phoebe et afficha un grand sourire.

« La voici, s'écria-t-il, ma petite-fille préférée !

— Ce n'est pas terrible comme compliment, répliqua Phoebe en lui retournant son sourire, vu que je suis ta seule petite-fille. »

Il la prit par les poignets et l'attira vers lui.

« Regarde-toi, tu es déjà une femme. »

Quirke les observa en s'émerveillant avec un amusement amer de la rapidité à laquelle Phoebe avait pardonné à son grand-père d'avoir pris parti avec les autres contre son intention d'épouser Conor Carrington.

Rose, qui, de son côté, observait Quirke, nota l'amertume hagarde de son expression.

« Où vont-elles, ces années, hein, monsieur Quirke ? » lança-t-elle sur un mode léger.

Brenda Ruttledge apparut, dans son uniforme d'infirmière et coiffée d'un petit chapeau impeccable, elle apportait un plateau en argent sur lequel étaient posés un flacon de pilules et un verre d'eau. En voyant Quirke, elle chancela et sa bouche se tordit une seconde ; lui aussi se montra légèrement troublé de la voir ; il avait oublié qu'elle serait à Moss Manor.

« C'est l'heure de vos médicaments, monsieur Crawford », annonça-t-elle d'une voix qu'elle avait manifestement du mal à empêcher de chevroter.

Quirke lui décocha son sourire las.

« Bonsoir, Brenda.

— Monsieur Quirke », bredouilla-t-elle sans vouloir ni pouvoir soutenir son regard.

Elle lança un sourire oblique à l'intention de Phoebe et toutes deux se saluèrent d'un signe de tête mais personne ne prit la peine de les présenter.

De son regard perçant, Rose observa Quirke et l'infirmière. Josh Crawford avait surpris lui aussi le frisson qui les avait parcourus l'un comme l'autre et sourit en découvrant ses molaires.

« Vous vous connaissez, n'est-ce pas ? » remarqua-t-il.

Sans le regarder, Quirke répondit :

« Nous étions collègues à Dublin. »

Un bref silence s'abattit tandis que l'écho du terme *collègues* résonnait incongrûment. Crawford se saisit du verre d'eau tandis que Brenda secouait le flacon pour en faire tomber trois gros comprimés dans sa paume. Crawford les fourra dans sa bouche, but et grimaça.

Quant à Rose, elle joignit les mains sans bruit, puis proposa avec une brusquerie gentille :

« Eh bien, Phoebe, monsieur Quirke, si nous dînions... ? »

Plus tard, Quirke ne parvint pas à trouver le sommeil. Durant le dîner, dans la salle à manger lugubrement éclairée aux chandelles, la conversation avait été fort limitée. On leur avait servi des pavés de bœuf luisants, des pommes de terre rôties couleur noyer, du chou haché menu et des carottes racornies par la cuisson, chaque plat profusément recouvert, semblait-il, d'une poisseuse couche de l'omniprésent vernis domestique. Plus d'une fois, Quirke avait senti son esprit s'éclipser vers un lieu obscur et flou qui n'était ni là ni ailleurs. En montant, il avait trébuché dans l'escalier et Phoebe avait glissé la main sous son bras en se moquant de son besoin de récupérer. Il était resté allongé un moment sur le lit de sa chambre, la chambre de Delia, sans s'être déshabillé – il n'avait pas encore défait sa valise ; même s'il avait tourné sa photo vers le mur, Delia constituait toujours une présence dérangeante. Ou non, pas elle précisément, mais un souvenir d'elle, pétri de ressentiment et de vieille colère. Il essaya de le chasser de son esprit, rien n'y fit. C'était la nuit de la fête d'adieu que Josh Crawford avait donnée en leur honneur, à Mal et à lui, vingt ans auparavant. Un doigt posé sur ses lèvres retroussées en un sourire malicieux, Delia l'avait entraîné à l'écart, amené dans cette pièce et, vêtue de sa robe de soirée, s'était étendue avec lui sur le lit. Au début, elle n'avait pas voulu qu'il lui fasse l'amour, n'avait pas voulu qu'il lui fasse quoi que ce soit et n'avait cessé de repousser ses mains importunes. Il entendait encore son rire doux, moqueur et provocant et sa voix rauque à son oreille quand elle le traitait de grand buffle. Il allait renoncer quand elle s'était dévêtue prestement, avec une aisance consommée – qui, lorsqu'il y avait repensé bien malgré lui ensuite, lui avait fait l'effet d'un coup de poignard chauffé à blanc dans sa conscience –, s'était rallongée en souriant, avait ouvert les bras et l'avait accueilli si profondément en elle qu'il avait compris qu'il ne retrouverait jamais vraiment le moyen d'en ressortir.

Là, il se leva et dut passer une minute, les yeux clos, à attendre que son vertige se dissipe. Il avait bu trop de whisky, puis trop de vin à table, il avait fumé trop de cigarettes et l'intérieur de sa bouche lui paraissait tapissé d'un mince tégument de viande grillée, chaude et lisse. Il enfila sa veste, sortit de la pièce et s'engagea dans la maison silencieuse. Il avait le sentiment que d'autres étaient réveillés aussi : il lui semblait qu'ils tournicotaient autour de lui, qu'ils veillaient sur lui machinalement, dans l'air raréfié. Sa canne coincée sous le bras, il attrapa à deux mains sa jambe toujours immobilisée et négocia avec prudence le large escalier en chêne en la manœuvrant maladroitement marche après marche. Où allait-il ? Il n'en avait pas idée. L'atmosphère était vigilante, hostile même, comme si le manoir, et pas seulement ses habitants, avait conscience de sa présence, conscience de lui et, d'une certaine façon, lui en voulait. Les portes, lorsqu'il les ouvrait, claquaient la langue pour manifester le déplaisir que leur causait sa venue, puis se refermaient en soupirant, lorsqu'il s'éloignait, heureuses d'être débarrassées de lui.

Espérant que la compagnie momentanée de choses vivantes mais inanimées pourrait apaiser son esprit et l'aider à regagner son lit et à céder enfin au sommeil, il prit, crut-il, la direction de la Crystal Gallery et de sa flore silencieuse mais il eut beau chercher tant qu'il put, il ne la retrouva pas. À la place, il débarqua dans un lieu presque aussi grandiose qui abritait une longue piscine peu profonde. Les lumières étaient disposées dans des niches à demi fermées sous le rebord du bassin, dont la surface furtivement ondoyante renvoyait des vagues de reflets sur les murs en marbre et le plafond, une coupole à pans coupés en plâtre pâle dont la forme rappelait le toit d'une tente de chef bédouin. Ici aussi, l'air chauffé artificiellement était cotonneux et écœurant et, en approchant du bord, Quirke sentit la sueur s'amasser entre ses omoplates ainsi que sur ses paupières et sa lèvre supérieure. De nouveau les mugissements des cornes de brume retentirent au loin ; ils lui évoquaient les appels désespérés et pathétiques de grands animaux blessés criant de douleur quelque part au large.

Il s'entendit retenir son souffle. Il y avait un corps dans l'eau.

C'était une femme, vêtue d'un maillot noir et d'un bonnet de caoutchouc. Elle flottait sur le dos, les yeux fermés, les genoux légèrement pliés et les bras en croix. L'élastique de son bonnet noir bien emboîtant brouillait ses traits et au début il ne la reconnut pas. Il songea à s'esquiver sans bruit – son cœur battait encore à tout rompre de la stupeur ressentie en la découvrant – mais elle se remit sur le ventre et, d'une brasse lente, avança de nouveau vers l'endroit où il se tenait. Quand elle le vit se dresser au-dessus d'elle sur sa canne, elle recula, effrayée, en battant des bras et des jambes à la manière d'une grenouille, et fit bouillonner l'eau. Puis elle revint vers lui, pointa le menton, afficha un sourire piteux. C'était Brenda Ruttledge.

« Dieu tout-puissant, s'exclama-t-elle en s'accrochant aux montants de l'échelle métallique et en s'arrachant à l'eau d'un petit bond plein d'entrain, vous m'avez fait une peur épouvantable.

— Vous aussi, vous m'avez effrayé. Je vous ai prise pour un cadavre.

— Eh bien, riposta-t-elle en riant. S'il y a quelqu'un capable de faire la différence, ce devrait être vous, j'imagine. »

Quand elle eut remonté l'échelle, ils se retrouvèrent face à face, plus proches l'un de l'autre qu'ils ne l'avaient prévu. Il perçut la fraîcheur humide qui émanait de sa chair et même la chaleur du sang derrière. Autour d'eux, les lumières de l'eau dansaient en jouant sur les murs. Elle ôta son bonnet et secoua ses cheveux.

« Vous ne direz rien, n'est-ce pas ? demanda-t-elle à moitié sérieusement. Ils n'aiment pas que le personnel utilise la piscine. »

Elle passa devant lui et se pencha pour attraper sa serviette. Il se rendit compte avec stupéfaction qu'il ne l'avait encore jamais vue aussi dénudée. Elle avait des hanches larges et des jambes courtes, plutôt épaisses et bien faites. C'était une fille de la campagne, bâtie pour porter des enfants. Il se sentit vieux subitement. Elle devait être encore au berceau quand il batifolait ici avec la ravissante Delia Crawford. Un baiser, se rappela-t-il, c'était tout ce qu'il y avait eu entre eux, entre cette fille et lui, un baiser éméché, volé lors d'une fête, la nuit où il avait entendu le nom de Christine Falls pour la première fois. Elle revint avec la serviette dont elle se séchait les épaules. Le visage d'une femme débarrassé de son maquillage ne manquait jamais de l'émouvoir. Quand elle leva le bras, il aperçut la petite tache que faisaient ses poils noirs et humides en dessous.

« Qu'est-ce qu'il vous est arrivé à la figure ? s'écria-t-elle. J'ai remarqué ça tout à l'heure. Et vous boitez ?

— Une culbute. »

Elle le fixa attentivement ; il vit qu'elle ne le croyait pas.

« Oh, lança-t-elle brusquement, j'ai la goutte au nez ! »

Elle renifla, éclata de rire, puis enfouit son visage dans la serviette. Quirke se dit : J'ai déjà vécu ça.

Au bord de la piscine, il y avait deux fauteuils en rotin de part et d'autre d'une table basse en bambou. Brenda enfila un peignoir blanc en éponge et ils s'assirent. Sous le poids de Quirke, le rotin craqua comme une flambée d'épineux. Il offrit une cigarette à la jeune femme mais elle refusa. Les reflets du bassin, plus paisibles maintenant que l'eau s'était calmée, traçaient des arabesques rêveuses sur le mur et le plafond et lui rappelaient un peu des gouttes de sang pressées entre les lames de verre d'un microscope.

« Et de toute façon, qu'est-ce vous fabriquez, debout à cette heure ? »

Il haussa les épaules et le fauteuil émit une nouvelle plainte bruyante.

« Je n'arrive pas à dormir.

— J'ai connu ça pendant une éternité, après mon arrivée. J'ai cru devenir folle. »

Quirke eut l'impression d'entendre un je-ne-sais-quoi d'âpre dans sa voix, un hoquet chagrin.

« Vous avez le mal du pays, c'est ça ? »

Une fois de plus, elle fit non de la tête.

« J'étais mal au pays, c'est d'ailleurs pour ça que je suis partie. »

Regardant droit devant elle, elle ne voyait pas ce lieu-ci mais l'autre ailleurs, de même qu'elle ne voyait pas le présent mais le passé.

« Non, poursuivit-elle, c'est cet endroit auquel je ne m'habitue pas. Cette maison. Ces fichues cornes de brume.

— Et Josh Crawford ? Vous vous êtes habituée à lui ?

— Oh, je sais m'y prendre avec des gens comme M. Crawford. »

Elle se tourna vers lui, leva les jambes pour caler ses pieds sous elle et tira son peignoir sur ses genoux lisses et ronds. Il imagina qu'il plaçait son visage entre ses cuisses, que sa bouche y débusquait ses lèvres fraîches et humides et le creux brûlant à l'intérieur.

« J'ai été surprise quand j'ai appris que vous veniez.

— Vraiment ? »

Leurs voix portaient sur l'eau et arrachaient aux murs de légers échos marins. Elle continuait à l'étudier.

« Vous avez changé, déclara-t-elle.

— Oui ?

— Vous êtes plus silencieux.

— *Finies les blagues.* »

Il sourit d'un air triste.

« C'est un truc que Phoebe m'a dit.

— Elle a l'air bien, Phoebe.

— Oui, elle l'est. »

Ils demeurèrent silencieux et les échos se dissipèrent. Au loin, dans le manoir, une horloge frappa une unique note argentée et, un instant plus tard, un autre carillon retentit, plus loin, et encore un autre, plus loin encore, puis le silence retomba.

« Dites-moi, demanda Quirke, que savez-vous de cette œuvre caritative dont Josh s'occupe ?

— Vous parlez de l'orphelinat ? »

Il la regarda.

« De quel orphelinat s'agit-il ? insista-t-il paisiblement.

— De Sainte-Mary. C'est à Brookline. Il le finance. »

Gênée, elle sentit un frisson la parcourir comme une pointe d'aiguille. Que cherchait-il ? Pour changer de sujet, elle lança :

« Mme Crawford s'est toquée de vous. »

Il haussa les sourcils.

« Et comment le savez-vous ?

— Je le sais, c'est tout. »

Il hocha la tête.

« Votre intuition féminine, c'est ça ? »

Devant la moquerie froide qui teintait subitement sa voix, elle tressaillit. Elle se leva, s'emmitoufla soigneusement dans le peignoir et, agitant le bonnet de bain qu'elle tenait par sa lanière, s'éloigna au milieu des lumières fantomatiques et folâtres.

« Votre nièce a raison, lui lança-t-elle par-dessus son épaule. Finies les blagues. »

3.

De gros rouleaux, longs et denses, passaient lentement devant le phare sur son rocher au large et s'écrasaient sur la plage où leur écume blanche glacée se fondait dans l'atmosphère. À cet endroit, la côte était très escarpée et se déployait en falaises jusque vers Provincetown et l'immensité de l'Atlantique plus loin. Debout côte à côte sur la cale de lancement en béton, Quirke et Phoebe scrutaient l'horizon. Un vent violent qui arrivait de la mer en mugissant leur projetait des embruns à la figure et rabattait furieusement les pans de leurs manteaux contre leurs jambes. Phoebe dit quelque chose mais, avec les rafales et le chuintement bruyant des galets qui roulaient sous la houle, Quirke ne l'entendit pas. Il mit une main en cornet autour de son oreille, elle se pencha davantage et hurla de nouveau :

« J'ai l'impression que, si je déployais les bras, je m'envolerais ! »

Qu'elle était jeune ; elle ne paraissait pas du tout affectée par le long et assommant voyage depuis l'Irlande : ses yeux étincelaient, elle avait les joues en feu. Derrière eux, la grosse Buick rutilante de Josh Crawford garée en épi sur le sentier sablonneux semblait tapie, telle une énorme chose qui aurait émergé de l'océan et se serait échouée là. Andy Stafford, dans son grand manteau de chauffeur, montait la garde à proximité et les observait avec attention : il tenait sa belle casquette à visière le long du corps et ses cheveux noirs brillantinés, rejetés complètement en arrière, lui collaient au crâne. Dans sa tenue gris militaire et ses guêtres cirées, il avait l'allure frêle du tout jeune soldat affrontant le vent du combat.

Quirke et Phoebe se tournèrent et s'engagèrent sur le sentier sablonneux à l'abri des dunes. Un peu en retrait de la mer se dressaient quelques cabanons en bois à la peinture écaillée et aux fenêtres voilées par le sel des embruns. Avec sa canne, Quirke était obligé d'avancer prudemment, car le terrain était accidenté et peu stable par endroits et les oyats semblaient suffisamment coriaces et grossiers pour s'enrouler autour de ses chevilles et le faire trébucher. En dépit de cette contrainte, il se sentait tellement grisé qu'il avait l'impression que le vent risquait aussi de le soulever de terre et de le projeter en tourbillonnant vers les cieux tumultueux. Il s'arrêta et sortit ses cigarettes mais les bourrasques étaient trop violentes et son briquet refusa de s'allumer. Ils poursuivirent leur chemin.

« Autrefois, je venais ici avec Delia », lui confia-t-il.

Il regretta aussitôt sa confidence, car bien entendu Phoebe sauta sur l'occasion.

« Comment elle était, Delia ? demanda-t-elle avec avidité en lui pressant le bras. Je veux dire, vraiment. Maintenant que je suis ici, j'ai envie de savoir. Je perçois presque sa présence, dans la maison.

— Oh, séduisante, je dirais. »

Était-ce vrai ? Elle était totalement dénuée de scrupules – la fille de son père –, ce qui l'avait certainement séduit. Mais il l'avait également détestée. Curieux, l'amour et la haine, les deux faces de cette pièce précieuse qu'elle lui avait remise de manière si désinvolte. Phoebe hocha la tête gravement, comme s'il venait d'énoncer une idée profonde. Son vif désir de savoir comment Delia était vraiment... avait-elle inconsciemment idée de ce qu'elle était pour elle ?

« Je croyais que la femme séduisante, c'était maman.

— On était tous différents à l'époque. »

En disant cela, il se fit l'effet d'être un vieil imbécile naïf caquetant sur les années révolues. Il lui vint à l'esprit qu'il en avait marre d'être Quirke, alors qu'il savait qu'il ne pouvait être un autre.

« Je veux dire, s'empressa-t-il de préciser, irrité, on était tous quelqu'un d'autre, ton père, Sarah, moi... »

Il s'interrompit.

« Allez, rentrons. Ce vent me colle mal à la tête. »

Mais ce n'était pas le vent seul qui le tourmentait. Lorsque Phoebe avait prononcé le nom de Delia, il avait ressenti ce qu'un homme adultère pouvait ressentir quand sa femme – ignorante de tout – mentionne avec désinvolture une amie de la famille qui se trouve être sa maîtresse. Il savait qu'il aurait dû dire la vérité à sa fille – sa fille ! –, qu'il aurait dû lui dire qui étaient ses véritables parents, mais ne voyait pas comment s'y prendre. C'était trop énorme pour être mis en mots, c'était un fait en marge des banalités de la vie. Ça ne collerait pas, se répétait-il, avec ce qu'ils avaient représenté l'un pour l'autre jusqu'à présent, avec la tolérance enjouée qui avait prévalu entre eux, la liberté, la gaieté décontractée.

C'était absurde – comment après tant d'années, des années qui constituaient la totalité de la vie de Phoebe, commencer à être un père pour elle ? Pourtant, pendant qu'il avançait et qu'elle le tirait par le bras, il avait la conviction de sentir combien elle lui avait manqué, combien il avait souffert de son absence, partout dans le vide de son cœur qu'elle aurait comblé à l'époque. Depuis que Sarah lui avait fait cette confession dans les montagnes, quelque chose en lui, pareil à une colonne d'eau derrière un barrage, s'était amassé peu à peu, quelque chose qui, s'il lâchait les bondes, inonderait son existence et noierait sa paix mentale, de sorte qu'il continuait à clopiner, à sourire et à distraire sa fille qui, faute de savoir, le questionnait en babillant sur cette femme dont elle ne soupçonnait pas qu'elle était sa mère. Un jour, se dit-il avec une satisfaction presque vindicative, un jour, il paierait pour ce laxisme, cette paralysie mentale, cette lâcheté. Car c'était de ça qu'il s'agissait – d'une pure trouille. Il pourrait avancer tous les mobiles qu'il voudrait, discuter éventuellement de la *tolérance qui avait prévalu entre eux*, de la *liberté* et de la *gaieté* qu'il ne devait pas mettre en péril, mais il savait que ce n'était que des prétextes qu'il essayait d'échafauder, une façade derrière laquelle il pouvait poursuivre son train-train, en paix, en n'étant le père de personne.

Remonté en voiture, Andy Stafford s'apprêtait à allumer une cigarette. Il la rangea à la hâte quand il les vit faire demi-tour, Quirke pivotant abruptement sur sa canne à la façon d'une sorte de gigantesque bonhomme mécanique. Dans son rétroviseur, Andy surprit son propre reflet et s'étonna de ce qu'il aperçut, de ce visage quasiment grimaçant avec ses yeux sombres et sournois.

À travers la lunette arrière, il étudia Phoebe qui approchait, moulée dans son manteau que le vent plaquait contre ses formes. Quand elle fut assise, il tenta d'étaler le plaid écossais sur ses genoux mais elle le lui arracha sans même un regard et le balança par-dessus son épaule sur la plage arrière du véhicule. À présent, il les écoutait distraitement bavarder dans son dos tandis que la voiture s'éloignait des dunes en brinquebalant sur sa suspension voluptueusement moelleuse.

« Comment vous êtes-vous rencontrés, insistait Phoebe, tous les quatre ? »

Quirke, les mains sur le pommeau de sa canne, regardait par la vitre latérale le rivage qui s'estompait.

« Ton grand-père s'était arrangé pour que Mal et moi bossions à l'hôpital. Juste pour un an, avec la perspective de décrocher un poste permanent, si ça marchait, ce qui n'a pas été le cas, pour diverses raisons.

— Dont Delia ? »

Il haussa les épaules.

« J'aurais pu rester. Ça payait bien, même à l'époque. Mais bon... »

Il ne termina pas sa phrase. Il avait le sentiment de mentir alors que non ; subitement, le secret qu'il portait infectait tout.

« Ta grand-mère était sur place, à l'hôpital où elle était soignée. Sarah est venue la voir. Elle ne savait pas que sa mère était en train de mourir. C'est moi qui le lui ai annoncé. Je pense qu'elle en a été heureuse... que je le lui dise, pardon. Puis, pendant un moment, on a été inséparables tous les quatre, Sarah, Delia, Mal et moi. »

Il se tut. *Ça payait bien. Inséparables tous les quatre.* Que se passait-il ? – espérait-il que la dynamique du bavardage le conduise à cracher un autre mot, totalement différent, et le leurre au point qu'il en vienne à lui révéler involontairement les choses qu'il n'avait pas le courage de formuler carrément, les choses qu'elle était en droit de savoir ? Il s'aperçut qu'elle ne l'écoutait plus mais regardait derrière sa vitre, dans le vide, alors que le véhicule gagnait la grand-route et bifurquait en direction de North Scituate. Quirke observa la tête d'Andy Stafford, lisse comme celle d'un phoque, sa nuque étroite, et se fit la réflexion qu'on ne pouvait se tromper sur la physionomie des pauvres, des miséreux, des déshérités. La voix de Phoebe le surprit.

« Rose veut que je reste ici. »

Elle feignait une indifférence lasse et sa voix était devenue une sorte de murmure.

« Ici ? »

Elle lui jeta un coup d'œil condescendant. Avec ses mains jointes sur le pommeau de sa canne, il avait l'allure singulière de Grand-père Griffin.

« Oui, poursuivit-elle. Ici. En Amérique. À Boston.

— Hummmmm.

— Que veux-tu dire par ce hummmmm ? »

Il regarda de nouveau la nuque du chauffeur, d'une immobilité troublante dans la voiture en marche. Puis, baissant la voix, il répondit avec une insistance délibérée :

« Je ne pense pas que ce soit une bonne idée.

— Pourquoi ? »

Il réfléchit un moment. Qu'allait-il lui dire ? Après tout, pourquoi n'aurait-elle pu rester ici ? Pourquoi n'aurait-elle pu faire ce qui lui chantait ? Qui était-il pour lui donner des conseils sur la manière de vivre sa vie ?

« Et l'Irlande ? Et Conor Carrington ? »

Elle esquissa une grimace désabusée et se tourna vers sa fenêtre. Il y avait l'église à la flèche blanche devant laquelle ils étaient passés la nuit précédente dans l'obscurité saturée de brouillard ; aujourd'hui, elle avait l'air banale et même un peu penaude, comme si sa spectrale apparition nocturne tenait d'une farce qu'elle avait honte de se voir rappeler en plein jour.

« D'ici, l'Irlande me semble très loin, poursuivit Phoebe à mi-voix. Je ne parle pas seulement en kilomètres.

— C'est loin en kilomètres et en tout le reste. C'est bien ça la question. »

Il s'interrompit, s'empêtra, puis fit un nouvel essai :

« J'ai promis à... j'ai promis à Sarah que je veillerais sur toi. Je ne pense pas que ça lui plairait que tu restes ici. Pour être franc, je sais que non.

— Oh ? s'écria-t-elle en le fixant d'un air sarcastique et, durant une seconde, il entrevit à quoi elle ressemblerait à la quarantaine, en un peu moins dure, un peu moins autoritaire que Delia. Et comment sais-tu que ça ne lui plairait pas ? »

Il sentit une pression dans sa cage thoracique – était-ce de la colère ? – et dut s'interrompre une fois de plus. La nuque d'Andy Stafford le dérangeait soudain beaucoup : il avait l'impression qu'elle s'était métamorphosée en un engin d'écoute bulbeux et brillant. Il baissa encore davantage la voix.

« Il y a des choses que tu ne sais pas, Phoebe. »

Elle continua à le fixer de cet air hautain incongru.

« Quelles choses ? répliqua-t-elle d'un ton méprisant. Quelle sorte de choses ?

— Sur ta mère. Sur tes parents. »

Il détourna les yeux.

« Sur moi.

— Oh, sur toi, s'exclama-t-elle en s'adoucissant subitement, avant d'éclater de rire. Qu'est-ce qu'il y a à savoir sur toi ? »

Quand ils entrèrent dans le village, il ordonna à Andy Stafford de s'arrêter et, prenant appui sur sa canne, descendit du véhicule en décrétant qu'il y avait un endroit qu'il voulait retrouver, un bar, où il allait boire lors de son premier séjour. Phoebe déclara qu'elle voulait l'accompagner mais il agita sa canne avec impatience, lui dit que non, qu'il fallait qu'elle rentre à la maison et lui renvoie le chauffeur dans une heure, et là-dessus il claqua la portière. Elle le regarda s'éloigner en vacillant, son long manteau gonflé par le vent, son chapeau à la main et ses cheveux voltigeant dans l'air glacé. Andy Stafford, qui avait laissé le moteur tourner au ralenti, ne dit mot. Dans l'habitacle, le silence parut se distendre et une chose invisible commença à en émerger et à déployer ses frondes indolentes.

« Emmenez-moi quelque part, lança Phoebe, cassante. N'importe où. »

Il posa la main sur le levier de vitesse et elle sentit jouer l'engrenage graissé quand il embraya et que la voiture s'écarta en douceur du trottoir avec une discrétion quasi féline et un ronronnement intériorisé. Phoebe s'était tournée vers la vitre de son côté mais, devinant que le chauffeur l'observait dans le rétroviseur, elle veilla à ce que leurs regards ne se croisent pas. Ils traversèrent dans le plus grand silence la large rue principale déserte du village enserré dans les glaces – *Joe's Diner*, *Ed's Motors*, *Larry's Tackle and Bait* : dans cette agglomération, on aurait cru que c'était les hommes qui possédaient tout –, puis retrouvèrent la route côtière d'où, malgré son nom, Phoebe n'aperçut que rarement la mer, bleu acier et comme relevée vers l'horizon. Elle n'aimait pas la mer, son aspect plat et uniforme pas naturel, ses odeurs inquiétantes. Des routes aux allures de pistes mal entretenues descendaient vers le rivage, le continent s'arrêtant là sur cette côte orientale déchiquetée. La jeune fille éprouva une brusque sensation de fatigue et, l'espace d'une seconde, sa tête ballotta sans qu'elle puisse rien y faire et ses paupières lui firent l'effet de deux collerettes de plomb qu'on lui aurait fixées sur les yeux. Elle cilla et se redressa brutalement. Cette fois encore, le chauffeur la regardait dans le rétroviseur – fallait-il qu'elle lui demande de bien vouloir se concentrer sur la route ? Elle se demanda si ses yeux, petits et brun brillant, pareils à ceux d'un écureuil, et beaucoup trop rapprochés, étaient spécialement inexpressifs ou si, pris isolément d'une figure, tous les yeux se ressemblaient. Elle se pencha pour surveiller son propre reflet mais se rejeta rapidement en arrière, troublée de découvrir leurs deux visages côte à côte, sous des angles différents, dans le rétroviseur.

« Alors, lança-t-il, Boston vous plaît ?

— Je n'y suis pas encore allée. »

Elle qui avait voulu maintenir une distance glaciale eut la stupeur de s'entendre ajouter :

« Peut-être m'y emmènerez-vous un de ces jours. »

Elle hésita, se redressa à la hâte et s'éclaircit la gorge.

« Disons que vous pourriez nous emmener, M. Quirke et moi, découvrir les attractions touristiques, un après-midi. »

Intérieurement, elle se dit : *Tais-toi donc, crétine !*

« Si mon grand-père n'a pas besoin de vous, bien sûr. »

Elle perçut son amusement.

« Sûr, répondit-il avec aisance. Quand vous voudrez. »

Il s'interrompit et évalua jusqu'où il pouvait se risquer.

« M. Crawford ne se sert pas trop de la voiture, vu qu'il est malade et tout, et Mme Crawford, ben... »

Sa nuque semblait afficher un sourire narquois. Phoebe se demanda ce que ce « ben » pouvait signifier et se dit qu'il valait sans doute mieux ne pas chercher à savoir.

« C'est à New York qu'on veut aller, ajouta-t-il. Ça, c'est une vraie ville. »

Elle lui demanda comment il s'appelait.

« Stafford ? fit-elle. C'est irlandais, n'est-ce pas ? »

Il haussa les épaules.

« Je pense. »

D'accord, la jeune fille n'avait rien à voir avec aucun des Irlandais qu'il connaissait en Amérique mais lui, il n'appréciait guère d'appartenir à cette communauté.

Elle chercha aussi à savoir d'où il venait.

« À l'origine, je veux dire. Où êtes-vous né ?

— Oh, dans l'Ouest », prétendit-il d'une voix aux intonations délibérément vagues et sèches pour mieux évoquer l'armoise, les déserts chatoyants et un homme silencieux et solitaire qui, juché sur son cheval au bord d'une mesa, contemple les pics rocheux dans le lointain.

Ils bifurquèrent vers l'intérieur des terres. Un peu mal à l'aise, elle se demanda où il l'emmenait. Cela étant, c'était ce qu'elle lui avait dit, de l'emmener n'importe où. Et, en dépit de l'œil de ce type dans le rétroviseur, il n'était pas déplaisant de rouler paisiblement sur ces routes de campagne qui n'avaient pas l'air très différentes de celles d'Irlande.

Le moteur tournait si doucement qu'Andy Stafford entendait de petits crissements quand elle croisait ses jambes gainées de nylon.

« Êtes-vous obligé de conduire aussi lentement ? s'enquit-elle. Je veux dire, c'est la règle par ici ?

— C'est normal avec M. Crawford. Mais... – prudent – je respecte pas toujours.

— Oui, j'en suis sûre. »

Elle sortit ses cigarettes ovales et en alluma une. La fumée passa en serpentant par-dessus l'épaule d'Andy Stafford qui, lorsqu'il renifla la légère odeur sèche et fade du tabac demanda si elles étaient irlandaises.

« Non, anglaises. »

Elle envisagea de lui en offrir une mais se dit qu'il valait mieux s'en dispenser. Tenant le mince étui en argent dans sa paume, elle joua, le pouce sur le fermoir, à l'ouvrir et le fermer, à l'ouvrir et le fermer. Elle commençait à ressentir le contrecoup du voyage en avion et tout lui paraissait avoir une cadence spécifique, précise, régulière, et s'inscrire aussi dans un ensemble général, une sorte d'accord prolongé, confus, à la rythmique complexe qu'elle entrevoyait presque mentalement, ondoyant, coulant, à la manière d'un faisceau de câbles qui vibrent et se contractent au centre d'une colonne alimentée en huile épaisse. Son envie de dormir était comme de l'huile aussi, elle se diffusait sur son esprit, le ralentissait. Elle ferma les yeux et sentit que la voiture prenait de la vitesse tandis qu'Andy Stafford appuyait sur l'accélérateur, progressivement, ou furtivement, lui sembla-t-il même – craignait-il qu'elle ne le dénonce pour avoir enfreint la limitation Crawford ? –, mais le mouvement amorti des roues sous ses pieds lui parut plus proche d'un phénomène qui se serait produit en elle-même et elle éprouva la sensation horrible qu'elle faisait une embardée, de sorte qu'elle se dépêcha de rouvrir les paupières et se concentra de nouveau sur la chaussée. Ils roulaient très vite à présent, le véhicule fonçait sans effort dans un rugissement assourdi et paraissait jubiler de sa puissance de grand félin. Andy Stafford était crispé sur son volant. Elle nota ses gants de cuir ponctué de trous sur le dessus ; il était bien du style à porter ce genre de choses, se dit-elle, aussitôt un peu honteuse de cette réflexion. Ils étaient sur une route étroite et avalaient une longue ligne droite. De hautes spartines poussant sur les bas-côtés se penchaient langoureusement avant même que la voiture n'arrive à leur hauteur, sa vitesse la précédant – allez savoir comment – d'un mètre ou deux et rabattant l'air vers l'intérieur. Phoebe écrasa sa cigarette et posa les mains à plat à sa gauche et à sa droite sur le siège. Le cuir grainé était souple sous ses paumes. Une sorte de barrière apparut devant eux, un poteau en bois avec un panneau blanc sur lequel était peint un X noir. Elle perçut plutôt qu'elle n'entendit un long gémissement qui semblait venir de très loin mais peu après apparut le train, nez profilé et énorme, qui filait droit devant lui à la diagonale de la route. Clairement, calmement, comme si elle était située très haut au-dessus de la scène, Phoebe vit le X du panneau se muer en un diagramme des trajectoires jumelles de la voiture et du train, fonçant vers le passage à niveau. Là-dessus, le panneau droit en bois se mit à trembler sur toute sa longueur et à s'abaisser par saccades.

« Arrêtez ! » brailla-t-elle en s'apercevant avec stupeur que son exclamation ressemblait plus à un hurlement de joie qu'à un cri de panique.

Andy Stafford l'ignora et la voiture poursuivit sa route, comme si elle balayait la totalité de la campagne derrière et l'embarquait avec elle dans l'entonnoir de sa course forcenée. Phoebe se dit qu'ils allaient percuter la barrière qui descendait – elle entendait déjà le fracas du métal, du verre et du bois volant en éclats. Du coin de l'œil, elle aperçut un cliché, incroyablement détaillé et précis, du gardien planté sur le seuil de sa cabane en bois, de son visage aux longues mâchoires, de sa bouche ouverte en un cri, du feutre informe repoussé sur l'arrière du crâne et de son bleu de travail où une boucle manquait sur le devant. Une petite voiture noire, ronde et trapue comme un scarabée, approchait de l'autre côté du passage à niveau et, les voyant débouler, s'écarta avec frayeur et parut un instant prête à dégager totalement la route pour aller se cacher au milieu des spartines. Puis, dans un grondement, ils franchirent les voies en bondissant, Phoebe se retourna précipitamment pour voir la barrière couvrir les derniers mètres et s'arrêter avec un rebond, et juste après le train passa dans un bruit de tonnerre en leur adressant un long beuglement accusateur qui s'atténua rapidement dans le lointain, puis se tut. Ils croisèrent la petite voiture noire qui leur balança un modeste bêlement de protestation et de reproche. Phoebe se rendit compte qu'elle riait, qu'elle riait et hoquetait, les mains fébrilement emboîtées sur ses genoux.

Ils continuèrent jusqu'au prochain tournant, puis s'arrêtèrent. Ce fut une sensation de glissade, puis de tassement, comme s'ils avaient doucement atterri hors de l'air. Phoebe plaqua trois doigts devant sa bouche. Avait-elle vraiment éclaté de rire ?

« Qu'est-ce qui vous a pris ? cria-t-elle. On aurait pu se tuer. »

Il ne se retourna pas, se contenta de s'affaler sur son fauteuil et d'exhaler un formidable soupir, puis cala sa nuque contre l'appuie-tête. Il coiffa aussi sa casquette de chauffeur et la tira devant ses yeux. Phoebe s'assit très droite et lui lança – du moins au peu qu'elle voyait de lui, compte tenu qu'il était affalé quasi à l'horizontale – un regard furieux.

« Et pourquoi vous êtes-vous arrêté ?

— Pour qu'on reprenne notre souffle », répondit-il.

Sous la visière de la casquette, sa voix était détendue et amusée.

Phoebe ne trouva rien à ajouter. Andy Stafford tendit la main pour ajuster le rétroviseur et son regard bondit sur elle une fois de plus ; ils paraissaient plus rapprochés que jamais et à moitié coupés en deux par la visière brillante. De son accent traînant, assourdi et comme insinuant, il dit :

« Pensez pas que je pourrais goûter une de ces cigarettes anglaises ? »

Elle hésita. Elle ne pouvait guère refuser mais franchement... ! Elle se sentait encore nettement étourdie. Dans un claquement sec, elle ouvrit l'étui en argent et le lui tendit par-dessus le dossier rembourré de la banquette. Il leva paresseusement la main gauche et se saisit d'une cigarette en prenant soin d'effleurer la main de la jeune fille. Elle-même s'en serait volontiers offert une – elle commençait à comprendre pourquoi les gens fumaient –, mais elle devina confusément qu'il fallait éviter tout geste susceptible de donner au chauffeur l'impression qu'ils partageaient une certaine intimité. Elle referma l'étui, le remit dans son sac à main – *purse*, comme on disait ici, et non *hand-bag*, il fallait qu'elle se le rappelle –, sortit son rouge à lèvres à la place et consulta le petit miroir de son poudrier. Elle voyait clairement les deux taches rose vif sur ses pommettes et la lueur irrépressible, presque exaltée, qui éclairait ses prunelles. Enfin, elle n'avait plus sommeil, c'était déjà ça.

Mais quand elle se fut remis du rouge à lèvres, qu'elle eut rangé ledit rouge et le poudrier, elle eut l'impression qu'il ne lui restait plus rien à faire, à part garder les mains sur les genoux en essayant de ne pas avoir l'air guindé. La chose invisible qui auparavant avait surgi du silence entre eux deux commençait à empester.

Brusquement, Andy Stafford s'agita, baissa un peu sa vitre et balança sa cigarette aux trois quarts pas fumée.

« L'a un goût de cuir », affirma-t-il.

Il reprit sa position, bras croisés et casquette tirée sur les yeux.

« Vous comptez passer la journée ici ? » demanda Phoebe.

Il patienta un moment, puis, adoptant la version indolente, bon gars, de sa façon de parler, suggéra :

« Pourquoi vous venez pas vous asseoir devant avec moi ? »

Elle lâcha une petite exclamation choquée.

« Je pense, répondit-elle avec toute la persuasion et l'autorité qu'elle parvint à rassembler, que vous devriez me ramener chez moi. »

C'était étrange de lui parler ainsi, ridicule vraiment, étant donné qu'elle ne voyait que le sommet de sa casquette.

« Chez vous ? ricana-t-il. C'est pas tout près, même pour une bagnole aussi luxueuse que celle-là.

— Vous savez très bien ce que je veux dire, répliqua-t-elle sèchement. Allez, roulez... et pas comme si on faisait la course. »

Il se redressa, sans se presser, et démarra. Au croisement suivant, il les ramena vers la côte. Ils ne parlaient plus à présent mais elle sentait combien il était content de lui. Lui avait-il vraiment proposé de venir s'asseoir devant à ses côtés ? Cependant, en dépit de toute l'indignation qu'elle se forçait à éprouver, elle percevait à l'avant-plan de son esprit un autre sentiment, totalement incontrôlé, une sorte de sensation brûlante, émoustillante, qui était inconfortable et néanmoins pas totalement déplaisante, et les joues la picotaient comme si elle avait été giflée brutalement, mais par jeu, par provocation. Et lorsqu'ils arrivèrent au manoir et qu'il descendit en caracolant afin de lui ouvrir la portière alors qu'elle n'avait même pas posé la main sur la poignée, il lui lança un regard à la fois moqueur, familier et interrogateur et elle comprit qu'il lui demandait, sans le verbaliser, si elle comptait raconter aux autres – à Quirke, à Rose, son employeur – ce qui s'était passé durant l'heure très tendue qui venait de s'écouler – mais que s'était-il passé précisément ? – et elle eut beau lutter pour ne pas céder, elle répondit à sa requête muette par un silence éloquent bien à elle. Non, elle ne raconterait rien, ils le savaient l'un comme l'autre. Rougissante, le front et les joues quasiment en feu, elle passa tout près de lui, sans oser croiser son regard une fois de plus, et se contenta de déclarer, en s'efforçant de prendre un ton brusque et désinvolte, qu'il ferait mieux de retourner chercher M. Quirke au village.

L'homme l'attendait à un angle de la grand-rue. Appuyé sur sa canne avec son manteau noir qui volait au gré des bourrasques et son chapeau noir enfoncé sur son visage, il ressemblait à un gigantesque épouvantail battu par les vents. Andy descendit et fit mine d'ouvrir la portière côté passager en espérant que Quirke s'assiérait devant mais le bonhomme avait déjà ouvert la porte arrière et s'installait sur la banquette. Il y avait chez lui quelque chose qui plaisait à Andy ou du moins qu'il respectait – il pensait que c'était le bon terme. Peut-être était-ce seulement la stature de Quirke – le père d'Andy avait été un costaud – et ils avaient à peine redémarré qu'il commença à lui parler de son projet de Stafford Limousines. À mesure qu'il parlait, le projet en vint à lui paraître de plus en plus viable, de plus en plus réel, de sorte qu'au bout d'un moment ce fut comme si Stafford Limousines tournait déjà. Quirke ne disait pas grand-chose mais ce n'était pas grave étant donné qu'en fait, Andy s'en rendit compte, il parlait tout seul.

Il allait bifurquer et prendre la direction de Moss Manor quand Quirke l'interrompit – il en était à la Porsche qu'il allait acheter avec ses premiers six mois de bénéfice – et déclara qu'il voulait se rendre à Brookline.

« Dans un endroit qui s'appelle Sainte-Mary, ajouta-t-il. C'est un orphelinat. »

Andy ne broncha pas, se borna à faire demi-tour. Il avait la sensation que quelque chose lui dégoulinait le long de la colonne vertébrale. Il avait cru ne plus jamais avoir à approcher ce lieu et voilà que ce type voulait qu'il l'y conduise. Pourquoi ? Était-ce un des chevaliers de je-ne-sais-quoi, venu d'Irlande vérifier les équipements, voir comment les gamins étaient traités, si les bonnes sœurs étaient sages ? Et allait-il là-bas à l'insu de M. Crawford ? Andy se détendit. Ce devait être ça : Quirke était un fouinard. Très bien. D'ailleurs, l'idée que Quirke déniche des preuves contre le vieux Crawford et cette garce de Stephanus – de toute façon, c'était quoi ce nom ? – ainsi que contre Harkins, le prêtre irlandais, lui plaisait bien. Sans l'affaire de la gamine, il y aurait eu deux à trois bricoles qu'Andy aurait pu raconter à Quirke. Une fois de plus, il sentit le fameux quelque chose lui dégouliner le long de la colonne. Et si Quirke apprenait la mort de la petite ? Hein ? Mais non. Comment l'apprendrait-il et qui le lui dirait ? Pas Stephanus ni le prêtre, et le vieux Crawford ne savait probablement rien de l'accident et il avait probablement oublié jusqu'à la mioche elle-même, vu qu'il y en avait tellement à Sainte-Mary et dans les autres établissements qui émaillaient l'État. Pour tout le monde, la petite Christine était de l'histoire ancienne et il était vraisemblable que son nom ne serait plus jamais mentionné. N'empêche, c'était dommage qu'il ne puisse renseigner Quirke sur le genre de boîte qu'était Sainte-Mary... sauf s'il était déjà au courant, bien sûr.

4.

Quirke n'avait pas escompté qu'il y aurait foule pour l'accueillir. Lorsqu'il avait appelé Sainte-Mary d'un bar du village, on l'avait fait poireauter un bon bout de temps au bout du fil – pendant qu'il alimentait l'appareil en pièces et qu'il écoutait sa respiration faire des bruits de marée dans le micro – avant de lui passer la mère supérieure. D'une voix froide et cassante, elle avait essayé de comprendre qui il était exactement et ce qu'il lui voulait. Il lui avait donné son nom et avait cru l'entendre aussitôt retenir son souffle. Plus il avait été évasif, plus elle s'était montrée méfiante, mais finalement, avec une répugnance non démentie, elle avait accepté qu'il vienne à Brookline.

Lorsqu'il franchit la haute voûte du seuil de Sainte-Mary, il surprit d'emblée l'odeur caractéristique du passé : les années s'envolèrent comme les feuilles d'un calendrier et il se retrouva de nouveau orphelin. Campé dans le vestibule où on n'entendait pas un bruit, il regarda les statues de Marie, de Jésus et de Joseph – apparemment plein de rancœur et résigné, le gentil Jojo serrait dans ses mains incroyablement pâles ce qui ressemblait à un rabot – dans leurs niches jusqu'à ce qu'une jeune nonne aux dents de devant tellement proéminentes qu'elles en paraissaient presque préhensiles l'entraîne par des couloirs silencieux, puis s'arrête pour frapper doucement à une porte derrière laquelle une voix s'éleva.

La mère supérieure, quand elle se déplia derrière son bureau, se révéla grande, émaciée et d'une beauté rébarbative. Ce fut le prêtre à côté d'elle qui prit la parole en premier. D'une pâleur de pomme de terre, il avait des cheveux roux clair et des yeux verts perçants et cependant troubles ; Quirke connaissait ce genre de bonshommes, il se les rappelait du temps, des jours et des nuits, de Carricklea. L'ecclésiastique s'avança, la main tendue, le sourire mielleux et l'œil froid.

« Monsieur Quirke. Je suis le père Harkins, aumônier de Sainte-Mary. »

Ses cils, Quirke le nota presque avec un frisson, étaient quasiment blancs. Il prit la main de Quirke, mais au lieu de la serrer, il attira doucement son propriétaire vers le bureau.

« Et je vous présente mère Stephanus. Et sœur Anselm. »

Quirke n'avait pas remarqué l'autre religieuse, en retrait sur sa droite, à côté d'une vaste cheminée en marbre et en brique polie. Petite et trapue, elle avait un air sceptique et néanmoins pas antipathique, songea-t-il. Les deux nonnes le saluèrent de la tête. Le père Harkins, qui avait apparemment décidé de jouer les porte-parole, déclara :

« Vous êtes le gendre de M. Crawford ? M. Crawford est un de nos grands amis... un grand ami de Sainte-Mary. »

Quirke se rendit compte que mère Stephanus l'étudiait

d'un œil pénétrant, tel un escrimeur à l'affût des points faibles de son adversaire. Le prêtre allait poursuivre mais la religieuse le coupa :

« Que pouvons-nous pour vous, monsieur Quirke ? »

Sa voix traduisait l'autorité et son ton lui indiqua qui était le véritable responsable sur place. Cependant, elle le regardait d'un air détendu, candide et peut-être même un peu amusé. Il fouilla ses poches pour en extraire ses cigarettes et en alluma une. Mère Stephanus, qui s'était rassise, poussa un grand cendrier vers le bord du bureau pour que Quirke l'atteigne plus facilement. Ce dernier s'enquit de la petite et déclara qu'elle s'appelait probablement Christine et que, si elle avait un patronyme, il était vraisemblable que ce soit Falls.

« Je pense qu'elle est venue d'Irlande et j'ai des raisons de croire qu'elle a été remise à Sainte-Mary. »

Le silence qui s'abattit sur la pièce s'avéra plus éloquent que n'importe quels mots. Mère Stephanus effleura successivement un certain nombre d'objets devant elle – un encrier, un coupe-papier, un des deux téléphones – en veillant à ne rien déplacer. Cette fois, elle ne le regarda pas quand elle lui répondit.

« Que voulez-vous donc savoir sur cette enfant, monsieur Quirke ? »

Cette enfant.

« C'est personnel.

— Ah. »

Un nouveau silence s'ensuivit. Le prêtre porta son regard de la religieuse à Quirke mais n'eut aucun commentaire à avancer. Subitement, de sa place près de la cheminée, l'autre religieuse, sœur Anselm, toussa et déclara :

« Elle est morte. »

Le père Harkins se retourna vers elle d'un air paniqué et leva brusquement la main comme s'il allait lui foncer dessus et la frapper, alors que mère Stephanus ne bronchait pas, continuant à envelopper Quirke de son regard détendu et posé, à croire qu'elle n'avait rien entendu. Le prêtre loucha sur elle, se passa la langue sur les lèvres et reprit laborieusement son sourire affable.

« Ah, oui, bredouilla-t-il. La petite Christine. Oui, maintenant, je... »

Sa langue s'aventura de nouveau sur ses lèvres tandis que ses cils incolores papillonnaient à toute vitesse.

« Il y a eu un accident, j'en ai peur. Elle était dans une famille. Très regrettable. Très triste. »

Cette remarque entraîna un nouveau silence prolongé que Quirke brisa :

« Quelle famille ? »

Le père Harkins haussa les sourcils.

« La famille d'accueil de l'enfant... laquelle ? »

Le prêtre partit d'un rire haletant et leva cette fois ses deux mains en l'air, comme pour attraper une balle invisible, délicate, que Quirke lui aurait lancée.

« Oh, voyons, monsieur Quirke, s'empressa-t-il de répondre, nous ne pouvons fournir des informations d'une telle nature. Ces situations exigent une grande discrétion, ainsi que vous, je suis sûr...

— J'aimerais découvrir qui elle était, expliqua Quirke. Je veux dire d'où elle venait. Son histoire. »

Le prêtre allait ouvrir la bouche quand mère Stephanus souffla lentement par les narines ; du coup, il la regarda sans trop savoir ce qu'il devait faire et se tut. Le sourire de la religieuse se creusa. Doucement, elle demanda :

« Vous ne le savez pas, monsieur Quirke ? »

Il se rendit compte qu'il avait commis un impair. S'il ne savait rien, ils n'avaient donc pas besoin de lui confier quoi que ce soit. Qu'avait-il, à part un nom ?

Mère Stephanus se leva de son siège avec la détermination brutale du juge qui délivre un verdict.

« Je regrette, monsieur Quirke, que nous ne puissions vous aider. Ainsi que le père Harkins vous le dit, ces questions sont délicates. Des informations du genre de celle que vous sollicitez doivent demeurer strictement confidentielles. C'est notre règle, ici, à Sainte-Mary. Je sais que vous comprendrez. »

Elle devait avoir pressé une sonnette sous le bureau car Quirke entendit s'ouvrir la porte dans son dos et, portant le regard derrière lui, elle ordonna :

« Sœur Anne, veuillez raccompagner M. Quirke. »

Elle lui tendit la main de sorte qu'il ne put que se lever à son tour et la lui serrer.

« Au revoir, monsieur Quirke. J'ai été ravie de vous rencontrer. Veuillez, je vous prie, transmettre notre meilleur souvenir à M. Crawford. Nous avons appris que sa santé laissait à désirer. »

Quirke, irrité par ses pluriels royaux, ne put qu'admirer l'habileté avec laquelle elle avait réussi à conclure cet entretien. En tournant les talons, il jeta un coup d'œil à sœur Anselm mais cette dernière, l'air sévère, fixait un coin éloigné du plafond et se refusa à le regarder. Le père Harkins, luisant de soulagement, s'approcha et le reconduisit à la porte. Il faillit lui poser une main amicale sur l'épaule, se ravisa et dit :

« Vous n'appartenez pas vous-même à l'Ordre, je suppose, monsieur Quirke ? »

Devant la tête de Quirke, il précisa :

« Les chevaliers, je veux dire ? De Saint-Patrick ?

M. Crawford est membre à vie, je crois. En fait, si je ne me trompe pas, c'est un membre fondateur.

— Non, rétorqua Quirke sèchement, vous ne vous trompez pas, j'en suis sûr. »

La nonne aux dents de lapin lui ouvrit la porte et, se projetant en avant sur sa canne, il sortit de la pièce à la façon d'un parent furieux qui traîne un enfant têtu et récalcitrant.

Quand il le vit descendre lourdement les marches, Andy Stafford ôta ses genoux du tableau de bord de la Buick, se redressa à la hâte et coiffa sa casquette de chauffeur. Quirke monta en voiture sans un mot et refusa son aide. Il avait l'air furieux. Andy ne sut qu'en penser. Que s'était-il passé là-dedans ? Il ne pouvait se défaire du soupçon que la venue de Quirke à l'orphelinat avait un lien avec la gamine. C'était dingue, il le savait, n'empêche qu'il avait toujours cette fichue sensation dans la colonne, comme si un truc froid lui dégoulinait à l'intérieur.

Ils étaient dans l'allée quand Quirke lui tapota l'épaule et lui demanda de s'arrêter. En se retournant, il avait vu, à travers les arbres dépouillés, sœur Anselm surgir par une porte latérale de l'établissement.

« Attendez ici », lui ordonna-t-il.

Et il s'extirpa du véhicule en grognant.

Sous le regard attentif d'Andy, il remonta l'allée en s'aidant de sa canne, la religieuse s'arrêtant pour l'attendre, puis tous deux bifurquèrent et s'engagèrent dans un sentier sous les arbres, bancroches l'un comme l'autre.

Au début, la bonne sœur refusa de dire quoi que ce soit à Quirke, or il avait la certitude qu'elle n'avait pas franchi cette porte par hasard. Ils cheminèrent ensemble en silence, leurs souffles se fondant dans la brume hivernale. Ils avaient pris conscience en même temps, sans paroles mais par un simple coup d'œil en diagonale et ironique, de la triste comédie que représentait leur état physique mutuel, son genou pulvérisé, sa hanche tordue. Il y avait des plaques de neige effrangées sous les arbres. Le sentier était jonché de copeaux. Leur âpre odeur de résine lui rappela les bois de pins derrière le grand bâtiment de pierre de Carricklea. Partout alentour, de vifs oiseaux noirs, qui semblaient n'avoir peur de rien, picoraient avec entrain parmi les feuilles mortes. Des merles quiscarle ? Des craves ? Il connaissait si peu de chose sur ce pays, il ignorait même le nom de ses oiseaux les plus communs. À travers la dentelle des branches, le ciel avait une couleur d'acier terni. Son genou commençait à l'élancer. La nonne ne portait pas de manteau par-dessus son habit.

« Vous n'avez pas froid, ma sœur ? »

Elle lui fit signe que non ; elle avait les mains jointes et se servait des larges manches de son habit comme d'un manchon. Il essaya de deviner son âge. La cinquantaine, se dit-il. Quant à sa boiterie, ce n'était pas tant une boiterie qu'un mouvement de bascule, où elle partait de côté tous les deux pas, à croire que le pivot qui la tenait droite avait été tordu à la moitié de sa hauteur.

« Je vous en prie, s'écria-t-il, parlez-moi de l'enfant. Je n'ai pas l'intention de faire quoi que ce soit. Je souhaite simplement apprendre ce qui s'est passé.

— Pourquoi ?

— Je ne sais pas. Honnêtement, je n'en ai pas idée.

— Vous êtes médecin, n'est-ce pas ? Vous avez aidé à l'accouchement ?

— Non. Enfin, pas directement. Je suis légiste.

— Je vois. »

Il en doutait. Il pourfendit les copeaux du bout de sa canne en prunellier. Surgie de nulle part, une image lui apparut, celle de Philomena l'infirmière en train de le chevaucher dans la lumière blême d'un après-midi dublinois. Tel moment, tel autre ; tous ces trucs qui, songea-t-il, paraissent si simples et ne le sont pas.

« Dites-moi au moins qui était cette famille, insista-t-il, la famille qui l'avait adoptée.

— Adoptée, répéta la nonne dans un grognement. Ici, à Sainte-Mary, on ne s'embarrasse pas de pareilles subtilités juridiques. »

Elle stoppa sur le sentier et se tourna vers lui. Elle avait les lèvres bleuies par le froid et ses yeux furieux étaient bordés de rouge et larmoyants.

« Que savez-vous au juste de ce qui se passe ici, monsieur Quirke ? Je veux dire ici, et aussi dans le pays d'où vous venez – tout le pataquès. »

Il cala sa canne contre le sol et dévisagea la religieuse.

« Je sais, fit-il avec circonspection, que Joshua Crawford finance un projet pour amener ici des enfants d'Irlande. J'ai dans l'idée que Christine était du nombre. »

Ils poursuivirent leur marche.

« Un projet, oui. Un projet qui dure depuis vingt ans... le saviez-vous ? Oui, vingt ans. Pouvez-vous imaginer combien d'enfants ça nous fait ? Combien d'enfants ont été amenés ici et distribués comme... comme... ? »

Elle ne put trouver un terme suffisamment exhaustif.

« Ils appellent ça de la charité mais ce n'en est pas. C'est du pouvoir, du pouvoir brut. »

Quelque part derrière eux, une cloche se mit à carillonner avec une insistance frénétique.

« Du pouvoir ? Quel genre de pouvoir ? s'enquit Quirke.

— Un pouvoir sur les gens. Sur leurs âmes. »

Leurs âmes. Le mot, insistant et sombre comme les accents de la cloche, lui rappela quelque chose. « Moi, je plante des âmes », avait affirmé Josh Crawford.

Durant une demi-douzaine de pas, ils ne dirent rien. Puis la religieuse reprit :

« Ils ne se soucient absolument pas des enfants. Oh, ils croient que oui, mais non. La seule chose qui les intéresse, c'est de les voir grandir et assumer leur place dans la structure qu'ils ont édifiée. »

Elle s'interrompit et lâcha un petit rire.

« Sainte-Mary, monsieur Quirke, est une forcerie pour croyants. Les enfants, dont certains ont à peine quelques semaines, nous sont confiés. Nous nous assurons qu'ils sont en bonne santé, c'est ma profession d'ailleurs, je suis médecin – de nouveau, elle partit d'un rire mou et sarcastique –, et ensuite on les... distribue. »

La cloche s'était tue. Une bande d'oiseaux, qui avaient dû surprendre un bruit qu'eux seuls pouvaient entendre, s'envolèrent dans des bruissements d'ailes, puis se posèrent de nouveau.

« On les remet à de bons foyers catholiques, des gens auxquels nous pouvons nous fier – de respectables pauvres. Puis, quand les enfants en ont l'âge, ils sont repris et placés au séminaire, au couvent – qu'ils le veuillent ou pas. C'est une machine à faire des prêtres, à faire des nonnes. Vous voyez ? »

Elle le regarda à l'oblique. Il fronçait les sourcils.

« Oui, marmonna-t-il, je vois. Seulement... »

Elle hocha la tête.

« Mais ça ne vous paraît pas si épouvantable que ça,

c'est ça ? Recueillir des orphelins, leur trouver un bon foyer...

— J'étais orphelin, ma sœur. J'ai été heureux de quitter l'orphelinat.

— Ah », fit-elle.

Ils étaient revenus à proximité de la Buick ; le moteur tournait et de pâles bribes de fumée s'échappaient du pot d'échappement. Ils s'arrêtèrent.

« Mais, vous voyez, ce n'est pas naturel, cette affaire, monsieur Quirke, insista la religieuse. C'est ça le problème. Quand de vilaines gens décident de faire de supposées bonnes œuvres, ça sent le soufre. À mon avis, vous en avez reniflé une bouffée, de ce fichu soufre.

— Parlez-moi de la petite, insista-t-il. Parlez-moi de Christine Falls.

— Non. Je vous en ai déjà trop dit. »

Il songea : exactement comme Dolly Doran.

« Je vous en prie. Il s'est passé des choses, des choses moches. »

Elle posa un regard interrogateur sur la canne.

« Oui, ça, répondit-il, mais pires aussi. Bien pires. »

Elle baissa la tête et marmonna :

« Il fait froid. Il faut que je rentre. »

Pourtant, elle s'attarda encore en le considérant d'un air pensif. Puis, sa décision prise, elle lui confia :

« Ce qu'il faudrait que vous fassiez, monsieur Quirke, c'est consulter l'infirmière, celle qui soigne M. Crawford.

— Brenda, s'écria-t-il en ouvrant de grands yeux. Brenda Ruttledge ?

— Oui, si c'est comme ça qu'elle s'appelle. Elle est au courant pour l'enfant, pour la petite Christine. Elle peut vous raconter une partie de l'histoire, en tout cas. Et écoutez, monsieur Quirke... »

Portant son regard vers la Buick qui attendait dans l'allée, elle ajouta :

« Attention à vous. Il y a des gens... il y a des gens qui n'ont rien à voir avec l'image qu'ils projettent, qui sont bien plus redoutables qu'il n'y paraît. »

Elle lui sourit. Oui, songea-t-elle devant ce grand bonhomme voûté qui lui posait ses drôles de questions : un orphelin.

« Au revoir, monsieur Quirke, ajouta-t-elle. Je vous souhaite de réussir dans votre entreprise. Malgré le peu que j'ai vu de vous, je pense que vous êtes quelqu'un de bien, dommage que vous ne le sachiez pas. »

5.

Moss Manor, quand Quirke y retourna, lui donna l'impression d'avoir été ouvert à la volée, comme une porte. Une ambulance ainsi que deux automobiles étaient garées devant et, dans le vestibule, deux hommes sérieux et sobrement habillés bavardaient à mi-voix : lorsqu'il entra, ils s'interrompirent pour le dévisager avec curiosité mais il les ignora et parcourut la maison en se traînant de pièce en pièce. La colère l'avait repris, il ne savait pas trop pourquoi précisément, car ce que sœur Anselm lui avait appris ne l'avait pas surpris, pas vraiment. Il commençait à envisager la possibilité que cette colère diffuse fasse désormais partie intégrante de sa vie, qu'il soit à jamais obligé d'avancer en brinquebalant désespérément devant elle, tel un détritus chahuté par un vent incessant. Dans le salon principal, il tomba sur la domestique souricette, dont le nom lui échappait, qui disposait des fleurs séchées dans un vase sur le dessus du piano à queue sur lequel personne, il en était certain, n'avait jamais joué une seule note. Une grande flambée de bûches brûlait dans la cheminée. La domestique recula devant lui. Il lui demanda où était Mlle Ruttledge. Elle eut l'air interdit.

« L'infirmière, insista-t-il en haussant le ton et en cognant le plancher du bout de sa canne, l'infirmière de M. Crawford ! »

Elle lui dit, la lèvre inférieure tremblante, que Brenda se trouvait auprès de M. Crawford, que M. Crawford était au plus mal. Il se détourna et se hissa en haut de l'escalier en maudissant le poids mort que représentait sa jambe. À l'entrée de la pièce qu'il savait être la chambre de Josh Crawford, il frappa pour la forme et poussa la porte.

La scène à l'intérieur avait la composition intensément spectaculaire d'un tableau, d'une peinture de genre avec lit de mort et proches alentour. Josh Crawford était étendu sur le dos comme sur un haut catafalque blanc, les bras par-dessus les couvertures, le long du corps, la veste de pyjama ouverte sur son large torse couvert de poils gris acier. Un masque à oxygène était attaché à son visage et chaque inspiration s'accompagnait d'un bruit rauque et laborieux qui donnait la sensation qu'il remontait douloureusement une chaîne en lui, anneau par anneau. Assise sur une chaise à côté et penchée en avant, Phoebe pressait une des mains de son grand-père entre les siennes. Archétype même de l'infirmière pour peintre, Brenda Ruttledge se tenait juste derrière elle, stylisée dans sa tenue blanche et sa jolie petite coiffe. Autre personnage stylisé, Rose Crawford, bras plié et main à hauteur du menton, de l'autre côté du lit, illustrait quelque chose qui ne lui correspondait assurément pas, à savoir la patience, la fidélité ou le calme de l'épouse. En entendant Quirke, Brenda Ruttledge se retourna et, d'un vif mouvement de tête, il lui fit signe de le rejoindre dans le couloir. Elle obtempéra et referma sans bruit derrière elle. Elle allait parler mais il l'arrêta d'un geste coupant pour s'écrier :

« C'est vous qui avez amené la petite ? »

Elle fronça les sourcils et une pointe de culpabilité apeurée se lut sur son visage.

« Allez, insista-t-il avec rudesse, dites-moi.

— Quelle petite ?

— Quelle petite, quelle petite ! Christine, elle s'appelait. Est-ce qu'ils vous ont obligée à l'embarquer ? »

Elle hocha la tête en le fixant avec de grands yeux.

« Je ne sais pas ce que... »

La porte s'ouvrit sur Phoebe qui se pencha sans prêter attention à Quirke.

« Vite, lança-t-elle à Brenda, on a besoin de vous. »

Elle se recula et Brenda lui emboîta le pas. La porte ne s'était pas refermée que Rose Crawford à son tour se faufilait discrètement dehors.

« Venez, proposa-t-elle à Quirke d'une voix feutrée, il me faut une cigarette. »

Il la suivit au rez-de-chaussée, au salon. Il s'attendait à y trouver la domestique mais elle avait disparu. Rose se dirigea vers la cheminée où elle pêcha deux cigarettes dans un coffret en laque sur le manteau de la cheminée, les alluma et en tendit une à Quirke.

« Rouges à lèvres, remarqua-t-elle. Désolée. »

Il alla se poster à la fenêtre. Dehors, un peu de neige tombait en doux flocons mous. De sa place, il voyait l'un des flancs de la Crystal Gallery, falaise vitrée se découpant abruptement sur le ciel plombé.

« Je suis désolé », grommela Quirke.

Devant le regard interrogateur de Rose, il précisa :

« Ça ne doit pas être facile pour vous, d'attendre la fin. »

Il essayait de retrouver le terme médical qualifiant la respiration laborieuse des mourants ; il y avait, il le savait, un terme technique pour ça. Il avait oublié tant de choses.

Rose haussa les épaules.

« Oui. Que voulez-vous ! »

Du bout de sa chaussure, elle toucha une bûche du feu.

« Phoebe a été très bien avec lui, remarqua-t-elle. Je ne l'en aurais pas crue capable. Elle est sur son testament, vous savez.

— Oh ? »

Il se détourna d'elle et reporta son attention vers la fenêtre, avec une sorte de tressaillement. Ça n'avait rien de nouveau pour lui, n'empêche cette révélation lui restait sur le cœur ; personnellement, il n'avait préparé aucun testament pour qui que ce soit.

« Oui. Il lui laisse beaucoup d'argent.

— Et comment le prenez-vous ? »

Elle rejeta la tête en arrière et lâcha un rire muet.

« Oh, très bien. Ne vous inquiétez pas, j'ai le gros du pognon, si c'est ce que vous voulez dire – et Dieu sait qu'il y en a un paquet. Mais elle sera riche, la miss Phoebe.

— Je suis désolé de l'apprendre.

— Pourquoi... vous ne voulez pas qu'elle hérite ?

— Je veux qu'elle mène une vie normale. »

Elle lui jeta un coup d'œil sardonique. Il regarda de nouveau la neige ; la moitié des flocons semblait tomber vers le haut.

« Ça existe, une vie normale ? demanda Rose.

— Il pourrait y en avoir une, pour elle.

— Si ?

— Si vous ne la cramponnez pas. »

Elle rit de plus belle, en une protestation muette.

« La cramponner ! Franchement, monsieur Quirke, vous dites de ces trucs ! »

Il étudia le bout rougeoyant de sa cigarette.

« Elle m'a raconté que vous lui aviez demandé de rester ici, à Boston.

— Et vous pensez qu'elle ne devrait pas ? »

Il s'approcha de la cheminée et balança d'une chiquenaude son mégot dans les flammes. Rose avança d'un pas et subitement ils se retrouvèrent face à face, très près l'un de l'autre. Elle avait un minuscule défaut dans l'iris de l'œil gauche, il le remarqua, un éclat de blanc qui perçait le noir brillant.

« Écoutez, madame Crawford...

— Rose. »

Il souffla.

« Je suis venu ici, à Boston, parce que Sarah me l'a demandé. Elle m'a demandé de veiller sur Phoebe. »

Elle pencha la tête de côté et le regarda par-dessous ses cils, les yeux plissés.

« Ah, Sarah, bien sûr... Sarah, qui me déteste. »

Il cilla. Il n'avait jamais pensé à s'interroger sur les sentiments que Sarah pouvait éprouver à l'égard de cette femme, à peine plus âgée qu'elle, qui avait épousé son père et était donc, chose absurde, sa belle-mère. Elle s'approcha encore davantage de lui et le regarda franchement, avec de grands yeux.

« Monsieur Quirke, poursuivit-elle de sa douce voix

traînante, il se peut que vous ne m'appréciiez pas et, honnêtement, ça m'est égal, mais vous m'accorderez au moins que je ne suis pas hypocrite. »

Dans son dos, la bûche qu'elle avait touchée du pied s'effondra enfin en cendres. Rose étudiait Quirke comme si elle voulait mémoriser son visage. Ils entendirent qu'on appelait son prénom avec insistance mais durant la moitié de douze bonnes secondes elle ne fit pas un geste pour réagir à cet appel pressant. Puis elle se tourna et il surprit l'odeur de sa peau parfumée, un peu forte et excitante.

Le soir était là quand Josh Crawford mourut. Le silence s'abattit sur la maison. L'ambulance s'en alla, désormais inutile, suivie par les deux hommes graves, chacun dans sa voiture. Quirke n'avait pas appris l'identité de ce duo ; peut-être étaient-ce les avocats de Rose, présents pour attester du décès de son époux ; il ne l'en croyait pas incapable. Le dîner fut servi mais il n'y avait personne pour le partager : Rose et Phoebe s'étaient claquemurées dans la chambre de Rose ; Quirke dénicha Brenda Ruttledge et la remmena à la piscine. Elle s'assit sur l'un des sièges en rotin, les yeux rivés sur l'eau. On aurait cru qu'il y avait quelque chose en suspens au-dessus d'eux dans l'air ondoyant, parmi les échos, une grande incertitude liquide. Quirke lui offrit une cigarette et cette fois-ci elle l'accepta. Il remarqua la façon maladroite avec laquelle elle la tenait penchée entre ses doigts raides, la façon dont elle tirait dessus puis rejetait ensuite des bouffées de fumée pas avalées. Quelqu'un d'autre fumait comme ça – était-ce Phoebe ? Quand elle bougea les pieds, les semelles en caoutchouc de ses chaussures blanches d'infirmière couinèrent sur le carrelage. Quirke lui demanda :

« Qui a organisé ça ? »

Elle projeta la lèvre inférieure en avant et cette moue lui donna un moment un air de gamine butée. Puis elle haussa les épaules.

« L'infirmière en chef.

— À l'hôpital... au Holy Family ?

— Elle savait que M. Griffin m'avait trouvé ce poste ici, auprès de M. Crawford. Elle m'a expliqué qu'en retour je pouvais lui rendre un service. Elle m'a expliqué que je serais payée. J'ai pensé : Quel mal y a-t-il à prendre soin de cette pauvre petite ? »

Elle considéra la cigarette qu'elle serrait entre ses doigts et fronça les sourcils.

« Qu'est-ce que je fabrique ? murmura-t-elle entre ses dents. Je ne fume même pas.

— Est-ce qu'elle vous a dit à qui était cette enfant... je veux dire, qui étaient les parents, qui était le père ? »

Brenda se pencha, posa la cigarette à moitié fumée sur le carrelage entre ses pieds, l'écrasa soigneusement sous sa semelle, puis ramassa le mégot aplati et le rangea dans une poche de son uniforme tandis que Quirke songeait un bref instant à Maisie la rousse dont l'enfant était probablement né à présent et qu'on lui avait peut-être retiré aussi.

« Elle a dit que je n'avais pas besoin de le savoir, que ce serait mieux si je ne savais rien. J'ai pensé que le père devait être quelqu'un... vous voyez, quelqu'un de haut placé, quelqu'un d'important.

— Qui par exemple ? »

Elle noua les bras autour de son corps et se berça d'avant en arrière sur son siège.

« Je vous le dis, je ne sais pas !

— Mais vous avez une idée. »

À cette remarque, elle ouvrit les bras, se colla des coups de poing sur les genoux et lui jeta un regard mauvais.

« Que voulez-vous que je vous réponde ? cria-t-elle. Je ne sais pas qui était le père. Je ne sais pas ! »

Il se rejeta en arrière sur son siège avec un long soupir et une onde de crissements et de craquements parcourut l'osier tressé.

« Quand est-ce que M. Griffin vous a trouvé cet emploi ? »

Elle détourna les yeux.

« Au début de l'été dernier.

— Il y a six mois ? Plus ? Et vous ne me l'avez pas dit. »

De nouveau, elle lui lança un regard mauvais.

« Eh bien, vous ne me l'avez pas demandé, si ? »

Il hocha la tête.

« Que de secrets, Brenda. Je n'aurais jamais cru ça de vous. »

Elle ne l'écoutait plus. Elle fixait l'eau, ses ondulations et ses clapotis furtifs.

« J'ai fait au mieux pour lui », murmura-t-elle.

Durant une seconde, il ne sut de qui elle parlait. Détachant ses yeux de la surface du bassin, elle le considéra d'un air presque suppliant.

« Est-ce que vous pensez que M. Crawford était un sale type ? »

Quirke lui montra ses paumes vides.

« C'était un homme, Brenda, dit-il. C'est tout. Et maintenant il est parti. »

6.

Sœur Anselm fut surprise, non par le fait lui-même mais par sa soudaineté, son irrévocabilité. Pourtant, quand elle avait reçu l'ordre de se rendre au plus vite – au plus vite ! – dans le bureau de la mère supérieure, elle avait compris ce qui l'attendait. Devant l'impressionnant plateau du bureau de mère Stephanus, elle se sentit redevenir novice. Une foule de choses inattendues, aléatoires, lui passèrent par la tête, des bribes de prière, des extraits de vieux textes de médecine, des fragments de chansons qu'elle n'avait pas entendues depuis quarante ans. Et des souvenirs aussi lui revinrent, de Sumner Street, de leurs jeux, quand elles jouaient à la corde, à la toupie, à la marelle. De son père en train de fredonner, puis de crier. De sa mère, les bras – constellés de taches de rousseur – plongés jusqu'aux coudes dans une lessiveuse d'eau savonneuse, la lèvre inférieure saillante pour repousser en soufflant les mèches de cheveux de son éternel chignon qui s'étaient défaites et collées sur sa figure. Après que son père l'avait précipitée du haut de l'escalier, elle était rentrée de l'hôpital la jambe dans une orthèse de métal et les gamins du coin, qui au début lui avaient témoigné un immense respect, n'avaient pas tardé à l'insulter, Peggy Bancroche, bien entendu, ou Clopine Farrell ou Cinq-et-quatre. Le couvent avait représenté une échappatoire, un sanctuaire ; elle s'était dit, avec une amertume amusée, que tout le monde était infirme là-dedans et qu'elle ne déparerait pas parmi les autres. Elle n'avait pas de vocation à la vie religieuse mais les nonnes lui donneraient une éducation, éducation qu'elle était résolue à acquérir, puisqu'il n'y aurait rien d'autre pour elle. Elles l'avaient envoyée à l'université, puis à la faculté de médecine. Elles étaient fières d'elle. L'une d'elles obtint d'un oncle travaillant au *Globe* qu'il insère une brève à son sujet – « Première médicale pour une jeune fille de South Boston ». Oui, l'Ordre avait été bon envers elle. Alors, de quel droit se plaindrait-elle aujourd'hui ?

« Je suis désolée », déclara mère Stephanus.

Elle faisait son truc habituel, sa liste de points à vérifier, effleurait la lampe, le tampon-buvard, le téléphone. Elle s'interdisait de relever la tête.

« J'ai reçu ce matin l'appel de la maison mère. Elles veulent que vous partiez sur-le-champ. »

Sœur Anselm opina.

« Vancouver, poursuivit mère Stephanus d'une voix blanche. Saint-James a besoin d'un médecin.

— Ici aussi, vous avez besoin d'un médecin. »

Mère Stephanus choisit de ne pas comprendre.

« Oui, ils nous envoient quelqu'un. Elle est très jeune. Elle vient de décrocher son diplôme, je crois.

— Eh bien, c'est sensationnel. »

La pièce était froide ; pour ce genre de choses, chauffage de l'établissement, eau chaude destinée aux bains, linge des novices, Stephanus était pingre. Sœur

Anselm déplaça son poids qui pesait sur sa hanche douloureuse. Stephanus l'avait invitée à s'asseoir mais elle avait préféré rester debout. Tel ce brave patriote – qui était-ce ? Un personnage d'opéra ? – qui avait refusé le bandeau pour faire face au peloton d'exécution. Oh, oui, Peggy Farrell l'estropiée, la dernière héroïne.

« Je suis désolée, répéta mère Stephanus. Je ne peux vraiment pas intervenir. Vous savez aussi bien que moi que ça fait un moment que vous n'êtes pas heureuse ici.

— C'est exact : je ne suis pas heureuse de voir la manière dont les choses se déroulent ici, si c'est ce que vous voulez dire. »

Mère Stephanus serra le poing et, de son index plié, frappa brutalement le plateau en cuir de son bureau.

« Ce n'est pas à nous de juger ces questions ! Nous avons prononcé nos vœux. Obéir, ma sœur. Nous devons obéir à la volonté du Seigneur. »

Sœur Anselm lâcha un rire grave et sec.

« Et vous êtes sûre et certaine de connaître la volonté du Seigneur, n'est-ce pas ? »

Mère Stephanus poussa un soupir furieux. Elle avait les traits tirés et, lorsqu'elle retroussait les lèvres ainsi, les petits poils gris de sa lèvre supérieure se hérissaient. Elle devenait vieille, vieille et moche, songea sœur Anselm, elle qui passait autrefois pour la plus jolie fille de South Boston, elle, Monica Lacey, la fille de l'avocat marron dont la famille s'était mise sur la paille pour l'envoyer à la prestigieuse université de Bryn Mawr, pas moins, d'où, revenue métamorphosée en vraie dame, elle avait aussitôt brisé le cœur de son père en décrétant qu'elle avait entendu l'appel de Dieu et voulait entrer au couvent.

« Nom de Dieu, nous voilà avec notre épouse du

Christ ! » s'était écrié Louis Lacey avec amertume avant de se désintéresser d'elle.

Là, elle leva la tête.

« Vous avez la conscience sur la main, ma sœur, déclara-t-elle. Nous autres devons vivre dans le monde réel et nous en débrouiller du mieux possible. Ce n'est pas facile. Maintenant, j'ai du travail à finir et vous allez devoir boucler vos valises. »

Entre elles, le silence se prolongea. Sœur Anselm porta les yeux vers la fenêtre à côté d'elle et le ciel hivernal derrière. Quelle vie avaient-elles eue en fin de compte, l'une comme l'autre ?

« Ah, Monica Lacey, murmura-t-elle, dire qu'il aura fallu en arriver là ! »

7.

La journée des funérailles de Josh Crawford se leva sur une aube blanche et glaciale et la météo annonça des chutes de neige supplémentaires. L'enterrement avait été retardé pour donner à Sarah et Mal Griffin ainsi qu'au juge le temps d'arriver d'Irlande. Devant la fosse, Sarah, avec son voile noir, parut à Quirke plus proche de la veuve que de l'enfant. Le juge, les yeux mouillés, semblait distrait. Mal, dans son costume noir, sa cravate en soie noire et sa chemise d'un blanc immaculé, avait l'air d'un officiant, peut-être pas l'ordonnateur des pompes funèbres lui-même, mais son bras droit venu représenter le côté professionnel de la mort et ses rituels, et Quirke réfléchit encore une fois sur l'ironie qui voulait qu'un personnage aussi lugubre puisse, de par sa profession, amener tant d'êtres nouveaux aux portes de la vie.

Ce fut un jour de célébration solennelle pour la communauté irlandaise de Boston. Le maire était présent, bien entendu, ainsi que le gouverneur et c'est l'archevêque qui célébra la grand-messe et qui, plus tard au cimetière, prononça les prières au-dessus du cercueil. On avait espéré le cardinal mais, à la dernière minute, il se contenta de transmettre ses regrets, confirmant la rumeur selon laquelle Josh Crawford et lui s'étaient querellés l'année précédente à propos de l'attribution d'un contrat de transports pour l'État. Les vieillards, ainsi que le remarqua en aparté un plaisantin, avaient la mémoire longue. Grand, le cheveu argenté et bel homme – parfaite image du prélat selon Hollywood –, l'archevêque entonna l'office des morts d'une voix sonore et, quand il eut terminé, un flocon, un seul, surgi de nulle part, flotta au-dessus de la fosse, telle une bénédiction céleste accordée à contrecœur. Après les prières, il s'ensuivit la petite cérémonie de la poignée de terre, laquelle ne manquait jamais de satisfaire le goût du morbide de Quirke. Une pelle miniature en argent fit son apparition et Sarah fut la première à s'en saisir. La terre tomba sur le cercueil dans des crépitements sépulcraux. Quand on présenta la pelle au juge, il eut un geste de refus et se détourna.

L'archevêque posa la main sur la manche du vieux monsieur et inclina vers lui sa belle tête argent de vedette de cinéma.

« Garret, quel plaisir de te voir, même en de si tristes circonstances.

— William, je pense que nous avons fait honneur à notre vieil ami aujourd'hui.

— Certainement. Un très grand homme et un fils loyal pour l'Église. »

Sarah et Quirke repartirent ensemble vers les voitures. Elle était plus mince que la dernière fois où il l'avait vue et son allure reflétait une gravité qu'il ne lui connaissait pas. Elle lui demanda s'il avait parlé à Phoebe et, quand il la regarda d'un air interdit, elle le fusilla du regard et claqua la langue.

« Est-ce que tu lui as dit ce que je t'ai dit ? insista-t-elle. Pour l'amour de Dieu, Quirke, tu ne peux pas avoir oublié !

— Non, non, je n'ai pas oublié.

— Alors ? »

Que répondre ? Derrière son voile, Sarah pinça les lèvres en un chevron amer, puis elle pressa le pas et continua son chemin en le laissant batailler avec sa canne, à la traîne.

Au manoir, la famille se massa en un groupe hésitant dans l'entrée en attendant le reste du cortège. Phoebe avait la figure marbrée d'avoir pleuré et le juge jetait des coups d'œil alentour, comme s'il n'avait pas idée de l'endroit où il se trouvait. Sarah et Mal se tenaient à distance l'un de l'autre. Sarah ôta son chapeau et se mit à tripoter son voile ; elle refusait de regarder Quirke.

Rose Crawford posa la main sur le bras de ce dernier et l'attira à l'écart.

« Vous n'êtes apparemment pas le membre de la famille le plus populaire aujourd'hui », murmura-t-elle.

Puis, comme les voitures arrivaient dans l'allée, elle soupira.

« Voulez-vous me tenir compagnie, Quirke ? La journée sera longue. »

Mais elle fut aussitôt séparée de lui car l'archevêque faisait déjà son entrée solennelle et elle alla à sa rencontre. Puis les autres se présentèrent derrière lui, ecclésiastiques, politiciens, hommes d'affaires et leurs épouses, visages terreux, lèvres bleuies, ils échangeaient à mi-voix des commentaires sur le froid et, désireux de boire, de manger et de se réchauffer devant un bon feu, jetaient autour d'eux des regards de secrète convoitise. Le prêtre rouquin de Sainte-Mary était là, de même que Costigan, avec son costume brillant et ses lunettes cerclées d'écaille, ainsi que d'autres personnages que Quirke se rappelait avoir vus à la soirée que Mal et Sarah avaient donnée chez eux en l'honneur du juge. Il les regarda se rassembler, puis les suivit au salon où était disposé le buffet des funérailles ; c'est en écoutant le brouhaha de leurs conversations qu'il sentit monter en lui un sentiment proche de la révulsion physique. C'était là les gens qui avaient tué Christine Falls et son enfant, qui avaient dépêché des bourreaux après Dolly Moran, qui avaient donné l'ordre qu'on le précipite au bas de ces fameuses marches couvertes d'un dépôt visqueux, qu'on le roue de coups au point qu'il avait été à deux doigts d'y laisser la vie. Oh, pas tous ; certains, parmi eux, étaient assurément innocents, du moins innocents de ces crimes-là. Et lui, était-il innocent ? Quel droit avait-il de les regarder de haut, lui qui n'avait même pas trouvé le courage de dire à sa fille la vérité sur l'identité de ses parents ?

Il s'approcha de Mal qui, debout à côté d'une des grandes fenêtres, les mains dans les poches de sa veste de costume entièrement boutonnée, contemplait le jardin et la neige de plus en plus épaisse.

« Tu devrais prendre un verre, Mal, lui conseilla-t-il. Ça aide. »

Mal lui décocha un de ses regards inexpressifs de grenouille, puis reprit sa contemplation du jardin.

« Je ne me souviens pas que ça t'ait beaucoup aidé », riposta-t-il.

Le vent projeta contre la fenêtre une rafale de neige qui produisit un doux son humide.

« Je suis au courant pour l'enfant », lança Quirke.

Les traits de Mal dénotèrent une vague contrariété mais il ne se retourna pas. Il enfonça ses mains encore plus profondément dans ses poches de veste et fit tinter quelque chose dedans, des clés, des pièces ou des plaques d'identification de défunts.

« Oh ? De quel enfant parles-tu ?

— De celui de Christine Falls. De celui qui n'était pas mort-né. Elle s'appelait Christine, elle aussi. »

Mal soupira. Il demeura silencieux un long moment, puis remarqua :

« Marrant, je ne me souviens pas d'avoir vu de la neige, quand nous étions ici, il y a si longtemps. »

En quête de quelque chose, il scruta le visage de Quirke.

« Et toi, Quirke ? Tu te souviens d'avoir vu de la neige ?

— Oui, il y avait de la neige. Un plein hiver.

— Je le suppose. »

Mal, de nouveau face à la fenêtre, dodelinait de la tête, comme si l'existence d'une lointaine merveille lui avait été révélée. Il leva un doigt et tapota le pont de ses lunettes.

« J'avais oublié. »

Sous la lumière montant du jardin, il était blanc comme une feuille. Il fit craquer ses doigts pensivement.

« Elle était de toi, n'est-ce pas ? poursuivit Quirke. C'était ta fille ? »

Là, Mal baissa les yeux et sourit.

« Oh, Quirke, s'écria-t-il presque avec affection, tu ne sais rien. Je te l'ai déjà dit.

— Je sais que la petite est morte. »

Un autre silence suivit. Mal, de nouveau rembruni, portait le regard ici et là distraitement, du jardin aux plis des rideaux serrés par une embrasse, puis au plancher à ses pieds, comme s'il avait perdu quelque chose qu'il allait peut-être retrouver quelque part, ici ou là.

« Je suis désolé d'entendre ça », répondit-il pensivement.

Puis soudain il se tourna carrément vers Quirke et lui posa la main sur l'épaule. Quirke fixa la main en question ; à quand remontait la dernière fois où l'un d'eux avait touché l'autre ?

« Cette affaire, poursuivit Mal, pourquoi ne peux-tu pas la lâcher, Quirke ?

— Elle ne me lâche pas. »

Mal réfléchit un moment à cette réponse, en pinçant judicieusement les lèvres. Il laissa retomber sa main de l'épaule de Quirke.

« Ça ne te ressemble pas, Quirke, cette obstination à aller jusqu'au bout.

— Non, je présume que non. »

Puis, subitement, il le vit, le truc dans sa globalité, et il vit combien il s'était trompé depuis le début, sur Mal et sur tant d'autres choses.

Quand Quirke croisa le regard de Mal, qui s'était remis à l'observer, ce dernier comprit que Quirke venait de comprendre et il hocha la tête une fois, légèrement.

Quirke parcourut la maison sans but précis. Dans la bibliothèque de Josh Crawford, le feu de bûches de pin flambait comme à l'accoutumée et la lumière de la fenêtre se réfléchissait sur la partie supérieure du globe terrestre. Il approcha de la table aux boissons et se servit un demi-verre de scotch. Derrière lui, Rose Crawford lança :

« Seigneur, monsieur Quirke, vous avez vraiment l'air sinistre. »

Il pivota avec vivacité. Elle était étendue dans un fauteuil sous un grand palmier en pot. Sa robe noire serrée était chiffonnée sur les hanches et elle s'était débarrassée d'une de ses chaussures. Elle tenait une cigarette d'une main et, de l'autre, un verre de martini vide incliné. Elle était, il le remarqua, un peu pompette.

« Croyez-vous, marmonna-t-elle en lui présentant son verre, que vous pourriez me préparer un autre calmant dans le genre de celui-ci ? »

Il alla vers elle, la délesta de son verre et revint à la table aux boissons.

« Comment vous sentez-vous ?

— Comment est-ce que je me sens ? »

Elle réfléchit.

« Triste. Il me manque déjà. »

Il lui apporta son martini et le lui remit. Elle attrapa l'olive du bout des doigts et la mangea d'un air pensif.

« Il était drôle, vous savez, à sa façon épouvantable. Je veux dire marrant. Il me faisait rire. »

Elle cracha délicatement le noyau dans son poing.

« Même ces derniers jours, alors qu'il était tellement malade, on riait encore. Ça a beaucoup d'importance, pour une femme, le fou rire à l'occasion. »

Elle leva la tête et l'observa du coin de l'œil.

« J'ai l'impression que vous n'auriez pas apprécié ses plaisanteries, monsieur Quirke. »

Elle tendit le poing, il ouvrit sa paume et elle y laissa tomber son noyau.

« Merci, fit-elle en fronçant les sourcils. Asseyez-vous, voulez-vous ? Je déteste qu'on me domine. »

Il s'assit sur le canapé, qui se trouvait en retrait par

rapport à la cheminée. Dehors, la neige tombait dru à présent, il s'imagina entendre son formidable murmure animé alors qu'elle saturait l'atmosphère, qu'elle se posait sur la pelouse déjà blanche, sur les gradins et les marches en pierre qu'on ne voyait plus ainsi que sur les allées de gravillon. Il pensa à la mer, là-bas, au-delà du jardin, aux vagues d'un mauve brunâtre, sombre, qui engloutissaient la chute incessante des fragiles flocons. Rose, elle aussi, porta son regard vers les fenêtres et, derrière, cette blancheur oblique et ondoyante.

« Coïncidence, reprit-elle. Je viens juste de m'en rendre compte, il est mort le jour de notre anniversaire de mariage. C'est bien de lui. »

Elle éclata de rire.

« Il devait l'avoir prévu. Il avait des pouvoirs, vous savez. C'est vrai, vous pensez que j'invente... il savait lire mes pensées. Peut-être les lit-il maintenant ? »

Elle afficha un sourire indolent, rusé et jeta un coup d'œil à Quirke.

« Encore que j'espère bien que non. »

Elle poussa un soupir frémissant, las et lourd de regret.

« C'était un méchant vieux rapace, je présume, mais c'était mon méchant vieux rapace à moi. »

Sa cigarette s'était éteinte, il se leva donc et, appuyé sur sa canne, lui présenta son briquet allumé.

« Regardez-vous, poursuivit-elle. Ils vous ont drôlement bien tabassé, n'est-ce pas ?

— Oui. Bien. »

Il retourna au canapé, s'aperçut que son verre était vide.

« Mais vous devez être heureux maintenant, insista-t-elle, avec Sarah ici ? »

Elle prit un timbre rauque et chevrota d'une voix moqueuse pour prononcer ce prénom. Elle lui sourit.

« Pourquoi ne me parlez-vous pas d'elle : d'elle, de Mal et de Delia ? »

Il eut un geste d'impatience.

« Tout ça, c'est de l'histoire ancienne.

— Oh, mais les vieux trucs sont toujours les meilleurs. Les secrets, c'est comme les vins, disait Josh – d'une année à l'autre, ils acquièrent une saveur plus riche, un bouquet plus délicat. J'essaie de vous visualiser, tous les quatre ici – elle agita le pied de son verre pour désigner ce qu'elle entendait par *ici* –, heureux et gais. Soirées, tennis sur la pelouse, le grand jeu. Les deux ravissantes sœurs, les deux fringants médecins. Qu'est-ce que Josh a dû vous détester.

— Il vous a dit ça ? demanda-t-il, curieux. Qu'il me détestait ?

— À ma connaissance, nous ne sommes jamais allés aussi loin dans nos discussions sur vous, monsieur Quirke. »

Elle recommençait à se moquer de lui. Elle prit une petite gorgée de sa boisson et l'observa avec une pointe de gaieté par-dessus le bord de son verre.

« Allez-vous continuer à financer le trafic de bébés qu'il gérait ? »

Elle haussa les sourcils et écarquilla les yeux.

« Le trafic de bébés ? répéta-t-elle, puis elle tourna la tête et haussa les épaules. Oh, ça. Il me l'a fait promettre. Il m'expliquait que ça lui permettrait de sortir du purgatoire. Le purgatoire ! Franchement ! Il croyait vraiment à tous ces trucs, vous savez, paradis, enfer, rédemption, anges dansant sur une tête d'épingle – tout le bataclan. Il se mettait en pétard quand je rigolais. Mais comment ne pas ? Rigoler, je veux dire. »

Elle baissa les yeux.

« Pauvre Josh. »

Elle fondit en larmes, sans bruit, puis ramassa une larme sur un de ses doigts et la soumit à son examen.

« Regardez, du pur Tanqueray avec juste un vague soupçon de vermouth sec. »

Elle releva la tête, puis repoussa d'une tape une palme qui lui avait effleuré la joue.

« Ces saletés de machins, grommela-t-elle, je vais donner l'ordre qu'on les arrache tous et qu'on les brûle. »

Elle laissa tomber les épaules, renifla.

« Un gentilhomme, déclara-t-elle en parodiant le babillage d'une minette des années 40, m'offrirait son mouchoir. »

Il se releva péniblement, clopina jusqu'à elle et lui tendit le carré de tissu plié qu'elle réclamait. Elle se moucha bruyamment. Il se rendit compte qu'il avait envie de la toucher, de caresser ses cheveux, de glisser le doigt le long de la ligne pure et nette de sa mâchoire.

« Qu'allez-vous faire ? »

Elle roula le mouchoir en boule et le lui rendit en grimaçant, façon ironique et désabusée de lui présenter ses excuses.

« Oh, qui sait ? Peut-être que je vais vendre cette baraque et m'installer dans cette sale vieille Europe. Vous me voyez, avec fourrures et toutou, en veuve la plus courue de Monte-Carlo ? Est-ce que vous me feriez des avances, Quirke ? Est-ce que vous m'accompagneriez à des tables de roulette, est-ce que vous iriez avec moi à bord de mon yacht dans les îles grecques ? »

un petit ricanement sarcastique.

« Non. Pas trop votre style. Vous préférez rester assis sous la pluie de Dublin à dorloter l'amour non payé de retour que vous portez à – de nouveau, sa voix chevrota sourdement – Saarah ! »

Une bûche s'effondra dans le feu et une gerbe d'étincelles vola en crépitant.

« Rose, dit-il, surpris par le son de son prénom dans sa bouche, je veux que vous arrêtiez de subventionner ce truc des enfants. Je veux que vous coupiez le robinet. »

Elle pencha la tête et le regarda avec un sourire pincé, tordu.

« Eh bien, en ce cas, répondit-elle à mi-voix, il va falloir être gentil avec moi. »

Elle tendit son verre.

« Vous pouvez commencer par me servir un autre godet, mon grand. »

Plus tard, quand la neige eut cessé et qu'un soleil humide pointa laborieusement son nez, il se retrouva dans la Crystal Gallery, sans trop savoir comment il avait atterri là. Il avait bu trop de scotch et se sentait hébété et pas très stable. Sa jambe lui paraissait plus grosse et plus lourde qu'avant, son genou avait enflé sous les pansements et le démangeait de manière abominable. Il se laissa tomber sur le banc en fer forgé où il s'était assis près de Josh Crawford, le soir de son arrivée avec Phoebe, moment qui lui semblait aujourd'hui si lointain. La neige enfermait le manoir dans un silence assourdissant qui bourdonnait à ses oreilles en parallèle avec un autre bourdonnement dû à l'alcool, celui-ci ; il ferma les yeux mais l'obscurité lui colla mal au cœur et il lui fallut les rouvrir. Et alors subitement Sarah se matérialisa, on aurait juré qu'elle avait émergé du silence et de l'éclat de la neige. Debout à quelques pas de lui, elle tortillait quelque chose entre ses doigts et regardait au loin vers la ligne sombre que formait l'océan. Il batailla pour se relever et son raffut la fit sursauter un peu, comme si elle ne l'avait pas vu ou qu'elle ne se rappelait pas qu'il était là.

« Ça va ? » lui demanda-t-elle.

Il eut un geste de la main.

« Oui, oui. Fatigué. J'ai mal à la jambe. »

Elle n'écoutait pas. Elle regardait de nouveau vers l'horizon.

« J'avais oublié combien ça pouvait être beau ici. Souvent, je me dis qu'on aurait dû rester.

— On ? répéta-t-il tout en essayant de voir ce qu'elle tortillait entre ses mains.

— Mal et moi. Peut-être que les choses se seraient passées différemment. »

Elle s'aperçut qu'il lorgnait sur ce qu'elle tenait et le lui montra.

« L'écharpe de Phoebe, expliqua-t-elle. Il était question qu'elle aille en promenade avec son grand-père, si Rose réussit à dénicher quelqu'un pour dégager les chemins. »

Quirke, en sueur à présent sous l'effet conjugué de l'alcool qu'il avait dans le sang et de sa douleur au genou, regagna le banc en titubant et s'affala dans le fracas de sa canne contre le métal du siège.

« Je vous ai vus bavarder, reprit Sarah, Mal et toi. Il n'a pas de secrets pour moi, tu sais. Il croit en avoir mais il n'en a pas. »

Elle s'éloigna de quelques pas. Palmes et hautes fougères se dressèrent devant elle en un épais mur de végétation. Par-dessus son épaule, elle lui lança :

« On était heureux ici, non, à l'époque ? Mal, toi, moi... »

Quirke plaqua les mains de part et d'autre de son genou bandé, pressa et sentit un élancement gratifiant, mi-douleur mi-plaisir mauvais.

« Et puis, enchaîna-t-il, et puis Delia.

— Oui. Et puis Delia. »

Il appuya de nouveau sur son genou, le souffle un peu court, grimaçant.

« Qu'est-ce que tu fabriques ? s'exclama Sarah en le regardant.

— Ma pénitence. »

Il se redressa, haletant, sur le banc. À certains moments, il aurait juré sentir la broche dans son genou, la brûlure de l'acier solidement planté dans l'os.

« Delia était d'accord pour coucher avec toi, c'est ça, non ? lança Sarah d'une voix nouvelle, plus dure, dure et acérée comme la broche dans sa jambe. Elle était d'accord pour coucher avec toi et moi pas. C'était aussi simple que ça. Là-dessus, Mal a vu qu'il avait une chance avec moi. »

Elle éclata de rire, rire qui avait la même dureté que sa voix. Encore à moitié de dos, elle tendait le cou, comme si elle cherchait quelque chose à l'horizon ou au-delà.

« Le temps est le contraire de l'espace, tu as remarqué ? poursuivit-elle. Dans l'espace, plus on s'éloigne, plus tout se brouille. Pour le temps, c'est différent, tout s'éclaire. »

Elle s'interrompit.

« De quoi parlais-tu avec Mal ? »

Elle renonça à chercher ce qu'elle avait pu avoir en tête et se tourna vers lui. Sa minceur nouvelle accusait les traits de son visage, la faisait paraître à la fois plus belle et plus angoissée.

« Dis-moi, insista-t-elle. Dis-moi de quoi vous parliez. »

Il hocha la tête.

« Demande-le-lui.

— Il ne voudra pas me répondre.

— Eh bien, moi non plus. »

Il posa la main sur la place à côté de lui pour l'inviter à s'asseoir. Elle hésita, puis s'approcha, les yeux rivés sur ses pieds comme à son habitude, à croire qu'elle se méfiait du sol ou de son aptitude à y négocier son chemin. Elle s'assit.

« Je veux que Phoebe revienne avec moi en Irlande, lui confia-t-il. Tu m'aideras à la convaincre ? »

Regardant droit devant elle, elle se penchait légèrement en avant, comme si elle avait très mal au ventre.

« Oui. À une condition.

— Laquelle ? »

Il devina, bien entendu.

« Que tu lui diras. »

Une brume se déployait à l'horizon et les cornes de brume s'étaient mises à la manœuvre.

« D'accord, répliqua-t-il d'un ton sinistre, presque furieux. D'accord. Je vais le faire maintenant, à l'instant. »

Il la trouva dans le hall d'entrée haut de plafond et sonore. Assise sur un siège à côté d'un pied d'éléphant monté en porte-parapluie, elle enfilait une paire de bottes en caoutchouc noir. Elle avait déjà passé un grand manteau matelassé à capuche. Elle lui confia qu'elle allait se balader, qu'elle essayait de convaincre Grand-père de l'accompagner et lui demanda s'il aimerait venir lui aussi. Il comprit qu'il se souviendrait pour l'éternité, ou aussi longtemps que cette éternité durerait pour lui, de l'image qu'elle lui offrait, gauchement assise, un pied en l'air et le visage tourné vers lui, souriante. Il lui parla sans préambule, vit son sourire se défaire par étapes, lentement, distinctement, en quittant d'abord ses yeux, puis les surfaces planes à côté de ses yeux et en dernier ses lèvres. Elle bredouilla qu'elle ne comprenait pas. Il se répéta, en parlant plus lentement, plus distinctement.

« Je suis désolé », conclut-il quand il eut terminé.

Elle reposa par terre la botte en caoutchouc, puis son pied en chaussette avec des mouvements prudents et hésitants, comme si l'air autour d'elle était devenu cassant et qu'elle avait peur de le briser. Puis elle hocha la tête et émit un drôle de son très doux qui était, il s'en rendit compte, une sorte de rire. Il aurait souhaité qu'elle se remette debout, parce que alors il aurait peut-être trouvé moyen de la toucher, de la prendre dans ses bras éventuellement et de l'embrasser, mais il devina que cela n'allait pas être possible, il devina que ce ne serait pas possible même si elle se levait. Elle laissa ses mains baller mollement de part et d'autre du siège et, les sourcils froncés, jeta un coup d'œil alentour sur ce monde nouveau qu'elle ne connaissait pas et dans lequel elle découvrait subitement qu'elle était une étrangère ; dans lequel elle était subitement perdue.

8.

À midi, les invités, au premier rang desquels l'archevêque et ses assistants, commencèrent à s'en aller. Costigan et les autres quidams venus d'Irlande, ses compagnons chevaliers, s'étaient attardés dans l'espoir de discuter avec Rose Crawford mais celle-ci avait embarqué son verre de martini et était montée se reposer dans sa chambre. Tel un gaz, une sourde impression de crise se diffusait à travers le manoir. Au salon, Quirke tomba sur Costigan et le prêtre de Sainte-Mary, en grande conversation sur le canapé, et sur Mal debout à côté du feu, une main dans une poche de veste et un coude sur le manteau de la cheminée, comme s'il posait pour son portrait. En voyant Quirke sur le seuil, les deux premiers se turent illico, Costigan exhiba son sourire hargneux et demanda à Quirke comment allaient ses blessures et s'il se remettait de sa chute. Quant à Mal, il le regarda calmement et en silence. Quirke déserta les lieux sans répondre à Costigan. Sa tête l'élançait. Il monta lentement à sa chambre. Et c'est là que Brenda Ruttledge le trouva écroulé sur le bord de son lit, en manches de chemise, fumant une cigarette, les yeux rivés sur les photographies de Delia Quirke née

Crawford et de sa fille Phoebe sur la commode marquetée de noyer.

Il avait si rarement vu Brenda sans son uniforme d'infirmière qu'il mit un moment à la reconnaître. Elle avait frappé doucement et, partagé entre un mélange de soulagement et d'effroi à l'idée que ce devait être Phoebe qui s'était laissé fléchir et venait parler avec lui, il s'était tourné vers la porte. Brenda entra rapidement, referma la porte derrière elle et s'y adossa en regardant tout ce qui l'entourait, sauf Quirke. Elle portait une robe gris uni, des chaussures à talons bas et n'était pas maquillée. Il lui demanda ce qu'il y avait mais, ne sachant par où commencer, elle fit non de la tête, les yeux toujours vissés au sol. Il se leva en retenant une exclamation – en dépit de tout l'alcool qu'il avait déjà ingurgité, son genou lui faisait terriblement mal ce jour-là –, fit le tour du lit et se campa devant elle.

« Je pense, bredouilla-t-elle, je pense que je sais à qui ils ont confié le bébé. »

On aurait juré qu'elle parlait toute seule. Il lui effleura le coude et avança avec elle jusqu'au lit où ils s'assirent côte à côte.

« Je les ai vus ici à la fête de Noël. Ils avaient un bébé avec eux. Je ne leur avais pas trop prêté attention. Puis je les ai revus, à l'orphelinat. Là, elle était sans enfant et semblait... oh, elle semblait être dans un état épouvantable. »

Elle fixait ses mains, comme si elles appartenaient à quelqu'un d'autre. Une corne de brume résonna et, légèrement effrayée, elle se tourna vers la fenêtre. Dehors des terrains enneigés se déployaient sous un ciel d'un rose pâle et sale de plus en plus bas. Elle songea distraitement à l'Irlande, à l'année où il y avait eu tant de neige, elle avait alors sept ou huit ans, ses frères avaient construit une luge et l'avaient laissée dévaler avec eux, en hurlant à pleine voix, la longue prairie. Elle n'aurait jamais dû venir ici, dans cette maison, elle n'aurait jamais dû se fourvoyer parmi ces gens, qui étaient trop pour elle, trop intelligents, trop riches et trop pervers. Là-dessus, Quirke lui demanda quelque chose.

« Les Stafford », s'écria-t-elle avec impatience ou presque.

Il n'avait pas idée de qui elle parlait.

« Andy Stafford, le chauffeur de M. Crawford... lui et sa femme. C'est à eux qu'ils ont confié le bébé, j'en suis sûre. »

Quirke revit la nuque du jeune homme à la petite tête luisante et ses yeux d'un noir brillant dans le rétroviseur. Il tendit la main et remit les deux photos face au mur.

Il fallut longtemps pour qu'un taxi vienne de Boston. Les rafales de neige avaient redoublé et le chauffeur, un Mexicain miniature, dont le front arrivait juste ou presque à hauteur du volant, ne cessait de lâcher de plaintifs gémissements tout en négociant les routes sinueuses de Scituate sous un ciel de plus en plus sombre. Sur la banquette arrière, Quirke et Brenda Ruttledge regardaient chacun par sa vitre. Une drôle de réserve, une sorte de gêne pour ainsi dire, s'était installée entre eux et ils ne se parlaient pas. Brenda portait un manteau noir à capuche qui, de manière incongrue, lui donnait l'allure d'une nonne. South Boston se révéla désert. La neige balayait les trottoirs en tourbillonnant et, sur la chaussée, les traces des voitures disparaissaient sous une gadoue brunâtre. Dans Fulton Street, les maisons en bois paraissaient ramassées sur elles-mêmes pour se protéger du froid et des bourrasques. Quirke avait soutiré l'adresse, non sans difficulté, à Deirdre, la domestique aux cheveux gris souris de Rose Crawford.

Affublée d'un tablier marron, une femme au visage étroit se présenta à la porte de la maison et, notant la canne de Quirke et le grand manteau aux allures d'habit monacal de Brenda, les toisa avec méfiance – ce couple mal assorti. Quirke déclara qu'ils venaient de chez M. Crawford.

« Il est mort, non ? » répliqua la bonne femme.

Elle avait, sur l'aile du nez, un hématome récent d'un vilain gris et mauve. Elle leur expliqua que les Stafford habitaient à l'étage mais qu'Andy Stafford n'était pas là.

« Pour ce que je sais, il est à Scituate », marmonna-t-elle d'un ton soupçonneux.

Ces deux-là qui se pointaient à sa porte en cherchant après Andy de l'air qu'ils savaient quelque chose de moche sur son compte, voilà qui ne lui plaisait pas du tout. Quirke demanda si Mme Stafford était chez elle et elle haussa les épaules, puis ébaucha un rictus méprisant qui lui découvrit une canine.

« Je suppose. Elle ne sort jamais, ou presque. »

Malgré la neige par terre, elle contourna la maison avec eux et resta plantée, bras croisés, sous le couvert des avant-toits tandis qu'ils gravissaient les marches en bois. Quirke frappa des jointures contre la vitre de la porte-fenêtre. De l'intérieur, pas un bruit ne lui répondit.

« Ça doit être ouvert », cria la bonne femme.

Quirke essaya la poignée ; elle tourna sans offrir de résistance. Brenda et lui s'engouffrèrent dans l'étroit vestibule.

Ils trouvèrent Claire Stafford assise sur une chaise au dossier à fuseaux devant une table de la kitchenette. Elle portait un peignoir rose et était pieds nus. Installée de biais, une main sur les genoux et l'autre sur le plateau plastifié de la table, elle ne bougeait pas. Ses longs cheveux pâles donnaient l'impression d'être humides et pendaient mollement de part et d'autre de son visage livide. Elle avait les yeux bordés de rose et les lèvres exsangues.

« Madame Stafford ? » fit Brenda à mi-voix.

Claire demeura sans réaction.

« Madame Stafford, je m'appelle Ruttledge, je suis... j'étais l'infirmière de M. Crawford. M. Crawford, le patron... le patron d'Andy. Il est mort... M. Crawford est mort... vous étiez au courant ? »

Claire tressaillit, comme si elle avait entendu un léger bruit au loin, cilla, finit par tourner la tête et les regarda. Elle ne manifesta ni surprise ni curiosité. Quirke vint se planter en face d'elle, de l'autre côté de la table, les deux mains en appui sur le dossier de la chaise devant lui.

« Ça vous dérange si je m'assieds, madame Stafford ? »

C'est à peine si Claire bougea la tête d'un côté, puis de l'autre. Quirke tira donc un siège, prit place et invita d'un signe Brenda Ruttledge à approcher.

« Nous voulons vous parler, balbutia Brenda, du bébé... de ce qui s'est passé. Voulez-vous nous le raconter ? »

Quelque chose, une vague protestation, un déni, éclaira les yeux presque ternes de Claire. Elle fronça les sourcils.

« Il ne voulait pas, s'écria-t-elle. Je le sais. C'était un accident. »

Quirke et Brenda Ruttledge échangèrent un regard.

« Comment est-ce que c'est arrivé, madame Stafford ?

insista Quirke. Voulez-vous nous raconter comment s'est produit l'accident ? »

Brenda tendit le bras et posa la main sur celle de Claire à plat sur la table. Claire la regarda, elle, puis leurs deux mains. Quand elle parla, ce fut à Brenda et à elle seule qu'elle s'adressa.

« Il essayait de la faire arrêter de pleurer. Il avait horreur de l'entendre crier. Il l'a secouée. C'est tout... il l'a juste secouée. »

Sous le coup de la perplexité et d'un vague étonnement, elle fronçait les sourcils maintenant.

« Sa tête était lourde, poursuivit-elle, et si chaude... brûlante, presque. »

Elle tourna la main, paume en l'air, sur ses genoux, et enferma dans cette coupe le souvenir de la tête de la petite.

« Si lourde.

— Qu'avez-vous fait alors ? continua Brenda. Qu'a fait Andy ?

— Il a téléphoné à Sainte-Mary. Il est resté longtemps parti, je ne sais pas... Le père Harkins est arrivé. Je lui ai expliqué pour l'accident. Puis Andy est revenu.

— Et le père Harkins, demanda Quirke, il a appelé la police ? »

Elle détacha les yeux du visage de Brenda et regarda Quirke.

« Oh, non », se borna-t-elle à murmurer.

Désireuse d'en appeler à une autre femme, à son bon sens, elle se tourna de nouveau vers Brenda.

« Pourquoi ? C'était un accident.

— Où est-elle, madame Stafford ? insista Quirke. Où est la petite ?

— Le père Harkins l'a emmenée. Je ne voulais plus la voir. »

Une fois de plus, elle prit Brenda à partie.

« C'était mal de ma part ?

— Non, s'exclama Brenda pour l'apaiser, non, bien sûr que non. »

Claire reporta de nouveau son attention vers sa paume en coupe.

« Je sentais encore sa tête dans ma main. Je la sens encore. »

Le silence dans la pièce s'appesantit. Quirke eut l'impression que quelque chose entrait dans la maison, en flottant, doux et inaudible à l'image de la neige dehors. Il éprouva une fatigue soudaine, une fatigue qu'il n'avait encore jamais ressentie. Il eut la sensation d'être arrivé au bout d'une route qu'il arpentait depuis si longtemps qu'il avait fini par voir une forme de repos dans son cheminement ; un repos qui ne lui avait pourtant laissé aucun répit mais lui avait valu des douleurs dans les os, un cœur surmené et un esprit de plus en plus obtus. Quelque part, sur ce chemin difficile, il s'était apparemment perdu.

9.

Andy devina ce que la fille cherchait quand, en entrant dans le garage, il la trouva assise sur la banquette arrière de la Buick, juste assise là, vêtue d'un grand manteau, à regarder droit devant elle, pâle et l'air hébété. Elle ne dit rien, et lui non plus, il se contenta de boutonner sa veste, puis se glissa derrière le volant et démarra. Il se contenta de rouler, sans réfléchir, comme elle le voulait apparemment – « Emmenez-moi n'importe où », lui avait-elle lancé la première fois, après qu'ils avaient déposé le grand costaud dans le village. La neige tombait à présent ; ce n'était pas une mauvaise chose, simplement les routes étaient vides. Ils remontèrent la côte de nouveau. Il lui demanda si elle avait encore une de ces fameuses cigarettes anglaises mais elle ne répondit même pas, se contenta de faire signe que non dans le rétroviseur. Elle avait l'air – effrayé, vaguement pétrifié et déboussolé par en dessous – qu'ont les filles quand elles ne pensent qu'à ça. C'était un regard qui lui disait que ce serait sa première fois.

Sachant où aller, il fit halte au cap. Il n'y avait personne et personne ne risquait de se pointer. Le vent, très violent à cet endroit-là, secouait la grosse bagnole sur ses amortisseurs et la neige s'amoncela d'emblée sous les essuie-glaces et autour des vitres. Au début, il eut un peu de mal avec la fille. Elle fit mine de ne pas comprendre ce qui se passait ni ce qu'il voulait – qui était ce qu'elle voulait aussi, si seulement elle arrivait à l'admettre – et, alors qu'il avait espéré ne pas y être obligé, il finit par sortir le couteau qu'il gardait fixé après deux aimants qu'il avait installés sous le tableau de bord. Elle se mit à pleurer en voyant la lame mais il lui dit d'arrêter ce cinéma. C'est bizarre mais ça l'émoustilla vraiment quand il lui ordonna de retirer ces drôles de bottes en caoutchouc qu'elle portait et que, vu le peu d'espace entre les sièges, elle dut tordre la jambe, de sorte qu'il entrevit son porte-jarretelles et l'intérieur de sa cuisse blanche jusqu'aux coutures de sa culotte en dentelle.

Les choses se passèrent rudement bien. Elle essaya de le repousser, ce qui lui plut. Il veilla à ce qu'elle reste couchée sur son grand manteau, parce qu'il ne voulait pas que des trucs atterrissent sur le cuir – enfin pas vraiment couchée mais comme coincée à moitié assise, si bien qu'il lui fallut faire quelques contorsions compliquées avant de réussir à la pénétrer. Elle lâcha un drôle de petit couinement à son oreille et, du coup, il ressentit un tel élan d'affection pour elle qu'il se détendit un brin, se cala pour regarder par la vitre enneigée et aperçut au loin, à l'entrée du port, la mer qui semblait bouillonner, il supposa que c'était le changement de marée ou quelque chose, ainsi qu'une grosse masse d'eau bleu-noir surmontée d'une frange blanche dansante qui déferlait entre les deux avancées du port et, alors qu'il venait tout juste de commencer, il ne put se retenir, s'arc-bouta entre les jambes tremblantes de la fille, s'enfonça en elle et sentit le frémissement qui montait de la base de son sexe, la mordit dans le cou et lui arracha un hurlement.

Ensuite se posa le problème de que faire d'elle. Il ne pouvait pas la ramener au manoir. Il n'avait aucune intention de retourner à Moss Manor, jamais plus ; maintenant que le vieux était mort, il savait qu'il n'était plus question qu'il bosse là-bas. Maintenant qu'elle était devenue une riche veuve, cette fichue garce n'allait pas perdre de temps pour vendre – il l'avait vue regarder les lieux, tordre la bouche d'un air écœuré quand elle pensait que personne ne l'observait – et s'installer dans un endroit plus proche de ses goûts chichiteux. Il avait dressé ses plans et là cette histoire avec la fille avait décidé pour lui : l'heure était venue et il n'y avait pas une minute à perdre. Il avait discuté avec un gars qu'il connaissait, un marchand de voitures anciennes, qui était parti au Nouveau-Mexique et s'était installé à Roswell pour y chercher des petits hommes verts, il était d'accord pour s'occuper de la Buick, la maquiller et lui dégoter un acheteur. Mais le truc, c'était le temps, oui, le temps. Il pouvait commencer par se débarrasser de la fille. Elle était pelotonnée sur la banquette arrière quand il déboula dans North Scituate. La neige tombait dru à présent, les rues étaient désertes – encore qu'elles n'étaient jamais vraiment encombrées, dans ce trou de merde –, et donc il s'arrêta au croisement où il avait récupéré Quirke la fois d'avant, fit le tour pour ouvrir la portière et lui dit de dégager. Il faisait froid mais elle avait son manteau et ces fameuses bottes, et il supposait qu'elle se débrouillerait bien – il s'assura même qu'elle avait une poignée de pièces de monnaie pour le téléphone. Elle finit donc par dégager, avec des mouvements de mort-vivant, la figure toute barbouillée, allez savoir pourquoi, et les yeux brouillés, comme si sa vue avait baissé. En s'éloignant, il jeta un dernier regard sur elle dans le rétroviseur, plantée au croisement, dans la neige.

Il ne tarda pas à réaliser qu'il était dans le pétrin, le pire peut-être qu'il ait jamais connu – c'était le couteau, il n'aurait pas dû sortir le couteau –, mais il s'en foutait. Il jubilait. Il s'était imposé, il avait montré de quoi il était capable. Son bas-ventre était encore humide, mais la sueur sur son dos et sur l'intérieur de ses bras avait rafraîchi et lui faisait l'effet d'une huile, d'un... comment dire ?... d'un baume. Il aurait aimé que Cora Bennett le voie dans la Buick avec la fille là-bas au cap, il aurait aimé que Cora soit présente et obligée de regarder. Cora, Claire, le grand Irlandais, Rose Crawford, Joe Lanigan et son copain qui ressemblait à Lou Costello – il les imagina tous autour de la bagnole, en train de le mater derrière les vitres, de lui crier d'arrêter et lui qui se serait bien moqué d'eux.

Cora Bennett s'était moquée de lui, cette foutue nuit où son sang l'avait complètement mouillé et où il s'était écarté d'elle quand il avait senti le truc poisseux et brûlant sur ses cuisses.

« Allez, merde, s'était-elle écriée en se marrant, c'est que du sang ! »

Il y avait eu du sang avec la fille aussi mais pas trop. Si Cora avait été là, il te le lui aurait barbouillé sur la trogne, il aurait rigolé et il lui aurait dit : « Allez, Cora, c'est que du sang ! » Quand elle avait vu à quel point il était furieux, elle avait dit qu'elle était désolée, alors qu'elle avait encore une sorte de sourire sur la tronche. En revenant de la salle de bains, elle s'était assise sur le bord du lit où il était allongé, lui avait massé le dos et avait répété qu'elle était désolée, que c'était pas de lui qu'elle s'était moquée, qu'elle était juste soulagée parce qu'elle s'était un peu inquiétée en voyant qu'elle avait deux semaines de retard, qu'elle n'avait jamais de retard et que, du coup, elle avait commencé à se dire que ce que Claire lui avait raconté n'était peut-être pas vrai, que ce n'était peut-être qu'un des fantasmes dingues de cette dingue de Claire. Il s'était alors redressé, les nerfs à fleur de peau, et lui avait demandé ce qu'elle voulait dire et ce que Claire lui avait raconté.

« Ben, que tu tirais à blanc, Tex, avait-elle répondu en affichant de nouveau son fichu sourire et en levant la main pour lui ébouriffer les cheveux. Donc, pas de petits Andy, ni de petites Claire, ni même de petites Christine à toi. »

Il avait eu du mal à en croire ses oreilles. Au début, il n'avait pas compris – Claire avait été sortir à Cora que c'était lui et pas elle qui ne pouvait pas faire d'enfant ? Pourtant, en rentrant du docteur le jour après qu'elle avait eu les résultats des examens qu'ils avaient passés, elle lui avait expliqué que le docteur lui avait dit que c'était elle, la mal fichue, que quelque chose clochait chez elle et qu'elle ne pourrait jamais avoir un bébé, même si elle essayait tant qu'elle pouvait. Cora, qui commençait à donner l'impression de regretter de lui avoir sorti tout ça, avait ajouté, eh bien, que Claire lui avait affirmé le contraire, un jour où il était au boulot et où elle était montée voir si elle avait envie d'une tasse de café ou d'autre chose. Claire était vraiment secouée, avait poursuivi Cora, elle pleurait et parlait de la gamine et de l'accident et, là-dessus, elle avait raconté à Cora ce que le docteur avait vraiment déclaré et comment elle avait menti là-dessus à Andy. Pendant que Cora bavassait, la jambe d'Andy s'était mise à remuer comme chaque fois qu'il était inquiet ou fumasse. Pourquoi, il voulait savoir, pourquoi Claire aurait-elle dit que c'était elle si en réalité c'était lui qui ne pouvait pas, ne pouvait pas... ?

« Oh, chéri, avait lancé Cora pour l'apaiser – elle ne souriait plus mais se montrait très sérieuse, car elle voyait clairement le mal qu'elle avait causé –, peut-être c'est juste qu'elle t'a dit un petit mensonge, tu vois, pour pas te contrarier ? »

C'est là qu'il avait giflé Cora. Il savait qu'il n'aurait pas dû – elle non plus n'aurait pas dû dire ce qu'elle avait dit. Il l'avait giflée rudement fort, en plein sur la poire, et ses phalanges lui avaient cogné le pont du nez. Il y avait eu davantage de sang versé, mais elle était simplement restée assise sur le lit, penchée en arrière pour se mettre à distance de lui, une main sur le visage, le nez pissant le sang et les yeux froids et perçants comme des aiguilles. Ça avait été la fin, bien entendu, pour eux. Cora aurait sans doute repris, une fois passée sa colère contre lui, mais la vérité était qu'il en avait marre d'elle, de son foutu ventre mou, de ses seins raplapla et de son cul qui commençait déjà à friper. À présent, le rire, c'était elle qui l'avait en travers de la gorge.

Quand il revint chez lui après avoir largué la fille, il avait décidé d'embarquer Claire. Sa décision le surprit mais lui fit plaisir aussi. Ce devait être qu'il l'aimait, malgré tout, malgré ce qu'elle avait dégoisé sur lui à Cora Bennett. Il gara la bagnole deux baraques plus bas, pas parce qu'il ne voulait pas que les voisins remarquent la belle voiture – ils l'avaient déjà vu dans la Buick –

mais il préférait éviter Cora Bennett. Il traversa discrètement la cour et grimpa trois par trois les marches extérieures, soulagé que la neige assourdisse le bruit des talons de ses bottes contre le bois.

Vêtue de son peignoir, Claire était écroulée sur le canapé devant la télévision où passait un jeu idiot – qu'est-ce qu'on en a à branler de savoir quelle est la capitale du Dakota du Nord ? Il s'arrêta devant elle, la secoua par les épaules et lui dit de se lever et de préparer ses bagages. Elle ne bougea pas, bien entendu, et il dut revenir lui coller son poing sous le nez et lui gueuler dessus. Il était dans la chambre en train de balancer des chemises dans le vieux sac en tissu qui avait appartenu à son papa quand il la devina derrière lui – il avait développé un sixième sens et percevait sa présence sans même la voir, comme si elle était déjà devenue un fantôme – et, en se retournant, il la découvrit, penchée dans l'embrasure de la porte avec son air vanné, avachi, le peignoir bien fermé et les bras si étroitement croisés qu'on aurait dit que c'était, pour elle, le seul moyen de ne pas se désagréger.

« Des gens sont venus ici, aujourd'hui, marmonna-t-elle.

— Ah ouais ? Qui ça ? »

Il n'avait pas réalisé qu'il avait tellement de chemises, de manteaux et de jeans – d'où ça venait, tous ces trucs ?

« Ils ont demandé après la petite. »

Il se figea, puis se tourna lentement vers elle.

« Quoi ? » fit-il dans un souffle.

Il tenait à la main une ceinture avec une boucle en forme de tête de bœuf à cornes.

Elle lui raconta, de cette voix ténue qu'elle avait

adoptée ces dernières semaines, et qui donnait l'impression de s'éteindre et de n'être bientôt plus qu'une sorte de soupir, une sorte d'inspiration, sans mots. C'était l'Irlandais et l'infirmière. Ils l'avaient questionnée sur la petite Christine, sur l'accident et le reste. Parfois, elle s'interrompait et ramassait des bribes de peluche sur son peignoir. On aurait cru qu'elle parlait du temps. À un moment, elle se tut carrément et il dut lui filer une bourrade pour qu'elle poursuive. Merde, un fantôme de minuit, voilà ce qu'elle était en train de devenir ! Il te lui aurait bien collé des coups de ceinture, sauf qu'elle paraissait tellement bizarre, on aurait cru qu'elle n'était pas là, qu'elle était paumée quelque part en elle-même.

Il arpenta la chambre en se mordillant le doigt. Ils allaient devoir se barrer dans la nuit – ils allaient devoir se barrer sur-le-champ. Comme si elle devinait ce qu'il avait en tête, Claire nota pour la première fois le sac sur le lit, les tiroirs béants et les portes du placard ouvertes.

« Tu me quittes ? »

On aurait dit que cette éventualité n'avait pas grande importance pour elle.

« Non, répondit-il en se plantant devant elle, mains sur les hanches, et en parlant lentement pour qu'elle puisse le comprendre. Je te quitte pas, ma biche. Tu viens avec moi. On va vers l'ouest. Will Dakes est à Roswell, il va nous aider, il va m'aider à dénicher un boulot, peut-être. »

Il se rapprocha d'elle et lui caressa le visage.

« On pourra entamer une nouvelle vie, ajouta-t-il avec douceur. Tu pourras avoir une autre gamine, une autre petite Christine. Ça te plairait, pas vrai ? »

Il était surpris du peu d'importance, franchement,

qu'il attachait au fait qu'elle ait raconté ce truc à Cora sur le test du docteur, ou qu'elle ait parlé de l'accident à l'Irlandais – surpris en réalité du peu de cas qu'il faisait de tout ça. L'Irlandais, Rose Crawford, cette fichue bonne sœur et le prêtre, ils appartenaient désormais au passé. Mais il savait qu'ils allaient se lancer à ses trousses, et sans tarder, et qu'il fallait qu'ils se barrent tous les deux. La joue de Claire était froide sous sa main, on aurait juré qu'il n'y avait pas du tout de sang sous sa peau. Claire ; sa Claire. Il ne s'était jamais senti aussi tendre envers elle qu'à ce moment, là, dans l'embrasure de la porte, avec la neige qui tombait dehors, le jour qui baissait, le noyer à la fenêtre avec ses bras nus et tendus alors qu'ici tout s'achevait pour eux.

Il roulait trop vite. Sous la neige fraîche et molle, les routes étaient glissantes. Chaque fois qu'ils croisaient une bagnole de flics descendant en ville, il s'attendait à ce qu'elle fasse demi-tour sur deux roues et traverse le terre-plein central en cahotant pour se lancer à leur poursuite, gyrophare bleu clignotant et sirène hurlante. La fille devait avoir rejoint le manoir à présent et leur avoir débité sa salade, or, sa salade, il la connaissait, bien sûr. Il s'en foutait. Dans deux jours, ils seraient au Nouveau-Mexique, Will Dakes limerait le numéro du moteur et ferait tout ce qu'il y avait à faire, la Buick serait vendue, Claire et lui empocheraient le pognon et continueraient leur voyage, vers le Texas peut-être ou peut-être qu'ils remonteraient vers le nord, au Colorado, en Utah, dans le Wyoming. Le vaste monde s'offrait à eux. Là-bas, sous ces cieux, Claire oublierait la mioche, elle redeviendrait elle-même et ils se mettraient à vivre comme ils n'avaient encore jamais vécu. À travers les tourbillons de neige, il vit clignoter la lumière rouge devant lui, au passage à niveau. Ça lui rappela la fille, Phoebe, et il sourit intérieurement, se sentant bien en repensant à elle affalée sous lui sur la banquette arrière ; il écrasa le champignon. Oui, la vie commençait tout juste, sa vraie vie, là-bas où se trouvait son chez-lui, dans ces vastes espaces, dans ces plaines, dans cet air pur. La barrière s'abaissait mais ils avaient le temps. Ils passeraient dessous à toute blinde et, de l'autre côté, ce serait un lieu nouveau, un univers nouveau où ils seraient des êtres nouveaux. Il jeta un coup d'œil à Claire à côté de lui. Elle éprouvait la même excitation, la même attente dingue, il le voyait sur son visage, à sa façon de se pencher, le cou tendu, les yeux écarquillés, puis ils se retrouvèrent sur la voie et soudain – qu'est-ce qu'elle fabriquait ? – elle tendit le bras, agrippa le volant et le lui arracha des mains ; la grosse bagnole tournoya dans des crissements sur la neige et les rails en acier brillant, puis s'arrêta, le moteur s'arrêta et tout s'arrêta, sauf le train qui leur fonçait dessus en les fixant de son œil mauvais et qui, au dernier moment, parut lever le nez comme s'il allait décoller au milieu des ténèbres ambiantes, en hurlant et en s'embrasant, et planer, planer.

10.

Phoebe avait détesté cette chambre au premier coup d'œil. Elle savait que Rose avait cru bien faire, en l'installant là, mais l'endroit semblait davantage destiné à des enfants qu'à des adultes. Elle était fatiguée – elle était épuisée – et elle n'arrivait pas à dormir. Croyant qu'elle souhaitait qu'ils restent à ses côtés, ils s'étaient relayés auprès de son lit pour lui tenir la main et la regarder avec chagrin et pitié, alors, à la fin, elle avait fait semblant de dormir pour qu'ils s'en aillent tous et lui fichent la paix. Depuis que Quirke lui avait parlé dans le vestibule, elle n'avait eu qu'une envie : rester seule, pour réfléchir et mettre ses idées au clair. C'était pour ça qu'elle était allée au garage s'asseoir dans la Buick, comme quand elle était enfant et qu'elle se réfugiait dans la voiture de papa.

Papa.

Elle avait à peine remarqué Andy Stafford quand il avait déboulé dans le garage. Pourquoi l'aurait-elle remarqué ? Ce n'était que le chauffeur. Elle avait cru qu'il était venu astiquer la voiture ou vérifier l'huile ou gonfler les pneus ou faire tout ce qu'un chauffeur pouvait avoir à faire quand il ne conduisait pas. Elle n'avait pas eu peur quand il s'était installé derrière le volant et avait démarré, ni même quand il avait quitté la grand-route pour s'engager sur le sentier menant à la lisière des dunes où le vent soufflait et où elle ne voyait quasiment rien à travers la neige. Elle aurait dû parler, elle aurait dû dire quelque chose, elle aurait dû lui ordonner de faire demi-tour ; il aurait peut-être obéi, étant donné – elle le présumait – qu'il avait été formé pour. Mais elle n'avait rien dit et après ils s'étaient arrêtés et voilà qu'il avait grimpé à l'arrière et il y avait eu le couteau... Quand il l'avait laissée dans le village, elle n'avait pas téléphoné à la maison. Il y avait de nombreuses raisons à cela ; la principale était simplement qu'elle n'aurait pas su quoi dire. Elle ne trouvait pas de mots pour raconter ce qui s'était passé. Elle s'était donc mise à marcher, avait descendu la grand-rue jusqu'à la sortie du village, puis elle avait suivi la route, malgré le froid, la neige et la douleur entre ses jambes. Au manoir, c'était Rose qui s'était montrée à la porte, qui avait repoussé Deirdre la domestique et l'avait prise par le bras et conduite à l'étage. Il n'avait fallu à Rose que quelques paroles simples – voiture, chauffeur, dunes, couteau – pour comprendre. Elle l'avait obligée à boire une bonne gorgée de cognac, avait prié la domestique de préparer un bain et c'est seulement quand Phoebe avait été dans l'eau qu'elle était allée chercher Sarah, Mal et Quirke, qui n'était pas là, qui n'était jamais là.

Il y avait eu des tas de chichis, des allées et venues sur la pointe des pieds, des tasses de thé, des bols de soupe, des conciliabules à mi-voix sur le seuil de la pièce, le médecin empoté avec ses cheveux blancs, son haleine parfumée à la menthe et sa trousse, le policier, gêné par les questions qu'il devait lui poser, qui s'éclaircissait la gorge et tripotait le bord de son chapeau marron. Il y avait eu cet échange bizarre avec sa mère... avec Sarah : on aurait juré qu'elles ne parlaient pas d'elle mais d'une personne qu'elles auraient toutes les deux connue dans une autre vie. Ce qui, se dit-elle après réflexion, n'était pas faux. Avant, elle n'avait aucun doute sur qui elle était ; maintenant, elle n'avait plus d'identité.

« Tu es toujours ma Phoebe », s'était écriée Sarah en essayant de contenir ses larmes.

Ce à quoi Phoebe, n'ayant rien à dire, n'avait rien répondu. Mal, fidèle à lui-même, avait joué les poteaux totémiques. Cependant, des deux – ces deux êtres qui, encore quelques heures plus tôt, étaient son père et sa mère –, c'était Mal qu'elle aimait le plus, si amour était toujours le terme adéquat.

Dans tout ça, le pire était la morsure sur son cou, là où Andy Stafford avait planté ses dents. C'était ça le viol véritable. Elle ne pouvait pas expliquer ça, elle ne comprenait pas. C'était ainsi.

Elle refusait de parler d'Andy Stafford. Il personnifiait l'indicible, pas à cause du couteau ni de ce qu'il lui avait fait, ou pas seulement pour ces raisons, mais parce que, pour elle, il n'y avait pas de mots susceptibles de le décrire. Quand la police téléphona à Rose pour lui annoncer qu'Andy et sa femme étaient morts, tués lorsque la Buick avait calé sur un passage à niveau, Phoebe avait été la seule à ne pas être choquée ni même surprise. Leur mort avait un côté net, ordonné, comme à la fin d'un conte de fées qu'on lui aurait éventuellement raconté dans son enfance, d'abord pour l'effrayer, puis, une fois tout résolu et les méchants trolls occis, pour lui permettre de trouver l'apaisement et le sommeil. À l'égard d'Andy lui-même, elle n'éprouvait rien, ni colère ni dégoût. Il avait représenté une lame d'acier sur son cou et un corps dur qui avait pilonné le sien, un point c'est tout.

Quirke finit par revenir et se planta au pied de son lit en s'appuyant peu élégamment sur sa canne. Il lui demanda de repartir en Irlande avec lui. Elle refusa.

« Je reste ici un moment. Et après je verrai. »

Il parut prêt à l'implorer mais, d'entre ses oreillers, elle lui opposa un visage dur et il baissa la tête à la manière d'un bœuf blessé.

« Dis-moi, murmura-t-elle, il y a un truc que j'aimerais savoir... qui m'a nommée ? »

Il leva les yeux, perplexe.

« Qu'est-ce que tu veux dire ?

— Qui a choisi le nom de Phoebe ? »

Il baissa de nouveau la tête.

« Ils t'ont donné le prénom de la grand-mère de Sarah, la mère de Josh. »

Elle garda le silence le temps de ressasser l'information, puis marmonna :

« Je vois. »

Sans plus la regarder, Quirke tourna les talons et quitta la chambre en boitant.

Sarah et Mal étaient assis sur un petit canapé doré du vaste palier en haut du grand escalier en chêne. La lumière furtive de la fin de journée tombait des larges fenêtres bombées au-dessus d'eux. Comme Quirke, Sarah avait le sentiment d'avoir bataillé toute la journée à travers boue et verglas, sur des étendues gelées, des routes traîtresses et d'être enfin parvenue à une sorte d'étape. La peau sur ses mains et ses bras était grise et granuleuse, et semblait se rétracter, à l'image de son cerveau. Devant elle, la formidable surface de moquette aux allures de banquise flottante rose pâle lui collait une légère nausée la moquette, de même qu'une foule d'autres choses dans la maison, avait été installée sur l'ordre de Rose qui, sans aucun doute, savait également tout ce qu'il y avait à savoir.

« Eh bien... qu'est-ce qu'on fait maintenant ? s'enquit-elle.

— On vit, du mieux qu'on pourra. Phoebe aura besoin de notre aide. »

Il paraissait si calme, si résigné. Que se passe-t-il dans sa tête ? se demanda-t-elle. Elle fut frappée, et ce n'était pas la première fois, du peu de chose qu'elle savait en réalité sur cet homme avec lequel elle avait déjà passé une grande partie de sa vie.

« Tu aurais dû me dire », ajouta-t-elle.

Il s'agita, mais ne se retourna pas vers elle.

« Te dire quoi ?

— Pour Christine Falls. Pour l'enfant. Tout. »

Il poussa un long soupir las ; on aurait cru qu'il se vidait d'une part de lui-même.

« Pour Christine Falls, répéta-t-il en écho. Comment as-tu appris ? Quirke t'a parlé ?

— Non. Quelle importance la manière dont j'ai appris ? Tu aurais dû me dire. Tu me devais bien ça. J'aurais écouté. J'aurais essayé de comprendre.

— J'avais mon devoir à respecter.

— Mon Dieu, s'écria-t-elle, secouée par un rire violent, quel hypocrite tu fais !

— J'avais mon devoir à respecter, insista-t-il avec entêtement, envers nous tous. Il fallait que je garde mon sang-froid, que je me contrôle. Il n'y avait personne d'autre. Tout se serait écroulé. »

Elle fixa le tapis et de nouvelles crispations lui nouèrent le ventre. Elle ferma les yeux et, du fond de cette obscurité, décréta :

« Tu as encore le temps. »

Cette fois, il la regarda :

« Le temps ?

— De te racheter. »

Il émit un bruit de gorge, discret et bizarre, que Sarah mit un moment à identifier : il riait.

« Ah, ma chère Sarah – qu'il était rare qu'il prononce son nom ! –, je crois qu'il est trop tard pour ça. »

Une horloge sonna dans la maison, puis une autre et encore une autre – tant d'autres ! Comme si le temps ici était multiple et variait à tous les étages, d'une pièce à l'autre.

« J'ai parlé à Quirke au sujet de Phoebe, ajouta-t-elle. Je lui ai tout dit.

— Ah oui ? fit-il en riant de nouveau de son rire léger. Ça a dû être une conversation intéressante.

— Il y a des années que j'aurais dû le lui dire. J'aurais dû lui dire pour Phoebe et tu aurais dû me dire pour Christine Falls. »

Il croisa les jambes et, pointilleux, remonta le genou de son pantalon.

« Pour Phoebe, ce n'était pas la peine de lui dire, déclara-t-il. Il était déjà au courant. »

Qu'est-ce qu'elle entendait donc – se pouvait-il que ce soit les mini-échos d'un carillon d'horloge résonnant encore faiblement dans les parages ? Inquiète à l'idée de ce qui risquait de sortir de sa bouche, elle retint son souffle jusqu'à ce qu'elle finisse par bredouiller :

« Qu'est-ce que tu sous-entends ? »

Les yeux rivés au-dessus d'eux, il étudiait le haut plafond comme s'il abritait quelque chose, un signe, un hiéroglyphe.

« Qui, à ton avis, a obtenu de mon père qu'il me téléphone ici à Boston la nuit où Delia est morte ? demanda-t-il – on aurait cru que ce n'était pas à elle que sa question s'adressait mais à ce quelque chose que lui seul distinguait parmi les ombres sous le plafond. Qui était tellement mal qu'il ne supportait pas l'idée d'avoir la gamine dans les pattes pour lui rappeler son deuil tragique et était disposé à nous la confier à la place ?

— Non, fit-elle en hochant la tête, non, ce n'est pas vrai. »

Mais elle savait que si, bien sûr. Oh, Quirke. Elle se rendait compte à présent qu'elle l'avait su tout du long, qu'elle l'avait su et avait refusé de l'admettre. Elle n'éprouvait aucune colère, aucun ressentiment, juste de la tristesse.

Elle ne le dirait pas à Phoebe : il ne fallait pas qu'elle sache que son père l'avait délibérément abandonnée.

Une minute passa. Elle lâcha :

« Je crois que j'ai un problème de santé. »

Mal se figea, elle le sentit, comme si quelque chose en lui, une version animale de lui, s'était immobilisée, tous les sens en alerte.

« Qu'est-ce qui te fait penser ça ?

— Il y a quelque chose qui ne va pas avec ma tête. Ce tournis, ça empire. »

Il déploya le bras et prit sa main, froide et molle, dans la sienne.

« J'ai besoin de toi, déclara-t-il calmement, sans

emphase. Sans toi, je ne peux pas continuer, c'est impossible.

— Alors, arrête ce truc, lui lança-t-elle avec une virulence soudaine, ce truc de Christine Falls et de sa gamine. »

Elle tourna sa main dans la sienne et lui agrippa les doigts.

« Tu veux bien ? »

À présent, c'est sa main à lui qui s'amollit. Il fit non de la tête une fois, en un mouvement minimal. Elle entendit les cornes de brume, leur appel désespéré. Elle relâcha la main de Mal et se leva. « Mon devoir », avait-il dit – un devoir de mentir, de faire semblant, de protéger. Un devoir qui leur avait empoisonné la vie.

« Tu savais pour Quirke et Phoebe, enchaîna-t-elle. Et tu savais pour Christine Falls. Tu savais – tu savais tout – et tu ne m'as rien dit. Toutes ces années, tous ces mensonges. Comment as-tu pu, Mal ? »

De sa place, il leva les yeux vers elle ; il avait juste l'air fatigué.

« Peut-être pour la même raison que celle qui t'a poussée à ne pas dire à Quirke dès le départ que Phoebe était sa fille, alors que tu pensais qu'il ne le savait pas. »

Il sourit tristement.

« On a tous notre façon de pécher. »

11.

Quirke comprit qu'il était temps de partir. Il n'avait plus rien à attendre de Moss Manor – si tant est qu'il ait jamais eu quoi que ce soit à en attendre –, hormis confusion, méprises, souffrances. Dans la chambre, il tourna de nouveau les photographies de Delia et de Phoebe face à la pièce ; sa femme morte ne lui faisait plus peur ; allez savoir comment, elle avait été exorcisée. Il commença sa valise. Le jour touchait à sa fin et, au-delà des fenêtres, les vagues formes enneigées se fondaient dans la pénombre. Il ne se sentait pas bien. Avec le chauffage central, l'air de la maison était lourd, oppressant et il avait l'impression qu'un mal de tête le tourmentait depuis grosso modo la nuit de son arrivée. Il ne savait que penser de Phoebe, de Mal, de Sarah, d'Andy Stafford... de chacun d'entre eux, et en avait marre d'essayer de les comprendre. Sa colère envers tout s'était réduite à un bourdonnement d'arrière-plan. Il avait également conscience que mitonnait en lui une légère sensation de désespoir ; ça ressemblait au sentiment qui menaçait de le submerger dans son enfance quand, au début de certaines journées, il n'y avait rien en perspective, rien d'intéressant, rien à faire. Est-ce que sa vie serait désormais ainsi... une sorte de vie après la vie, une errance dans les limbes parmi d'autres âmes, comme lui, ni sauvées ni perdues ?

Lorsque Rose Crawford entra dans la chambre, il devina aussitôt ce qui allait se passer. Elle portait un chemisier noir et un pantalon noir.

« Je trouve que le deuil me sied, déclara-t-elle, pas vous ? »

Il retourna à sa valise. Debout au milieu de la pièce, les mains dans les poches de son pantalon, elle le regardait. Il avait une chemise dans les mains ; elle l'en délesta, la posa sur le lit et la plia habilement.

« Je bossais dans une teinturerie, lui expliqua-t-elle en lui jetant un coup d'œil par-dessus son épaule. Ça vous étonne, je parie. »

Maintenant, c'est lui qui la regardait. Il alluma une cigarette.

« Deux choses que je veux de vous », décréta-t-il.

Elle rangea la chemise pliée dans la valise, en reprit une autre qu'elle entreprit de plier aussi.

« Oh, oui ? Et ce serait quoi ?

— Je veux que vous me promettiez de cesser de financer ce trafic de bébés. Et je veux que vous laissiez Phoebe rentrer en Irlande avec moi. »

Concentrée sur la chemise, elle fit très vite non de la tête.

« Phoebe va rester ici.

— Non. »

Très calme, il ajouta avec douceur :

« Laissez-la partir. »

Elle plaça la seconde chemise sur la première dans la valise, puis alla ôter la cigarette des doigts de Quirke, tira dessus et la lui rendit.

« Houp, désolée... encore du rouge à lèvres. »

La tête penchée, elle le jaugea d'un regard souriant.

« C'est trop tard, Quirke. Vous l'avez perdue.

— Vous savez que c'est ma fille. »

Elle acquiesça, toujours souriante.

« Bien sûr. Après tout, Josh était au courant de votre petit échange, or Josh et moi n'avions aucun secret l'un pour l'autre. C'était un des trucs vraiment chouettes entre nous.

Ce fut comme si, de très haut, quelque chose avait soudain fondu sur lui : il vit sa masse sombre se découper devant ses yeux et crut sentir le battement de ses ailes à proximité de sa tête. Il attrapa Rose par les épaules et la secoua furieusement. Sa cigarette lui échappa des mains.

« Espèce de méchante garce égoïste », marmonna-t-il entre ses dents serrées alors que la chose ailée continuait à battre des ailes et à pousser des cris stridents autour de lui.

Elle se libéra rapidement de son emprise, recula et alla ramasser la cigarette allumée sur le tapis, puis traversa la pièce pour la jeter dans la cheminée vide.

« Vous devriez faire attention, Quirke, vous pourriez coller le feu à la maison. »

Elle se massa l'épaule.

« Quelle poigne vous avez... franchement, vous ne connaissez pas votre force. »

Il vit qu'elle essayait de ne pas rire. Il s'élança sur sa bonne jambe, franchit l'espace entre eux non pas comme s'il marchait mais comme s'il basculait en avant. Il n'avait pas idée de sa réaction quand il l'atteindrait, s'il la giflerait ou s'il la flanquerait par terre. Ce qu'il fit, c'est qu'il la prit dans ses bras. Elle se révéla d'une légèreté surprenante et il sentit nettement les os sous sa chair. Quand il l'embrassa, il écrasa sa bouche sur la sienne et perçut un goût de sang, lequel ? Son sang à elle ou le sien ? Il n'en savait trop rien.

La nuit, chatoyante et d'un noir intense, collait aux fenêtres de part et d'autre de la chambre.

« Vous pourriez rester ici tous les deux, tu sais, toi et Phoebe. Que les autres regagnent la mère patrie. Si ça se trouve, ça marcherait peut-être, nous trois. Tu es comme moi, Quirke, reconnais-le. Tu es plus comme moi que comme ta précieuse Sarah. Un cœur froid et une âme brûlante, ça, c'est toi et moi. »

Il ouvrit la bouche pour parler mais elle eut tôt fait de l'en empêcher en lui posant un doigt sur les lèvres.

« Non, non, ne dis rien. J'ai été stupide de te proposer ça. »

D'une torsion, elle s'éloigna et s'assit sur le bord du lit en lui tournant le dos. Par-dessus son épaule, elle lui adressa un sourire désabusé.

« Tu ne m'aimes pas ne serait-ce qu'un peu ? Tu pourrais mentir, tu sais. Ça ne me dérangerait pas. Tu es doué pour le mensonge. »

Il ne répondit rien, roula simplement sur le dos dans un flamboiement de douleur au genou et contempla le plafond. Rose hocha la tête, fouilla les poches de Quirke à la recherche de ses cigarettes, en alluma une, puis se pencha vers lui et la lui glissa entre les lèvres.

« Pauvre Quirke, murmura-t-elle. Te voilà dans un sacré pétrin, pas vrai ? J'aimerais pouvoir t'aider. »

Elle alla se planter devant le miroir, fronça les sourcils et se peigna les cheveux du bout des doigts. Derrière elle, il s'assit sur le lit, elle le vit dans la glace, grand ours pâle. Il tendit la main vers le cendrier sur la table de chevet.

« Ça ne sera sûrement pas une aide, poursuivit-elle mais il y a un truc que je peux te confier. Tu te trompes au sujet de Mal et de cette fille, la fille au bébé... je ne me rappelle plus son nom. »

Il leva les yeux et croisa son regard dans le miroir. Elle hocha la tête en le considérant presque avec pitié.

« Crois-moi, Quirke, tu t'es complètement trompé.

— Oui. Je le sais. »

Il déboula à Sainte-Mary de bonne heure. Il demanda à parler à mère Stephanus. La bonne sœur aux dents de lapin affirma en se tordant les mains qu'il n'y avait personne pour le recevoir à cette heure ni même, sous-entendait son attitude, à n'importe quelle autre heure. Il demanda sœur Anselm. Sœur Anselm, expliqua la religieuse, était partie, elle vivait maintenant dans un autre couvent, au Canada. Quirke ne la crut pas. Il s'assit sur une chaise de la réception, posa son chapeau sur ses genoux et décréta qu'il resterait là jusqu'à ce que quelqu'un le reçoive. La jeune religieuse s'éloigna et peu après le père Harkins apparut, la mâchoire cramoisie par le feu du rasoir matinal et l'œil droit contracté par un tic. Il s'avança en affichant son fameux sourire. S'aidant de sa canne, Quirke se remit difficilement sur pieds. Ignorant la main que le prêtre lui proposait, il déclara qu'il voulait voir la tombe de la petite.

Harkins le regarda avec des yeux ronds.

« La tombe ?

— Oui. Je sais qu'elle est enterrée ici. Je veux voir le nom qui est inscrit sur la pierre tombale. »

Le prêtre commença par tempêter mais Quirke ne se

laissa pas impressionner. Il soupesa sa lourde canne noire d'un air menaçant.

« Je pourrais appeler la police, vous savez, suggéra Harkins.

— Oh, bien sûr, répliqua Quirke avec un rire sec, bien sûr que vous pourriez. »

De plus en plus agité, le prêtre ajouta en abaissant la voix en un murmure :

« Écoutez, M. Griffin est là... il est là en ce moment, il est venu nous rendre visite, avant de repartir.

— Quand bien même ce serait le pape, je m'en contrefous. Je veux voir cette pierre tombale. »

Le prêtre insista pour prendre son manteau et ses couvre-chaussures. La jeune nonne les lui apporta. Elle jeta un coup d'œil à Quirke et ne put dissimuler une lueur d'intérêt nouveau et même d'admiration – elle n'avait manifestement pas l'habitude que le père Harkins se plie aux exigences d'autrui.

La matinée était froide et âpre, avec de gros nuages bas et un vent humide qui poussait des particules de neige fondue devant lui. Quirke et le prêtre firent le tour du bâtiment, traversèrent un jardin potager émaillé de plaques de neige et descendirent un sentier de gravillons menant à une petite porte en bois devant laquelle le prêtre s'arrêta.

« Monsieur Quirke, je vous en prie, écoutez mon conseil. Allez-vous-en. Rentrez en Irlande. Oubliez tout ceci. Si vous franchissez cette porte, vous le regretterez. »

Quirke ne répondit rien, il se contenta de lever sa canne pour la pointer sur la porte ; le prêtre la déverrouilla en soupirant et s'écarta.

Le cimetière était plus petit qu'il ne l'avait pensé, ce n'était qu'un bout de champ, en réalité, en pente d'un côté et regardant à l'est les tours de la ville, serrées sous la brume hivernale. Il n'y avait pas de pierres tombales, on ne voyait que de modestes croix de bois, penchées en tous sens. La taille des tombes le stupéfia, chacune ne mesurant pas plus d'une soixantaine de centimètres. Quirke s'engagea sur un sentier inégal en direction de l'endroit où une silhouette en manteau et chapeau se recueillait, un genou à terre. Tout ce que Quirke voyait de cet homme, c'était son dos courbé et, bien qu'encore à une certaine distance, il s'arrêta et l'apostropha. Voûté et tendu, cet homme ressemblait à Mal mais ce n'était pas lui.

Même quand Quirke l'apostropha, il ne se retourna pas, si bien que Quirke continua à avancer. Ses pas irréguliers écrasaient bruyamment les gravillons et, à intervalles, le bruit sourd de sa canne résonnait sur le chemin pierreux. Une rafale de vent menaça d'embarquer son chapeau et il dut vite le retenir d'une main. Quand il arriva à la hauteur de l'homme agenouillé, ce dernier leva la tête vers lui.

« Alors, Quirke ? lança le juge qui rangea son chapelet de perles dans sa poche – non sans avoir d'abord embrassé le crucifix –, ramassa le mouchoir sur lequel il avait posé le genou, puis se redressa péniblement. Tu es satisfait maintenant ? »

Ils firent trois fois le tour du petit cimetière et, sous le vent glacial qui leur soufflait à la figure, les joues du vieux monsieur se couvrirent de marbrures et virèrent au bleu tandis que Quirke sentait sa douleur au genou empirer de minute en minute. Il lui semblait qu'il avait passé sa vie à se traîner ainsi et que cette scène reflétait fidèlement cette lente marche autour du royaume des morts qu'avait représentée son existence.

« Je vais la faire sortir de cet endroit, affirma le juge, la petite Christine. Je vais la mettre dans un cimetière convenable. Peut-être même que je la rapatrierai en Irlande et que je l'enterrerai à côté de sa mère.

— Vous n'auriez pas de problème à justifier de son corps aux types des douanes ou bien vous pourriez arranger ça aussi ? risqua Quirke. »

Le vieux monsieur découvrit ses dents en une sorte de sourire.

« Sa mère était une femme sensationnelle, extrêmement drôle, déclara-t-il. C'est ce que j'ai remarqué en premier chez elle quand je l'ai vue chez Malachy, sa façon de ne pas prendre les choses trop au sérieux.

— Je suppose que vous allez me dire que ça a été plus fort que vous. »

De nouveau, ce sourire tordu, d'une férocité léonine.

« Épargne-nous l'amertume, Quirke. Tu n'es pas la victime, ici. Si j'ai des excuses à présenter, ce n'est pas à toi. Oui, j'ai péché, et Dieu me punira pour ça – il m'a déjà puni en m'enlevant Chrissie, puis la petite. »

Il s'interrompit.

« À ton avis, Quirke, de quoi te punissait-on quand tu as perdu Delia ? »

Quirke refusa de le regarder.

« J'envie votre vision du monde, Garret, lança-t-il. Péché et châtiment... ce doit être confortable cette vision simpliste. »

Le juge ne daigna pas répondre. Les yeux plissés, il regardait en direction des tours dans le brouillard.

« C'est vrai ce qu'on dit, continua-t-il, l'histoire se

répète. Toi, tu as perdu Delia, Phoebe a été envoyée ici, puis moi et Chrissie, puis Chrissie meurt. Comme si tout était dicté par le destin.

— J'étais marié à Delia. Ce n'était pas la bonne de mon fils. Elle n'avait pas l'âge d'être ma fille... ma petite-fille.

— Ah, Quirke, tu es encore jeune, tu ne sais pas ce que c'est que de voir tes facultés te lâcher. Tu regardes le dos de ta main où ta peau se transforme en parchemin, tes os se voient en dessous et ça te colle un frisson. Puis une femme dans le style de Christine déboule et tu as le sentiment d'avoir de nouveau vingt ans. »

Songeur, il avança de quelques pas sans rien dire.

« Ta fille est vivante, Quirke, alors que la mienne est morte, grâce à ce petit salopard de meurtrier... comment il s'appelle ? Stafford. Oui : Stafford. »

Quirke aperçut Harkins qui rôdait du côté de la porte : qu'est-ce qu'il attendait ?

« Je vous respectais, Garret... je vous révérais. Pour moi, vous étiez le seul homme bien dans un monde pourri. »

Le juge haussa les épaules.

« Je le suis peut-être. J'ai peut-être quelque chose de bon en moi. Le Seigneur répand Sa grâce dans les vaisseaux les plus fragiles. »

Le chevrotement passionné dans la voix du vieillard, ces intonations de prophète de l'Ancien Testament, pourquoi n'ai-je pas remarqué ça avant ? se demanda Quirke.

« Vous êtes fou », déclara-t-il du ton de celui qui fait soudain une petite découverte surprenante.

Le juge gloussa.

« Et toi, tu es un salopard sans cœur, Quirke. Tu l'as

toujours été. À part quelques exceptions notables, en général, tu t'es montré honnête, c'est déjà ça. Ne va pas maintenant ternir ta mauvaise réputation en te muant en hypocrite. Laisse tomber ce truc de "Je vous révérais". Dans ta vie, tu ne t'es jamais soucié de qui que ce soit à part toi.

— Les orphelins, reprit Quirke au bout d'un moment, Costigan, cette clique... c'était vous aussi ? Est-ce que c'est vous qui dirigiez tout le machin, vous et Josh ? »

Le vieux monsieur ne daigna pas répondre.

« Et Dolly Moran, que s'est-il passé pour elle ? »

Le juge s'arrêta, la main levée.

« Ça, c'était Costigan. Il a envoyé ces types récupérer un truc chez elle. Ils n'étaient pas censés lui faire du mal. »

Ils reprirent leur déambulation.

« Et moi ? Qui m'a collé ces types aux trousses ?

— Pitié, Quirke... est-ce que j'aurais voulu te voir blessé comme tu l'as été, toi qui étais un fils pour moi ? »

Mais Quirke réfléchissait, associait toutes les pièces du puzzle.

« Dolly m'a parlé de son journal, j'en ai parlé à Mal, il vous en a parlé, vous en avez parlé à Costigan et Costigan a envoyé ses brutes pour le récupérer. »

Au loin, dans le port, la sirène d'un remorqueur retentit. Quirke crut entrevoir une section de la rivière formant une ligne bombée, bleu-gris, sous un nuage pressé.

« Ce Costigan, c'est qui ? »

Le juge ne put réprimer un ricanement amusé, malveillant.

« Personne. C'est quelqu'un qui aide moyennant

finances, comme on dit ici... les gens qui ont vraiment la foi sont rares. Parmi ceux qui participent, beaucoup le font pour l'argent, Quirke..., l'argent de Josh, en réalité.

— Il n'y en aura plus.

— Ah ?

— Il n'y aura plus de financement. Je l'ai fait promettre à Rose.

— Rose, c'est ça ? Oui... et, tiens, je me demande comment tu as réussi à extorquer une promesse de ce type à cette dame-là. »

Il jeta un coup d'œil à Quirke.

« Tu as perdu ta langue, hein ? De toute façon, que Rose finance ou pas, on se débrouillera. Dieu y pourvoira. »

Il éclata de rire.

« Tu sais, Quirke, tu devrais être fier... c'est avec toi que tout le bataclan a démarré. Oh, oui, c'est la vérité. Phoebe a été la première, c'est elle qui a donné l'idée à Josh Crawford. Il m'a téléphoné en pleine nuit, bon sang, oui, pour savoir quel était alors en Irlande le sort des enfants comme Phoebe, des enfants dont on ne voulait pas. Je le lui ai dit, j'ai dit : « Josh, ici, on est débordés tellement ils sont nombreux. – Sans blague ? il m'a répondu. Eh bien, envoie-les-nous, on n'aura pas trop de mal à leur trouver un foyer. » En un rien de temps, on les expédiait par douzaines... par centaines !

— Tant d'orphelins. »

Le juge réagit vite.

« Phoebe n'était pas orpheline, pas vrai ? »

Ses marbrures bleues avaient viré au violet et son visage s'était assombri.

« Certaines personnes ne sont pas faites pour avoir des enfants. Certaines personnes n'ont pas le droit.

— Et qui décide ?

— Nous ! cria le vieil homme d'une voix dure. Nous décidons ! Dans les quartiers pauvres de Dublin et de Cork, des femmes portent dix-sept, dix-huit enfants en autant d'années. À quel genre de vie ces jeunes seraient-ils confrontés ? Ne sont-ils pas mieux ici, dans des familles qui peuvent s'occuper d'eux et les chérir ? Réponds-moi.

— Donc, vous êtes juge et partie, répliqua Quirke avec lassitude. Vous êtes Dieu lui-même.

— Comment oses-tu, toi surtout ? De quel droit me remets-tu en question ? Regarde la paille dans ton œil, mon garçon.

— Et Mal ? C'est un autre juge ou juste le greffier ?

— Pouah ! Mal est un bricoleur, rien de plus – il n'a même pas été fichu de sauver la vie de cette malheureuse quand elle a eu son bébé. Non, Quirke, tu étais le fils que je voulais. »

Un coup de vent leur fondit dessus et leur lança au visage une poignée de neige mouillée qui les picota comme autant d'éclats de verre.

« Je remmène Phoebe en Irlande avec moi, affirma Quirke. Je veux l'éloigner d'ici. De vous aussi.

— Tu crois qu'aujourd'hui tu peux commencer à être un père pour elle ?

— Je peux essayer.

— Oui, lâcha le vieil homme, très sarcastique, tu peux essayer.

— Je veux que vous me disiez pour Dolly Moran.

— Et que veux-tu au juste que je te dise ?

— Est-ce que vous saviez, lâcha Quirke en regardant de nouveau vers la ligne bleu de plomb de la rivière, que, tous les jours, pendant des années, elle est montée se poster derrière le terrain de jeux de l'orphelinat pour tenter de repérer son enfant, son garçon, parmi tous les autres ? »

Le juge prit un air distrait.

« Quelle idée de faire un truc pareil ! marmonna-t-il.

— Dites-moi, insista Quirke, vous faisiez partie du conseil des visiteurs – avez-vous jamais vraiment su à quoi Carricklea ressemblait, les choses qui s'y déroulaient ?

— Tu en es sorti, non ? riposta le vieil homme avec hargne. Je t'ai fait sortir.

— Oui... mais qui m'y avait mis ? »

Le juge lui jeta un regard noir, grommela quelque chose et s'ébranla résolument en direction de la porte où Harkins, dans son manteau et ses couvre-chaussures, attendait toujours.

« Regardez autour de vous, Garret, lui cria Quirke. Regardez vos hauts faits. »

Le juge pila et se retourna.

« Ce ne sont que les morts, ceux-là, répliqua-t-il. Tu ne vois pas les vivants. C'est l'œuvre de Dieu que nous accomplissons, Quirke. D'ici à vingt ans, à trente ans, combien de jeunes gens seront disposés à consacrer leur existence au saint ministère ? Nous renverrons des missionnaires en Irlande... en Europe. L'œuvre de Dieu. Tu ne la freineras pas. Et, nom d'un chien, Quirke, tu ferais mieux de ne pas essayer. »

Jusqu'au bout, Quirke resta persuadé que Phoebe viendrait lui dire au revoir. Planté sur les gravillons de Moss Manor pendant que le chauffeur de taxi rangeait ses bagages dans le coffre, il attendit en scrutant les fenêtres du manoir dans l'espoir qu'elle lui ferait signe.

Un pâle soleil brillait ce jour-là et un vent cinglant soufflait de l'océan. Finalement, ce ne fut pas Phoebe qui se manifesta mais Sarah. Elle apparut à la porte, sans manteau, et, après une minute d'hésitation, traversa les gravillons en serrant étroitement son cardigan autour d'elle. Elle lui demanda à quelle heure était son vol. Elle déclara qu'elle espérait que le voyage ne serait pas trop pénible vu ce temps d'hiver qui paraissait vouloir s'éterniser. Il s'approcha d'elle, penché sur sa canne, et fit mine d'ouvrir la bouche mais elle l'arrêta.

« Non, Quirke, je t'en prie, ne dis pas que tu es désolé. Je ne le supporterais pas.

— Je l'ai suppliée de rentrer avec moi. Elle a refusé. »

Elle hocha la tête avec lassitude.

« C'est trop tard. Tu le sais.

— Qu'est-ce que tu vas faire ?

— Oh, je vais rester un petit moment, au moins, dit-elle avec un rire hésitant. Mal veut que j'entre à la Mayo Clinic... pour des examens de la tête ! »

Elle essaya de rire de nouveau, en vain. Fronçant les sourcils, elle détourna les yeux vers l'océan.

« Peut-être que, Phoebe et moi, on pourra devenir... – elle sourit pitoyablement –, peut-être qu'on pourra devenir amies. En plus, il faut que quelqu'un la préserve des griffes de Rose. Rose veut l'emmener en Europe et en faire une héroïne à la Henry James. »

Elle s'interrompit et fixa le sol ; elle ne lui était jamais aussi chère que lorsqu'elle fixait ses pieds ainsi, qu'elle inspectait le sol d'un air contrarié à la recherche de quelque chose qui n'était jamais là.

« Tu as couché avec elle, demanda-t-elle avec douceur, avec Rose ? »

Il hocha la tête

« Non

— Je ne te crois pas », déclara-t-elle sans rancœur.

Elle inspira une profonde goulée d'air glacial, puis, après un regard sur le manoir, sortit de sous son cardigan un rouleau de papier qu'elle lui fourra dans la main

« Tiens. Tu sauras quoi en faire. »

C'était un cahier de brouillon à la couverture orange, cornée. Il fit mine d'ôter l'élastique qui le maintenait roulé mais elle posa la main sur la sienne.

« Non... lis-le dans l'avion, lui conseilla-t-elle.

— Comment l'as-tu eu ?

— Elle me l'a envoyé, la Moran, cette pauvre créature. Dieu sait pourquoi... je ne l'avais pas vue depuis que Phoebe était bébé. »

Il acquiesça.

« Elle ne t'avait pas oubliée. Elle m'avait demandé de tes nouvelles. M'avait dit que tu avais été gentille avec elle. »

Il glissa le cahier toujours roulé dans la poche de son manteau.

« Que veux-tu que j'en fasse ?

— Je ne sais pas. Ce qu'il faudra, quoi que ce soit.

— Tu l'as lu ?

— Suffisamment... autant que ça m'a été supportable.

— Je vois. Alors, tu es au courant.

— Oui, je suis au courant. »

Il prit une inspiration, sentit l'étreinte de l'air glacial dans ses poumons.

« Si j'en fais ce que je pense devoir en faire, dit-il en pesant ses mots, tu sais ce que ça entraînera comme conséquences ?

— Non. Et toi ?

— Je sais que ce sera mauvais. Et Mal ?

— Oh, Mal s'en remettra. Au final, c'était lui le moins important dans tout ça.

— Je croyais... »

Il s'interrompit.

« Tu croyais que Mal était le père de l'enfant de cette malheureuse jeune femme. Oui, je le savais. C'était pour ça que je voulais que tu lui parles... je croyais qu'il te dirait ce qu'il s'était réellement passé. Mais il n'a pas voulu, bien entendu. Il est très loyal... envers un père qui ne l'a jamais aimé. N'est-ce pas cocasse ? »

Là-dessus, ils se turent. Il se dit qu'il aurait fallu qu'il embrasse Sarah mais savait que c'était impossible.

« Au revoir, Sarah.

— Au revoir, Quirke. »

Elle le regarda droit dans les yeux avec un léger sourire moqueur.

« Tu as été aimé, tu sais, ajouta-t-elle. Ou bien, c'est ça le problème, j'imagine... tu ne le savais pas. »

Épilogue

Le vent frais qui soufflait en rafales énergiques apportait aux rues de la ville des nouvelles de prés lointains, d'arbres et d'eau. C'était le printemps. Tout en marchant, Quirke levait de temps à autre son bâton de prunellier pour risquer un pas sans assistance. Douloureux mais pas trop ; un élancement violent, brûlant, souvenir de la broche métallique.

Il fut introduit dans le bureau exigu de l'inspecteur Hackett où le soleil ne se faufilait que très chichement à travers la fenêtre crasseuse. Un grand et vilain bureau en bois monopolisait la majeure partie de la pièce. Des dossiers jaunis s'empilaient par terre, une étagère regorgeait de journaux poussiéreux et de livres au dos déchiré, illisible – quel genre de livres Hackett était-il susceptible de lire ? se demanda Quirke – et le plateau du bureau ressemblait à un radeau disparaissant sous un fouillis hétéroclite, des documents n'ayant manifestement pas été touchés depuis des mois, deux tasses, l'une contenant des crayons, l'autre le restant du thé du matin de l'inspecteur, un bout de métal informe, dont l'inspecteur déclara que c'était un souvenir du bombardement allemand sur North Strand pendant la guerre et, toujours roulé là où il l'avait déposé, le journal de Dolly Moran. L'inspecteur, en manches de chemise et chapeau, était calé au fond de son siège, les pieds sur un coin du bureau et les mains plaquées sur son gros ventre solidement sanglé dans un gilet bleu.

D'un geste, Hackett désigna le cahier.

« L'était pas vraiment James Joyce, hein, cette pauvre Dolly ? lança-t-il avant de produire un bruit de succion avec sa dent.

— Mais vous pourrez vous en servir ?

— Oh, bien sûr, je ferai ce que je pourrai. Mais là ce sont des gens puissants auxquels nous avons affaire, monsieur Quirke... vous le réalisez, je présume. Rien que ce Costigan, il a beaucoup de moyens de pression ici en ville, oui, lui justement.

— Mais nous aussi nous avons des moyens de pression », riposta Quirke en désignant le cahier d'un signe de tête.

D'un petit geste heureux, Hackett se pressa le ventre.

« Bon sang, monsieur Quirke, vous êtes un homme sacrément vindicatif ! Votre propre famille, rien que ça. Dites-moi – il baissa la voix pour prendre un ton confidentiel –, pourquoi faites-vous ça ? »

Quirke réfléchit.

« Je ne sais pas, répondit-il enfin. Peut-être parce que je n'ai encore jamais vraiment accompli quoi que ce soit dans ma vie. »

Hackett opina, puis renifla.

« Ça va produire beaucoup de poussière, si on abat ces piliers de la société. Beaucoup de poussière, de briques, de gravats. Il serait sage de se tenir à distance.

— Mais vous allez le faire quand même. »

Hackett retira ses pieds du bureau, se pencha pour

farfouiller parmi les papiers en désordre où il dénicha un paquet de cigarettes qu'il tendit à Quirke et ils s'en grillèrent une.

« J'essaierai, monsieur Quirke, dit l'inspecteur. J'essaierai. »

Remerciements

Merci à : Jennifer Barth, Peter Beilby, Mary Gallery, Joan Egan, Alan Gilsenan, Louise Gough, Roy Heayberd, Robyn Kershaw, Andrew Kidd, Linda Klejus, Sandra Levy, Laura Magahy, Ian Meldon, Hazel Orme, Jo Pitkin, Maria Rejt, Beatrice von Rezzori, Barry Ruane, John Sterling.

Cet ouvrage a été composé et mis en pages
par ÉTIANNE COMPOSITION
à Montrouge.

Cet ouvrage a été imprimé par

Mesnil-sur-l'Estrée

pour le compte de Nil Éditions
24, avenue Marceau, 75008 Paris
en décembre 2009

Dépôt légal : décembre 2009
N° d'édition : 50152/01 - N° d'impression : 97903

Imprimé en France